셰익스피어 5대 희극

셰익스피어 5대 희극

초판 1쇄 발행 | 2019년 12월 20일

지은이 | 윌리엄 셰익스피어
옮긴이 | 셰익스피어연구회
펴낸이 | 김형호
펴낸곳 | 아름다운날
편집 주간 | 조종순
본문 디자인 | 디자인표현
표지 디자인 | 이즈디자인

출판 등록 | 1999년 11월 22일
주소 | (04031) 서울시 마포구 서교동 351-10 동보빌딩 202호
전화 | 02) 3142-8420
팩스 | 02) 3143-4154
E-메일 | arumbook@hanmail.net

ISBN | 979-11-86809-85-3 (00810)

이 도서의 국립중앙도서관 출판예정도서목록(CIP)은 서지정보유통지원시스템 홈페이지(http://seoji.
nl.go.kr)와 국가자료공동목록시스템(http://www.nl.go.kr/kolisnet)에서 이용하실 수 있습니다.(CIP제
어번호: 2019047275)

셰익스피어 5대 희극

Shakespeare

윌리엄 셰익스피어 지음 / 셰익스피어 연구회 옮김

아름다운날

청소년 시절 처음으로 고전 문학을 접하게 되었다고 해도, 윌리엄 셰익스피어란 이름을 낯설게 느끼는 이는 많지 않을 듯합니다. 비극적인 사랑의 대명사로 손꼽히며 아직도 수많은 영화와 드라마의 기본 틀이 되고 있는 『로미오와 줄리엣』이나, 빚 대신 살덩이를 잘라 갚으라고 강요하는 못된 고리대금업자가 나오는 『베니스의 상인』 정도는 누구나 들어본 적이 있을 것입니다. 하다 못해 셰익스피어의 4대 비극엔 어떤 작품이 포함되는지 상식 문제를 풀 듯 손꼽아본 경험이 있지 않을까요?

고전이란, 당대를 대표하면서도 후세 사람들에게 모범이 될 만한 가치를 여전히 지니고 있는 훌륭한 문학작품을 뜻합니다. 세대가 지나면 드높았던 인기도 덧없이 잊혀지고 마는 대중문학과 달리, 고전 문학은 시공간을 초월하여 변함없이 많은 사람들에게 깊은 감동과

울림을 전합니다. 다양한 세계 고전 문학 가운데서도 셰익스피어의 작품은 나라와 언어와 인종을 불문하고 누구에게나 사랑받는 명작이며, 한 편 한 편 모든 작품마다 곱씹을수록 깊은 맛이 우러나오는 고유한 삶의 철학과 세계관을 담고 있습니다.

본래 연극 공연을 위해 쓰인 '대본'이기에, 희곡은 소설을 읽을 때보다 독자의 상상력이 독서의 재미를 더 크게 좌우합니다. 더욱이 심오한 인간 내면에 대한 성찰과 현란한 언어 유희의 진수를 맛볼 수 있는 셰익스피어의 비극의 주인공이 되어 한 줄 한 줄 읽어 내려가다 보면 그들의 비극적인 운명이 겪어야 하는 절망과 아픔을 뼈저리게 느낄 것입니다.

셰익스피어가 세상을 떠난 지 수백 년이 지난 지금, 그의 희곡들은 위대한 문학 작품을 뛰어넘어 하나의 문화로 자리잡았습니다. 실천에 앞서 늘 심사숙고하여 우유부단해 보이기 십상인 인간형을 햄릿형 인간이라 일컬으며, "죽느냐 사느냐 그것이 문제로다"라는 유명한 대사가 햄릿의 독백임을 알아차리는 것은 더 이상 대단한 지식이 아닙니다.

제국주의의 열기가 한창이던 19세기에 영국인들이 가장 소중히 여기던 식민지 인도와도 바꿀 수 없는 존재로 극찬했던 셰익스피어는 싫든 좋든 서양 문화와 함께 전 세계인의 삶에 깊은 반향을 미친 문화로 침투했습니다. 우리가 미처 깨닫지 못하면서도 셰익스피어의 주옥같은 대사들을 일상에서 읊조리게 된 것이죠. 물론 문화로

정착했으니 무작정 받아들여야 한다는 의미는 아닙니다. 비판을 하거나 배척을 하더라도 실체를 제대로 알고 선택을 내릴 필요가 있으며, 그러기 위해 감탄을 금할 수 없는 문학 자체로서의 아름다움까지 감상하는 기회를 갖자는 것입니다.

37편에 달하는 셰익스피어의 희곡 가운데서도 4대 비극과 더불어 5대 희극은 문학적·극적 완성도와 유쾌한 반전에서 정점에 오른 작품으로 손꼽힙니다. 천방지축에다 성격이 고약한 카타리나와 페트루치오의 결혼을 통해 개인이 사회 속에서 어떻게 변모하는가를 다룬 『말괄량이 길들이기』, 어려운 상황에서도 돈독한 우정과 사랑, 기지를 발휘해 위기를 모면하는 『베니스의 상인』, 가족으로부터 버림을 받은 두 남녀가 벌이는 유쾌한 사랑 이야기 『뜻대로 하세요』, 사랑의 변덕스러움과 진실한 사랑의 승리를 그린 『한여름 밤의 꿈』, 일란성 쌍둥이를 사이에 두고 벌어지는 위트와 해학의 집결판 『십이야』에 이르기까지 주인공들의 유쾌한 사랑과 우정에 관한 이야기는 시종일관 우리의 얼굴에 미소를 띠게 합니다.

셰익스피어가 왜 그토록 위대한 작가로 칭송되며, 무대에서나 문학 작품으로 현대인들에게도 사랑을 받는지는 읽어본 사람만이 알 수 있을 것입니다. 그동안 『셰익스피어의 5대 희극』은 수많은 번역본이 출간되어 독자들의 아낌을 받았지만, 이 책은 셰익스피어의 유쾌한 희극을 맨 처음 접하는 청소년이나 초보 독자라도 쉽게 몰입할 수 있도록 딱딱한 문어체를 가능한 한 입에 익은 말투로 둥글려 다

들어, 읽기 쉬울 뿐만 아니라 연극적인 느낌에도 손색이 없도록 기획했습니다.

상상력을 최대한 동원하여 주인공들이 꼬이고 꼬인 문제를 어떻게 풀어가는지 지켜본다면 독자 여러분들도 이내 셰익스피어와 함께 이 작품 속으로 유쾌한 여행을 떠날 수 있게 되리라 믿습니다.

셰익스피어 연구회

작가 소개

영국이 낳은 세계적인 대문호. 인간의 오욕칠정을 주무르고 영혼을 후려치는 깊고 광대한 그의 작품은 시대와 공간을 넘어 재해석되고 재음미되는 불멸의 울림을 낳았다. 셰익스피어의 희곡은 영문학사를 뛰어넘어 세계 문학사의 한 정점으로서 세상을 오연(傲然)하게 굽어볼 뿐더러, 창조의 원천이자 영감의 바이블로서 지상의 무대를 굳건하게 떠받치고 있다.

생애

셰익스피어는 영국 르네상스가 만개했던 엘리자베스 1세 통치기인 1564년 4월 26일, 영국 중부에 자리한 스트랫퍼드어폰에이번에서 태어났다. 흥성한 상업도시이자 비옥한 농경지대였던 이곳에서 그는 세례를 받았고, 또한 영면(永眠)에 들었다.

아버지 존 셰익스피어는 농산물과 모직물 중개업으로 성공해 신분상승을 이룬 인물이었고, 어머니 메리 아든은 워릭셔의 명문가에서 태어나 자란 귀족이었다. 결혼을 통해 사회적 지위를 더욱 굳건히 다진 존은 1568년 스트랫퍼드어폰에이번의 시장으로 선출되기에 이른다. 이런 유복한 환경에서 셰익스피어는 장남으로 태어났다. 위로 두 명의 누나가 있었으나 모두 어린 나이에 죽었고, 밑으로는 세 명의 남동생과 두 명의 여동생을 두었다.

셰익스피어는 네 살 때부터 아버지를 따라 연극 구경을 했으며, 마을의 문법학교에 들어가 수학했다. 그러나 이후 아버지의 계속되는 사업 실패로 가세가 기울면서 대학에 진학하지 못한 것으로 보인다(그의 소년시절에 대한 기록은 많지 않으며, 연극과의 연관 관계도 불분명하다).

1582년 셰익스피어는 유복한 농가의 딸로 여덟 살 연상인 앤 해서웨이와 결혼해 1남 2녀를 낳았다. 그런 그가 청운의 꿈을 품고 가족과 고향을 떠나 런던으로 옮겨간 정확한 연대나 이유는 분명치 않다. 다만 1580년대 말 무렵부터 배우로서 생활한 듯 보이며, 1592년 연극계의 신예로서 좋은 평을 얻었다는 기록이 전할 따름이다. 1596년 셰익스피어는 아들을 잃는 아픔을 겪었고, 이듬해 스트랫퍼드어폰에이번에 호화주택을 구해 그곳에서 가족과 함께 만년을 보내다가 숨을 거두었다.

극작 활동

런던에서 체류하던 셰익스피어가 극작 활동을 시작한 것은 1590년 무렵으로 보인다. 처음에는 릴리·말로·필·그린 등과 같은 선배 작가의 희곡을 부분적으로 손질하는 것에 만족해야 했던 그가 처녀작으로 내놓은 것이 3부작 역사극인 〈헨리 6세〉(1590~92)이다. 이때부터 1600년까지 셰익스피어는 왕성한 필력을 보여주게 된다.

먼저 영국의 장미전쟁을 배경으로 한 역사극인 〈리처드 3세〉(1592)를 비롯해, 로마의 극작가 플라우투스의 작품을 번안한 〈실수 연발〉(1592), 피를 피로 갚는 로마의 잔혹한 복수극 〈티투스 안드로니쿠스〉(1593), 그리고 드센 여인을 아내로 맞아 정숙하게 길들인다는 내용의 익살극 〈말괄량이 길들이기〉(1593) 등이 발표되었다.

1590년대 초반은 런던에 페스트가 창궐한 시기였다. 이 때문에 많은 극장들이 폐쇄되었는데, 이 무렵 셰익스피어는 두 편의 서사시 〈비너스와 아도니스〉(1593)·〈루크리스의 겁탈〉(1594)을 통해 든든한 후원자인 사우샘프턴 백작을 만나게 된다.

한편 극장 폐쇄의 여파로 대규모 재편성이 이루어진 런던의 연극계에 1594년 새로 두 극단이 창설되면서 신진작가들에게 우호적인 환경이 조성되었다. 그중 하나인 체임벌린스 멘 극단에 소속된 셰익스피어는 배우이자 극작가로서 본격적인 활동을 시작했다.

그는 평생 이 극단을 위해서 희곡을 썼는데, 초기 작품들로는 원수 집안의 남자와 여자 사이의 열렬한 사랑과 비극적인 파국을 그린 〈로미오와 줄리엣〉(1594)을 비롯해 왕국의 통치자이면서도 강렬한 시적 감성과 나르시스트적인 품성으로 고난에 찬 역경을 헤쳐 나가는 인물을 그린 역사극 〈리처드 2세〉(1595), 그리고 아테네 교외에 자리한 숲을 무대로 펼쳐지는 환상적인 밤의 세계를 그린 낭만적 희극 〈한여름 밤의 꿈〉(1595) 등이 있다.

인간에 대한 예리한 관찰력과 서정성이 돋보이는 이 작품들에 이어서, 1590년대 후반으로 오면서 삶의 뛰어난 통찰력을 발휘한 역사극과 희극들이 만들어진다. 그중 대표적인 작품으로는 사악한 유대인 악덕 고리대금업자 샤일록의 횡포와 더불어 연인들의 감미롭고 희생적인 사랑의 힘을 가미한 〈베니스의 상인〉(1596)과 리처드 2세에게서 권력을 찬탈한 헨리 4세 치하의 음모와 혼란에 찬 암흑기를 배경으로 한 〈헨리 4세〉(1597) 등을 들 수 있다.

1599년에 이르러 셰익스피어는 템스강 남쪽 연안에 〈글로브 극장〉을 건축하고 자신이 속해 있던 극단의 상설극장으로 삼았다. 이 무렵 셰익스피어의 창의력도 최고조에 이르렀다. 이때 발표된 작품으로 궁정에서 추방된 공작과 가신(家臣)의 목가적인 생활을 배경으로 젊은 남녀의 연애를 낭만적으로 그린 〈뜻대로 하세요〉와 궁정에서 상연할 목적으로 쓴 〈십이야(十二夜)〉 등을 꼽을 수 있다.

특히 〈십이야〉의 경우는 셰익스피어 최고의 희극으로 명성이 자자한 작품이다. 낭만적인 사랑과 결혼을 소재로 한 서정적 분위기에다 익살과 재담 그리고 해학 등 희극적인 요소들이 작품 전체에 잘 녹아 흐르고 있다.

비극 시대의 개막

1599년 봄, 아일랜드에서 일어난 타이론의 반란을 진압하기 위해 출정하는 에식스 경의 원정군에는 셰익스피어의 절친한 후원자였던 사우샘프턴 백작도 함께 있었다. 그러나 원정이 실패로 돌아가면서 영국 왕실의 분노를 사게 되자, 에식스와 사우샘프턴은 공격의 목표를 아일랜드의 반란군에서 런던의 왕실로 바꿔 회군하기 시작했다.

여론의 지지를 얻지 못한 반란은 곧 실패로 돌아갔으며, 지도부는 체포되어 재판에 회부되었다. 에식스는 반역죄로 몰려 런던탑에서 참수되었으며, 사우샘프턴은 종신형을 언도받고 런던탑에 갇히게 되었다.

이는 엘리자베스 여왕의 치세가 막을 내리고 있음을 보여주는 상징적인 사건이었는데, 실제로 사건 발발 2년 후인 1603년 3월에 여왕은 숨을 거두었다. 이런 일련의 불행한 사태는 셰익스피어에게도 커다란 충격을 안겨주었다. 그 영향으로 1600년 이후 그의 작품 세계의 면모가 확연하게 달라지면서 이름하여 비극시대가 개막되었다.

셰익스피어의 4대 비극으로 널리 알려진 〈햄릿〉(1600)·〈오셀로〉(1604)·〈리어왕〉(1605)·〈맥베스〉(1606) 등은 바로 이 시기에 쓰여진 작품들이다. 인간의 고뇌와 절망과 죽음 등 무거운 주제를 다룬 이 작품들 안에는 시대를 아파하는 셰익스피어의 우울한 심사와 염세적이고 절망적인 세계관이 깊이 아로새겨져 있다.

〈햄릿〉은 사랑과 존경을 바치던 대상인 아버지를 잃은 왕자 햄릿이 숙부와 결탁해 지아비를 죽인 어머니의 도덕적 타락과 배신, 그리고 용서 받을 수 없는 숙부의 죄악과 그에 대한 증오, 곤경에 처한 나라 사정, 연인 오필리아의 죽음 등으로 인해 극심한 고통과 절망감에 시달리다가 마침내는 비극적인 최후를 맞게 되는 이야기이다.

〈오셀로〉는 악인 이아고의 간계에 빠진 무어인 장군 오셀로가 정숙하고 착한 아내 데스데모나의 정절을 의심하고 질투하다가 급기야는 아내를 죽여버리고 마는 이야기이다.

〈리어왕〉은 탐욕스럽고 간교한 큰딸과 둘째딸에게 왕국을 넘긴 왕이 결국에는 딸들에게 버림을 받아 분노에 찬 광인이 되어 광야를 떠돌고, 자신을 진정으로 사랑했던 막내딸 코델리아도 결국에는 가련하게 죽음을 당하게 된다는 이야기이다.

〈맥베스〉는 사악한 마녀들의 꾐에 빠진 맥베스 장군이 왕좌에 오르기 위해 아내와 함께 왕을 죽인 대가로 비참하고 가련한 최후를 맞게 되는 이야기이다.

이상과 같이 각기 다른 소재들을 가지고 다른 방식으로 전개되고 있는 4대 비극을 한데 묶어 정리하기는 쉽지 않지만, 인간의 삶에 편재하는 거대한 악에 의해 개인의 선량한 의지와 행위들이 속절없이 유린되고 파괴당하는 비극적 상황에 대한 작가의 침울하고 침통한 시선이 네 작품 모두에서 고스란히 관철되고 있음을 볼 수 있다. 진실을 얻기 위해 반드시 그에 갚음할 만한 커다란 대가를 치르는 인간 세상의 비극성을 제시하고, 죽음에 대한 감수성을 내내 견지하면서 인간적인 가치 탐구의 긴장감을 놓지 않는 셰익스피어의 창작력은 세계 연극사상 최고의 비극을 만들어낸 것이다.

또한 셰익스피어는 〈트로일루스와 크리시다〉(1601)와 〈끝이 좋으면 모두 좋다〉(1602), 그리고 〈법에는 법으로〉(1604) 등의 희극도 썼다. 그런데 이런 작품들에서조차 음산한 절망감이 배어 나오는 것을 보면, 당시 셰익스피어의 영혼에 깃들인 어둡고 침울한 기운이 얼마나 강렬했는지를 짐작할 수 있다. 사실 이러한 침울함의 원인이 셰익스피어의 내면에서만 찾아지는 것은 아니다. 당대의 연극적 유행의 변화도 셰익스피어의 비극시대를 추동하고 끌어가는 동력으로 작용하고 있는 것이다. 당시 관객들은 기존의 낭만적이고 유쾌한 희극과 역사극 따위에 식상해하면서, 그것을 대신할 사실적이고 풍자적인 희극과 비극적인 인간 존재극에 열광했다. 이런 대중적 열망의 반영과 아울러 인간 세계의 본질을 꿰뚫어본 셰익스피어의 깊은 성찰과 인식의 발현이 곧 인류 문학사에 축복과도 같은 비극들을 선사했다고 할 수 있을 것이다.

왕의 후원과 로맨스극의 발표

엘리자베스 1세의 뒤를 이어 왕위에 오른 제임스 1세는 스튜어트 가문의 군주답게 예술을 애호하는 사람이었다. 1603년 5월 제임스 1세는 런던에 도착하자마자 연극을 육성하는 일에 착수했다. 그는 궁내부 극단을 국왕 극단으로 개편하고 스스로 극단의 후원자가 되었다. 극단 단원들에게는 연봉이 지급되었고, 왕실 가문의 문장이 새겨진 보랏빛 의상과 모자를 착용토록 하는 조치가 취해졌다.

또한 셰익스피어와 그의 단원들에게는 '그룹 오브 더 체임버(groom of the chambers)'라는 명예로운 계급을 수여하는 한편, 셰익스피어의 후원자인 사우샘프턴 백작도 감옥에서 풀어주었다.

이런 연극 육성 조치와 맞물려 관객의 기호가 변화하면서 영국의 연극계에도 변화의 바람이 불기 시작했다. 주인공을 중심으로 격렬하게 감정들이 대치하며 긴장을 증폭해 나가던 대작극에서 가정비극과 풍자희극, 그리고 감상적인 희비극과 퇴폐적인 비극으로 그 축이 바뀐 것이다.

셰익스피어도 이때부터 새로운 경향을 띤 작품들을 무대에 올려 발표하기 시작했다. 그것은 로맨스극이라는 희비극이었는데, 그 가운데 대표적인 작품으로는 〈겨울 이야기〉(1610)와 〈템페스트〉(1611) 등이 있다.

운문 문학의 최고 절정

셰익스피어는 살아 생전에 자신의 전체 희곡 37편 가운데 절반에 가까운 작품들이 출판되는 것을 지켜보았다. 또한 정확한 창작 시기는 불분명하지만 1609년에 〈소네트집〉도 발간되었는데, 이것은 영국 소네트의 정수라는 찬사를 얻었다. 셰익스피어는 1610년 〈겨울 이야기〉가 초연되던 해에 귀향한 것으로 짐작되는데, 그가 고향의 홀리 트리니티 교회에 안장된 지 3년이 지난 1619년에 토머스 파비어가 그의 희곡 선집을 기획·발간했으나 완간을 보지는 못했다.

총 10권이 나온 파비어의 셰익스피어 선집은 〈헨리 6세〉(제2부)·〈헨리 6세〉(제3부)·〈헨리 5세〉·〈윈저의 즐거운 아낙네들〉·〈베니스의 상인〉·〈페리클레스〉·〈한여름 밤의 꿈〉·〈요크서의 비극〉·〈서 존 올드캐슬〉·〈리어왕〉 등이었다.

그리고 1622년 〈오셀로〉가 출판되었으며, 1653년에는 이전에 셰익스피어의 동료 배우였던 존 헤밍과 헨리 콘델의 편집으로 최초의 셰익스피어 단권 전집이 출판되었다. 셰익스피어의 희곡은 연극이라는 매개체를 통해 인간 내면에 도사린 다양한 면모들을 극적이면서도 시적으로 잘 드러내보인 뛰어난 운문 문학의 절정이었다고 할 수 있다.

차 례

베니스의
상인

사랑에 빠진 연인들이란 언제나 약속 시간보다
일찍 오는 법이지.

Lovers ever run before the clock.

1. 등장인물

안토니오　베니스의 상인으로 친구 바사니오에게 여비를 마련해주기 위해 샤일록에게 가슴살 1파운드를 걸고 돈을 빌렸다가 목숨을 잃게 되는 위기에 처하지만 포셔의 기지로 위험에서 벗어난다.

바사니오　안토니오의 친구이자 포셔의 청혼자. 안토니오의 배를 담보로 여비를 마련해 청혼에 성공한다.

포셔　벨몬트의 부유한 집의 딸로 태어나 거대한 유산을 받는다. 아버지의 유지를 받들어 청혼자들을 시험한다. 재산뿐 아니라 미모와 지혜를 갖춰 나중에 위기에 처한 안토니오를 구한다.

샤일록　유대인 고리대금업자로 피도 눈물도 없는 악당이다. 결국 재판에도 지고 기독교로 개종할 것을 명령받는 비극적 인물이다.

제시카　샤일록의 딸로, 아버지와는 대조적으로 상냥한 처녀이다.

로렌조　제시카의 애인이자 안토니오의 친구

그레시아노, 살레리오, 솔라니오　안토니오의 친구들

네리사　포셔의 하녀로 변장을 하고 법정에서 포셔를 도와 안토니오의 목숨을 구한다.

튜벌　유대인 샤일록의 친구

론슬롯　어릿광대. 샤일록의 하인이었다가 바사니오의 하인이 된다.

고보 노인　론슬롯의 아버지

베니스의 공작, 모로코 왕, 아라곤 왕　포셔의 청혼자들

레오나르도　바사니오의 하인

밸서저　하녀

베니스의 고관들, 법정의 관리들, 간수, 하인들, 시종들

2. 줄거리

고리대금업자 샤일록과 거상인 안토니오와 맺은 이상한 계약서! 돈을 빌려주는 대신 갚지 못하면 1파운드의 살 한 덩어리를 달라고 하는 계약을 하면서 이야기는 시작된다.

베니스의 상인 안토니오는 어느 날 친한 친구 바사니오로부터 돈을 빌려달라는 부탁을 받는다. 미모의 유산 상속녀인 포셔가 벨몬트에 살고 있기 때문이다. 포셔가 아버지의 뜻에 따라 구름처럼 몰려오는 구혼자들에게 금·은·납으로 된 상자들 중 하나에 자기 초상화를 넣어놓고 그중 한 개를 선택하게 함으로써 결혼 상대를 고르도

록 한 것이다.

결국 안토니오는 바다에 떠 있는 배를 담보로 하여 유대인 고리대금업자인 샤일록으로부터 돈을 빌린다. 그리고 돈을 기한 내에 갚지 못할 경우엔 자기의 가슴살 1파운드를 베어주겠다는 증서를 써준다.

그러나 안토니오는 자신이 소유한 배가 선적물을 싣고 항해하다가 난파됨으로써, 모든 재산을 잃은 데다 빚을 못 갚아 살 1파운드를 떼어줘야 하는 위기에 처한다. 이 소식을 들은 바사니오는 서둘러 달려오지만 도울 길이 없다. 안토니오를 법정에 세운 샤일록은 안토니오의 살을 도려내기 위해 칼을 간다.

이때 남자로 변장한 포셔가 법정의 재판관으로 출현해, 살은 주되 피는 한 방울도 흘려서는 안 된다고 선언함으로써 샤일록을 굴복시킨다.

이 작품에서 당시 런던 시민이 가지고 있던 반유대 감정이 어느 정도인지 샤일록이란 인물을 통해 엿볼 수가 있다.

제1막

제1장 베니스의 부두

안토니오와 살레리오, 솔라니오 등장.

안토니오 정말이지, 왜 이렇게 기분이 우울한지 난 모르겠네. 짜증이 나고 미칠 것만 같아. 어쩌다 우울증에 걸렸는지, 우울증이 어떻게 생겨먹었는지, 내가 어떻게 우울증에 빠져들었는지, 우울증이 어디서 왔는지를 난 도무지 알 수가 없네. 아무리 애를 써도 내가 왜 이러는지, 어쩌다가 이런 꼴이 됐는지 도무지 모르겠네.

살레리오 자네 마음이 바다 위에서 바람 따라 요동치는 파도 같아서 그렇겠지. 자네의 큰 배들은 바람을 잔뜩 받아 불룩해진 돛을 달고, 마치 바다의 귀족이나 부호나, 또는 바다의 수레처럼 날아가듯 바다 위를 질주하고 있을 거야. 그래서 연방 머리 숙여 굽실거리는 작은 배들을 내려다보면서 스쳐 지나가는 거겠지.

솔라니오 하긴 그럴 테지. 여보게, 나 역시 그 많은 재산을 위험한 바다에 투자했다면 마음이 온통 거기에 가 있을 거야. 그뿐인가. 바람의 방향을 알아본답시고 계속 들풀을 뽑아 공중에 날리기도 하고, 부두나 정박지를 물색한답시고 해도를 샅샅이 뒤지며 호들갑을 떨었을 테지. 또 폭풍이 분다거나 내 사업에 조금이라도 불리한 일을 만날 때마다 나도 틀림없이 자네처럼 우울증을 겪었을 걸세.

살레리오 난 뜨거운 국물을 불어 식히느라 부는 내 입김에도 태풍을 떠올리고 오싹했을 거야. 태풍이 바다에서 일으킬 커다란 손해를 연상하고 말이야. 모래시계의 모래를 보더라도 분명 모래톱이나 갯바닥을 떠올릴 테고, 화물을 잔뜩 실은 내 배가 모래바닥에 처박히면서 돛대를 늘어뜨린 채 제 무덤을 파는 광경을 연상할 거야. 예배당에서 웅장한 석조 건물을 보아도 위험한 암초를 연상할 게 분명해. 요컨대, 아무리 많은 재산이라도 한순간에 몽땅 사라져서 알거지가 될 수 있다는 말일세. 생각만 해도 우울한데, 이런 일이 실제로 일어날지도 모른다고 생각하면 어찌 우울증에 빠지지 않을 수 있겠나? 설명하지 않아도 알겠네, 안토니오. 자넨 지금 배에 실은 화물 때문에 우울증에 걸린 걸세.

안토니오 그런 건 아니네. 다행히 나는 내 물건 모두를 배 한 척에다 싣지도 않았고, 어느 한 곳과 거래하는 것도 아니네. 그리고 내 전 재산이 올 한 해의 운수에만 달려 있는 것도 아니니, 내가 그것 때문에 우울증에 걸린 것은 아니야.

솔라니오 그럼 대체 무슨 일인가? 연애라도 하고 있는 건가?

안토니오 천만에. 그런 소리는 하지도 말게.

솔라니오 연애가 아니라고? 그렇다면 즐겁지 않으니 우울하다는 말이로군. 그리고 우울하지 않다면 당연히 즐겁게 웃을 테지. 두 얼굴을 가진 신 야누스를 두고 맹세하건대, 자연은 자고로 묘한 인간들을 만들어 왔지. 두 눈을 새초롬히 뜬 채 실실거리는 사람이 있는가 하면, 슬픈 피리 소리를 듣고도 웃어대는 사람들도 있지. 식초라도 마신 듯 찌푸리는 사람들이 있는가 하면, 우스운 농담을 듣고도 여간해선 이를 드러내며 웃으려 들지 않는 사람들도 있지.

바사니오와 로렌조, 그레시아노 등장.

솔라니오 저기 자네의 가장 소중한 친구 바사니오가 오는군. 그레시아노와 로렌조도 함께. 그럼 훌륭한 친구들이 왔으니 우린 이만 물러나겠네.

살레리오 자네 기분이 나아질 때까지 있으려 했는데 우리보다 더 좋은 친구들이 왔으니 우린 그만 가봐야겠네.

안토니오 자네들이야말로 나한텐 가장 소중한 친구들일세. 실은 마침 잘됐다 싶어 자리를 뜨려는 속셈이 아닌가?

살레리오 여보게들, 모두들 안녕하신가?

바사니오 친구들, 잘 있었나? 우리 언제 신나게 놀아보세나. 말해 보게, 언제가 좋은지? 아니, 표정들이 왜 그런가? 지금 꼭 가야겠나?

살레리오 시간이 나면 그러세. (살레리오와 솔라니오 퇴장)

로렌조 바사니오 공, 안토니오 공을 만났으니 우린 여기서 물러나는 게 낫겠네. 하지만 식사 때 만나기로 한 장소를 잊지 말게.

바사니오 잊지 않겠네.

그레시아노 안토니오 공, 안색이 썩 좋지는 않구먼. 자네는 세상사를 너무 심각하게 받아들이는 경향이 있어. 세상사를 그렇게 고민한들 무슨 소용이 있나. 정말이지 얼굴이 몰라볼 만큼 변했네 그려.

안토니오 그레시아노 공, 나는 세상사를 있는 그대로 받아들이고 있다네. 세상을 무대로 여긴다면 우리 모두는 각자의 역할을 맡아 연기를 하는 배우에 지나지 않지. 그런데 내가 맡은 역할이 하필 조금 슬픈 역이라네.

그레시아노 그렇다면 나는 어릿광대 역이나 맡아야겠군. 주름살이야 어차피 늙으면 생기는데, 웃으면서 살아야 되지 않겠나. 속을 태우는 한숨 소리로 심장의 피를 말리는 것보다는 즐겁게 술잔을 기울이며 간장을 후끈 데우는 게 낫겠지. 내 한마디 하자면 안토니오, 난 자네가 좋아. 그래서 하는 말이지만 세상에는 별의별 사람들이 있다네. 마치 썩은 물이 고인 웅덩이처럼 생기 없고 딱딱한 표정을 하고 있는 자들도 많지. 그런 자들은 일부러 할말을 삼킨다네. 말이 없는 덕에 현명하다는 소리를 듣고 있는 자들이지. 하지만 막상 이런 자들이 입을 열면 사람들은 차마 듣지 못하고 귀를 틀어막아야 할 걸세. 이 문제에 대해서는 할 말이 많지만, 다음 기회에 해야겠네. 하지만 이처럼 우울한 침묵을 미끼로 세간의 평판을 하찮은 송사리 낚듯 낚으려 하지는 말게. 자, 로렌조, 우린 이만 가세나.

로렌조 자, 그럼 일단 헤어졌다가 식사 때 다시 만나세. 나야말로 졸지에 꿀 먹은 벙어리 현인처럼 침묵을 지키고 있었네 그려. 도무지 그레시아노가 말할 틈을 주지 않으니 말이야.

그레시아노 그래, 2년만 나와 같이 다녀 보게. 자신의 목소리도 잊어버리게 될 걸세.

안토니오 잘 가게. 그럼 나도 이제부터 말을 많이 해야겠네.

그레시아노 듣던 중 반가운 소리네. 입 다물고 있으면서 칭찬받는 것은 마른 황소 혓바닥이랑 팔릴 가능성이라곤 전혀 없는 노처녀뿐이니까! (그레시아노와 로렌조, 웃으며 퇴장)

안토니오 지금 한 말이 다 무슨 뜻인가?

바사니오 뜻이 있을 리가 있나. 저 친구 허튼소리 하는 데야 베니스에서 첫손가락 꼽히는걸. 그 중 이치에 닿는 말을 찾는다면, 두 포대의 왕겨 속에 섞인 밀알 두 알 정도라고나 할까. 또 막상 찾아낸들 수고한 대가에 미칠 수가 있겠나.

안토니오 그건 그렇고, 이제 말해 보게, 어떤 여성인지. 자네가 남 몰래 사랑의 순례자가 되어 찾겠다던 그 여인이 대체 누군가? 오늘 나한테 말해 주겠다고 약속하지 않았던가?

바사니오 안토니오, 자네도 알고 있다시피 나는 가산을 탕진해 버렸네. 분수에 맞지 않는 사치스런 생활을 했기 때문이지. 내가 지금 그 사치스러운 생활 수준을 낮추는 걸 갖고 불평하거나 그러는 건 아닐세. 물론 이 생활에서 미련 없이 빠져나올 생각이라네. 지금 가장 큰 문제는 그 빚더미로부터 어떻게 헤어날까 하는 것이네. 분수에 넘치는 생활 덕에 끌어안게 된 빛 말일세. 안토니오, 난 자네에게 물심 양면으로 빚지고 있어. 자네의 우정을 믿고 내 계획과 내 생각을 모두 털어놓을 생각이라네. 내 빚을 청산할 수 있는 계획을 털어놓아도 되겠나?

안토니오 여보게, 바사니오, 어서 말해 보게. 그리고 언제 어디서나 그랬듯이, 자네의 계획이 불명예스러운 것만 아니라면, 안심하게나. 내 육체든 지갑이든 마지막 한 푼까지도 자네가 필요하다면 모두 아낌 없이 내주겠네.

바사니오 학창 시절에 나는 내가 쏜 화살 하나를 찾지 못하면, 그것과 똑같은 방향으로 다른 화살을 쏘았네. 앞서 잃어버린 화살을 찾아내기 위해서였지. 이렇게 두 개의 화살을 다 잃어버릴지도 모르는 모험을 통해 두 개를 모두 찾은 적도 더러 있었지. 지금 새삼 그 시절 얘기를 꺼내는 건 내 말이 그때 일처럼 조금 유치하기 때문이야. 여태껏 난 자네에게 큰 빚을 져 왔네. 분별없는 젊은이처럼 처신한 결과로 빚을 낸 돈도 다 잃고 말았지. 하지만 자네가 처음 쏜 것과 같은 방향으로 또 한 개의 화살을 쏘아 준다면, 난 신중하게 그 화살의 행방을 살피고 있다가 두 개의 화살을 모두 찾아오겠네. 혹 두 개를 못 찾는다면 나중에 모험 삼아 쏜 것만이라도 찾아오고, 첫 번째 것에 대해선 기꺼이 채무자로 남겠네.

안토니오 자네는 나를 누구보다 잘 알아. 그러면서 이렇게 빙빙 돌려 말하는 건 시간 낭비야. 자네를 위해서라면 난 뭐든지 할 생각인데 날 의심하다니, 자네가 내 전 재산을 탕진하는 것보다 더한 모욕이라는 걸 명심하게. 자, 말해 보거나. 내가 해줄 수 있는 일이 뭔지 말해 주거나. 자, 어서.

바사니오　실은 벨몬트에 많은 유산을 상속받은 처녀가 있는데, 외모도 대단히 아름다운 미인이지. 게다가 더 놀라운 것은, 외모 이상으로 마음씨도 고운 여성이라는 점일세. 언젠가는 그녀가 말로 하지는 않았지만 내게 은근한 눈빛을 보낸 적도 있었어. 그녀의 이름은 포셔야. 케이토의 딸이자 브루터스의 아내인 포셔에 견주어도 조금도 손색이 없는 여인이지. 덕분에 그녀에 관한 소문이 세상 곳곳에 알려져 내로라하는 청혼자들이 동서남북으로 바람 타고 그녀 주위로 몰려드나 봐. 황금 양털 같은 그녀의 머리카락은 관자놀이에서 빛나고, 벨몬트는 수많은 청혼자들로 덮여 있다네. 오, 안토니오! 나에게도 그들과 견줄 수 있는 재력이 있다면, 틀림없이 청혼에 성공해서 행운을 반드시 차지할 수 있다는 예감이 들어.

안토니오　자네도 잘 알고 있다시피 나의 전재산은 지금 바다 위에 떠 있네. 그래서 지금 내 수중에는 당장 쓸 수 있는 현금도 없고, 담보로 삼을 만한 물건도 없다네. 그러니 베니스에서 내 신용을 담보로 돈을 빌릴 수 있다면 구해 보게. 벨몬트의 아름다운 포셔를 찾아갈 비용을 마련하기 위해서라면 가능한 한 최선을 다해 보게. 지금 당장 가서 알아보게. 나도 알아볼 테니. 난 자네가 돈을 마련하기 위해 내 신용을 담보로 하건 나를 담보로 하건, 그건 개의치 않겠네. (두 사람 퇴장)

중세에서의 고리대금업

이 작품 『베니스의 상인』에는 샤일록이란 아주 지독한 고리대금업자가 나온다. 셰익스피어는 샤일록에 대한 묘사를 매우 신랄하게 하는데 당시 중세 그리스의 철학과 기독교가 모두 고리대금업을 비난한 것에 기인한 것으로 보인다. 1139년에 교황은 고리대금업을 법으로 금지했다. 그러나 상업이 발달하면서 고리대금업의 필요성은 점차 높아졌다. 이에 교회는 독특한 방식으로 해결했는데, 즉 유대인으로 하여금 악역을 맡게 한 것이다. 교황 니콜라스 5세는 예수를 팔아먹고 처형한, 영원히 저주받을 족속인 유대인들로 하여금 고리대금업을 하도록 허용했다. 다시 말해 고리대금업 같은 사악한 직업으로부터 기독교인을 지킨 것이다. 덕분에 유럽 사회의 영원한 아웃사이더였던 유대인들은 고리대금업에 종사할 수 있게 되었다. 이후로도 가톨릭 교회는 계속해서 고리대금업을 비난하고 몰아내야 한다고 역설했다. 돈은 돈을 낳지 못하므로 형제에게 이자를 받아서는 안 된다는 입장이었다.

그러나 종교혁명 후 등장한 신교도들은 고리대금업에 대해서 약간 관대한 입장을 폈다. 종교개혁가 장 칼뱅은 5퍼센트 이자율 한도 내에서는 빌려주어도 좋다고 했다. 네덜란드 신교도와 영국 청교도들도 상한선을 정해놓고 대부업을 허용했다. 그러나 고리대금업에 대한 대중의 오해와 증오는 문학작품 등을 통해서 오히려 확산되었다.

비정하고 악랄한 고리대금업자가 문학에 등장하여 대중들의 고리대금업자에 대한 혐오감을 증폭했다. 셰익스피어의 『베니스의 상인』의 유대인 고리대금업자 샤일록과 도스토예프스키의 『죄와 벌』의 고리대금업자 노파도 그 예이다.

제 2 장 벨몬트, 포셔 저택의 방

포셔와 하녀 네리사 등장.

포 셔 정말이지, 네리사. 내 이 작은 몸뚱이로 크고 넓은 세상을 감당하는 일에도 이젠 지쳤어.

네리사 그러실 겁니다, 아가씨. 만일 아가씨께서 누리시는 행복이 불행과 맞먹는다면 그렇겠죠. 그러나 제가 알기로는 사람은 굶주려도 병이 나지만, 과식을 해도 병이 들지요. 그러니 알맞게 사는 게 가장 행복하게 사는 거죠. 무엇이든 과한 것보다는 분수를 지키는 게 중요하답니다.

포 셔 훌륭한 격언이로구나. 네 입담도 좋고.

네리사 격언은 듣는 것보다는 따르는 것이 더 좋답니다.

포 셔 좋은 일을 실천하는 게 무엇이 좋은 건지 아는 것만큼 쉬운 일이라면 작은 성당을 큰 성당으로, 가난뱅이의 오두막을 제왕의 궁전으로 바꿀 수도 있겠지. 자신의 설교를 실천으로 옮기는 성직자도 훌륭한 분이고. 스무 명에게 착한 일을 하라고 가르치는 건 쉽지만 자신의 말을 실행하기는 힘든 법이야. 이성은 열정을 제어할 방도를 찾아내겠지만 뜨거운 열정은 찬 계율을 뛰어넘는 법이니까. 청춘은 미친 토끼와 같아서 둔한 절름발이 지혜가 쳐놓은 그물을 뛰어넘는 법이거든. 하지만 내가 이론에 이렇게 강하다 해도 남편감을 고르는 일에는 전혀 도움이 되지 않아. 아, 선택이라는 낱말이여! 내가 원하는 사람을 선택할 수도, 싫은 사람을 거절할 수도 없다니. 내 처지가 너무 한 건 아니니?

네리사 아가씨의 아버님께서는 참으로 훌륭한 어른이셨지요. 성인들은 임종의 순간에 영감이 떠오른다고 하잖아요. 아마 아버님께서도 어떤 영감을 얻으셨기 때문에 금, 은, 납으로 세 개의 상자를 만들어 그들이 제비뽑기 하도록 하신 거겠죠. 아마 아가씨를 진정으로 사랑하는 사람만이 올바른 상자를 선택할 수 있겠죠. 그런데 지금까지 청혼해 오신 귀공자님들 가운데는 아가씨의 마음에 든 분이 없었나요?

포 셔 그럼 그들의 이름을 하나씩 대 봐. 이름을 대면 한 사람씩 평을 해볼게. 그리고 내 평을 듣고 내 마음을 맞혀 봐.

네리사 먼저 나폴리의 공작님은요?

포 셔 글쎄, 그분은 망아지 빼고 나면 말할 것도 없어. 입만 열면 말 얘기뿐이었지. 말에 손수 편자를 박을 수 있는 것이 무슨 대단한 재주라도 되는 양 뽐내던 꼴이라니.

네리사 그럼 팰러타인 백작님은요?

포 셔 아, 그 사람. 늘 우거지 상이었지. 마치 "내가 싫다면 어디 마음껏 골라 보시오"라고 말하는 것 같았어. 아무리 재미있는 얘기를 해도 웃지도 않고. 아마 나이가 더 들면 울상을 한 철학자가 되겠지.

그들 중 누구와 결혼하느니 차라리 해골과 결혼하는 편이 낫겠어.

네리사 그럼 아가씨, 프랑스의 귀족 르 봉 경은 어때요?

포 셔 하느님께서 만들어 놓으셨으니 그 사람도 남자로 불러야겠지. 나도 사람을 조롱하는 게 죄라는 건 알고 있어. 하지만 그 사람만은 어쩔 수 없구나. 그래도 나폴리 공작보다는 더 좋은 말을 갖고 있는 듯싶더라. 우울한 표정은 팰러타인 백작보다 한술 더 뜨고. 게다가 주체성이라곤 없는지 이 사람 저 사람 흉내만 내더구나. 티티새가 울어도 춤을 추고 자기 그림자와도 칼싸움을 할 수 있는 그런 위인이지! 그런 사람과 결혼하려 들었다면 스무 번도 더 했겠다.

네리사 그럼 영국의 젊은 남작 폴콘브리지는요?

포 셔 아, 그 사람. 그 사람에게는 한마디도 하지 않았다는 걸 너도 알잖아. 그는 라틴어도, 프랑스어도, 이탈리아어도 모르고, 내가 영어를 모른다는 건 법정에서 증언해도 될 만큼 자명한 일이잖니? 겉모습은 그림처럼 멀쩡하더라만 벙어리와 평생 살 수는 없지.

네리사 그럼 그분의 이웃나라 사람인 스코틀랜드 귀족은 어떻게 생각하시는데요?

포 셔 예수님 형님이지. 이웃을 사랑하는 박애정신만큼 대단했어. 그 영국인에게 따귀를 한 대 맞고는 때가 되면 또 한 대 맞기 위해 다른 쪽 귀를 내밀겠노라고 맹세했다더군.

네리사 그럼 색소니 공작의 조카 되시는 그 젊은 독일 청년은요?

포 셔 멀쩡한 정신으로 있는 아침에도 싫지만, 술에 취해 있는 저녁에는 더 싫어지는 인간이야. 가장 좋을 때조차 인간 이하이니, 최악의 경우에는 짐승이나 다름없겠지. 최악의 상황이 올지라도 그런 사람의 신세만은 지지 않기를 바랄 뿐이야.

네리사 그러나 만일 그분이 상자를 선택하러 와서 올바른 상자를 고른다면 어떡하죠? 그분을 거절하신다면 아가씨는 아버님의 유언을 거역하시는 셈이 되잖아요.

포 셔 그러니까 그런 최악의 일이 일어나지 않도록, 상자 위에 라인산 백포도주가 가득 담긴 술잔을 놓아 둬. 그럼 술의 유혹을 못 이기고 그 상자를 선택할 테니까.

네리사 아가씨, 걱정하지 마세요. 지금 말씀하신 분들과는 결혼하지 않게 됐으니까요. 그분들 모두 고국으로 돌아가면 두 번 다시 청혼 문제로 아가씨를 괴롭히지 않겠다고 저에게 말했어요. 아버님 유언대로 상자를 선택하는 방법이 아니라 다른 방법으로 아가씨와 결혼할 수 있으면 또 모를까, 더 이상 치근대지는 않겠다고요.

포 셔 아무리 오래 살지라도 난 처녀 신 아르테미스(다이애나)처럼 순결을 지키다 죽을 거야. 아버님의 유언에 따라 남편감을 고르지 않는다면 말이다. 아무튼 고맙구나. 한 궤짝이나 되는 청혼자들이 현명한 판단을 해줘서. 그 가운데 없어서 서운한 인물은 없으니 말이다. 하느님께 그 사람들이 무사히 떠나도록 빌어야겠다.

네리사 그런데 아가씨, 혹시 기억나지는 않으세요? 아버님께서 살아 계실 때 몽페라르 후작 일행과 같이 이곳에 오셨던 분 말이에요. 학자이면서 군인이셨던 그 베니스 분 말이죠.

포 셔 오, 그래. 생각나고 말고. 그분은 바사니오라는 이름이었지,
아마. 사람들이 그렇게 불렀던 것 같아.

네리사 바로 그분요. 제 부족한 두 눈으로 보아도 아름다운 아가씨의
배필로는 그분이 최고였어요.

포 셔 나도 기억나. 그분이라면 네가 칭찬할 만하지. (모두 **퇴장**)

제 3 장 샤일록의 집 앞에 있는 베니스의 광장

바사니오와 샤일록 등장.

샤일록 삼천 더컷이라 했겠다.

바사니오 그렇소. 석 달만 빌려주시오.

샤일록 으음, 석 달이라.

바사니오 아까도 말했듯이 보증은 안토니오가 설 것이오.

샤일록 으음, 보증은 안토니오 나리께서 서신다.

바사니오 날 좀 도와주겠소? 내 청을 들어주겠냐 말이오.

샤일록 삼천 더컷을 석 달만이라, 보증은 안토니오 나리께서 서시고.

바사니오 어떻게 하시겠소?

샤일록 안토니오 나리야 좋은 분이시죠.

바사니오 안토니오 공에 대해 무슨 나쁜 평이라도 들은 적이 있소?

샤일록 아니, 그럴 리가 없지요. 내가 좋은 분이라고 말씀드린 것은, 보증인으로는 재력이 괜찮다는 말이지요. 하지만 그분의 재산이란 게 확실치는 않아요. 바다에 떠 있다는 말씀이죠. 그분의 상선 한 척은 트리폴리스로, 또 한 척은 서인도로, 그리고 또 한 척은 멕시코로, 또 다른 한 척은 영국으로 가고 있는 중이라고 들었소. 그러니까 그분의 재산이란 건 세계 각지에 흩어져 있는 셈이죠. 그런데 배란 것은 그저 나무판때기에 불과하고, 선원들 역시 인간에 지나지 않죠. 게다가 물에는 물쥐와 도둑과 해적들이 득실거릴 뿐더러 파도와 태풍에다 곳곳에 암초의 위험이 도사리고 있다는 말씀입니다. 그건 그렇지만, 그분의 재력이야 충분하지요. 삼천 더컷이라, 그분의 보증을 받아들여도 괜찮을 것 같소.

바사니오 괜찮다면 우리 함께 식사라도 합시다.

샤일록 (방백) 그래, 돼지고기 냄새를 같이 맡으라고? 당신들의 예언자 나사렛 사람이 요술을 부려 악마를 그 몸속에 쳐넣어 사육했다는 그 돼지고기를 같이 먹으라고? 당신네들과 사고 팔고, 이야기도 하고 함께 걷기는 하겠지만, 같이 먹고 마시고 기도하는 것만은 어림없는 일이지. 지금 오시는 분이 누구시더라?

안토니오 등장.

바사니오 안토니오 공이로군.

샤일록 (방백) 영락없이 아첨만 할 줄 아는 세리의 상판대기군! 내가 저 놈을 미워하는 건 예수쟁이기 때문이지. 게다가 겸손한 척 어수룩하게 행동하면서 이자를 받지 않고 돈을 빌려주는 통에 베니스의 고리대금 금리만 떨어졌으니 더욱 미울 수밖에. 어디 내 그물에 한번 걸리기만 해봐라, 내 해묵은 원한을 모조리 풀어버릴 테니까. 저 놈은 하느님의 백성인 우리 유대인을 증오할 뿐만 아니라 상인들이 모인 곳에서 나와 내 사업 그리고 내 정당한 돈벌이를 고리대금업이라고 비난했던 놈이라고. 내가 저 놈을 용서한다는 건 내 종족에게 못할 일이지.

바사니오 이봐요, 샤일록. 듣고 있는 거요?

샤일록 지금 내 수중에 있는 돈을 계산해 보고 있는 거요. 한데 생각나는 대로 헤아려 봐도 삼천 더컷이라는 거금을 당장 조달하기는 어려울 것 같소이다. 하지만 염려하시지는 마소. 우리 유대인 동포 가운데 튜벌이라는 부자가 있는데, 그가 내게 융통해 줄 수 있을 테니. 그런데 잠깐, 기간이 몇 달이라고 하셨더라? (안토니오에게) 안녕하십니까, 나리! 방금 나리 얘기를 하고 있던 참이었습니다.

안토니오 샤일록, 나는 원칙적으로 이자를 받고 돈을 빌려주지도 않고, 이자를 주고 돈을 빌리지도 않는데, 이번만은 어쩔 수 없구려. 친구가 얼마나 필요하다고 했소?

샤일록 삼천 더컷이라 하셨소.

안토니오 그리고 석 달이오.

샤일록 참, 깜빡했네. 석 달이라고 말씀하셨지. 자, 그럼 나리께서 보증을 서 주시지요. 그런데 듣자 하니, 나리께서는 이자를 받고 돈 거래를 하지 않으신다고 말씀하신 것 같은데……

안토니오 그렇소. 그게 내 식이오.

샤일록 그런데 제 말씀 좀 들어 보세요, 나리. 안토니오 나리, 거래소에서 돈놀이를 한답시고 저를 수없이 비난하셨지요. 제가 빌려준 돈과 이자를 싸잡아 말입니다. 그래도 전 어깨를 움츠리며 꾹 참아내곤 했지요. 인내는 우리 유대 민족의 미덕이니까요. 당신은 나를 두고 이교도라느니, 사람 잡는 개라느니 하면서 우리 웃옷에다 서슴없이 침을 뱉었지요. 내 돈을 내 마음대로 이용하는 걸 두고 말이죠. 그런데 지금 나리께서는 이 개새끼의 돈이 필요하시다고요? 거 참, 나리께서 내게 오셔서 "샤일록, 돈 좀 빌릴 수 있을까?" 물어보셨죠. 제 수염에 가래침을 뱉으며 문지방에서 낯선 들개를 걷어차듯 저를 발길질하던 나리께서 이젠 돈을 꿔 달라고 하시니 제가 뭐라고 말씀드려야 할까요? 이렇게 말씀드리면 될까요? "개에게 무슨 돈이 있겠습니까? 그게 말이나 됩니까? 들개에게 삼천 더컷이란 거액을 빌려 달라는 게?"

안토니오 앞으로도 나는 당신을 개새끼라고 부르고, 계속 침도 뱉을 거고, 발길질도 할 것이오. 그러니 친구에게 돈을 빌려준다는 식으로 생각하지는 마시오. 친구가 새끼도 치지 못하는 쇠붙이를 빌려주고 이자를 받아먹을 리가 있겠소? 차라리 원수에게 그 돈을 빌려주었다고 생각하시오. 그래야 계약을 어길 경우 좀더 당당하게 위약금을 받아낼 수도 있지 않겠소?

샤일록 아니, 이보십시오. 왜 화부터 내시고 그럽니까? 저는 나리와 친구가 되고 싶기도 하고, 우정도 나누고 싶어서 여태껏 받은 모욕도 잊고서 이자를 한푼도 받지 않고 필요한 돈을 융통해 드리려고 하는데, 제 말은 끝까지 들어 보시지도 않고 무시하시는군요. 제 호의를 이런 식으로 무시하시다니…….

바사니오 그게 호의라면 좋겠소만…….

샤일록 그럼 선심을 좀 쓰겠습니다. 자, 함께 공증인에게 가서 나리 한 분의 서명이라도 좋으니 차용증서에 도장을 찍어 주시지요. 그리 고 농담삼아 말씀드리는 건데, 만일 나리께서 차용증서에 명시된 대 로 지정된 날짜와 지정된 장소에서, 지정된 액수의 돈을 갚지 못하 실 경우, 위약금으로 나리의 몸 어디에서든 내가 원하는 곳의 살을 1 파운드만 주시는 게 어떻습니까?

안토니오 좋소. 그런 증서라면 서명하겠소. 그리고 사람들에게 유대 인도 친절하더라고 널리 말해 주겠소.

바사니오 안 되네. 나 때문에 그런 차용증서에 도장을 찍을 수는 없 네. 차라리 가난하게 지내는 게 낫겠네.

안토니오 아니, 걱정 말게, 이 친구야. 내가 위약할 리가 있겠나. 두 달 안으로, 그러니까 이 차용증서에 기록된 만료일 한 달 전에, 증서 에 명시된 금액의 세 배에 다시 세 곱을 한 큰돈이 들어온다네.

샤일록 오, 아버지 아브라함이시여! 기독교도들은 다 이런가요? 자기 네들이 가혹한 짓을 일삼으니까, 다른 사람의 호의도 믿지 못하나 봅니다. 자, 한마디만 합시다. 만일 증서에 명시된 약속날짜를 어겼 다 해서, 제가 그 위약의 대가를 받아낸들 무슨 이득이 있겠소? 사람 몸에서 베어낸 1파운드의 인육이 무슨 쓸모가 있겠소? 양고기나 쇠 고기나 염소 고기보다 쓸모가 없지요. 저는 그저 나리의 호의를 얻기

위해 우정을 베푸는 겁니다. 제발 제 호의를 오해 마십시오.

안토니오 좋소, 샤일록. 내 증서에 도장을 찍겠소.

샤일록 그럼 공중인 사무실에서 만납시다. (모두 퇴장)

제 2 막

제 1 장 벨몬트, 포셔 저택의 방

요란한 나팔 소리. 모로코 영주와 수행원, 포셔, 네리사, 하인들 등장.

모로코 영주 내 얼굴색 때문에 나를 싫어하지는 마시오. 이 색깔은 작열하는 태양이 내게 입혀 준 검은 옷이니까. 난 바로 그 태양의 이웃으로 태양 가까이에서 태어났소. 태양신 아폴론의 뜨거운 불길로도 고드름을 녹이지 못한다는 북쪽의 흰 얼굴을 가진 미남을 데려와 나와 비교해도 좋소. 당신의 사랑을 받기 위해서라면 그의 피와 내 피 중에서 누구 피가 더 붉고 뜨거운지 시험해 봐도 좋소. 아가씨, 내 신께 맹세하지만, 내 얼굴을 보고 용감한 자들도 공포에 떨었답니다. 사랑을 걸고 맹세할 수 있소. 우리나라 최고의 아름다운 미인들도 내 얼굴에 반했다오. 당신의 마음을 훔칠 수 있다면 모를까, 내 얼굴색을 바꿀 생각은 추호도 없소. 나의 여왕이시여!

포 셔 저는 배필을 선택할 때 보통 처녀들처럼 제 안목을 따를 수가 없답니다. 더구나 제 운명은 제비뽑기에 달려 있으니, 제 마음대로 배필을 선택할 권리가 없는 셈이지요. 아버지께서 그런 유언을 남기시지 않고 제 뜻을 좇도록 하셨다면, 고매하신 영주님이야말로 지금 껏 제 사랑을 얻기 위해 여기까지 온 청혼자들 가운데 제일 훌륭하신 분이라 생각합니다.

모로코 영주 말씀만이라도 고맙소. 그럼 제발 상자가 있는 곳으로 날 안내해 주시오. 내 운명을 시험해 보리다. 터키의 황제 솔리먼을 세 번이나 물리쳤고, 페르시아의 사파이 왕도 베어버린 이 명검을 두고 맹세할 수 있소. 그 어떤 매서운 눈빛이라도 마주 보아 이길 것이고, 제아무리 담이 큰 놈이라도 기를 꺾어놓겠다는걸. 곰의 품속에서 젖을 빨아먹고 있는 곰새끼라도 어미 품에서 떼어놓을 수 있소. 으르렁거리며 표효하고 있는 사자조차 싸워 이길 것이오. 당신을 내 아내로 맞이할 수만 있다면 말이오. 헤라클레스와 그의 하인 라이커스가 만일 주사위를 던져 어느 쪽이 더 센지를 가르려고 한다면 헤라클레스 같은 천하장사라도 질 수가 있지요.

포 셔 모든 걸 운명에 맡길 수밖에 없지요. 아예 상자 고르는 일을 단념하시든가, 아니면 상자를 고르시기 전에 맹세해야 합니다. 상자를 잘못 고르실 경우 앞으로 어떤 여성에게든 청혼을 하지 않겠다고 말입니다. 그러니 잘 생각해 보시기 바랍니다.

모로코 영주 이제 와서 그만둘 수는 없소. 자, 그러면 운명의 시험대로 나를 안내해 주시오. (나팔 소리, 모두 퇴장)

제 2 장 베니스의 거리

론슬롯, 고보와 함께 등장. 다른 쪽에서 바사니오와 레오나르도, 일행과 함께 등장.

바사니오 (한 하인에게) 그렇게 해도 좋아. 하지만 서두르게나. 늦어도 다섯시까진 저녁식사 준비가 돼야 하니까. 이 편지는 꼭 전달하고, 새 옷도 맞춰 입도록. 그리고 그레시아노 나리께는 내가 속히 우리 집으로 오시길 바란다고 전하거라. (하인 퇴장)

론슬롯 (고보 등을 떠밀면서) 저 분께 인사드리세요, 아버지.

고 보 안녕하십니까, 나리. 나리께 하느님의 축복이 있기를 빕니다.

바사니오 고맙소, 나에게 무슨 용무라도 있소?

고 보 여기 제 자식놈이 있기는 있사온데, 워낙 변변치 못한 놈이라서…….

론슬롯 (앞으로 나선다) 변변치 못한 놈이라뇨, 아버지. 저는 부유한 유대인 댁 하인이옵니다. 자세한 건 제 아버지가 말씀드릴 겁니다만.

고 보 자식놈이 큰 포부를 갖고 있답니다. 말하자면, 나리 밑에서 나리를 위해 일하겠다는 거죠.

론슬롯 정말 요점만 말씀드리자면 전 유대인을 섬기고 있지만, 저의 바람이란……, 아버지께서 설명하시겠지만…….

고 보 나리께 말씀드리긴 뭣합니다만, 지금 이 애와 그 댁 주인은 거의 한솥밥을 먹을 수 있는 상황이 안 돼놔서요.

론슬롯 정말 간단하게 말씀드리자면 사실 그 유대인 놈이 절 학대했고, 그래서 전 어쩔 수 없이…… 나이 많은 노인이기는 하지만 제 아버지가 자세히 말씀드리자면…….

고 보 저, 여기 나리께 드리려고 비둘기 요리 한 접시를 갖고 왔습니다. 제 청을 말씀드리자면…….

바사니오 한 사람씩 말하는 게 낫겠네. 뭘 원하는지?

론슬롯 나리를 모시고 싶습니다, 나리.

고 보 그것이 바로 요점입니다, 나리.

바사니오 청을 들어주마. 널 잘 알고 있거든. 네 주인 샤일록과 오늘 얘길 했는데 널 추천하더군. 글쎄, 돈 많은 유대인 집을 나와서 나 같은 가난뱅이의 하인이 되는 게 뭐 그리 좋은 일이라고. 하지만 네가 좋다면 그렇게 해라.

론슬롯 샤일록과 나리께서는 '신의 은총은 보석'이란 옛 속담을 공평하게 나눠 갖고 계신 것 같습니다요. 나리께선 '신의 은총'을, 샤일록은 '보석'을 듬뿍 갖고 있으니 말입니다.

바사니오 말재간이 보통이 아니구나. (고보에게) 자, 노인도 아들과 함께 가시죠. (론슬롯에게) 자, 옛주인한테 가서 작별 인사를 한 다음 우리 집으로 오너라. (하인들에게) 이 자에게 다른 하인들보다 더 많은

장식이 달린 옷을 입히게. 명심하게나! (바사니오를 빼고 모두 퇴장)

그레시아노 등장.

그레시아노 이봐, 바사니오 공! 내 자네에게 부탁이 있네.

바사니오 내 어찌 자네 청을 거절할 수 있겠나?

그레시아노 거절하지 말게. 나도 자네를 따라 벨몬트로 가야겠네.

바사니오 그럼, 그렇게 하게. 하지만 그레시아노, 자넨 너무 거친데다 무례하고 말도 함부로 하는 편이지. 그것이 자네의 개성이고, 우리 친구들에게는 큰 결점이 되는 것도 아니지만, 글쎄 자네를 잘 모르는 사람들은 자네의 행동이 지나치게 자유분방하다고 여길지도 모르겠네. 그러니 제발 부탁이니 좀 절제해 주게. 천방지축 끓는 물처럼 급한 자네 성미에 절제란 차디찬 냉수를 몇 방울 떨어뜨려 좀 식히도록 노력해 주게. 자네의 거친 행동 덕에 나까지 오해를 받고, 나아가 일을 망치게 될지도 모르니 말일세.

그레시아노 알겠네, 바사니오. 내 그렇게 하도록 하지. 행동은 점잖게, 말은 공손하게, 욕설은 꼭 필요할 때만 하겠네. 그리고 호주머니 속에는 항상 성경을 넣고 다니고, 근엄한 표정을 짓고 다니겠네.

바사니오 그래, 어디 한번 자네 행실을 지켜보지. (두 사람 퇴장)

제 3 장 베니스, 샤일록의 집 방

제시카와 론슬롯 등장.

제시카 막상 네가 우리 아버지 곁을 떠난다니 섭섭하구나. 우리 집이야 지옥이지만, 그래도 너같이 유쾌한 도깨비 같은 친구가 있어서 덜 따분했는데. 하지만 잘 가거라. 아참 론슬롯, 오늘 저녁식사 때 네 새 주인이 로렌조님을 초대하셨으니 그분에게 이 편지를 전하거라. 아무도 몰래 전해야 돼.

론슬롯 아가씨, 안녕히 계십시오! 저도 눈물 때문에 말문이 막히는군요. 이교도지만 너무나 어여쁘고 착하고 친절한 아가씨! 만일 어떤 기독교도가 술책을 써서 당신을 아내로 맞이한다 해도 당연한 일이지요. 좌우지간 안녕히 계세요. (퇴장)

제시카 아, 이 얼마나 흉한 일인가. 내가 아버지의 자식임을 부끄러워하다니! 내 비록 핏줄은 아버지의 것을 이어받았을지 모르지만 그분의 성품까지 닮은 건 아니랍니다. 오, 로렌조님, 약속을 지켜 주신다면 난 이 번민에서 벗어나 기독교인으로 개종하여 당신의 사랑스런 아내가 되겠습니다. (퇴장)

제4장 베니스, 다른 거리

그레시아노, 로렌조, 살레리오, 솔라니오 등장.

로렌조 그러니까, 저녁식사 도중에 슬그머니 빠져나와 우리 집에 가서 가장을 한 뒤 모두 다시 오기로 하자. 넉넉잡고 한 시간이면 돼.

그레시아노 난 아직 준비가 좀 덜 됐는데.

살레리오 누굴 횃불잡이로 할지 정하지도 않았잖아.

솔라니오 제대로 하지 못할 바에는 꼴만 우습게 될 테니, 차라리 집어치우는 게 나을지도 몰라.

로렌조 아직 시간이 네 시밖에 안 됐잖아. 준비할 시간이 두 시간이나 남았는걸. (편지든 론슬롯 등장) 론슬롯, 무슨 일인가?

론슬롯 (편지를 꺼내 로렌조에게 주며) 어서 편지를 뜯어 보시지요. 자세한 내용이 적혀 있을 겁니다.

로렌조 눈에 익은 필체로군. 정말 아름다워. 글을 쓴 사람의 손이 이 편지지보다 더 희고 아름답지만.

그레시아노 연애편지로군. 틀림없어.

론슬롯 그럼 소인은 이만 물러가겠습니다, 나리.

로렌조 어디 가려는가?

론슬롯 샤일록 나리께 오늘 밤 바사니오 나리가 베푸시는 만찬에 참석하시라는 말씀을 전하러 갑니다.

로렌조 잠깐, 거기 서라. 이걸 받게. (론슬롯에게 돈을 건네준다) 제시카 아가씨에게 내가 절대 실망시키지는 않을 것이라고 말씀드리게. 은밀히 전해야만 하네. (론슬롯 퇴장) 자, 이제 오늘 밤에 있을 가장무도회 준비를 시작하는 게 어떤가? 횃불잡이는 내가 구해 보겠네. 그럼 한 시간쯤 후에 그레시아노 집에서 만나도록 하세.

솔라니오 좋아, 그렇게 하세. (살레리오와 솔라니오 퇴장)

그레시아노 그 편지는 아름답고 상냥한 제시카 아가씨에게서 온 것이 아닌가?

로렌조 그렇다네. 자네에게 모든 것을 털어놓겠네. 그녀가 적어 보낸 것이네. 어떻게 하면 아버지 집에서 자기를 빼낼 수 있는지, 얼마만큼의 금은보석을 가지고 나올 수 있는지, 그리고 가장무도회 복장으로는 어떤 시동의 옷을 마련해 놨는지 말일세. 그래서 하는 말인데, 만일 그녀의 아버지인 유대 놈이 천당엘 가게 된다면, 그건 순전히 상냥한 딸 덕분이지. 그녀가 신앙이 없는 유대 놈의 자식이라는 이유 때문이라면 모를까, 어떤 불운도 감히 그녀의 앞길을 가로막지는 못할 거야. 자, 함께 가세. 가면서 이 편지를 읽어 보게. 그리고 난 아름다운 제시카를 횃불잡이로 삼을까 하네. (두 사람 퇴장)

제 5 장 베니스, 샤일록의 집 앞

샤일록과 론슬롯, 제시카 등장.

샤일록 제시카, 난 오늘 저녁식사에 초대를 받고 나가야 한다. 그리고 이건 열쇠 꾸러미니까 잘 간직하거라. 그런데 무엇 때문에 내가 가야 하지? 내가 좋아서 오라는 것도 아니고 단지 비위를 맞추려는 건데. 하지만 미워서라도 거기 가서 돈을 물 쓰듯 흥청망청 쓰는 예수쟁이들이 준비한 음식이나 실컷 먹어치워야겠다. 내 딸 제시카야, 집 잘 봐라. 난 정말 가고 싶지는 않구나. 어쩐지 편치 않을 것 같은 불길한 예감이 들거든.

론슬롯 어쨌든 가시지요, 나리. 그분들은 모든 계획을 함께 짜셨답니다. 나리께서 가면무도회를 꼭 보시라는 말씀은 아닙니다. 하지만 만일 보신다면, 지난 부활절 다음 월요일 아침 여섯 시에 제가 코피를 흘리며 법석을 떨었던 게 다 이유가 있어서라는 걸 아시게 될 겁니다. 오늘 오후가 그 해 성회 수요일로부터 꼭 4년째 되는 해이죠.

샤일록 뭐, 가면무도회가 있다고? 잘 들었느냐, 제시카. 문을 몽땅 잠그고 있거라. 북소리가 들리든 몹쓸 피리 소리가 들리든 아무리 밖에서 난리를 치더라도 구경을 한답시고 창문으로 얼굴을 내밀고 길거리를 내다보면 안 된다. 얼굴에 잔뜩 분을 처바른 광대 같은 예수쟁이 바보들의 상판대기를 구경하느라 한눈을 팔아선 안 된단 말이다. 우리 집의 귀란 귀는 다 틀어막아라. 이 창문 말이다. 그 천박한 바보들이 소란을 피우는 소리가 조용한 우리 집에 들어오지 못하도록 해야 한다. (론슬롯에게) 이봐라, 네 놈은 먼저 가서 내가 그리 가겠다고 전하거라.

론슬롯 그럼 저는 먼저 갑니다요, 나리. (나가면서 제시카에게 소곤거린다) 아가씨, 아버님이 뭐라 하시든 신경 쓰지 마시고 창밖을 꼭 내다보세요. 아주 멋진 기독교인 청년이 한 사람 있는데, 유대인 아가씨 눈에 꼭 들 겁니다. (퇴장)

샤일록 저 바보 같은 놈, 저 바보가 지금 뭐라고 말했냐?

제시카 안녕히 계시라고 했을 뿐, 다른 소리는 없었어요.

샤일록 저 바보 같은 녀석, 성격은 좋은데 많이 처먹는 게 흠이지. 무슨 일을 시키든 달팽이같이 느려 터지고, 대낮에도 살쾡이처럼 잠만 자니, 꿀도 못 만드는 벌을 우리 집에다 놔둔 셈이지. 그래서 내보내는 거야. 자, 제시카, 그만 들어가 봐라. 난 아마 금방 돌아올 거다. 그리고 내가 일러준 대로 문단속 잘해라. '단단히 매어 두면 모두가 마던 법' 언제 어디서 들어도 좋은 속담이지. (퇴장)

제시카 아버지, 안녕히 다녀오세요. (혼잣말로) 누가 내 운명을 막지만 않는다면, 이것으로 우리 부녀는 이별이에요. 나는 아버지를, 아버지는 딸을 잃는 거죠. (퇴장)

제 6장 베니스, 샤일록의 집 앞

그레시아노와 살레리오 가면을 쓰고 등장.

그레시아노 이곳이 바로 로렌조가 우리더러 있으라던 그 처마 밑이야.

살레리오 한데 약속 시간이 지났네.

그레시아노 그 친구가 약속 시간을 안 지키다니, 정말 이상한 일이군. 사랑에 빠진 연인들이란 언제나 약속 시간보다 먼저 오는 법인데.

살레리오 비너스의 수레를 끄는 비둘기도 새로 맺은 사랑의 맹세를 지킬 때는 재빠르게 날지만, 이미 맺어진 사랑의 맹세를 지킬 때는 거북이걸음이라더군!

그레시아노 그야 만고의 진리지. 잔칫집에 왔다가 갈 때도 왕성한 식욕을 가진 채 식탁에서 일어나는 사람이 있던가? 말도 길을 처음 떠날 때는 지루함을 참고 엄청난 속도로 달리지만, 같은 길을 돌아올 때는 열심히 달리는 법이 없지 않은가? 세상사가 다 그런 게 아닌가. 쫓아다닐 때는 활기찬 법이지만, 막상 손에 넣으면 시들해지는 거지. 만국기를 나부끼며 항구를 떠나는 배를 보게. 마치 젊은 귀공자 같지 않은가? 창녀 같은 바람의 애무를 받으면서 말일세. 그런데 항구로 돌아오는 배의 모습은 마치 탕아처럼 보이는 법이지. 창녀 같은 바람에 시달려 찢기고 앙상한 뼈대만 남은 채로 말일세.

로렌조 황급히 등장.

살레리오 마침 로렌조가 오는군. 이 얘기는 나중에 하세.

로렌조 친구들, 이렇게 오래 기다리게 해서 미안하네. 본의 아니게 자네들을 오래 기다리게 만들었지만, 나보다는 내 사랑을 탓하게. 자네들이 아내로 삼을 색시를 훔쳐 낼 때는 나도 자네들만큼 오래 기다려 줄 테니까. 자, 여기가 내 장인인 유대인의 집일세. 여보시오! 안에 누구 있소?

제시카 누구세요? 목소리는 익숙하지만, 그래도 분명히 해야죠.

로렌조 나요, 그대의 연인 로렌조요.

제시카 정말 로렌조님이시죠? 정말 내 사랑이시죠? 제가 당신말고 누구를 이토록 사랑하겠어요? 자, 여기 이 상자를 받으세요. 수고할 가치는 있는 물건이에요. (**상자를 던진다**) 밤이라 다행이에요. 당신이 제 모습을 보시지 못할 테니. 이렇게 변장한 모습을 보여 드리고 싶지 않았어요. 하지만 사랑은 사람들을 장님으로 만든다는 말이 사실인가 봐요. 연인들은 자신들이 저지르는 어리석은 짓들을 볼 수 없으니까요. 만일 볼 수 있다면 큐피드조차 얼굴을 붉히겠죠.

로렌조 어서 내려오시오. 그대가 내 횃불잡이가 되어 주어야겠소.

제시카 뭐라고요? 이 부끄러운 제 모습이 잘 보이도록 횃불을 들라고요? 그러지 않아도 이런 차림이 우스운 판에 횃불까지 들고 남들에게 환히 보이도록 서 있으라고요? 내 사랑이여, 지금 전 제 모습을 숨겨야 할 처지랍니다.

로렌조 그래서 아름다운 소년 복장으로 변장을 하고 숨어 있었군. 자, 어쨌든 얼른 내려와요: 비밀을 감싸주는 밤이 지나가기 전에. 바사니오의 만찬이 우릴 기다리고 있소.

제시카 문단속을 단단히 하고, 돈을 좀 더 챙겨 가지고 갈 테니까 잠깐만 더 기다리세요. (창문을 닫는다)

그레시아노 저 상냥한 아가씨는 정말 유대인 같지 않아.

로렌조 내가 그녀를 진심으로 사랑하지 않는다면 지금 천벌을 받아도 좋아. 내 판단이 맞다면 그녀는 현명한데다가 내 눈이 삐지 않았다면 정말 아름답고, 진실하지. (제시카가 안에서 나온다) 아니, 벌써 왔소? 자, 친구들, 이제 갑시다. 지금쯤 가면을 뒤집어쓴 친구들이 목을 길게 빼고 우릴 기다리고 있을 걸세. (모두 퇴장)

제 7 장 벨몬트, 포셔 저택의 방

요란한 나팔 소리. 포셔, 모로코 영주 시종들 등장.

포 셔 자, 커튼을 젖히고 귀한 영주님께 세 개의 상자를 보여 드려라. (하인이 상자를 보여준다) 자, 그럼 골라 보시지요.

모로코 영주 첫 번째 상자는 금 상자로군. 가만, 상자 위에 이런 글귀가 적혀 있군. '나를 선택하는 자는 만인이 원하는 것을 얻으리라.' 두 번째는 은 상자고, 여기에도 이런 글귀가 적혀 있군. '나를 선택하는 자는 그 신분에 합당한 것을 얻으리라.' 세 번째 상자는 형편없는 납 상자로군. 이런, 글귀조차 퉁명스럽기 짝이 없군. '나를 선택하는 자는 전 재산을 걸고 모험을 해야 한다.' 한데, 내가 상자를 제대로 선택했는지 어떻게 알 수 있단 말이오?

포 셔 영주님, 한 상자에만 저의 초상화가 들어 있습니다. 물론 그걸 고르시면 전 영주님의 것이 되지요.

모로코 영주 신이시여, 저의 판단력을 바르게 인도하소서! 어디 글귀를 다시 한 번 읽어 보자. 납으로 된 상자에는 뭐라고 적혀 있었지? '나를 선택하는 자는 전 재산을 걸고 모험을 해야 한다.' 무엇을 위해서? 납을 위해서? 납을 위해 모험을 하란 말인가? 이건 나를 협박하는 게로군. 내 전 재산을 걸면 대체 내게 뭘 주겠다는 거지? 황금 같은 마음을 가진 내가 하찮은 외양에 허리를 굽힐 수는 없는 법, 난 납덩어리 때문에 동전 한 닢이라도 거는 모험 따위는 하지 않겠어. 그럼 처녀 같은 은 상자에는 뭐라고 씌어 있었지? '나를 선택하는 자는 그 신분에 합당한 것을 얻으리라.' 그 신분에 합당한 것이라고? 모로코 영주여, 잠시 멈추고 그대의 가치를 헤아려 보시오. 그대 자신의 평가에 의하면, 그대 가치는 차고도 넘치지. 그러나 아가씨를 얻을 수 있을 만한지는 알 수 없는 일. 하지만 내 가치를 의심하는 건 내 자신을 과소평가하는 것이지. 내 신분에 합당한 만큼이라! 옳지, 바로 이 여자다! 똑똑한 모로코의 영주여, 무엇을 망설이는가? 가문으로 보나 재산으로 보나 예의범절이나 교양으로 보나 내 신분에 합당한 여자가 바로 이 여자인 건 틀림없어. 하지만 무엇보다 사랑을 두고 볼 때 내가 가장 합당한 인물이지. 이제 그만 망설이고 이걸 선택해 볼까? 어디 한 번 보자. 금으로 된 상자엔 뭐라고 새겨져 있었지? '나를 선택하는 자는 만인이 원하는 것을 얻으리라.' 옳지, 그것도 바로 이 여자다! 온 세상 사람들이 이 여자를 열망하고 있잖나. 나에게 열쇠를 주시오. 이걸 고르겠소. 이젠 행운을 빌 수밖에!

포 셔 자, 열쇠를 받으십시오. 제 초상화가 그 안에 들어 있으면 저는 당신 것이 되는 겁니다! (모로코 영주, 금 상자를 연다)

모로코 영주 오, 이런! 이게 대체 뭐냐? 더러운 해골바가지로구나. 텅 빈 눈구멍에 끼어 있는 두루마리를 보자꾸나. '반짝인다고 해서 모두 금은 아니다. 그대는 이렇게 말하는 것을 자주 들었을 터. 수많은 사람들이 내 모습에 홀려 생명을 팔았도다. 황금의 무덤 속엔 구더기가 우글대는 법. 그대가 용감한 만큼 현명했다면, 젊고 분별력이 있었다면 두루마리에 쓰인 이런 답은 받지 않았을 것을. 잘 가시오. 당신의 청혼은 끝났소.' 정말 차가운 소리군. 내 노력도 허사가 되었고. 그래, 잘 가라, 사랑의 열정이여. 이리 오너라, 싸늘한 현실이여. 포셔 아가씨, 이제 작별을 해야겠소. 가슴이 너무 아파 긴 인사는 피하겠소. 그럼 패자는 말없이 사라집니다. (영주 **시종들과 퇴장**. 요란한 나팔 소리)

포 셔 점잖게 가버렸구나. 이제 커튼을 치자. 얼굴색이 검은 저런 남자들은 모두 저렇게 헛물만 켜고 돌아가면 좋으련만. (모두 **퇴장**)

제 8 장 베니스의 거리

살레리오와 솔라니오 등장.

솔라니오 글쎄, 여보게. 바사니오가 배를 타고 가는 걸 보았는데, 그레시아노도 바사니오와 함께 있었지만, 로렌조는 보이지 않았어.

살레리오 그 유대 놈이 고함을 쳐 공작님을 깨웠지. 공작님도 그 놈과 함께 바사니오의 배를 찾으러 가셨어.

솔라니오 놈이 왔을 때는 이미 너무 늦었어. 배가 떠난 후니까. 공작님께서도 얘기를 듣고 진상을 아시게 됐지만. 게다가 안토니오도 공작님께 말씀을 드렸다네. 바사니오의 배를 같이 타고 가지는 않았다고.

살레리오 난 그 개 같은 유대 놈이 그렇게 화내는 건 난생 처음 봤네. 길거리에서 정신 없이, 그렇게 이상하게 소리를 지르며 성을 내는 꼴이란. 정말이지 그렇게 고함을 지르는 걸 본 적이 없네. "내 딸! 아, 내 돈! 오, 내 딸년이 예수쟁이와 도망을 치다니! 예수쟁이 놈이 내 돈을 챙기다니! 재판 감이다! 법이다! 내 금화 두 주머니를! 내 딸년이 훔쳐가다니! 꽁꽁 묶어 둔 그 돈자루를! 귀하고 값진 보석 두 개까지 훔쳐가다니! 재판이다! 내 딸년을 찾아주시오! 내 보석도 그 년이

가지고 갔소! 내 돈!' 하고 소리를 질러댔지.

솔라니오 안토니오도 약속한 날짜에 돈을 갚아야 할 텐데. 안 그랬다간 무슨 봉변을 당할지도 모르는 판이야.

살레리오 그러고 보니 이제야 생각나는군. 어제 어떤 프랑스인을 만났는데, 그 사람 말이 프랑스와 영국 사이의 좁은 해협에서 짐을 잔뜩 실은 화물선이 난파당했다지 뭔가. 그 얘길 듣는 순간 안토니오가 떠오르더라고. 난 마음속으로 그의 배가 아니길 빌었네.

솔라니오 자네가 들은 그 얘길 안토니오에게 해주는 게 좋을 듯싶네. 그렇다고 불쑥 말해 충격을 주지는 말고.

살레리오 그렇게 마음 착한 친구는 아마 이 세상에 없을 거야. 난 바사니오와 안토니오가 작별하는 모습을 봤네. 바사니오가 될 수 있으면 빨리 돌아오겠다고 말하자 그는 이렇게 말했지. "그러지는 말게. 나 때문에 조급히 굴다가 일을 망치면 안 되니까. 때가 무르익을 때까지 기다리게. 유대인이 받아간 차용증서는 신경 쓰지도 말게. 사랑으로 가득 찬 마음에 부담이 돼선 안 되네. 자네는 청혼하는 일에만 전력을 기울이게." 이렇게 말하면서도 눈에 눈물이 고이자 고개를 옆으로 돌린 채 바사니오의 손을 꼭 잡더군.

솔라니오 아마 그 친구의 유일한 보람은 바사니오에게 우정을 베푸는 일일 거야. 자, 우리 함께 그를 찾아보세. 그리고 유쾌한 일을 찾아내서 우울증을 털어 내도록 도와주세. (모두 퇴장)

제 9 장 벨몬트, 포셔 저택의 방

요란한 나팔 소리. 아라곤 영주와 포셔, 네리, 그리고 시종들, 등장.

포 셔 보십시오, 영주님. 저기 상자가 있습니다. 제 초상화가 들어 있는 상자를 선택하시면, 우리의 결혼식이 즉시 거행될 겁니다. 하지만 잘못 선택하시는 경우엔, 아무 말씀도 마시고 당장 이곳을 떠나셔야 합니다.

아라곤 영주 나는 조금 전 세 가지 조건을 지키겠노라고 맹세를 했소. 첫째는 내가 어떤 상자를 선택했는지 누구에게도 발설하지 않겠다는 것이고, 둘째는 내가 만일 상자 선택에 실패하면 두 번 다시 어떤 처녀에게도 청혼하지 않겠다는 것이오. 그리고 마지막으로는, 불행히도 잘못 선택할 경우, 당신에게 즉시 작별 인사를 하고 떠나야 한다는 것입니다.

포 셔 보잘것없는 소녀를 위해 모험을 하는 청혼자들이라면 모두 다 하시는 맹세들이지요.

아라곤 영주 그런 각오는 충분히 되어 있소. 자, 행운의 여신이여, 내 소원을 이루어주소서! (달려가 상자들을 하나씩 살펴본다) 황금과은, 그리고 보잘것없는 납 상자로군. '나를 선택하는 자는 전 재산을 걸고 모험을 해야 한다.' 모든 것을 걸고 모험을 하려면 모양새부터 그럴 듯해야 하는데, 넌 생김새부터 아름답지 못하구나. 그럼 금 상자에는 무엇이라고 써 있지? '나를 선택하는 자는 만인이 원하는 것을 얻으리라.' 만인이란 어리석은 대중들을 일컫는 말일 거야. 그들은 겉으로 드러난 모습만으로 사물을 판단할 뿐, 우둔한 두 눈으로는 속을 전혀 꿰뚫어볼 줄 모르지. 그래서 앞날을 미리 내다보지 못하고 제비처럼 언제나 비바람을 피할 수 없는 길목과 비바람 몰아치는 바깥벽에 집을 짓곤 하지. 따라서 난 우둔한 만인이 원하는 것을 택하진 않을 거야. 어중이떠중이처럼 함부로 날뛰고 싶지도 않고 얼빠진 대중과 같은 부류로 남고 싶지도 않기 때문이지. 그렇다면 이번에는 은 상자를 다시 볼까? 날 선택하는 자는 그 신분에 합당한 것을 얻으리라.' 바로 내가 듣고 싶은 말이지. 합당한 자격이 없는 어느 누가 요행으로 명예를 얻는다는 말이지? 어느 누구도 자신에게 과분한 명예나 지위를 탐내선 안 되지. 아! 부정한 수단을 통해서는 지위나 계급이나 관직을 얻을 수 없고, 합당한 자질을 가진 자만이 명예를 얻을 수 있다면 좋을 텐데. 그런 비천한 사람들 중 높은 지위에 오를 사람이 그 몇이나 될까? 지금 앉아서 명령을 내리는 사람들 중 앞으로 명령을 받는 자로 전락할 사람은 몇이나 될까? 얼마나 많은 명문대가의 후손들이 보잘것없는 농사꾼으로 변신할 것인가? 얼마나 많은 인물들이 속세의 검불과 쓰레기 더미로부터 건져져서 휘황한 빛을 발하게 될 것인가? 자, 그럼 드디어 내 신분에 합당한 상자를 고르기로 할까? 열쇠를 이리 주시오. 당장 상자를 열어 내 운명을 알아보겠소. (은 상자를 열어보더니 깜짝 놀라 한 걸음 뒤로 물러선다)

포 셔 (방백) 그토록 뜸을 오래 들이시더니 고작 그걸 찾아내셨군요!

아라곤 영주 이게 뭐냐? 눈을 끔벅이는 멍청이 바보의 초상화가 두루마리를 내밀다니. 어쨌든 읽어는 보자. 비록 포셔 아가씨와 딴판이기는 하지만. 나의 희망과, 나의 신분에 합당한 것과는 너무나 거리가 멀구나. '날 선택하는 자는 그 신분에 합당한 것을 얻으리라'고? 그래, 내 신분에 합당한 것이 고작 이 바보의 머리통이란 말인가? 이게 내 분수에 합당한 것이라고? 내 가치에 합당한 것이 이것이라고?

포 셔 죄 짓는 자와 그것을 평가하는 사람은 그 입장도 분명히 다르고 결과도 완전히 반대지요.

아라곤 영주 (두루마리 종이를 펴본다) 뭐라고 씌어 있지? '일곱 번 불에 달군 은 상자여, 판단 또한 일곱 번 달궈야 올바른 선택이 가능한 것을. 세상에는 그림자에 입을 맞추는 자가 있으니, 이를 축복하는 자 또한 그림자뿐이니라. 이 세상에는 은으로 본성을 감싼 바보들이 있나니, 바로 이 은 상자가 그러하다. 그대가 어떤 여자와 잠자리를 함께 하는 그대, 영원히 바보가 될 것이다. 그러니 당장 떠나시오. 당신 일은 끝났소.' 일이 이렇게 됐으니 이곳에서 더 이상 망설일 필요가 없지. 빨리 떠나야겠다. 여기서 꾸물대다가는 더 바보가

될 것 같구나. 청혼하러 올 때는 바보 머리 하나로 왔는데, 돌아갈 때
는 이렇게 바보 머리 두 개가 되었구나. 아름다운 아가씨, 그럼 안녕
히! 내 맹세는 지키겠소. 앞으로 슬픔과 괴로움을 꾹 참고 살아가겠
소. (시종들과 함께 퇴장)

포 셔 불나방이 불꽃 속으로 날아들어 몸만 태운 꼴이 되었구나. 이
똑똑한 체하는 바보들 같으니! 제 꾀에 제가 스스로 넘어가니 어리
석은 지혜로구나.

네리사 교수대에 목을 매달거나 마누라에게 목을 매는 일은 운명이
라더니, 옛말이 하나도 그른 게 없네요.

포 셔 자, 커튼을 다시 치자, 네리사.

하인 등장.

하 인 아가씨, 방금 젊은 베니스인이 말에서 내렸는데, 곧 그의 주인
이 오실 거라는 걸 미리 알려드리려고 온 겁니다. 주인의 정중한 인사
말을 담은 서한과 값진 선물도 가지고 왔습니다. 전 지금까지 사랑의
전령으로서 그처럼 잘 어울리는 이는 보지 못했습니다. 찬란한 여름
이 가까이 오고 있음을 예고하는 화창한 4월의 날씨가 아무리 상쾌하
다 할지라도 주인보다 앞서 온 이 전령보다 더 상쾌해지는 못할 것입
니다. 아주 키가 큰데다 미남이고 예의도 바르고……

포 셔 그쯤 해둬라. 그렇게 침이 마르도록 칭찬하는 걸 보니 조금

있다가는 그 사람이 네 친척 뻘이라는 말이 나오지나 않을까 걱정되는구나. 자, 네리사. 그렇게 빼어난 큐피드의 전령이 있다니, 나도 어서 만나 보고 싶구나.

네리사 그분이 바사니오님이라면 얼마나 좋을까요! (일동 퇴장)

제3막

제1장 베니스의 거리

솔라니오와 살레리오 등장하고 한쪽에서 샤일록 등장.

솔라니오 이봐요, 샤일록! 상인들 사이에 무슨 소식이라도 있소?

샤일록 당신들이 누구보다, 누구보다 잘 알고 있잖소. 내 딸년이 달아났다는 것을 말이오.

살레리오 물론 잘 알고 있소. 당신 딸이 잘 날아가도록 날개를 달아준 재봉사를 잘 알고 있으니까.

솔라니오 샤일록, 당신도 그 새끼 새가 날개가 돋고, 날개 돋친 새끼 새란 언제든 어미 품을 떠나는 게 순리라는 걸 잘 알고 있었을 텐데.

샤일록 어쨌든 천벌을 받을 년이오.

살레리오 그렇게 될 수도 있겠죠, 악마가 재판관이 된다면.

샤일록 내 살과 피를 받은 피붙이가 날 배신하다니!

솔라니오 무슨 당치도 않은 말씀을! 늙어빠진 그 나이에 그런 게 배신이라는 거요?

샤일록 내 말은 내 딸년이, 그 년이 내 살과 피란 말이오.

살레리오 영감의 살과 따님의 살은 검은 돌멩이와 흰 상아보다 더 큰 차이가 날 텐데. 피만 해도 영감 피와 따님의 피는 붉은 포도주와 백포도주보다 더 큰 차이가 날 텐데. 그건 그렇고, 영감, 안토니오가 바다에서 큰 손해를 입었다던가, 뭐 그런 소문은 못 들었소?

샤일록 아이고, 엎친 데 덮친다더니 또 밑지는 장사를 했군. 파산자, 방탕한 놈, 이젠 감히 거래소에 얼굴을 내밀지도 못하겠지. 거지 같은 놈, 언제나 거들먹거리면서 시장 바닥에 나타나곤 했지만, 그 차용증서나 잊지 말라지! 나더러 고리대금업자라고 손가락질했지만, 차용증서를 잘 들여다보라고! 그래, 예수쟁이의 호의랍시고 이자도 없이 돈을 빌려주곤 했지만, 이젠 차용증서를 들여다보라고 그래!

살레리오 안토니오가 위약을 한다고, 설마 그 친구의 살을 떼어내겠다고 하지는 않겠지? 그 차용증서는 어떻게 할 거요?

샤일록 물고기를 낚는 미끼는 충분히 될 거요. 다른 데엔 아무 쓸모가 없더라도 내 복수심을 달래는 데는 도움이 되겠죠. 그 자는 날 모욕했으니까. 내 사업을 방해해 내가 오십만 더컷이나 손해를 보게 했고, 내가 손해를 보면 늘 좋아라 웃어댔고, 내가 이익을 보면 날 경멸했소. 내 장사를 방해하고, 친구 사이는 이간질하고, 내 적들을 충동질했소. 그런데 그 이유가 뭔 줄 아시오? 내가 유대인이기 때문이오. 하지만 유대인은 눈도 없는 줄 아시오? 손도, 오장육부도, 사지도, 감각도, 희로애락도 없는 줄 아시오? 우리도 당신네 예수쟁이들처럼 같은 음식을 먹고, 같은 칼로 베이면 피가 나고, 같은 병에 걸리면 같은 약을 먹어야 하고, 당신네들처럼 겨울에는 춥고, 여름에는 더운 것을 느끼죠. 우린 뭐 찌르면 피 한 방울도 안 나오는 그런 족속인 줄 아시오? 당신들이 간지럼을 태워도 우리 유대인들은 웃지도 않고, 독약을 먹여도 죽지 않을 줄 아시오? 당신들이 우리들에게 어떤 부당한 짓을 해도 우리가 복수하지 않을 것으로 아시오? 유대인이 당신들을 모욕하면 당신들은 어쩌겠소? 당연히 복수를 하겠죠. 바로 그거요. 우리도 당했으면 당신네 예수쟁이들이 하는 것처럼 복수를 해야 할 게 아니오. 난 당신들이 내게 가르쳐준 악행을 그대로 실행할 것이고, 어떤 일이 있어도 내가 배운 그 이상으로 잘해낼 생각이오.

튜벌 등장.

솔라니오 유대인 족속이 또 하나 나타났군. 악마가 유대인 놈으로 둔갑해 맞서면 모를까, 저 두 놈을 당해낼 재간이 없어. (솔라니오와 살레리오 퇴장)

샤일록 오, 튜벌! 제노바에선 무슨 소식이라도 있는가? 그래, 내 딸년을 찾았나?

튜 벌 자네 딸 소문이 있는 곳에는 전부 가봤지만 허탕이었네.

샤일록 아이고, 난 망했구나! 다이아몬드는 이제 날아갔구나. 프랑크푸르트에서 자그마치 이천 더컷이나 주고 산 건데! 우리 민족에게 이런 저주가 내린 적은 여태껏 없었는데. 내가 이런 저주를 받다니.

이천 더컷짜리 보석에다 다른 보석들을 줄줄이 갖고 가다니, 딸년이 차라리 내 발치에서 뒈져 버리는 게 낫겠다! 귀에 그 보석만 달고 있다면 말이야. 오, 그 년을 찾는답시고 내가 돈을 얼마나 썼는지 아나? 엎친 데 덮친 격이지! 그 도둑년이 큰돈을 가져갔는데도 모자라 그 도둑년을 잡느라고 또 큰돈을 써야 한다니. 그런데도 찾지도 못하고, 복수도 못하고, 세상의 불운이란 불운은 전부 내 어깨 위에 내려앉고, 세상의 한숨이란 한숨은 모두 내 입에서 나오고, 눈물이란 눈물도 모두 내 눈에서만 흐르는 꼴이 되다니……. (흐느낀다)

튜 벌 아냐, 불운한 건 지금 자네뿐만이 아냐. 제노바에서 들은 이야긴데, 안토니오도……

샤일록 뭐, 뭐라고? 불운하다고? 누가? 안토니오가?

튜 벌 트리폴리스에서 돌아오던 상선이 난파당했다고 하더군.

샤일록 하느님, 고맙습니다! 정말 고맙습니다! 그게 사실인가?

튜 벌 난파선에서 살아 돌아온 선원들한테서 들은 얘기야. 베니스로 오는 길에 안토니오의 채권자들과 동행했는데, 모두들 이젠 그 사람이 파산할 수밖에 없다고들 하더군.

샤일록 그것 참, 반가운 소식이 아닐 수 없군. 옳지, 이 참에 그 놈을 단단히 혼내 주고 욕을 보여줘야겠다. 아무튼 반가운 소식이야. 그래, 어디 위약만 해봐라. 놈의 심장을 도려낼 테니. 그자만 베니스에서 사라져 버리면 난 이 바닥에서 마음대로 장사할 수 있거든. 그럼 가 보게, 튜벌. 이따가 교회에서 만나세. (두 사람 퇴장)

제 2장 벨몬트, 포셔 저택의 방

바사니오, 포셔, 그레시아노, 네리사 그리고 시종들 등장.

포 셔 서두르지 마시고 조금 기다려 주세요. 여기서 좀 쉬신 다음에 운명을 시험해도 늦지 않으니까요. 혹 잘못 선택하신다면 우린 이대로 헤어져야 할 터이니, 참고 기다려 주세요. 무언가 말할 수는 없지만 제겐 어떤 느낌이 와요. 사랑한다고 말하기는 어렵더라도, 당신을 놓치기는 싫군요. 저를 두고 모험하시기 전에 부디 이곳에 한두 달 머무셨으면 합니다. 저로서는 지금 상자에 관한 한 어떤 귀띔도 할 수는 없답니다. 그러면 맹세를 깨뜨리는 것이 되니까요. 그렇다고 그냥 내버려두어 잘못 선택하시게 된다면, 차라리 맹세를 깨뜨리는 죄를 짓는 게 나을지도 모르겠네요. 아, 당신 눈빛이 원망스럽군요. 저를 홀리는 그 눈빛에 제 마음은 그만 두 조각이 나고 말았으니까요. 자, 제 이야기가 그만 너무 길어졌군요. 시간에 무거운 추를 달아 걸음을 느리게 해놓고 잠시라도 운명의 순간을 지연시킬 수 있으면 좋을 텐데.

바사니오 어서 선택하게 해주시오. 이대로 있으니 마치 고문대 위에 올라 있는 것 같은 심정이라오.

포 셔 고문대라뇨? 바사니오님, 어서 고백해 보세요. 당신의 사랑 속에 어떤 배신이 숨어 있는지.

바사니오 그런 건 없소. 그대의 사랑을 얻지 못하면 어쩌나, 하는 두렵고 불안한 마음 외에는 없소. 마치 차가운 눈과 뜨거운 불이 공존하기 어렵듯이 나의 사랑에도 거짓된 마음이 존재하기 어렵다오.

포 셔 그러나 고문대 위라서 하시는 말씀이 아닌가요? 고문대 위에선 마음에도 없는 말을 종종 하게 되니까요.

바사니오 먼저 나를 살려주겠다는 약속을 하면 내 진심을 고백하겠소.

포 셔 그럼 고백을 하시죠. 살려 드릴 테니까요.

바사니오 고백합니다, 당신을 사랑한다는 것을. 이것이 내가 할 수 있는 고백의 전부입니다. 오, 행복한 고문이 아닌가. 날 고문하는 사람이 내가 구원받을 수 있는 해답을 가르쳐주다니. 자, 그건 그렇고, 내 운명을 결정하게 될 상자 앞으로 나를 안내해 주시오.

포 셔 그러시다면 저쪽으로 가시지요! 저기 저 상자들 중 하나에 제 초상화가 들어 있으니까요. 저를 진심으로 사랑하신다면 찾아내시겠죠. 네리사, 그리고 나머지 사람들도 물러서거라. 이 분이 상자를 선택하시는 동안 음악을 연주하도록 해라. 혹 실패하시더라도 백조가 최후를 맞이하듯 음악을 들으며 가실 수 있도록. (모두 복도로 간다) 이제 그분이 가시는구나. 트로이 왕이 울면서 바다의 괴물에게 제물로 바쳤던 처녀를 구하기 위해 나섰던 젊은 율리시즈 못지않게 늠름한 모습으로. 아니, 그보다 더 진한 사랑을 가슴에 품고 가시는구나. 난 바로 그 제물이나 다름없어. 저만치 떨어져 서 있는 저 여인들은 트로이의 여인들과 다름이 없지. 눈물로 얼룩진 얼굴로 그 용사가 벌인 모험의 결과를 보러 나온 트로이의 여인들 말이야. 가시지요, 헤라클레스님이시여. 그대가 살아남아야 저도 살아남을 수 있답니다. 싸우는 당신보다 그 모습을 지켜봐야 하는 제 마음이 한층 더 괴롭군요. (바사니오가 상자의 글귀를 읽으면서 생각에 잠긴 동안 음악이 흐른다)

바사니오 자고로 겉모습이 그럴 듯해도 속은 겉과 다를 수 있는 법, 그럼에도 세상 사람들은 늘 그럴 듯한 겉모습으로 모든 걸 판단하곤 하지. 아무리 썩어빠진 추한 소송사건도 그럴 듯한 변론으로 포장하면 사악한 표면은 가려져서 보이지 않게 마련이지. 종교도 마찬가지야. 성직자가 근엄한 표정으로 축복해 주고 성경 말씀을 인용하여 정당화하면 아무리 저주받아 마땅한 죄라도 충분히 가려지지 않던가. 그 어떤 악덕도 그대로 드러나는 법이 없어. 늘 그럴 듯하게 포장해서 그 겉모습을 달리 보이게 하지 않던가? 이 세상엔 겁쟁이들이 좀 많은가. 그럼에도 모래로 쌓은 계단처럼 허술한 마음을 가진 자도, 하얀 간을 가진 겁쟁이들도 헤라클레스의 수염을 달고 허세를 부리지 않던가. 이런 자들은 단지 무섭게 보이려고 용감한 척 겉치레를 하는 법이지. 한마디로 그럴 듯한 겉모습이란 가장 현명한 사람마저 교활하게 함정에 몰아넣는 허울뿐인 진실인 게지. 그러니 마이더스 왕도 씹지 못하는 단단한 음식인 너 번쩍이는 황금이여, 나는 너

를 원치 않는다. 또 창백한 낯짝을 하고 사람들 사이를 오가는 천한 은이여, 너 역시 나는 원치 않는다. 그러나 보잘것없는 납이여, 솔깃한 말로 뭔가를 말해 주기보다는 오히려 사람들에게 겁을 주는 듯한 모습, 이 가식 없는 네 모습이 그 어떤 웅변보다 나를 감동시키는구나. 그래, 난 너를 기꺼이 택하겠다. 제발 좋은 결과가 나오기를! (하인이 열쇠를 내준다)

포 셔 (방백) 어머나, 정말 다른 감정은 다 사라져 버렸네. 의심에 찬 생각도, 불안과 절망감과 공포와 질투심, 이 모든 감정들이 안개처럼 사라져 버렸어. 이제 내게 남겨진 것은 사랑뿐. 아, 사랑이여! 하지만 진정해야지. 이 설레는 황홀한 마음을 좀 달래다오. 환희의 비를 조금만 뿌려 제발 도를 넘지 않도록 해다오. 기쁨이 지나치면 화를 불러들이는 법인데, 이 과분한 축복을 감당하기 어렵구나. 과하면 물리는 법이니, 제발 좀 덜어다오.

바사니오 (상자를 연다) 무엇이 들어 있을까? 아름다운 포셔의 초상화로구나! 신의 솜씨를 가진 화가가 아니라면 어찌 이리 똑같을 수가 있나? 이 눈들이 지금 움직이고 있는 건가? 아니면 내 눈동자가 움직이는 건가? 벌어진 입술 사이로 새어 나오는 감미로운 입김은 또 어떤가? 이 머리카락은 마치 거미가 쳐놓은 그물같이 섬세하군. 거미줄에 걸린 벌레들보다 더 단단하게 남자들 마음을 얽어매려고 황금 그물을 짜놓은 것 같군. 게다가 아름다운 두 눈은 또 어떤가? 그런데 화가가 어떻게 이걸 완성할 수 있었을까? 눈 하나를 그리고 나서 황홀함에 빠져 나머지는 못 그렸을 듯싶은데. 그러나 어떠한 초상화도 실물의 아름다움에는 미치지 못할 거야. 이 안에 두루마리 족자가 들어 있군. 아마 내 운명의 요약이겠지. '겉모습만으로 선택하지 않은 그대여, 행운이 따라 올바른 선택을 했도다. 그대에게 행운이 있으라. 그대는 이 같은 행운을 차지했으니, 만족하고 더 이상 새것을 찾으려 하지 말라. 이걸 진정 지상의 행복이요, 하늘의 축복이라 여긴다면, 그대의 연인에게로 발걸음을 돌려서 사랑의 키스로 청혼을 하라.' 친절한 글이로구나. (포셔에게 다가간다) 아름다운 아가씨, 허락만 해주신다면, 이 글귀대로 사랑을 주고받으러 왔습니다. 그런데 제 처지가 상을 두고 경쟁한 사람과 같군요. 마치 경주에서 이긴 자가 박수갈채와 우레와 같은 고함소리에 넋을 잃고 정신이 혼미해져 칭찬하는 소리가 자신을 위한 것인지 아닌지 정신을 못 차리는 것과 같은 처지입니다. 당신이 확인을 해주고 인증할 때까지는 내가 본 것이 사실인지, 아닌지 믿을 수가 없습니다.

포 셔 바사니오님, 저는 당신께서 보고 계신 그대로 그저 한 여자에 지나지 않습니다. 타고난 본모습이죠. 저 자신만을 위해서라면 지금의 이 모습보다 더 잘 보이고 싶은 욕심 같은 건 가지지 않았을 겁니다. 그러나 당신을 위해서라면 지금보다 백 배나 더 훌륭한 여인이 되고 싶고, 천 배나 더 아름다운 여인이 되고 싶고, 만 배나 더 부유한 여인이 되고 싶습니다. 그러나 지금의 저는 저에게 있는 모든 것을 합쳐 봤자 내놓을 만한 것이 별로 없는 존재랍니다. 간단히 말씀드리면 저는 교양도 없고, 교육도 받지 못했고, 세상물정도 모르는 여자랍니다. 그러나 다행스러운 건, 아직 나이가 젊으니 무엇이든 배울 수 있다는 겁니다. 더욱더 다행스러운 점은 무엇이든 배울 수 없을 정도로 아둔한 여자가 아니라는 겁니다. 특히 가장 다행스러운 점은 제 성품이 온순하여 저의 주인이시고, 지배자이시며, 왕이신 당신의 가르침에 순종할 수 있다는 것입니다. 저 자신뿐 아니라 제가 소유한 것 모두가 이제는 당신 것입니다. 그러나 지금부터는 집과 하인들 그리고 이 몸까지도 저의 주인이신 당신의 것입니다. 이 모든 것을 반지와 함께 당신에게 드리겠습니다. 만일 이걸 버리시거나, 잃어버리시거나, 남에게 주신다면 그건 바로 당신의 사랑이 식어버린 증거로 생각하고 절대로 용서하지 않을 생각입니다.

바사니오 아가씨, 당신이 내가 할말을 다 하시니 난 입이 있어도 할말이 없소. 내 심장 속에 흐르는 피만이 내 마음을 전하고 있을 뿐이지요. 나의 이성은 마치 축제에 참석한 무리처럼 기뻐 날뛰고 있소. 마치 백성들의 신뢰를 받는 왕이 훌륭한 연설을 끝냈을 때 기뻐하는 군중들 사이에서 볼 수 있는 그런 혼란을 겪고 있는 거지요. 그러나 한 가지 분명한 것은, 이 반지가 내 손가락에서 떠나는 날에는 내 생명도 다하는 날이라는 겁니다. 아! 그땐 이 바사니오가 죽었다고 단언해도 좋습니다.

네리사와 그레시아노 등장.

네리사 나리, 그리고 아가씨. 지금까지는 강 건너 불 구경하듯 보고만 있었지만, 마침내 두 분의 소원이 이루어졌으니 진심으로 축하드립니다.

그레시아노 바사니오 공, 그리고 상냥한 아가씨, 정말 축하드립니다. 마음껏 이 기쁨을 누리십시오. 그리고 제 몫의 기쁨 또한 못지않다는 것을 알아주십시오. 왜냐하면 아가씨께서 저 친구와 백년해로의 가약을 맺으실 땐, 저 역시 동시에 결혼식을 올렸으면 하거든요.

바사니오 진심으로 그렇게 되기를 바라네. 자네에게 신붓감만 있다면 말이지.

그레시아노 고맙네, 바사니오. 바로 자네가 신붓감을 구해 준 셈이네. (네리사의 손을 잡고) 내 눈도 자네 눈 못지않게 민첩하고 매섭지. 자네가 저 아가씨에게 정신이 팔려 있는 동안 난 이 아가씨에게 눈독을 들였거든. 자네가 사랑을 맹세할 때 나도 막간을 이용해 사랑을 맹세했다네. 자네의 운명이 저기 저 상자에 걸려 있었듯이 내 운명도 묘하게 저 상자에 걸려 있었다네. 나도 여기서 나름대로 입천장이 마르도록 진땀을 뺐고, 사랑의 맹세를 거듭했으니까. 그리고 여기 이 미인으로부터 결국 내 사랑을 받아들이겠다는 약속을 받아냈다네. 자네가 포셔 아가씨를 차지한다는 조건으로 말일세.

포 셔 네리사, 그게 사실이냐?

네리사 네, 아가씨. 아가씨께서 허락만 하신다면.

바사니오 우리 두 사람의 잔치가 자네들의 결혼 덕분에 더욱 빛나게 되겠군.

그레시아노 네리사, 우리 누가 먼저 아들을 낳나, 천 더컷을 걸고 내기를 할까?

네리사 어머, 그렇게 큰돈을 걸어요?

그레시아노 아냐, 그만둡시다. 이 내기에선 내가 질 것 같군. 내 것도 내 마음대로 걸지 못할 처지가 되었으니. 그런데 저기 오는 게 누구지? 로렌조와 그의 이교도 애인 아냐? 아니, 베니스에 살고 있는 내 옛 친구 살레리오도?

로렌초와 제시카 그리고 살레리오 등장.

바사니오 로렌조, 살레리오, 여기 온 걸 환영하네. 내가 자네들을 환영할 자격이 있는진 모르겠지만 어쨌든 어서 오게. (포셔에게) 부탁하오, 상냥한 포셔! 미안하지만 이 사람들을 환영해 주시오. 내 절친한 고향 친구들이오.

포 셔 환영하고 말고요, 서방님. 여러분, 진심으로 환영합니다.

로렌조 반갑게 맞아 주셔서 감사합니다. 여기서 자넬 만날 줄은 꿈에도 생각 못했네. 살레리오를 길에서 만났더니, 하도 같이 오자고 성화를 부려서 여기까지 오게 됐네.

살레리오 바사니오, 사실이야. 하지만 그럴 이유가 있었네. 안토니오 공이 자네에게 안부를 전하더군. (바사니오에게 편지를 건넨다)

바사니오 편지를 뜯어 보기 전에 부탁하네. 그래, 그 친구는 요즘 어떻게 지내나?

살레리오 마음이 편치 않아 그렇지, 잘 있다고 할 수도 있겠지. 마음이 편치 않으면 몸도 편치 않으니 문제지만, 뭐 편지에 자세한 소식이 적혀 있겠지. (바사니오의 편지를 뜯는다)

그레시아노 네리사, 저 낯선 손님을 접대 좀 해줘요. (네리사가 제시카에게 인사를 한다) 자, 살레리오. 우선 악수나 하세. 베니스에서 좋은 소식은 없었나? 우리 친구 안토니오 공은 어떻게 지내고 있는가? (방백) 우리들이 성공했다는 소식을 들으면 그 친구도 틀림없이 기뻐할 텐데. 우리 모두 황금 양털을 얻었으니 말이야.

살레리오 안토니오가 잃은 황금 양털을 자네들이라도 얻었다면 얼마나 좋겠나. (그레시아노와 한쪽으로 가서 이야기한다)

포 셔 아마 불길한 사연이 씌어 있나 봐. 바사니오님의 얼굴이 저렇게 창백하게 변한 걸 보면. 친한 친구분이 돌아가시기라도 한 걸까? 그렇지 않고서야 저렇게 얼굴색이 변할리가 없지. 미안하지만, 바사니오님, 전 당신의 반쪽이니, 그 편지 내용의 절반 정도는 저도 알아야겠어요.

바사니오 오, 친절한 포셔. 이 편지지 위에 쓰인 글보다 더 침통한 사연이 어디 있겠소. 친절한 아가씨, 내가 처음 당신에게 사랑을 고백했을 때, 난 솔직하려고 애썼소. 내가 가진 재산이라곤 혈관 속에 흐르는 피 외엔 아무것도 없는 허울 좋은 신사라고. 난 진실을 말했던 거요. 하지만 사랑하는 아가씨, 내가 한푼도 없는 빈털터리라고 고백한 그 말조차도 사실은 허풍이었소. 재산이 아무것도 없는 처지보다 훨씬 더 비참한 상태라고 말했어야 했던 거요. 사실 나는 친구한테 빚을 졌고, 그 돈으로 이곳에 온 거요. 그 친구는 내가 필요한 비용을 조달하기 위해 그의 원수에게 저당을 잡히고 돈을 빌렸지. 이게 바로 그 친구의 편지요. 이 편지는 친구의 육신처럼, 여기 쓰인 글자 한 자 한 자가 상처 구멍이 되어 피를 토해내고 있소. 그런데 이게 사실인가, 살레리오? 안토니오의 배가 모두 난파되었단 말이지? 트리폴리스 것도, 멕시코 것도, 잉글랜드와 리스본, 바바리와 인도에서도 실패했다는 말이지? 단 한 척도 그 무서운 암초를 피하지 못했단 말이지?

살레리오 그래, 한 척도 없다네, 바사니오. 어디 그뿐인가. 안토니오의 수중에 유대인의 빚을 갚을 만한 현금이 있더라도 그 놈이 약속 날짜가 조금 지난 걸 핑계로 받지 않으려 들 걸세. 사람의 탈을 쓰고 그토록 잔인하고도 악착같이 구는 놈은 처음 보았네. 놈은 밤낮을 가리지 않고 공정한 재판을 열어 달라고 공작 각하를 졸라대고 있어. 만일 요청을 거부한다면 베니스 시민의 상업적 자유의 보호 여부에 대한 의문을 제기할 거라고 떠들어댄다는 거야. 공작 각하는 물론, 여러 권위 있는 고관들과 스무 명의 상인들까지도 나서서 놈을 설득하려고 애썼지만 그 누구도 위약의 대가니, 공정한 재판이니, 차용증서가 어떠니 하면서 떠들어대는 놈을 말릴 재간이 없었다네.

제시카 아버지와 함께 있을 때 저는 튜벌과 추스 씨에게 아버지가 맹세하시는 걸 들은 적이 있어요. 아마 안토니오님이 빌린 돈의 스무 배를 갚는다 해도 아버지는 거절할 거예요. 아버지가 필요로 하는 건 오직 안토니오님의 살덩이일 테니까요.

포 셔 곤경에 처한 분이 그럼 당신의 친구란 말씀인가요?

바사니오 그렇소. 나의 가장 절친한 친구라오. 고결한 천성에, 남을 돕는 일이라면 두 팔을 걷어붙이는 그런 사람이지. 그리고 그 누구보다 옛 로마인의 명예로운 정신을 간직하고 있는 사람이오.

포 셔 그분이 유대인에게 진 빚이 얼마인데요?

바사니오 나 때문에 삼천 더컷을 빌렸소.

포 셔 어머나, 겨우 그 정도인가요? 그럼 육천 더컷을 주고 그 차용증서를 말소시키세요. 육천 더컷의 두 배, 아니 그 세 배를 지불하셔도 좋아요! 바사니오님의 말씀대로 그렇게 훌륭한 친구분이라면 머리카락 한 올이라도 다쳐서는 안 되겠죠. 우선 같이 교회로 같이 가서 결혼식부터 올려요. 그리고 그 친구분을 찾아가세요. 그 정도의 하잘것없는 빚이라면 스무 배라도 갚아드릴 테니, 빚을 청산하고 그 진실한 친구분과 함께 이리로 오세요. 그건 그렇고, 친구분의 편지 내용을 저에게도 들려주세요.

바사니오 (읽는다) "바사니오, 내 배들은 모두 난파됐네. 채권자들은 갈수록 더 가혹해지고 내 형편은 말이 아닐세. 유대인에게 준 차용증서는 기한이 지나 내 목숨을 내놓지 않고는 도저히 갚을 길이 없을 것 같네. 그러면 부채는 다 청산이 되겠지. 죽기 전에 단 한 번이라도 자넬 볼 수만 있다면 자네와 나 사이의 부채는 청산되는 셈이네. 하지만 무리는 하지 말고 자네 뜻을 따르게. 우정에 끌려온다면 고맙지만, 그렇지 않다면 이 편지는 잊어버리게."

포　셔 아! 사랑하는 님이시여, 만사를 제쳐놓고 어서 친구 곁으로 가보세요!

바사니오 착한 그대가 떠나도 좋다고 허락을 해주었으니 서둘러 떠나도록 하겠소. 그리고 속히 돌아오겠소. 다시 돌아올 때까지 하룻밤이라도 헛되이 머물러 죄를 짓거나, 쉬느라고 시간을 질질 끌어 우리의 재회를 지연시키는 일이 없도록 하겠소. (모두 **퇴장**)

제 3 장 베니스의 거리

샤일록, 솔라니오, 안토니오, 그리고 간수 등장.

샤일록 간수 양반, 이 자를 잘 감시하게. 내게 자비니 뭐니 하는 그 따위 말은 입에 담지도 말고. 이 사람은 이자도 받지 않고 돈을 거저 빌려주는 바보라니까. 간수 양반, 잘 지키라고.

안토니오 샤일록, 내 말 좀 들어보시오.

샤일록 난 증서에 씌어 있는 대로 따를 거요. 그러니 허튼소릴랑은 하지도 마시오. 무슨 일이 있어도 증서대로 할 거라고 맹세한 몸이니까. 당신은 나보고 이유도 없이 개새끼라고 불렀지. 그래, 난 개새끼니까 내 이빨을 조심하라고. 공작님께서도 법대로 처리하실 거야. 멍청한 간수 같으니라고! 자넨 왜 그리 멍청한가? 부탁한다고 이 자의 외출을 허락하다니!

안토니오 제발 내 말 좀 들어보시오.

샤일록 당신 말을 들어야 할 까닭이 없어. 차용증서에 적힌 대로 할 테니까, 집어쳐. 내가 예수쟁이들의 중재에 넘어가서 고개를 끄덕이고 귀를 기울이며 대충 넘어가는 바보인 줄 아시오? 날 따라오지도 마시오. 더 말하기도 싫소. 그냥 차용증서에 쓴 대로 하자니까. (문을

닫아 버린다)

솔라니오 세상에! 지금까지 인간과 함께 살아온 개 가운데 저렇게 몰인정하고 지독한 개는 처음 보는군.

안토니오 내버려두게. 놈을 쫓아다니면서 애원 따위는 하지도 않겠네. 저 놈이 노리는 건 내 목숨이야. 난 그 이유를 잘 알고 있어. 내가 놈의 빚 독촉에 시달려 온 사람들을 도와준 적이 가끔 있었거든. 그런 이유로 저 놈이 날 철천지원수처럼 미워하는 거야.

솔라니오 어쨌든 난 확신하고 있네. 설마 공작님께서 이 따위 터무니없는 차용증서를 인정하실 리가 있겠나?

안토니오 공작님이라고 법을 무시할 수는 없겠지. 이 베니스에선 외국인도 우리처럼 자유롭게 장사를 할 수 있는 권리가 있으니까. 만일 그런 걸 무시하면 이 나라엔 정의가 없다는 비난을 받게 되겠지. 이 나라의 무역과 경제적 번영이 다른 나라와 관련되어 있기 때문이지. 어쨌든 가세나. 고민하고 슬퍼한 덕에 살이 쏙 빠져 내일 그 잔인한 빚쟁이에게 떼어줄 살이 1파운드 정도라도 남아 있을 것 같지 않군. 자, 간수 양반, 이젠 갑시다. 바사니오가 돌아와 내가 빚 갚는 모습을 지켜봐 준다면 난 더 이상 바랄 게 없겠네. (모두 **퇴장**)

제 4장 벨몬트, 포셔 저택의 방

포셔, 네리사, 로렌조, 제시카, 그리고 밸서저 등장

로렌조 부인, 면전에서 이런 말씀을 드리자니 쑥스럽긴 합니다만, 부인께선 진실한 우정에 대해 고귀하신 생각을 갖고 계십니다. 부군께서 여기를 떠나신 후 보여주신 태도를 보면 알 수 있는 일이죠. 하지만 부인께서 친절을 베푸시는 상대가 과연 어떤 인물인지, 부인께서 구해 주시려는 분이 얼마나 성실한 신사분이며, 부인의 부군에게 얼마나 소중한 친구인가를 아시게 된다면, 아마 평소의 선행과는 달리 이 일에서 더 큰 보람을 느끼시게 될 겁니다.

포 셔 저는 친절을 베풀고 후회한 적은 없답니다. 이번에도 마찬가지죠. 친구들이란 대화하면서 많은 시간을 보내고, 그 영혼이 우정의 굴레로 맺어 있는 존재들이죠. 그래서 그 외양이나 태도, 기질이 서로 비슷해지죠. 아마 제 남편의 소중한 친구인 안토니오라는 분도 제 남편과 분명 닮은 점이 있을 거예요. 그렇다면 제가 비용을 아무리 많이 지불한다 해도 무슨 문제가 되겠어요? 제 영혼과 마찬가지인 남편과 닮은 분을 지옥같이 끔찍한 곳에서 구해내기 위해 쓰는데, 이까짓 돈이야 아무것도 아니겠죠. 말해 놓고 나니 너무 제 자랑만 한 것 같네요. 더 이상 말하지 않겠으니, 딴 얘기를 할게요. 로렌조 씨, 부탁이 있는데 들어주시겠어요? 남편이 돌아오실 때까지 이 집의 관리를 맡아주셨으면 해요. 네리사의 남편과 제 남편이 돌아오실 때까지 네리사만 데리고 가서 수도원에 머물며 기도도 드리고 묵상도 하면서 지내기로 작정했답니다. 부탁이니 제 청을 거절하지는 말아주세요. 당신의 우정을 믿고 부득이 부탁드리는 겁니다.

로렌조 물론이죠. 기쁜 마음으로 부인의 뜻에 따르겠습니다.

포 셔 고마워요. 저희 집안 사람들에게는 이미 제 뜻을 알렸으니 바사니오님과 저 대신 당신과 제시카를 주인처럼 섬길 거예요. 그럼 다시 뵐 때까지 안녕히 계세요.

로렌조 부디 행복한 시간을 보내시길!

제시카 평온한 시간을 보내시도록 기도드릴게요.

포 셔 감사합니다. 두 사람에게도 행운이 함께 하길 빌게요. (제시카와 로렌조 퇴장) 자, 벨서저. 너는 지금까지 충직하게 일해 왔으니 앞으로도 변함없이 그래 줬으면 좋겠어. 이 편지를 받아라. 그리고 패듀어까지 전속력으로 달려가서 내 사촌 오라버니인 벨라리오 박사에게 이 편지를 전하렴. 그리고 박사님이 주시는 서류와 의상을 빠짐 없이 챙겨서 가능한 한 빨리 선착장으로 와줘. 베니스로 승객을 실어 나르는 그 선착장 말이다. 인사는 나중에 하고 빨리 가봐. 난 너보다 먼저 거기로 가 있을 거야.

벨서저 마님, 바람처럼 후딱 다녀오겠습니다. (퇴장)

포 셔 자, 네리사, 우린 남편들을 만나러 가자꾸나.

네리사 그분들이 단박에 우릴 알아볼 텐데요.

포 셔 그러니까 변장을 해야 한다. 우리가 남자 옷을 입으면 그분들은 틀림없이 우릴 남자로 알 거야. 난 당당한 모습으로 칼도 차고, 말할 땐 소년과 어른 사이의 변성기에 있는 남자애처럼 피리 소리 같은 목소리를 낼 거야. 그리고 걸음걸이도 종종걸음 대신 대장부처럼 의젓하게 걸어야겠지. 그리고 청년처럼 허풍을 치면서 그럴 듯한 거짓말을 하는 거야. 지체 있는 숙녀들이 사랑을 고백했지만 거절했다는 둥, 그랬더니 그녀들이 상사병에 걸려 죽었다는 둥, 나 때문에 죽을 것까지는 없었다는 둥, 이런 거짓말을 스무 가지 정도 늘어놓으면 사람들은 내가 학교를 졸업한 지 1년은 넘었을 거라고 믿을 거야. 허풍쟁이들이 하는 거짓말쯤은 나도 천 가지 정도는 알고 있어. 그걸 한번 해보고 싶단다.

네리사 그럼 우리가 정말 남자가 되는 건가요?

포 셔 이런, 그 따위 질문이 어디 있니? 누가 들으면 오해하기 좋겠다. 아무튼 떠나자. 자세한 얘기는 마차에 탄 뒤 얘기해 줄게. 마차가 정문에서 우리를 기다리고 있단다. 서둘러야겠다. 오늘 안으로 20마일을 달려야 하니까. (모두 **퇴장**)

제 5 장 벨몬트, 포셔의 저택 정원

론슬롯과 제시카 등장.

론슬롯 정말 그렇습니다. 명심하세요. 아버지의 죄는 자식들이 물려받는 법이라니까요. 그래서 드리는 말씀이지만, 전 아가씨가 늘 걱정된다고요. 아가씨에게만은 모든 걸 솔직하게 털어놨으니까 이런 말씀을 드리는 거예요. 그러니까, 제발 기운을 내세요. 아가씬 틀림없이 지옥에 떨어질 거라고요. 하지만 도움이 될 만한 희망이 딱 한 가지 있긴 한데, 그것도 별로 신통한 방법은 못 되지만……

제시카 그 희망이란 게 뭔지 한번 말해 봐라.

론슬롯 말하자면, 아가씨의 아버지가 아가씨를 낳지 않았다면, 아가씨는 유대인의 딸이 아닐지도 모른다는 희망이지요.

제시카 정말 엉뚱한 희망이로구나! 그럼 이번에는 우리 어머니의 죄를 내가 물려받을 차례네?

론슬롯 아닌 게 아니라, 전 아가씨가 아버지나 어머니가 지으신 죄 때문에 지옥에 떨어지지나 않을까 늘 걱정입니다. 암초를 가까스로 피해 놓으니 태풍을 만나는 격이라고나 할까요? 어느 길을 가든 지옥으로 가게 돼 있는 거지요.

제시카 서방님이 날 구해 주시겠지. 그이가 나를 기독교도로 만들어 주셨으니.

론슬롯 그런 이유로 주인님은 비난을 받으셔도 싸요. 그러시지 않아도 예수쟁이들이 거리에 넘쳐나는 판인데. 사이좋게 의지하며 서로 돕고 살아가기도 힘들 만큼 많잖아요. 이런 식으로 예수쟁이들을 많이 만들어내면 돼지고기 값만 오르는 거죠, 뭐. 너도나도 돼지고기를 먹게 되는 날엔 아무리 돈을 내더라도 돼지고기 한 조각 먹지 못하게 되는 때가 올지도 모르잖아요.

로렌초 등장.

제시카 지금 네가 한 말을 서방님에게 전해야겠다, 론슬롯. 마침 저기 오시네!

로렌초 론슬롯 이 놈, 내가 질투라도 하면 어쩌려고 남의 아내를 이렇게 으슥한 곳으로 끌고 다니냐?

제시카 그런 걱정은 하시지도 마세요, 로렌초님. 론슬롯과 전 말다툼을 하고 있었으니까요. 노골적으로 이런 말을 하더라고요. 내가 유대인의 딸이라 천당에 갈 가능성이 전혀 없다고요. 당신도 마찬가지로 이 나라의 훌륭한 시민이 아니래요. 유대인을 기독교도로 개종시켜서 돼지고기 값만 잔뜩 올려놓았다나요.

로렌초 그런 일이라면 내가 더 잘 설명할 수 있지. 검둥이 계집의 배를 불룩하게 만든 자네보다는 내가 더 훌륭한 시민일 테니까. 그 검둥이 계집이 네 아이를 가진 게지, 론슬롯?

론슬롯 그 검둥이 계집애 배가 보통 이상으로 나왔다면 큰일인데요. 여자란 정숙해야 하는 법인데. 그런데 그 계집이 예사롭지 않은 일을 저질렀다면 정말 보기보다는 앙큼한 계집인가 봅니다.

로렌조 어릿광대들은 다 저렇게 말재주가 좋다니까! 그러나 정말 지혜로운 사람들은 오히려 침묵을 지키는 법이지. 말 잘한다고 칭찬받는 건 아마 앵무새밖엔 없을걸. 이봐, 론슬롯, 안으로 들어가서 하인들에게 식사 준비를 하라고 이르게나! (모두 **퇴장**)

제 4 막

제 1 장 베니스의 법정

공작과 고관들, 안토니오, 바사니오, 그레시아노, 솔라니오와 살레리오, 그리고 그 밖의 사람들 등장.

공 작 안토니오는 여기 출두했는가?

안토니오 예, 여기 있습니다, 각하.

공 작 유감스럽게 됐소. 상대방은 목석같이 완강하고 비정한 인간이오. 동정심도 없고 비인간적인데다 자비심이라고는 털끝만큼도 찾아볼 수 없는 짐승 같은 인간이지.

안토니오 공작 각하께서 그 자의 가혹한 주장을 철회시키시려고 무척이나 애써 주셨다는 얘기를 들었습니다. 하지만 그 자의 태도가 워낙 완강해서 어떤 합법적인 수단으로도 그 자의 손아귀에서 벗어날 길이 없게 됐습니다. 그 자의 분노에는 인내로 맞설 수밖에 없겠지요.

공 작 그 유대인을 법정으로 불러 오도록 하라.

솔라니오 이미 법정 밖에서 대령하고 있습니다. 아니, 벌써 들어오고 있습니다, 각하.

샤일록 등장.

공 작 길을 만들어줘라, 저 자를 내 앞에 세워라. (군중들이 길을 비켜준다. 샤일록, 공작 앞으로 나와서 고개를 숙인다) 샤일록, 나는 지금 이렇게 생각하고 있소. 그대가 지금은 일부러 악의에 찬 주장을 굽히지 않지만 재판이 막바지에 이르면 이상하리만큼 잔인한 탈을 벗고 뜻밖의 자비와 동정을 베풀 것이라는 걸 믿고 싶소. 최근에 그가 입은 손실은 연민의 눈으로 볼 수밖에 없을 거요. 아무리 안토니오 같은 거상이라도 쓰러질 수밖에 없는 큰 손실을 입었으니, 그 딱한 처지를 불쌍하게 여기게 될 게 아니오? 그래서 아무리 청동 같은 가슴과 목석 같은 심장을 지닌 사람도, 아니 무자비한 터키인이나 타타르인이라 해도 저 상인에게 동정심을 느끼지 않을 사람이 없을 거요. 우리 모두는 그대의 자비로운 답변을 기대하고 있소.

샤일록 소인의 생각은 이미 각하께 모두 말씀드렸습니다. 그리고 제 종족의 신성한 안식일을 걸고 맹세도 했습니다. 차용증서에 명시된 대로 원금과 위약금을 받겠다고요. 만일 공작님께서 이것을 거절하시면 각하가 다스리시는 이 나라의 법과 자유는 상처를 입을 것입니다. 각하께서는 저에게 물으실지도 모르겠습니다. 왜 삼천 더컷을 마다하고 한사코 썩은 살 한 덩어리를 달라고 고집하느냐고요. 그래도 전 대답하지 않겠습니다! 저의 타고난 기질 때문이라고 하면 답이 되겠습니까? 우리 집에 쥐새끼 한 마리가 나타나 말썽을 부리면 저는 기꺼이 1만 더컷을 내놓으며 그 쥐를 없애 달라고 할 겁니다. 이만하면 답이 되는지 모르겠군요. 여전히 납득이 안 되십니까? 세상엔 입을 떡 벌린 통돼지구이가 싫다는 사람도 있고, 고양이만 보면 미쳐 버리는 사람도 있는 법입니다. 가죽피리 소리만 들으면 소변이 마려워 참기 힘들다는 사람도 있죠. 감정의 주인인 기질이 사람을 좌지우지하기 때문입니다. 저도 그 이유를 말씀드리기는 어렵습니다만, 안토니오에게 쌓이고 쌓인 증오와 혐오의 감정 때문에 손해 보는 소송을 제기하게 됐다고 말씀드릴 수밖에 없군요. 이것이 저의 답변입니다.

바사니오 그게 무슨 답변이냐? 이 인정머리 없는 놈아! 그것으로 네 잔인한 행동이 용납될 줄 알았다냐!

샤일록 당신 마음에 드는 답변을 해야 할 의무가 내게 있었던가?

바사니오 미운 것은 모조리 죽여야 직성이 풀린단 말이오?

샤일록 미우면 죽이고 싶은 것이 인지상정 아니오? 당신이라면 같은 독사한테 두 번씩이나 물리고 싶소?

안토니오 바사니오, 상대는 유대인이라는 것을 잊지 말게. 차라리 바닷가에 서서 만조에 밀려오는 밀물더러 물러가라고 외치는 편이 나을 거야. 늑대더러 왜 새끼 양을 잡아먹어 어미 양을 울렸느냐고 따지는 게 차라리 낫다는 말이네. 저 유대인의 얼어붙은 마음을 녹일 수 있다면 이 세상에서 안 될 일이 하나도 없을 걸세. 그러니 제발 부탁이네. 더는 아무 말도 말고, 아무 일도 벌이지 말게. 될 수 있는 대로 간단하고 신속히 결말이 나도록 도와주게. 나에겐 판결이, 저 유대인에겐 뜻이 이루어지도록 내버려두게.

바사니오 자, 삼천 더컷 대신 여기 육천 더컷을 내지.

샤일록 그 육천 더컷이 여섯 개로 나뉘어지고, 나뉘어진 하나하나가 다시 일 더컷이 된다고 해도 나는 받아들일 생각이 없소. 나는 이 차용증서대로 받겠소.

공 작 같은 인간에게 자비를 베풀지 않으면서 어찌 신의 자비를 바라는가?

샤일록 죄 지은 것도 없는데 판결을 두려워할 필요가 있겠습니까? 여러분들은 많은 노예들을 돈으로 사서 당나귀나 개나 노새처럼 취급하면서 천하고 고된 일에 마구 부려먹고 있지 않습니까? 왜요? 돈을 주고 노예들을 샀기 때문이죠. 어디 한번 말씀드려 볼까요? 노예들을 해방시켜 여러분들의 상속녀인 아드님이나 따님과 결혼시키는 건 또 어떻습니까? 왜 노예들에게 무거운 짐을 지우고 땀을 흘리도록 내버려두시죠? 저 역시 마찬가집니다. 제가 요구하는 살덩이 1파운드는 제가 비싼 대금을 치르고 산 것입니다. 그건 제 소유물이니 어떻게 해서든 받아내고야 말겠습니다. 공작님께서 제 요구를 거절하신다면 법이 무슨 소용입니까? 베니스의 법은 아무런 구속력도 없는 것이 되고 말 겁니다. 자, 이젠 판결을 내려주십시오. 저 사람의 살 1파운드는 제 것입니다. 그러니까 제가 떼어가도 되겠지요?

공 작 내 직권으로 이 법정을 폐정시킬 수도 있다. 그러나 이 사건을 판결하기 위해 모셔 온 석학 벨라리오 박사께서 오늘 여기에 오시기로 되어 있으니 그러지는 않겠다.

살레리오 각하, 문 밖에 사자 한 사람이 와 있습니다. 박사께서 보내신 편지를 갖고 패듀어에서 지금 막 도착했습니다.

공 작 그 편지를 이리 가져오너라. 그리고 사자도 불러들이고.

바사니오 기운을 내게, 안토니오! 이 사람아, 용기를 잃지 말라고. 저유대 놈에게 내 살과 내 피, 내 뼈를 다 준다 해도 자네한테서는 피 한 방울 흘리게 할 수는 없어. (사일록, 칼을 꺼내더니 갈기 시작한다)

안토니오 나는 양떼 가운데 병들고 거세된 숫양이나 다름없어. 죽어 마땅하네. 과일 중에서도 가장 약하고 설익은 것이 가장 먼저 땅에 떨어지는 법이 아닌가? 그러니 날 그냥 이대로 내버려두게. 하지만 자네에겐 남겨진 일이 하나 있네. 바사니오, 자네는 오래도록 살아 남아서 내 묘비명이나 써 주게.

네리사, 법관 서기 복장을 하고 법정에 등장.

공 작 그대는 패듀어의 벨라리오 박사가 보내서 왔는가?

네리사 (절을 하며) 그렇습니다, 각하. 벨라리오 박사께서 안부를 전해 달라고 하셨습니다. (편지 한 통을 꺼내 전한다)

공 작 벨라리오 박사가 보내신 이 편지에는 젊고 박식한 박사 한 분을 법정에 추천한다고 했는데, 그분이 어디 계신가?

네리사 네, 문 밖에서 공작 각하의 뜻이 어떠신지 몰라서, 입장을 허락하실지 아닐지 몰라서 대령하고 있습니다.

공 작 진심으로 환영하는 바이다. 자, 누가 가서 그분을 이곳으로 정중히 모셔오도록 하라. (시종 몇 사람이 공작에게 절을 한 다음 나간다) 그동안 벨라리오 박사의 편지를 이 법정에서 낭독하도록 하라.

서 기 (편지를 읽는다) 공작 각하, 부디 헤아려 주십시오. 각하의 친서를 받았을 때 공교롭게도 소인은 와병 중에 있었습니다. 그러나 각하의 사자가 소인을 방문했을 때 마침 로마로부터 젊은 박사 한 분이 문병차 와 있었습니다. 그의 이름은 벨서저입니다. 소인은 박사에게 유대인과 상인 안토니오 간에 진행중인 소송 사건의 배경을 잘 설명해 주었습니다. 우리는 함께 많은 문헌을 조사했고, 소인의 의견도 얘기해 주었습니다. 다행히 미비한 점은 그가 보충해 주었는데, 그의 해박한 지식은 소인이 아무리 잘 말씀드려도 부족합니다. 다행히 그가 소인의 간청을 받아들여 대신 그곳으로 가서 각하의 요청에 응하게 되었습니다. 모쪼록 잘 부탁 드립니다. 그가 젊다는 이유로 훌륭한 평가를 받는 데 지장이 없도록 충분히 배려해 주셨으면 합니다. 아직 젊은데도 불구하고 그토록 노련한 판단력을 지니고 있는 사람을 소인은 여태껏 본 적이 없습니다. 각하께서 그를 환대해 주시길 바라마지 않으며, 그 어떤 말로도 그의 뛰어난 실력을 제대로 칭찬할 수는 없으리라는 것을 소인은 확신합니다.

포셔, 법학 박사 복장 차림으로 책을 들고 등장

공　작　석학 벨라리오 박사가 보내 주신 편지의 내용은 방금 들으신 바와 같소. 아, 저기 그 젊은 박사가 오는군. 자, 먼저 악수나 합시다. 벨라리오 박사가 보내신 분이오?

포　셔　그렇습니다, 각하.

공　작　잘 오셨소. 자리에 앉아 주시오. (시종이 포셔를 공작 옆으로 안내한다) 박사께서는 지금 이 법정에서 심의중인 소송 사건의 내용에 대해서는 들으셨겠죠?

포　셔　네, 상세하게 들었습니다. 어느 쪽이 상인이고, 어느 쪽이 유대인입니까?

공　작　안토니오와 샤일록, 두 사람 모두 앞으로 나오라. (두 사람 앞으로 나와서 공작에게 인사를 한다)

포　셔　그대가 샤일록인가?

샤일록　네, 맞습니다.

포　셔　제기한 소송이 이상하기는 하지만, 소송 절차에는 아무런 하자가 없으니 베니스의 법으로서는 당신을 비난할 수가 없소. (안토니오에게) 당신의 목숨이 원고의 손아귀에 들어 있다는 걸 알고 있소?

안토니오　네, 저 사람도 그렇게 말하고 있으니까요.

포　셔　이 증서를 인정하시오?

안토니오　인정합니다.

포 셔 그렇다면 유대인이 자비를 베푸는 것도 좋은데.

샤일록 제가 왜 자비를 베풀어야 합니까? 그 이유를 말씀해 보세요.

포 셔 자비란 그 성격상 강요되는 것이 아니오. 하늘에서 땅으로 내리는 단비와 같은 것으로 일종의 축복이죠. 나아가 자비는 이중의 축복에 해당되니, 주는 자와 받는 자를 함께 축복하는 것이기 때문이오. 그러니 유대인이여, 그대가 요구하는 바는 정의이지만 정의만 내세우면 그 어느 누구도 구원받을 수 없다는 것을 명심하시오. 우리는 자비를 베풀어 달라고 늘 기도를 드리며, 하느님은 우리 모두에게 서로 자비를 베풀 것을 가르쳐주시고 있소. 만일 그대가 자비 없는 정의만을 계속 고집한다면 이 엄정한 베니스의 법정은 부득이 저 상인에게 불리한 선고를 내리지 않을 수 없소.

샤일록 자신이 한 일은 자신이 책임져야겠죠! 저는 지금 법에 호소하고 있는 겁니다. 이 증서에 명시된 담보만을 요구하는 거라고요.

포 셔 이 사람은 그 차용금을 갚을 능력이 없는가?

바사니오 아닙니다. 저 사람 대신 제가 이 법정에서 돈을 갚겠습니다. 원금의 곱절을 갚겠습니다. 아니, 원금의 곱절이 부족하다면 열 배라도 내라면 내겠습니다. 제 손과 제 머리 그리고 제 심장을 담보로 하는 한이 있어도요. (무릎을 꿇고 양손을 펴든다) 이렇게 부탁드립니다. 박사님의 권한으로 이번 한 번만 법을 굽히시어, 이 잔혹한 악마의 의도를 꺾어주십시오. 그것은 큰 정의를 실현하기 위한 작은 잘못에 다름 아닙니다. 이 잔인한 악마의 뜻을 굽혀 주십시오.

포 셔 그럴 수는 없소. 베니스의 어떤 권력도 이미 정해진 법을 바꿀 순 없소. 그러면 그게 하나의 선례로 기록되고, 비슷한 종류의 위법 행위가 수없이 반복되어 국가의 기강이 문란해질 거요.

샤일록 명판사 다니엘의 재현일세. 정말 다니엘 같으신 판사님이셔! 오, 젊고 현명하신 판사님, 존경하옵니다! (포셔의 법복에 입을 맞춘다)

포 셔 그 차용증서를 좀 봅시다.

샤일록 여기 있습니다. 존경하는 판사님, 여기, 여기 있습니다.

포 셔 샤일록, 원금의 세 배를 주겠다는데, 어떤가?

샤일록 그럼 하늘을 두고 한 맹세는 어떻게 되는 겁니까? 제 영혼을 두고 한 맹세는요? 맹세하고 또 맹세했는데도요? 천만에요. 안 됩니다. 베니스를 다 주신다 해도 안 됩니다.

포 셔 (증서를 읽으며) 약속 날짜를 넘겼으니 할 수 없군. 법적으로는 이 상인의 심장 가장 가까운 곳에서 살 1파운드를 잘라내겠다는 이 유대인의 주장이 잘못된 게 없어. 하지만 자비를 베푸시는 게 어떻소? 원금의 세 배를 받고 이 증서를 찢어버리는 게 어떻겠소?

샤일록 증서의 내용대로 빚이 청산되고 나면 그렇게 하지요. 제가 보기에 박사님께선 참으로 훌륭한 재판관이십니다. 법에도 해박하시지만, 법 해석도 지극히 공정하십니다. 전 바로 그런 법을 기대하는 겁니다. 박사님은 법을 수호하시는 훌륭한 대들보시니 제발 판결을 내려주십시오. 이 증서대로 판결을 내려주십시오.

안토니오 저도 바랍니다. 판결을 내려주십시오.

포 셔 그렇다면 할 수 없군. 피고는 가슴을 열고 저 사람의 칼을 받을 준비를 하시오.

샤일록 오, 젊은 양반이 어쩌면 저렇게 명철하실까!

포 셔 (안토니오에게) 이제 피고는 가슴을 내놓으시오.

샤일록 그렇습니다. 바로 저 가슴팍이에요. 증서에도 그렇게 씌어 있지요. 안 그렇습니까, 판사님? 심장에서 가장 가까운 곳, 바로 그렇게 명시돼 있습니다.

포 셔 좋소. 무게를 달 저울은 준비가 되어 있소? 살덩이를 달 저울 말이오.

샤일록 예, 여기 준비해 왔습니다. (외투 밑에서 저울을 꺼낸다)

포 셔 샤일록, 당신 부담으로 의사를 불러오시오. 피고의 상처를 치료 못하면 출혈로 인해 생명이 위험할 테니.

샤일록 증서에 그렇게 씌어 있습니까? (증서를 자세히 살펴본다)

포 셔 그런 말은 증서에 없지만 그게 어쨌다는 거요? 그 정도의 자비는 베푸는 것도 좋을 텐데.

샤일록 그런 글귀는 없습니다. 증서에 없네요.

포 셔 안토니오, 무슨 할말은 없는가?

안토니오 별로 없습니다. 각오는 돼 있으니까요. 악수나 하게, 바사니오. 잘 있게, 친구여. 자네 때문에 내가 이런 처지가 됐다고 슬퍼하지는 말게. 운명의 여신이 그 어느 때보다 친절을 베풀고 있으니. 흔히 파산한 가엾은 사람을 마음대로 죽지도 못하게 하고, 눈은 움푹 꺼지고 이마엔 굵은 주름살이 잡히고, 궁핍으로 찌든 노년을 겪게 만드는데 나로 하여금 비참한 고통을 질질 끄는 걸 면하게 해주었으니 말일세. (두 사람 포옹한다) 자네의 훌륭한 부인께 안부나 전해 주게. 내가 최후를 맞이한 태도도 전해 주고, 자넬 얼마나 좋아했는지도 말해 주게. 또 바사니오가 얼마나 진정한 친구를 가졌던가도 말해 주게. 자네가 친구를 잃는 걸 슬퍼만 해준다면 난 자네의 빚을 갚아준 걸 결코 후회하지 않겠네. 저 유대인이 심장에 칼을 깊숙이 찔러만 준다면 내 심장을 다 바쳐 빚을 갚게 될 테니 말일세.

바사니오 오, 안토니오, 결혼한 내 아내는 나에겐 생명처럼 소중하네. 하지만 내 생명도, 내 아내도, 전 세계도 나에게는 자네 생명보다 더 소중할 순 없어. 여기에 있는 이 사악한 악마로부터 자네만 구할 수 있다면 난 모든 걸 잃고 희생해도 좋아.

포 셔 만일 당신 부인이 옆에 있어서 이 얘기를 들었다면 아마 달갑지는 않았을 거요.

그레시아노 저도 아내가 있습니다. 물론 끔찍이 사랑한다고 할 수 있지만 저 들개 같은 유대 놈의 심보만 바꿀 수만 있다면 제 아내를 천당에라도 보내고 싶은 마음입니다.

네리사 그런 말은 아내가 듣지 못하는 자리에서나 해야겠지요. 그렇지 않으면 가정불화감이네요.

샤일록 (방백) 예수쟁이 남편이란 다 별수 없어! 내 딸년을 예수쟁이에게 주느니 차라리 천하의 날도둑 바라바에게 주는 편이 더 나았을 걸. (큰 소리로) 시간 낭비입니다. 빨리 판결을 내려주십시오.

포 셔 저 상인의 살 1파운드는 원고의 것이오. 본 법정이 그걸 인정하고, 법이 보장한다.

샤일록 과연 공정한 판사님이시다! 판결이 났다. 자, 각오하라. (칼을 빼들고 앞으로 나간다)

포 셔 잠깐, 기다리시오. 아직 할말이 남았으니. 이 증서에는 단 한 방울의 피도 원고에게 준다는 말이 없다. 여기에는 '살 1파운드'라고만 적혀 있으니 살을 1파운드만 잘라가라. 단, 피를 단 한 방울이라도 흘린다면 그대의 토지를 비롯한 재산은 모두 베니스 법률에 따라 국고로 귀속될 것이니 명심하라.

그레시아노 오, 얼마나 공정하신 판사님이신가! 들었지, 이 유대 놈아? 오, 박식하신 판사님!

샤일록 이게 법이라고?

포 셔 법조문을 직접 읽어 보시오. 원고는 정의를 요구했으니, 원고가 바라던 이상으로 엄정한 판결을 받게 될 것이오.

그레시아노 아, 박식하신 판사님! 잘 봐라, 이 유대 놈아, 박식하신 판사님을.

샤일록 그러시다면 아까 그 제안을 받아들이겠습니다. 증서에 명시된 원금의 세 배를 받게 해주시고 저 기독교도는 석방시키십시오.

바사니오 여기, 돈 있다.

포 셔 잠깐! 유대인은 정의로운 재판을 요구했다. 증서에 적힌 것

외에는 아무것도 받을 수가 없다. 자, 어서 살을 잘라낼 준비를 하시오. 단 한 방울의 피도 흘려선 안 되며, 살을 잘라내되 더도 말고 덜도 말고 정확히 1파운드만 잘라내시오. 만일 그 이상 또는 그 이하의 살을 도려낸 결과, 그 무게가 1파운드에서 조금이라도 무겁거나 가벼워 저울이 머리카락 한 올만큼이라도 한쪽으로 기울 경우 그대는 사형에 처해질 것이고, 그대의 전 재산은 몰수당할 것이다.

그레시아노 다니엘 명판사가 재림하셨군. 유대 놈아, 이 놈, 이단자 놈아! 네 놈은 이제 꼼짝달싹 못하게 되었구나.

포　셔 유대인은 무엇을 주저하는가? (샤일록에게) 어서 위약의 대가를 받으시오.

샤일록 원금만 받으면 곧 물러가겠습니다.

포　셔 그대가 받을 수 있는 것은 오직 살 1파운드뿐이오.

샤일록 그럼 마음대로 하시오. 나는 더 이상 이런 소송을 진행하고 싶은 마음이 없으니까.

포　셔 잠깐만 기다리시오, 유대인! 그대에게 적용해야 할 법 조항이 하나 더 있으니까. 베니스의 법률이 정한 바는 아래와 같소. (법조문을 읽는다) 만일 외국인이 직접 또는 간접으로 베니스 시민의 생명을 노렸다는 사실이 판명될 경우 가해자 재산의 절반은 생명을 빼앗길 뻔한 피해자에게 돌아가도록 되어 있고, 나머지 절반은 국고에 귀속되도록 되어 있소. 또한 가해자의 생명은 오로지 공작님의 재량에 달려 있고, 어느 누구도 이의를 제기할 수 없소. 말하자면, 지금 그대의 입장은 이 조문에 해당되오. 어서 무릎을 꿇고 엎드려 공작 각하의 자비를 구하시오.

공 작 우리 기독교인들의 정신이 너의 정신과 얼마나 다른가를 보여주겠다. 그대가 간청하기 전에 목숨만은 살려주겠다. 네 재산의 절반은 안토니오에게, 나머지 절반은 국가에 귀속될 것이다. 그러나 개선의 여지가 보인다면 벌금형 정도로 감할 수도 있다.

포 셔 그래도 국고에 귀속될 재산은 가능하지만, 안토니오의 몫은 다릅니다.

샤일록 아니오. 목숨이든 뭐든 다 가져가시오. 용서도 바라지 않소. 집을 받쳐주는 기둥을 빼간다면 집을 통째로 빼앗는 것과 뭐가 다르겠소? 내가 살아갈 재산을 빼앗아가면 그게 바로 내 목숨을 빼앗는 거지, 다를 게 뭐 있소?

포 셔 안토니오, 그대는 이 사람에게 자비를 베풀 생각인가?

안토니오 존경하는 공작 각하, 그리고 이 법정에 계신 여러분, 감히 한 말씀 드리겠습니다. 국고에 귀속될 저 사람의 재산 절반을 돌려 주시고 벌금도 면해 주셨으면 합니다. 그리고 재산의 나머지 절반은 제게 맡겨 주셨으면 합니다. 저 사람이 사망하면 최근 그의 딸을 훔쳐 결혼한 젊은 신사에게 양도해 주고 싶기 때문입니다. 물론 전제 조건이 두 가지 있습니다. 하나는 이 같은 은혜를 입었으니 유대인 은 그 보답으로 당장에 기독교로 개종했으면 하는 것입니다. 둘째로 는, 여기 이 법정에서 재산 양도증서를 작성하는 일입니다. 즉, 임종시 유산 전부를 사위 로렌조와 딸 제시카에게 물려준다는 양도증서를 지금 이 법정에서 쓰는 일입니다.

공 작 좋아, 그렇게 하도록 합시다. 만일 거절하면 유대인한테 지금 방금 선언한 사면을 취소하겠소.

포 셔 그대는 어떤가, 유대인? 더 할말이 있는가?

샤일록 없습니다.

포 셔 (네리사에게) 서기, 양도증서를 작성하도록 하라.

샤일록 부탁이 있습니다. 여길 떠날 수 있도록 허락하여 주십시오. 몸이 좀 불편해서요. 양도증서는 집으로 보내 주시면 거기서 서명하겠습니다. (샤일록, 비틀거리며 퇴장)

공 작 박사님, 우리 집으로 가서 식사라도 함께 하시지요.

포 셔 호의는 감사합니다만, 용서를 바랍니다. 오늘 밤에 패듀어로 가야 해서요. 당장 이곳을 떠나야만 합니다.

공 작 그것 참 유감입니다. (단상에서 내려서며) 안토니오는 이 분에게 감사드리시오. 이 분이 아니었더라면 어쩔 뻔했소? (공작 및 고관들, 그리고 수행원들과 군중들 퇴장)

바사니오 훌륭하신 박사님, 저와 이 친구는 박사님의 지혜로운 판결 덕에 처참한 죽음을 면하게 되었습니다. 유대인에게 갚으려던 삼천 더컷을 드리고자 하오니 받아주셨으면 합니다. 박사님의 수고에 대한 조그만 성의 표시입니다.

안토니오 이 큰 은혜를 어떻게 다 갚아야 할지 모르겠습니다. 평생 잊지 않겠습니다.

포 셔 마음이 흡족하시다면 그것으로 이미 보수를 충분히 받은 거나 다름없습니다. 당신들을 구한 것으로 만족하니까요. 그러니까 충분히 보수를 받은 셈이죠. 지금까지 전 그 이상의 보상을 바란 적도 없습니다. 바라건대, 다음 기회에 만나게 되거든 저를 모른 체하지나 말아 주세요. 자, 안녕히 계십시오. 이만 실례하겠습니다.

바사니오 박사님, 이러시지 말고 제발 제 호의를 받아 주십시오. 사례라고 생각지 마시고 성의 표시라고 생각하시고 제 작은 뜻을 받아 주십시오.

포 셔 그렇게까지 말씀하시니 받아들이겠습니다. (안토니오에게) 그 장갑을 벗어 주시면 당신을 만난 기념으로 간직하겠습니다. (바사니오에게) 우정의 표시로 그 반지를 빼주실 수 있죠? 그 이상은 바라지도 않습니다. 설마 싫다고는 안 하시겠지요?

바사니오 이 반지 말씀입니까? 이건 싸구려 반지인데요! 이런 싸구려 반지를 부끄러워서 어떻게 드리지요?

포 셔 제가 받고 싶은 것은 그 반지뿐입니다. 그리고 보니 왠지 그 반지가 마음에 끌리네요.

바사니오 실은 값이 문제가 아니라, 이 반지에는 사연이 좀 있어서 그렇습니다. 대신 베니스에서 제일 비싼 반지를 사서 드리겠습니다. 곧 광고를 내어 구해 볼 테니, 이 반지만은, 부탁입니다. 정말 용서해 주십시오!

포 셔 알겠습니다. 당신은 말로만 선심을 쓰시는 분이군요. 처음에는 무엇이든 요구하라고 하셔서 청했더니, 이제 와선 사람을 구걸하는 거지꼴로 만들어 버리는군요.

바사니오 박사님, 이 반지는 사실 제 집사람의 정표입니다. 아내는 이걸 제게 끼워주면서 맹세까지 시켰습니다. 이것을 절대로 팔거나 남에게 주어서도, 잃어버리지도 않겠다는 맹세지요.

포 셔 그건 물건을 남에게 주기 싫을 때 흔히들 사람들이 구실삼아하는 말이죠. 당신의 부인이 양식 있는 여자라면, 그리고 제가 그 반지를 받을 자격이 있다고 생각하신다면, 저에게 그걸 주었더라도 당신을 원망하진 않을 겁니다. 자, 그러면 안녕히 계십시오! (네리사와 퇴장)

안토니오 여보게 바사니오, 그 반지를 박사님께 드리게. 자네 부인의 뜻을 무시하자는 건 아니지만, 저 분의 수고와 내 우정을 고려하여 다시 생각해 주면 고맙겠네.

바사니오 그레시아노, 빨리 뒤쫓아가서 이 반지를 박사님께 전해 드리게. 그리고 가능하면 그분을 안토니오 집으로 모시고 오게. 어서! (그레시아노, 급히 퇴장) 가세, 우리는 자네 집으로 가세. 모두 내일아침 일찍 벨몬트로 달려가세. 자, 안토니오, 가세. (모두 퇴장)

제 2 장 베니스의 거리

포셔와 네리사 그레시아노 등장.

그레시아노 아, 박사님을 간신히 따라잡았군요. 실은, 바사니오 공이 고민 끝에 이 반지를 박사님께 전해 드리라고 내줬습니다. 그리고 저녁식사나 함께 하셨으면, 하고 기다리고 있습니다.

포 셔 그럴 수가 없소. 하지만 반지는 고맙게 받겠습니다. 부탁이 니, 제 뜻을 잘 전해 주십시오.

네리사 박사님, 잠깐만. (포셔에게 방백) 저도 제 남편을 한 번 시험 해 봐야겠어요. 영원히 빼지 않겠다고 맹세한 반지지만.

포 셔 (네리사에게 방백) 좋아. 틀림없이 뺏을 수 있을 거야. 아마 그분들은 반지를 건네준 상대가 남자라고 말하면서 거듭 맹세하겠 지만, 그들을 무안하게 만들고 실컷 맹세하게 만들어놓자. 어쨌든 서둘러야겠다! 우리가 어디서 만날지 알고 있겠지?

네리사 (그레시아노에게) 그럼 가실까요? 샤일록의 집으로 저를 안 내해 주실 거죠? (모두 퇴장)

제5막

제1장 벨몬트, 포셔 저택 앞의 가로수 길

로렌조와 제시카 등장.

로렌조 달빛이 휘영청 밝기도 하구나. 바로 이런 밤이었을 거야. 산들바람이 나뭇가지에 살며시 키스하고는 소리 없이 스쳐가는 밤. 아마 이런 밤이었을 거야, 트로일러스 왕자가 성벽 위에 올라가 연인 크레시다가 잠들어 있는 그리스 군 진영을 향해 넋을 잃고 땅이 꺼져라 탄식하던 밤도 이랬을 거야.

제시카 바로 이런 밤이었겠죠. 티스베가 살금살금 이슬을 밟으며 님을 만나러 갔다가, 그를 만나기도 전에 사자 그림자를 보고 겁에 질려 정신없이 달아나던 밤이.

로렌조 정말이지 바로 이런 밤이었을 거요. 제시카라는 처녀가 부유한 유대인 아버지 몰래 집을 빠져나와 방탕한 연인과 둘이서 베니스를 탈출하여 벨몬트까지 온 밤이.

제시카 바로 이런 밤이었겠죠. 로렌조라는 청년이 사랑하느니 어쩌구 하면서, 처녀의 마음을 훔치기 위해 마음에도 없는 진실한 사랑을 연거푸 맹세하던 밤이.

로렌조 정말이지 이런 밤이었을 거요. 아름다운 제시카가 귀여운 말괄량이처럼 연인의 험담을 아무리 많이 늘어놓아도 그 연인은 그녀를 용서했던 밤이.

제시카 이런 식으로 밤을 들먹이는 말장난에는 이길 자신이 있지만, 누가 이쪽으로 다가오고 있는 것 같아요. 사람 발자국 소리가 들리는 걸 보면, 누굴까요?

포셔와 네리사 등장.

로렌조 저 목소리, 저건 분명히 포셔 아가씨의 목소리야.

포 셔 내 목소리가 흉한가 봐. 소경이 흉한 소리를 듣고 뻐꾸기를 알아내듯 금방 알아차리네.

로렌조 돌아오신 걸 환영합니다, 부인.

포 셔 우리 두 사람은 남편들 일이 잘되기를 빌러 기도원에 갔었어요. 기도의 효험이 빨리 나타났으면 좋겠는데. 그런데 두 분께서 돌아들 오셨어요?

로렌조 아직 도착은 안 했습니다. 그러나 심부름꾼 한 사람이 먼저 와서 곧 돌아오실 거라고 전했습니다.

포 셔 네리사, 집안으로 들어가서 하인들에게 우리가 집을 비웠다는 사실을 발설하지 않도록 입단속을 시켜라. 로렌조, 그리고 당신 제시카도 내색하지 말아요.

바사니오, 안토니오, 그레시아노, 그리고 수행원들 등장.

바사니오 태양이 없다 해도 당신만 내 곁에 있어주면 나에겐 이곳이 지구의 저편처럼 밝은 대낮으로 보이는구려.

포 셔 밝은 건 좋지만, 경박하다는 소리는 듣고 싶지 않네요. 경박한 아내는 남편을 우울하게 만드는 경향이 있지요. 저 때문에 당신이 우울해지지 않도록 하느님께 기도하는 중이죠. 아무튼 무사히 돌아오셨으니 기뻐요.

바사니오 고맙소, 부인. 이젠 친구들을 환영해 주시오. 이 사람이 바로 그분이오. 내가 정말 많은 신세를 지고 있는 안토니오 공이오.

포 셔 여러 면으로 신세를 지셨다는 말을 들었어요. 저의 남편 때문에 큰 변을 당할 뻔하셨다지요?

안토니오 그리 큰 변은 아닙니다. 이렇게 풀려 나왔으니까요.

포 셔 저희 집에 잘 오셨습니다. 빈말이 아닌 다른 방법으로 환영을 해야 할 테니 말로 하는 인사는 이만 간단히 해두겠습니다.

그레시아노 (네리사에게) 저 달에 맹세하지만 당신은 내게 너무 심했소. 나는 사실 그 반지를 판사님의 서기에게 주었다오. 제기랄, 반지를 받은 그 녀석이 고자라면 좋겠군. 여보, 사랑하는 당신이 그렇게까지 언짢아할 걸 미리 알았더라면…….

포 셔 아니, 벌써 부부 싸움을 시작하셨나요? 무슨 일로 그러시죠?

그레시아노 금반지 하나 때문입니다죠. 저 사람이 내게 주었던 그 보잘것없는 반지 말씀입니다. 세상에······ 그런데 반지에 새겨 있는 글귀가 뭔 줄 아십니까? '날 사랑하고, 버리지는 마세요'라고요. 칼장사가 식칼에 새긴 글귀랑 뭐가 다르죠?

네리사 글귀는 왜 들먹이시죠? 보잘것없다는 말씀은 또 뭐고요? 제가 그 반지를 드렸을 때 당신은 맹세하셨잖아요. 죽을 때까지 그걸 꼭 끼고 있을 거라고, 그리고 무덤 속에도 같이 묻어 달라고요. 나야 아무래도 좋지만, 당신의 열렬한 맹세를 위해서라면 그걸 서기 놈에게 줘 버릴 게 아니라 소중히 간직했어야 했어요. 서기 놈에게 주다니! 아마 하느님은 아시겠죠.

그레시아노 그래, 내 이 손에 걸고 맹세를 하지. 젊은 청년에게 줬다니까. 아니, 청년이라기보다는 애송이 꼬마였어. 다 자라지도 않은 조그만 꼬마였다고. 글쎄, 박사님 서기 키는 당신보다 작더라니까. 그런 녀석이 계집애처럼 재잘거리면서 판정에서의 자기 노력에 대한 사례로 그 반지를 달라고 조르는데, 그걸 거절할 수가 없었다고!

포 셔 비난을 받으실 만하군요. 솔직히 말해서 부인한테서 받으신 첫 선물을 그렇게 남에게 가볍게 줘버리시다니. 맹세를 거듭하며 손가락에 끼신 거잖아요. 진실한 사랑의 정표로 손가락에 끼신 것이 아니던가요? 저도 사실 남편에게 반지를 드릴 때 결코 빼지 않겠다는 맹세를 받았어요. 아마 온 세상의 보배를 다 준다 해도 남편은 그걸 남에게 줘버리지는 않았을 거예요. 그레시아노 씨, 네리사가 섭섭해하는 것도 당연한 일이에요. 만일 제가 그런 일을 겪었다면 전

머리가 돌아버렸을 거에요.

바사니오 (방백) 아이고, 차라리 이 왼손을 잘라버렸으면 좋겠네. 그러면 반지를 잃어버렸다고 둘러댈 수도 있을 텐데.

그레시아노 바사니오도 반지를 판사님께 드린걸요. 그분이 굳이 그걸 달라고 조르시는 통에 도무지 거절할 수가 없었지요.

포 셔 어떤 반지를 주신 거죠? 설마 제가 드린 그 반지를 드린 건 아니겠죠?

바사니오 잘못한 데다 거짓말까지 할 수 있다면 아니라고 잡아떼고 싶지만, 이 손가락을 좀 보시오. 그 반지는 사라져버렸소.

포 셔 당신의 마음에는 진실이라곤 없는 것 같군요. 나는 앞으로 당신과 잠자리를 함께 하지 않겠어요. 그 반지를 다시 볼 때까지는 말이죠.

네리사 저도요. 그 반지를 보기 전에는 함께 할 수 없어요.

바사니오 부인, 내가 그 반지를 누구에게 주었는지 당신이 알게 된다면, 그 반지 외에는 아무것도 받지 않으려 해서 내가 얼마나 망설이며 그걸 줬는지 당신이 알게 된다면 당신의 노여움도 풀어질 거요.

포 셔 마찬가지랍니다. 그 반지가 어떤 가치가 있는지, 그 반지를 드린 여자가 어떤 가치가 있는지 아셨더라면, 또 그걸 간직하는 게 당신 명예를 지키는 일이라는 걸 아셨더라면 감히 그걸 그렇게 순순히 내주지는 않았을 거예요. 있는 힘을 다해 그 반지를 지키려 하셨더라면, 굳이 억지를 쓸 몰상식한 사람이 어디 있겠어요?

바사니오 절대로 그렇지 않소, 부인. 내 명예, 아니, 내 영혼을 걸고 맹세하겠소. 그 반지를 가져간 사람은 여자가 아니라 법학박사요. 내가 주겠다는 삼천 더컷을 군이 사양하고 그 반지만을 달라고 졸랐소. 물론 그의 청을 거절했더니, 그는 불쾌함을 감추지 못하고 가버렸소. 세상에 둘도 없는 내 귀한 친구의 목숨을 구해 준 분이었지만 말이오. 만약에 당신이 그곳에 있었다면, 내게 먼저 반지를 달라고 간청해서 그 훌륭한 박사님께 갖다 드렸을 거요.

포   셔 그 박사라는 분을 절대로 우리 집 가까이 오시지 못하도록 하세요. 저를 위해 반드시 간직하겠다고 약속했고, 저도 소중히 여겼던 그 보석을 그분이 갖고 있는 이상, 당신처럼 인심 좋게 무엇이든 드릴지도 모르니까요. 내 몸, 아니 남편의 침대라도 드리면 어떡하죠? 그분하곤 어쩐지 마음이 통할 것 같네요. 아니, 분명 그렇게 될 거예요. 그러니 단 하룻밤이라도 집을 비워선 안 되겠죠. 눈이 백 개 달린 아르고스처럼 절 감시하셔야 될 테니까요. 만일 저를 혼자 내버려두시면, 아직도 순결한 제 정조를 두고 드리는 말씀이지만, 그 박사님과 한 침대 속에서 잘지도 모르겠네요.

네리사 저도 그 서기와 충분히 그렇게 될 수 있어요. 그러니 앞으로 조심하셔야 할걸요. 절 감시하지 않고 혼자 내버려두시면 어떻게 될지도 모르니까요.

그레시아노 그래, 마음 내키는 대로 하시오. 그러나 들키는 날에는 그 서기 놈 연장이 부러질 수도 있어.

안토니오 유감스럽게도 제가 싸움의 원인이 된 것 같군요.

포 셔 그건 아니에요. 당신을 환영하니까요.

바사니오 포셔, 어쩔 수 없어서 그랬으니, 내 잘못을 용서해 주시오. 이 많은 친구들이 듣는 앞에서 당신에게 맹세하겠소. 아니, 지금 내 모습이 비치는 당신의 아름다운 두 눈에 걸고 맹세하겠소.

포 셔 무슨 그런 말씀을! 내 눈동자가 둘이니 아마 당신 모습이 두 군데 비치겠지요. 한 눈에 하나씩. 차라리 위선적인 당신을 걸고 맹세하시죠. 그럼 아주 믿음직한 맹세가 되겠군요.

안토니오 저는 한때 바사니오의 행복을 빌며 이 몸을 저당잡혔지요. 하지만 부인 남편의 반지를 가져가신 그분이 아니었더라면 전 벌써 죽었을 겁니다. 이번엔 다시 제 영혼을 담보로 맹세합니다. 남편께서 앞으로 다시는 맹세를 깨뜨리는 일이 없을 겁니다.

포 셔 그럼 당신께서 다시 보증인이 돼 주세요. (손가락에서 반지를 뺀다) 이걸 저 분에게 주시고, 저번 것보다 소중히 더 잘 간직하라고 말씀해 주세요. (안토니오에게 반지를 건넨다)

안토니오 이 반지를 받게나, 바사니오. 그리고 이 반지를 잘 간직하겠다고 맹세하게.

바사니오 아니, 이건 내가 박사님께 드렸던 그 반지가 아닌가!

포 셔 용서해 줘요, 바사니오님. 이 반지는 그에게 받은 거예요. 이걸 받은 답례로 저는 박사와 동침했고요.

네리사 저도 용서해 주세요, 그레시아노님. 저도 어젯밤 이 반지의 대가로, 아직 다 자라지도 않은 그 소년과 동침했어요.

그레시아노 이게 무슨 영문이람! 한여름에 신작로 고친 격이 됐으니. 고칠 필요도 없는 길을 말이야. 우리가 남편 구실을 하기도 전에 아내들이 먼저 바람난 셈이네.

포 셔 그렇게 고상하지 않은 말씀은 하지도 마세요. 모두들 놀라셨 겠지만. 자, 여기 편지가 있으니 언제든지 틈이 나면 읽어보세요. 패 듀어의 벨라리오 박사님으로부터 온 편지랍니다. 이걸 읽으시면 아 시게 되겠지만 그 박사는 포셔였고, 서기는 네리사였습니다. 여기 로렌조님이 증인이 되어주실 거예요. 저는 당신이 출발하신 직후에 출발해서 지금 막 돌아왔거든요. 안토니오님, 정말 잘 오셨습니다. 생각지도 못한 희소식이 있어요. 이 편지를 빨리 뜯어보세요. 그걸 읽으시면 당신의 배 세 척이 뜻밖에도 짐을 잔뜩 싣고 입항했다는 걸 아시게 될 거예요. 이 편지를 제가 어떻게 손에 넣게 됐는지는 묻 지 마시고요.

안토니오 그저 말문이 막힐 뿐이군!

바사니오 당신이 그 박사였단 말이지? 그런데도 내가 당신을 몰라봤 단 말이오?

안토니오 아름다운 부인이시여, 당신 덕에 나는 목숨과 재산을 건졌 습니다. 이 편지를 보니 분명 내 상선이 무사히 항구에 정박했군요.

포 셔 그리고 로렌조님, 내 서기가 당신에게도 좋은 소식을 가지고 왔답니다.

네리사 그렇습니다. 사례금도 받지 않고 거저 드리죠. 자, 유대인 샤일록이 당신과 제시카에게 유산 전부를 양도한다는 특별 양도증서예요. 그 부유한 유대인이 사망을 하면, 유산을 전부 당신들에게 물려주겠다는 특별 양도증서죠.

로렌조 아리따운 두 분의 부인, 이건 굶주린 사람에게 하늘이 만남을 내려주시는 격이군요.

포 셔 벌써 동이 틀 때가 됐네요. 모두들 이번 일에 대해 궁금하신 게 아직도 많으실 거예요. 자, 일단 안으로 들어가시죠. 그리고 마음껏 저희 두 사람을 심문하세요. 거리낌 없이 시원하게 대답해 드리죠.

그레시아노 그럽시다. 그럼 제가 먼저 질문을 드릴까요? 우선 네리사한테 물어봐야겠군요. 내일 밤까지 기다렸다가 잠자리에 들겠는지, 아니면 아직 두 시간 남짓 남았으니 지금 당장 잠자리에 들겠는지를요. 어쨌든 내일은 해가 좀 늦게 떴으면 좋겠군요. 제가 박사님의 서기를 끌어안고 있는 동안은 어두운 게 낫지 않겠어요? 그건 그렇고, 앞으로 평생 살아가는 동안 제가 네리사의 반지를 잘 간직할 수나 있을지, 정말 걱정스럽군요. (모두 퇴장)

베니스의 상인
The Merchant of Venice

❧자연은 자고로 이상한 인간들을 만들어 왔지.

Nature hath framed strange fellows in her time.

❧몸속에 뜨거운 피가 흐르는 사람이 왜 노인처럼 앉아 있어야 한단 말인가?

Why should a man, whose blood is warm within, Sit like his grandsire cut in alabaster?

❧아무튼 고맙구나. 한 궤짝이나 되는 구혼자들이 현명한 판단을 해줘서. 그 가운데 없어서 서운한 인물은 없으니 말이다.

I am glad this parcel of wooers are so reasonable, for there is not one among them but I dote on his very absence.

🌸내 얼굴색 때문에 나를 싫어하지는 마시오. 이 색깔은 작열하는 태양이 내게 입혀 준 검은 옷이니까.

Mislike me not for my complexion, The shadow'd livery of the burnish'd sun.

🌸무슨 일을 시키든 달팽이같이 느려 터지고, 대낮에도 살쾡이처럼 잠만 자니, 꿀도 못 만드는 벌을 우리 집에다 놔둔 셈이지.

Snail-slow in profit, and he sleeps by day more than the wild-cat, drones hive not with me.

🌸비너스의 수레를 끄는 비둘기도 새로 맺은 사랑의 맹세를 지킬 때는 재빠르게 날지만, 이미 맺어진 사랑의 맹세를 지킬 때는 거북이걸음이라더군!

Venus' pigeons fly to seal love's bonds new-made, than they are wont to keep obliged faith unforfeited!

🌸반짝인다고 해서 모두 금은 아니다.

All that glisters is not gold.

🌸황금 무덤 속엔 구더기가 우글대는 법.

Gilded tombs do worms infold.

🌑일곱 번 불에 달군 은 상자여, 판단 또한 일곱 번 달궈야 올바른 선택이 가능할 것을. 세상에는 그림자에 입을 맞추는 자가 있으니, 이를 축복하는 자 또한 그림자뿐이니라.

The fire seven times tried this, Seven times tried that judgment is, That did never choose amiss. Some there be that shadows kiss, Such have but a shadow's bliss.

🌑아, 당신 눈빛이 원망스럽군요. 저를 홀리는 그 눈빛에 제 마음은 그만 두 조각이 나고 말았으니까요. 반 조각은 물론 당신 것이지만, 나머지 반 조각도 제 것은 아니죠. 제 것이라고 말하고 싶지만, 제 것은 또한 당신의 것이니까요. 아, 야속한 세상이여, 자기 것을 자기 것이라고 말도 못하다니! 그러나 당신 것은 당신 것이 아닐 수도 있죠. 그렇다면 그것은 약속을 깨뜨린 제 탓이 아니라 아마 그렇게 만든 운명 탓일 겁니다.

Beshrew your eyes, They have o'erlook'd me and divided me. One half of me is yours, the other half yours, Mine own. I would say but if mine, then yours, And so all yours. O, these naughty times Put bars between the owners and their rights! And so, though yours, not yours. Prove it so, Let fortune go to hell for it, not I.

🌑허식이란 바닷속으로 사람을 교활하게 유혹하는 음흉한 파도요, 인도 여인의 검은 얼굴을 감싼 아름다운 면사포에 불

과해. 한마디로 그럴 듯한 겉모습이란 가장 현명한 사람마저 교활하게 함정에 몰아넣는 허울뿐인 진실인 게지.

Thus ornament is but the guiled shore to a most dangerous sea, the beauteous scarf Veiling an Indian beauty, in a word, The seeming truth which cunning times put on To entrap the wisest.

🌿친구들이란 대화하면서 많은 시간을 보내고, 그 영혼이 우정의 굴레로 맺어 있는 존재들이죠. 그래서 그 외양이나 태도, 기질이 서로 비슷해지죠.

For in companions that do converse and waste the time together, Whose souls do bear an equal yoke of love. There must be needs a like proportion of lineaments, of manners and of spirit.

🌿그는 음악 속에 사라지는 백조처럼 인생에 종말을 고했다.

He makes s swanlike end fading music.

🌿악마는 그의 목적을 위해서는 성서를 인용한다.

The devil can cite Scripture for his purpose.

🌿신성한 것을 증거로 들고 나오는 사악한 인간은 마치 미소 띤 얼굴을 한 악당과 같다. 겉은 멀쩡하지만 속은 썩어버린

사과 같은 것, 오! 거짓은 화려한 모습을 하고 있구나!

An evil soul producing holy witness is like a villain with a smiling cheek, a goodly apple rotten at the heart. O, what a goodly outside falsehood hath!

🌼사랑에 빠지면 눈이 멀기에, 연인들은 스스로 저지르는 어리석은 일들을 볼 수가 없는 게지요.

Love is blind, and lovers cannot see the pretty follies that themselves commit.

🌼저는요 제가 가르친 좋은 일을 따르는 스무 사람 중의 한 사람이 되기보다는 그 스무 사람을 가르치는 게 훨씬 더 쉬워요.

I can easier teach twenty what were good to be done, than to be one of the twenty to follow mine own teaching.

🌼사람은 너무 행복에 겨우면 가진 거라곤 없이 가난에 쪼들릴 때나 마찬가지로 괴로운 것이지요.

They are as sick that surfeit with too much as they that starve with nothing.

🌼연인들은 언제나 약속시간보다 일찍 달려온다.

Lovers ever run before the clock.

🌸그 아이는 늙은 이 몸의 지팡이요, 기둥이었다오.

The boy was the very staff of my age, my very prop.

🌸나의 살, 나의 핏줄이 배신을 하다니!

My own flesh and blood to rebel!

🌸경박한 아내는 남편을 침울하게 만든다.

A light wife doth make a heavy husband.

🌸교수형과 결혼은 운명 소관이다.

Hanging and wiving goes by destiny.

🌸그 작은 촛불이 어디까지 빛을 뿌리는가! 이 추악한 세상에서 선행이여, 빛을 발산하라.

How far that little candle throws his beams! So shines a good deed in a naughty world.

🌸세상엔 입을 떡 벌린 통돼지구이가 싫다는 사람도 있고, 고양이만 보면 미쳐 버리는 사람도 있는 법입니다. 가죽피리 소리만 들으면 소변이 마려워 참기 힘들다는 사람도 있죠. 감정의 주인인 기질이 사람을 좌지우지하기 때문입니다.

Some men there are love not a gaping pig, Some that are mad if they behold a cat, And others when the bagpipe sings i' the nose, Cannot contain their urine, for affection, Mistress of passion, sways it to the mood of what it likes or loathes.

🌸구두창에다 그렇게 칼을 갈지 말고 차라리 네 영혼 밑바닥에 대고 날카롭게 갈아라.

Not on thy sole, but on thy soul, Thou makest thy knife keen.

🌸자비란 그 성격상 강요되는 것이 아니오. 하늘에서 땅으로 내리는 단비와 같은 것으로 일종의 축복이죠.

The quality of mercy is not strain'd. It droppeth as the gentle rain from heaven upon the place beneath.

🌸큰 영광이 있으면 작은 영광은 그 앞에서 희미해지게 마련이지. 왕이 없을 때는 대리 통치인도 왕처럼 빛나지만 왕이 돌아오면 그의 위세가 흔적도 없이 사라지는 것처럼. 마치 시냇물이 바다에 빨려드는 것과 같다고나 할까.

So doth the greater glory dim the less. A substitute shines brightly as a king unto the king be by, and then his state empties itself, as doth an inland brook into the main of waters.

한여름에 신작로 고친 격이 됐으니. 고칠 필요도 없는 길을 말이야. 우리가 남편 구실을 하기도 전에 아내들이 먼저 바람난 셈이네.

this is like the mending of highways in summer, where the ways are fair enough. What are we cuckolds ere we have deserved

말괄량이
길들이기

제멋대로 청혼해 놓고서는 결혼식을 올리는 날엔
그만 꽁무니를 빼는 녀석이군.

Who wooed in haste and means
to wed at leisure.

1. 등장인물

서극

영주(領主) 무료한 일상에서 탈출하기 위해 곤드레만드
레 취한 슬라이를 보고 가짜 영주 노릇을 시킨다.
크리스토퍼 슬라이 술에 취한 상태로 길거리에 잠을 자
다가 영주의 눈에 띄어 가짜 영주가 된다.
주막 여주인, 시동, 사냥꾼, 하인, 배우 등

본극

페트루치오 베로나의 신사로 호텐쇼의 친구이자 카타리
나와 결혼해 카타리나의 나쁜 성격을 고쳐놓는다.
카타리나 밥티스타의 큰딸로 천방지축에다 안하무인이
지만 자신보다 지독한 남편을 만나 변화된다.
비앙카 밥티스타의 작은딸로 예쁜 데다 성격도 좋다.
언니한테 갖은 구박을 받으면서도 많은 사람들의 사랑
을 받고 있어서 구김살이 없다.
루센쇼 빈센쇼의 아들로 패듀어로 유학을 왔다가 첫눈
에 비앙카를 보고 사랑하게 된다.
밥티스타 패듀어의 갑부   **빈센쇼** 피사의 거상
그레미오 패듀어의 유지로 비앙카에게 청혼을 하지

만 루센쇼에 밀려 물러선다.

호텐쇼　비앙카를 사랑하지만 비앙카가 루센쇼와 키스하는 장면을 보고 충격을 받아 자신을 좋아하는 미망인과 결혼을 한다.

트래니오　루센쇼의 충복으로 루센쇼가 변장을 하고 비앙카의 가정교사가 되어 있는 동안 루센쇼로 살아간다.

비온델로　루센쇼의 하인

커티스　페트루치오의 별장 관리인

그루미오, 나다니엘, 필립, 니콜라스, 피터, 조셉 페트루치오의 하인들　**교사, 재단사, 잡화상, 그밖의 하인들**

2. 줄거리

아직도 무대에서 관객들로부터 대단한 인기를 누리고 있는 「말괄량이 길들이기」는 셰익스피어의 초기 작품으로, 이후에 쓴 다른 희극 작품들보다 예술성이 떨어진다는 평가를 받고 있다. 그런데도 왜 그토록 오랜 인기를 유지하고 있는 걸까? 한 개인이 겪어야 하는 사회적 갈등 및 타인과의 갈등을 오히려 과장되고 우스꽝스럽게 조명함으로써 각 인물이 결국 어떻게 자신의 진정한 내면을 찾아가는가를 역설적으로 보여주기 때문이 아닌가 싶다.

패듀어의 부호인 밥티스타의 큰딸 카타리나는 천방지축인 데다 성격이 매우 까다롭다. 반면에 동생인 비앙카는 성품이 온순하여 아버지의 사랑뿐만 아니라 뭇남성들의 시선을 한몸에 받는다. 언니 카타리나는 이 때문에 성격이 더욱더 거칠어지고 난폭해진다.

문제는 아버지 밥티스타가 큰딸을 시집 보내야 작은딸을 시집 보낼 수 있다고 선언하면서 생겨난다. 비앙카를 좋아하던 호텐쇼와 그레미오는 서로 카타리나의 남편감 찾기에 바쁘다. 그러던 중에 호텐쇼의 친구인 페트루치오가 카타리나와 관련된 말을 듣고 적극적으로 청혼을 한다. 페트루치오는 카타리나와 결혼에 이른 뒤 그녀보다 더 난폭한 언동으로 그녀를 길들인다. 한편, 비앙카를 사랑하는 피사의 거상 아들인 루센쇼는 가정교사로 변장하여 그 집으로 들어간다. 우여곡절 끝에 비앙카의 사랑을 얻어 결혼을 하게 되고 호텐쇼 역시 자신을 좋아하는 어느 미망인과 결혼을 한다.

그런데 결혼을 하고 보니 남편에게 가장 순종을 하는 여자는 다름 아닌 카타리나가 아닌가. 페트루치오의 호된 아내 길들이기는 어떤 것이 선하고 어떤 것이 악한지 상황에 따라 인간이 어떻게 변모하는지 현대를 살아가는 우리들에게 역설적으로 보여주고 있다.

서극

제1장 벌판의 어느 술집 앞

문이 열리며 주막 여주인에게 내쫓긴 슬라이가 걸어나온다.

슬라이 이놈의 여편네, 두들겨 패야겠군.

여주인 형틀에 매달아도 시원치 않을 불한당 같으니라고!

슬라이 뭐가 어쩌고 어째? 슬라이 집안엔 불한당이란 없다. 족보를 뒤져봐! 리처드 왕과 함께 건너온 명문가란 말이다! 될 대로 되라지 뭐.

여주인 깨뜨린 술잔 보상해!

슬라이 천만에, 한푼도 못 줘. 이럴 땐 삼십육계 줄행랑이 최고지. 차디찬 잠자리를 따뜻하게 녹여야지. (비틀거리다가 고꾸라진다)

여주인 흥, 어림없는 짓이야. 가서 파출소장을 불러와야겠다. (퇴장)

슬라이 파출소장이든 경찰서장이든 겁날 것 같은가. 법으로 할 테면 하라고. 이 여편네야, 누가 눈 하나 깜짝할 줄 알아. 누구든 오라고! 내가 상대해 줄 테니까. (잠이 들어 코를 골기 시작한다)

뿔피리 소리, 영주와 그의 부하 등장.

영 주 (슬라이를 보고) 이건 뭐냐? 죽은 거냐, 술에 취한 거냐? 숨은 쉬고 있나?

사냥꾼2 아직 숨이 끊어진 건 아닙니다, 영주님. 그저 술에 곯아떨어진 것 같습니다.

영 주 허허, 자는 꼴을 보니 흉측한 괴물 같구나. 쿨쿨 자는 모습이 꼭 돼지처럼 보이는구나. 여보게, 자네들 생각은 어떤가? 얼굴을 보아 하니 징그러워 보이는데, 이 주정뱅이에게 장난 좀 치는 것이 어떤가? 녀석을 침실로 옮긴 뒤, 좋은 옷을 입히고, 반지도 끼워 주고, 머리맡엔 성찬을 마련하고, 늠름한 시종들도 대기시켜 놓는다면, 아마 이 놈은 자신을 영주로 착각하게 될 거야.

사냥꾼1 아마 그럴 것입니다.

사냥꾼2 잠에서 깨면 자신이 딴 세상에 온 줄 알 것입니다.

영 주 그렇겠지. 마치 달콤한 꿈이나 허황된 공상 속에 잠겨 있는 것처럼 그렇겠지. 그럼 이놈을 데려가 가장 화려한 방으로 옮긴 뒤 사방에 온통 음탕한 그림들을 걸어놓아라. 이 자의 더러운 머리에는 향수를 뿌리고, 방안을 향기롭게 하거라. 이 자가 깨어나면 음악을 은은하게 틀어놓고, 무슨 말이라도 할라치면 공손하고도 나직한 목소리로 "말씀만 하소서" 이렇게 응대하란 말이다. 이렇게 해서 그자를 실성한 사람으로 믿게 만드는 거다. 다들 알아들었지? 조심해서 잘하도록. 잘만 한다면 틀림없이 볼 만한 오락거리가 될 것이야.

사냥꾼1 예, 저희에게 이 자를 맡겨만 주십시오. 최선을 다해 이 자가 자기가 영주인 것처럼 착각하도록 만들겠습니다.

영 주 그럼 잠이 깨지 않도록 이 자를 침대에 눕혀라. 잠에서 깨어나거든 내가 시킨 대로 하라. (슬라이를 운반해 간다. 트럼펫 소리) 여봐라, 저 트럼펫 소리는 뭐냐? (하인이 달려나갔다가 돌아온다)

하 인 배우들입니다. 황공하옵게도 영주님 앞에서 연극을 공연해 보이겠답니다.

영 주 이곳으로 들라 하라. (배우들 등장) 오, 어서들 오게나.

배우들 황공하옵니다.

영 주 오늘 밤은 내 집에서 숙박을 하겠나?

배우 1 그야 여부가 있겠습니까?

영 주 그렇게들 하게. 언젠가 농부의 맏아들 역할을 하는 걸 본 적이 있지. 자네가 귀부인에게 사랑을 호소하는 역이었어. 이름은 잊었지만 연기가 꽤 자연스러웠어. 실은 내가 무슨 계획 하나를 갖고 있는데, 자네들의 도움을 받았으면 하는데. 오늘 밤 자네들의 연극을 어떤 영주님께 보여드릴 생각이거든. 그런데 염려스러운 건 그분이 생전 처음 연극을 보는 거라서 아마 기묘한 행동을 할지도 몰라. 그때 자네들이 폭소를 터뜨린다면 기분이 상하게 되겠지. 그 점이 걱정이란 말이야.

배우 2 걱정하지 마십시오. 저희들이 웃음을 억제하고 조심하겠습니다. 그분이 천하에 둘도 없는 어릿광대라도 말입니다.

영 주 여봐라, 이들을 식당으로 안내해 한 사람 한 사람 극진히 대접하라. (모두 퇴장)

제 2장 영주의 저택, 호화스런 침실

갑옷을 입은 슬라이, 자는 가운데 주위에 시종들이 의복, 세숫대야, 물병 등을 들고 서 있다. 영주 등장.

슬라이 (잠이 덜 깬 얼굴로) 제발 맥주나 한 잔 주시오.

하인 1 영주님, 백포도주를 드릴까요?

하인 2 나리, 설탕 조림 과일은 어떻습니까?

하인 3 영주님, 오늘은 어떤 옷을 입으시겠습니까?

슬라이 난 크리스토퍼 슬라이란 사람이오. 그러니 내 앞에서 영주님이니 나리니 그런 말은 하지 마시오! 내 생전 백포도주 따윈 마신 적도 없고, 설탕 조림 과일을 주려거든 쇠고기 조림을 주시오. 어떤 옷을 입겠느냐고? 내 등이 웃옷이요, 내 다리가 양말이고, 내 발이 구두요. 보시오, 이렇게 발가락이 구두 밖으로 비죽 나온걸.

영 주 오, 하느님! 우리 나리의 허황된 망상의 병을 속히 고쳐주소서! 그렇게도 훌륭한 혈통과 그렇게도 많은 영토를 지닌 고귀하신 분께 이렇게 흉악한 악령이 씌워지다니!

슬라이 아니, 지금 생사람을 잡을 작정이오? 난 버튼 히드에 사는 슬라이 영감의 자식 크리스토퍼 슬라이란 말이오. 원래는 행상이었는데 솔 공장에 취직했고, 그것도 지금은 집어치우고 땜장이 노릇을 하고 있소. (하인이 맥주를 가지고 등장) 나 원 참, 내가 미쳤다고? 천만의 말씀. 그러면 그 증거로……. (맥주를 마신다)

하인 3 오, 이러시니 마님께서도 슬퍼하고 계십니다.

하인 2 오, 이러시니 하인들도 몸둘 바를 모르고 있사옵니다.

영 주 오, 이러시니 일가 친척들도 겁을 먹고 발길을 끊은 것입니다. 영주님, 가문을 생각하시고 어서 예전으로 돌아와 이 비참한 악몽에서 깨어나십시오. 보소서, 이렇게 하인들도 영주님의 분부를 기다리며 대령하여 서 있지 않습니까! 음악을 들으시겠습니까? 아폴론 신의 음악을 들으시지요. (음악이 연주된다)

하인 1 사냥개들은 숨도 쉬지 않고 수사슴처럼 쏜살같이 달려나갈 것입니다. 얼마나 날쌘지 암사슴과는 비교도 되지 않지요.

하인 2 나리, 그림 감상을 하시면 어떻겠습니까? 미소년 아도니스의 모습을 아름다운 여신 아프로디테가 사초 그늘에서 숨어서 훔쳐보고 있는 그림 말입니다. 그 여신의 뜨거운 입김에 사초잎은 마치 바람에 나부끼듯 흔들리고 있지요.

영 주 영주님은 저희들의 영주님이 틀림없사옵니다. 그리고 이 말세에서 천하일색인 아름다운 부인이 계시옵니다.

하인 1 영주님 때문에 흘리신 눈물이 꽃 같은 마님 얼굴에 폭포수가 되어 흘렀지만 그 전에는 동서고금을 두고 유례없는 미인이셨지요. 아니, 지금도 어느 부인 못지 않게 아름다우시지만요.

슬라이 내가 정말 영주란 말인가? 정말 부인도 있고? 내가 꿈을 꾸는 게 아닐까? 그렇다면 여태까지가 꿈이었단 말인가. 분명 잠을 자고 있는 건 아닌데. 난 보고 듣고 말하고 있지 않나? 이 향긋한 냄새와 부드러운 침상……. 정말 내가 땜장이 크리스토퍼가 아니라 영주란 말이지! 그래, 마님을 모셔오너라. 그리고 맥주도 더 가져오고.

하인 2 (대야를 내밀며) 영주님, 손을 씻으십시오. (슬라이가 손을 씻는다) 영주님께서 정신이 드셨다니 얼마나 기쁜지 모르겠습니다. 지난 열다섯 해 동안 꿈속에 계시다가 이제야 눈을 뜨셨습니다.

슬라이 열다섯 해라고? 참으로 길게도 잤구나. 그동안 한마디도 하지 않았고? (부인으로 변장한 시동이 시종을 거느리고 등장)

시 동 나리, 기분이 어떠세요?

슬라이 좋소, 아주 좋아! 기운이 안 날 리가 있나? 그런데 내 부인은? (맥주를 마신다)

시 동 여기 대령했습니다, 나리. 무슨 분부라도 하시겠습니까?

슬라이 당신이 내 부인이라고? 그럼 왜 나한테 서방님이라고 하지 않고 나리라고 하지? 시종들이 나리, 나리 하는 건 이해되지만, 난 당신의 남편이잖소?

시 동 나리는 저의 남편이며 주인이지요. 소첩은 나리께 순종해야 하는 부인이고요.

슬라이 부인, 듣자 하니 내가 열다섯 해나 꿈을 꾸고 있었다는데, 그게 정말이오?

시 동 그렇사옵니다. 저에게는 그 세월이 30년처럼 길게 느껴졌지요. 그동안 저는 쭉 독수공방을 했답니다.

슬라이 그거 참 안됐구먼. 여봐라, 다들 물러가 우리 두 사람만 있게 하라. (하인들 퇴장) 부인, 자, 옷을 벗고 잠자리에 듭시다.

시 동 참으로 귀하신 영주님, 부탁하건대, 하룻밤이나 이틀밤만 참으시지요. 그것조차 안 되시겠다면 해가 질 때까지만이라도 참으소서. 의원께서 나리의 병환이 다시 도질 수도 있으니까 동침은 삼가라고 단단히 당부하셨습니다.

슬라이 음, 그렇다면 할 수 없지. 또다시 그런 악몽 속에 떨어지면 큰일이니, 피가 끓고 살이 달아오르지만 참을 수밖에 없구나.

하인 1 등장.

하인 1 영주님의 전속 배우들이 영주님께서 쾌유하셨다는 소식을 듣고서 유쾌한 희극을 보여 드리려고 문안차 와 있습니다. 의원들도 찬성하셨습니다. 오랜 세월 동안 우울증으로 시달리셨으니, 연극을 보시면서 흥거워하신다면 온갖 해악은 물러가고 수명도 길어진다고 하시면서요.

슬라이 음, 그럼 희극을 시작하라. 자, 부인. 내 옆에 와서 시간이나 죽여 봅시다. 우리가 이보다 어떻게 젊어지겠소. (시동 슬라이 곁에 앉는다)

나팔소리, 「말괄량이 길들이기」가 시작된다.

제 1 막

제 1 장 패듀어의 광장

루센쇼와 그의 하인 트래니오 등장.

루센쇼 트래니오, 문화의 본고장인 이 패듀어를 꼭 한번 보고 싶었는데 내 드디어 이태리의 낙원, 이 기름진 롬바르디아에 왔구나. 이건 다 아버지의 애정이 있었기 때문이지. 게다가 너처럼 믿음직한 시종을 딸려 보내 주셨으니 이것이야말로 금상첨화가 아니고 무엇이겠느냐. 자, 여기서 좀 머물면서 천천히 학문과 교양을 쌓을 길을 찾아보자. 난 교양 있는 시민들로 이름이 나 있는 피사에서 태어났고, 내 아버지는 세계를 주름잡는 거상인 벤티보리오 가문의 빈센쇼가 아니더냐. 그 아들인 나도 사람들의 기대를 저버리지 않고 덕행을 쌓아 이 행운을 헛되게 하지 말아야지. 그러니 트래니오, 나는 덕으로 행복에 이르는 철학을 공부할 작정이다. 네 생각은 어떠냐?

트래니오 도련님, 제 생각도 마찬가지입니다. 알찬 학문의 길로 들어서시겠다니, 저야 대 환영이지요. 다만 도련님, 덕이나 수양을 하시는 것도 좋지만 제발 저 금욕주의자나 돌부처 같은 사람은 되지 마십시오. 엄격한 아리스토텔레스의 딱딱한 가르침에만 열중하시다가 오비드의 부드러운 시를 멀리하진 마십시오. 기분을 전환하기 위해선 음악이나 시가 좋고, 수사학이나 형이상학 같은 것도 때때로 해보셔도 좋겠죠. 하기 싫은 걸 하다 보면 소득도 없지요. 한마디로 말해 도련님이 하고 싶은 공부를 하십시오.

루센쇼 고맙다, 트래니오. 네 말이 옳고 말고. 그런데 비온델로가 도착해 있다면, 우린 당장 숙소를 정하고 이곳 패듀어에서 사귈 수 있는 친구들을 모두 초청할 수 있었을 텐데. 가만 있자, 저 사람들은 누구지?

트래니오 도련님을 환영하는 행렬인가 봅니다.

밥티스타가 카타리나와 비앙카와 함께 등장. 그레미오와 호텐쇼가 그 뒤를 따른다. 루센쇼와 트래니오는 나무 그늘에 숨는다.

밥티스타 이제 그만 조르시오. 두 분께선 이미 내 결심을 알고 있잖소. 글쎄, 큰딸을 시집 보내기 전에는 작은딸을 절대로 줄 수가 없소. 만일 두 분 중에 카타리나를 좋아하는 분이 있다면, 직접 그 애와 담판을 지으시구려.

그레미오 담판이 아니라 재판을 해야겠지요. 호텐쇼 씨, 당신은 어느 쪽을 택하겠소?

카타리나 아버지, 제발 그만두세요. 더 이상 이런 작자들 앞에서 저를 웃음거리로 만들지 마세요.

호텐쇼 작자들이라뇨, 아가씨? 무슨 말버릇이 그렇소? 좀 더 상냥하게 굴지 않으면 당신은 평생 시집을 가지 못할 거요.

카타리나 누가 댁더러 그런 걱정해 달래요? 난 결혼할 생각은 털끝만큼도 없어요. 만일 결혼을 한다면 당신을 확실히 손을 봐드리겠지만요. 세 발 달린 의자로 당신의 머리털을 빗겨 주고, 당신의 그 얼굴은 생채기를 낸 피로 화장시켜 드리고요.

호텐쇼 어이구, 하느님! 저를 이 마녀로부터 구해 주소서!

그레미오 하느님, 저도요.

트래니오 쉬, 도련님! 이거, 볼 만한 구경거립니다. 저 여잔 살짝 돌았거나, 아니면 굉장한 말괄량이인가 봅니다.

루센쇼 하지만 말없는 아가씨는 상냥하고 귀여운 규수로구나.

트래니오 예, 그런 것 같습니다. 음, 조용히 지켜보시지요.

밥티스타 그럼 두 분께 제 뜻이 분명하다는 걸 보여드리겠습니다. 얘, 비앙카, 너는 안으로 들어가 있거라. 섭섭하게 생각하지 말아라. 내가 널 사랑하는 마음에는 변함이 없으니까. (비앙카의 머리를 쓰다듬는다)

카타리나 귀염둥이 아가씨! 그 이유를 알면 금방 눈물을 쏟을걸.

비앙카 언니, 내가 불행해지더라도 언니만 행복하면 돼. 아버님, 아버님 분부대로 따를게요. 난 홀로 책과 악기를 벗삼아 지내겠어요.

루센쇼 들었지, 트래니오. 미네르바 여신이 말문을 여셨다.

호텐쇼 밥티스타 씨, 너무하십니다. 저희들의 호의 때문에 비앙카 아가씨가 눈물을 흘리다니!

그레미오 밥티스타 씨, 이런 마녀 때문에 동생을 가두어놓는 건 무슨 경우입니까? 게다가 언니가 한 독설에 대한 벌을 동생이 받게 하다뇨?

밥티스타 아무튼 두 분 양반, 저는 이미 결심했소. 비앙카, 안으로 들어가거라. (비앙카 들어간다) 저 애는 무엇보다 음악과 악기와 시를 좋아하지요. 그래서 미흡한 저 애를 가르쳐 줄 가정교사를 구할 생각입니다. 혹시 두 분께서는 아시는 분이 있으면 소개해 주셨으면 합니다. 능력 있는 분이라면 후하게 대접하지요. 딸애들 교육을 위해서라면 아끼지 않을 생각입니다. 그럼 다음에 봅시다. 카타리나, 넌 여기 좀 있어라. 비앙카한테 할 얘기가 있으니. (퇴장)

카타리나 왜요, 내가 들으면 안 되나요? 내가 왜 일일이 각본대로 움직여야 하나요? 앞뒤 분간 못하는 어린애도 아닌데. (휙 돌아선다)

그레미오 악마에게나 가버려. 저렇게 괴팍한 성품이니 누가 좋다고 붙잡겠어. (카타리나 안으로 들어가 문을 쾅 닫는다) 보아 하니 이 집안도 화목하긴 글렀군. 호텐쇼, 이제 우리는 손가락이나 빨면서 기다릴 수밖에 없는 것 같구려. 우리 케이크는 설었으니 어쩔 수 없잖소. 그럼 안녕히 가시오. 이제 할 수 있는 일이라곤 사랑스러운 비앙카가 좋아하는 것을 가르쳐줄 수 있는 가정교사를 찾아내는 것밖에 없겠소.

호텐쇼 나도 찾아보지요, 그레미오 씨. 여태껏 경쟁자여서 아무 말도 하지 않았지만, 이렇게 된 이상 생각을 좀 달리해야겠습니다. 우리가 다시 비앙카 아가씨의 사랑을 차지하기 위한 행복한 경쟁자가 되려면 딱 한 가지 방법이 있소.

그레미오 그게 무엇이오?

호텐쇼 비앙카의 언니에게 신랑감을 구해 주는 거요.

그레미오 신랑감을? 에이, 악마겠지.

호텐쇼 아니, 신랑이오.

그레미오 아니오, 악마요. 호텐쇼 씨, 생각 좀 해봐요. 장인이 아무리 부자라 해도 지옥으로 장가들려는 멍청한 녀석이 어디 있겠소?

호텐쇼 참, 그레미오 씨도! 당신이나 나는 그 말괄량이 성깔을 감당할 수 없어서 그렇지, 세상에는 그걸 능가하는 건달들도 있다오. 아무리 결점이 많아도 지참금만 많으면 장가들려는 남자가 있을 거요.

그레미오 누구든지 그 말괄량이한테 구애를 해 침실로 데리고 가기만 한다면, 난 그에게 패듀어에서 가장 좋은 준마 한 필을 선물할 거요. 자, 갑시다. (두 사람 퇴장)

트래니오 도련님, 정말이세요? 사랑에 빠지시다니요?

루센쇼 오, 트래니오. 나도 설마 내게 그런 일이 일어나리라곤 생각지도 못했다. 멍하게 있는데 그만 사랑의 마력에 빠지고 말았구나. 카르타고의 여왕 다이도가 동생과 모든 비밀을 공유했듯이 너와 난 그런 사이다. 트래니오, 내가 그 얌전한 동생을 얻지 못하는 날엔 사랑으로 애태워 내 가슴은 까맣게 타버리고 말 거야. 트래니오, 제발 날 좀 도와다오.

트래니오 이젠 도련님을 책망할 단계를 넘었군요. 이왕 사랑의 포로

가 되셨으니 별수 없죠. '몸값은 되도록 싸게 치르는 게 최고'지요.

루센쇼 오, 고맙구나. 자, 이제 본론을 말해 다오.

트래니오 도련님, 사태는 이렇습니다. 그 아가씨의 언니는 오만방자한 말괄량이여서 아버지는 언니 쪽을 시집보낸 뒤 그 아가씨를 시집보낸다고 합니다. 그러기 전까진 그 아가씨는 꼭 갇혀 살 수밖에 없지요. 청혼자들한테 시달림을 받지 않기 위해서요.

루센쇼 트래니오, 참 지독한 아버지도 다 있구나! 맞아, 딸들을 교육하기 위해서 좋은 가정교사를 물색중이라고 했지?

트래니오 그래서 말인데 좋은 생각이 떠올랐습니다. 도련님이 가정교사가 되는 겁니다. 그런데 도련님 역할은 누가 하지요? 빈센쇼 씨 아들로서, 집을 얻고 책을 읽으며 친구들을 대접하는 등등 이런 역할은 누가 하지요?

루센쇼 걱정하지 마라. 내게 좋은 생각이 있으니. 우리는 아직 어디에도 얼굴을 내민 적이 없으니, 누가 하인이고 누가 주인인지 사람들은 분간할 수 없을 거다. 그러니까 트래니오, 네가 내 주인이 되어집도 얻고, 주인 행세를 하고, 하인도 거느리거라. 자, 트래니오, 얼른 외투를 바꿔 입자꾸나. 비온델로가 도착하면, 네 하인 역을 하도록 시켜야겠다. 그러나 그 전에 먼저 그 녀석의 입을 봉해 놓아야겠지. (모두 퇴장)

제 2 장 패듀어의 광장

페트루치오가 하인 그루미오를 팬다. 한쪽에서 호텐쇼 등장.

호텐쇼 무슨 일이지? 아니, 그루미오가 아닌가? 어이구, 오랜만이군. 베로나에서 잘 있었나?

페트루치오 호텐쇼, 자넨 싸움을 말리러 나왔나? 잘 만났다고 인사부터 해야 하지 않나?

호텐쇼 소생 집에 왕림하신 걸 진심으로 환영합니다, 페트루치오 나리. 그루미오, 일어나. 이 싸움은 내가 해결해 주지.

그루미오 호텐쇼 나리, 주인님께서는 저보고 다짜고짜 두드리라시는데, 어찌 하인이 주인님을 두드릴 수가 있겠습니까? 하지만 제가 차라리 실컷 두드렸다면, 이런 꼴은 당하지 않았을 텐데 말이죠.

페트루치오 멍청아, 꺼져 버려. 아니면 입 닥치고 있든지!

호텐쇼 페트루치오, 참게나. 이거 주인과 종 사이에 그저 오해로는 봐줄 만하지 않은가. 그루미오는 오래 부린 믿음직하고 명랑한 하인이 아닌가. 어쨌든 여보게, 무슨 바람이 불어서 베로나를 떠나 이곳 패듀어에 오는가?

페트루치오 그야 젊은이들을 세계로 흩어지게 하는 바람을 타고 왔지. 좁은 고향보다 넓은 세상에서 행운을 잡고 싶어 왔네. 실은 아버지 안토니오께서 돌아가셨거든. 그래서 정처없는 여행길에 뛰어들었는데 아내를 얻고 돈도 번다면 더 좋을 게 없겠지. 지갑에는 돈이, 고향에는 유산이. 그래서 세상 구경을 하러 나온 거지.

호텐쇼 그렇다면 내 말 좀 들어보게. 심술 사나운 말괄량이가 있는데, 그녀를 아내로 삼으면 어떻겠나? 자넨 내 말이 달갑지 않을 테지만 그녀가 부자인 것만은 분명하네. 아주 큰 부자야. 물론 소중한 친구인 자네에게 그런 여자를 권하고 싶지는 않지만.

페트루치오 호텐쇼, 우리 사이에 빈말은 그만두세. 산더미 같은 재산이 있다면 됐네. 난 돈이면 되거든. 그녀가 저 폴로렌티어스의 애인처럼 박색이건, 마녀 시빌 같은 할망구건, 아니 소크라테스의 악처 크산티페를 뺨칠 정도로 고약한 말괄량이라 해도 난 상관없네. 찬밥 더운밥 가리지 않네. 적어도 내 애정은 사그라지지 않을 거야. 저 아드리아해의 성난 파도처럼 성격이 사나워도 말일세. 내가 이곳 패듀어에 온 건 부자 마누라를 얻으려고 온 게 아닌가. 돈만 생긴다면 누구든 환영한다네.

그루미오 호텐쇼 나리, 지금 주인님이 하신 말씀은 모두 진심이랍니다. 돈만 생긴다면, 상대가 꼭두각시든 난쟁이든 이빨이 몽땅 빠진 할망구든 우리 주인님은 마누라로 삼을 겁니다. 돈만 있으면 뭐든 가리지 않을 겁니다.

호텐쇼 부친 이름은 밥티스타 미놀라야. 아주 호인이고 점잖은 신사지. 그녀 이름은 카타리나 미놀라이고, 그 지독한 독설은 패듀어에서도 유명하지.

페트루치오 딸은 모르지만, 아버지하고는 안면이 있네. 돌아가신 아버지하고 잘 아는 사이였지. 여보게 호텐쇼, 난 그녀를 만나보기 전에는 잠을 잘 수 없을 것 같네. 이쯤 되면 몰상식한 짓이긴 하지만, 날 좀 그곳으로 안내해 주게. 싫다면 자네와 여기서 작별할 수밖에 없겠네.

그루미오 나리, 우리 주인님이 변심하기 전에 얼른 안내 좀 해주시지요. 정말이지, 그 색시가 악당이니 뭐니 욕설을 퍼부어댄다 해도, 주인님 고함 소리 한번이면 쏙 들어갈 겁니다.

호텐쇼 좋아, 내가 같이 가겠네. 밥티스타 씨 집에는 내 보물이 있거든. 정말 내 목숨보다 소중한 보물, 그의 작은딸, 아름다운 비앙카가 내 보물이지. 그런데 그녀의 아버지는 날 얼씬도 못하게 해. 나뿐만 아니라 모든 청혼자들을 물리쳤다네. 나의 경쟁자가 모두 쫓겨난 셈이지. 글쎄, 방금 말한 큰딸 카타리나를 아내로 데려갈 사람이 없을 거라고 생각한 모양이야. 그래서 말괄량이 큰딸을 치우기 전에는 아무도 비앙카에게 접근할 수 없도록 한 거야.

그루미오 말괄량이 카타리나! 처녀의 별명치고는 고약하군요!

호텐쇼 페트루치오, 날 좀 도와주게나. 내가 수수한 옷으로 갈아입고 변장할 테니 나를 음악에 능숙한 가정교사로 추천해 주게. 비앙카를 가르칠 음악교사를 찾고 있거든. 만일 그렇게만 해준다면, 난 마음

그루미오 이건 음모라고 할 수는 없겠군. 그저 늙은이를 속이려고 젊은이들이 지혜를 짜낸 것뿐이니까! (그레미오와 가정교사 캠비오로 변장한 루센쇼 등장) 주인님, 저길 보십시오. 누가 옵니다.

호텐쇼 쉿! 내 연적이군. 페트루치오, 잠시 비켜서 주게. 안녕하십니까, 그레미오 씨!

그레미오 아, 잘 만났소, 호텐쇼 씨! 지금 난 밥티스타 미놀라 씨 댁에 가는 중이라오. 마침 아름다운 비앙카의 가정교사로 이 청년이 딱 알맞을 것 같아서요. 학식이나 품행뿐만 아니라 시와 그 밖의 좋은 책들을 많이 읽으신 분입니다.

호텐쇼 잘되었군요. 나도 어떤 신사를 만났는데, 우리의 연인을 가르칠 음악교사를 추천하겠다더군요. 그러니까 나도 저 사랑하는 비앙카를 위해서라면 조금도 뒤지고 싶은 마음이 없다 이겁니다.

그레미오 사랑하는 비앙카란 말은 행동으로 증명합시다.

그루미오 (방백) 돈지갑이 증명하겠지.

호텐쇼 그레미오 씨, 지금 우리가 사랑싸움을 할 때는 아닌 것 같소. 당신이 솔직히 말씀해 주신다면, 나도 좋은 소식을 말하리다. 여기 이분을 우연히 만났는데, 우리가 이 분 요구에만 응해 준다면, 그 말괄량이한테 청혼하시겠답니다. 그리고 지참금에 따라 지금 결혼할 수도 있다고 합니다.

그레미오 정말입니까? 그렇게만 해주신다면 얼마나 좋겠소. 하지만 호텐쇼 씨, 그 여자의 결점을 다 말씀드렸습니까?

페트루치오 물론입니다. 아주 진절머리나는 말괄량이라는 걸 들었습니다. 그까짓 것이라면 난 조금도 상관없습니다.

그레미오 그런데도 그런 여자를 아내로 맞이하겠다니 이상하군요. 제 눈에 안경이라지만, 정말 그 살쾡이한테 청혼을 하시겠습니까?

페트루치오 그 정도가 겁난다면 어떻게 여기까지 왔겠소? 아무리 큰 소리 친다 해도 나한테는 소귀에 경 읽기가 될 거요. 난 왕년에 사자의 포효 소리뿐만 아니라, 광풍에 성난 파도가 멧돼지처럼 울부짖는 소리와 대지를 뒤흔드는 천둥소리를 들은 사람이오.

그루미오 우리 주인님은 원래 무서운 것이 없으시답니다.

루센쇼로 변장한 트래니오와 하인 비온델로 등장.

트래니오 여러분, 안녕하십니까? 실례지만 밥티스타 미놀라님 댁에 가려면 어느 길로 가야 하는지요?

비온델로 그분은 예쁜 두 따님을 두셨다죠, 주인 나리?

그레미오 설마 댁도 그 따님을 만나러 온 건 아니겠죠?

트래니오 아버지와 딸, 다 만나야겠죠. 그런데 무슨 일이시죠?

페트루치오 제발 그 말괄량이 쪽은 아니기를.

트래니오 난 원래 말괄량이는 딱 질색이오. 비온델로, 가자.

루센쇼 (방백) 제법인데, 트래니오.

호텐쇼 잠깐만 기다리시오. 지금 말씀하신 처녀한테 청혼하실 생각입니까?

트래니오 그렇다면 안 될 일이라도 있소?

그레미오 천만에요. 아무 말씀 하지 말고 돌아서는 게 좋을 거요.

트래니오 왜요? 그 이유 좀 들어봅시다.

그레미오 정 그러시다면 말씀해 드리죠. 그 여잔 이 그레미오가 점찍어 났단 말이오.

호텐쇼 나 호텐쇼도 그 여자한테 침 발라났소.

트래니오 자, 당신들이 신사라면 내 말 좀 들어보시오. 밥티스타 씨는 신사분이고 우리 부친과도 아는 사이요. 그런데 그분 따님이 그렇게 미인이라면, 청혼자는 얼마든지 나설 것이며 굳이 나 하나쯤 끼여든 다 해도 상관없을 거요. 레다의 딸 헬레나에게는 천 명의 청혼자가 있었다는데, 아름다운 비앙카에게 한 명쯤 청혼자가 붙는 게 무슨 대수겠소. 이 사람이 루센쇼요. 파리스가 독점한다 해도 물러서지 않을 거요.

호텐쇼 실례지만 밥티스타 씨 따님을 만나 보셨소?

트래니오 아직 보지는 않았지만, 듣자 하니 한쪽은 사납기로 유명하고, 또 한쪽은 아주 얌전하다던데요?

페트루치오 그렇소. 언니는 내 것이니까, 꿈도 꾸지 마시오. 하지만 당신이 원하는 그 작은딸 말인데, 아버지가 큰딸을 시집 보낼 때까지는 청혼자들을 얼씬도 못하게 한다는 거요. 큰딸을 결혼시키고 난 뒤에나 가능하니, 지금으로서는 가망이 없소.

트래니오 그렇다면 당신은 우리에게, 아니 내게 은인이나 마찬가지 군요. 우선 당신이 철의 장막을 부숴 언니 쪽을 입수한 다음, 동생 쪽을 자유로이 풀어놔 주신다면, 행운이 누구 손안에 떨어지든, 우리는 배은망덕할 사람들은 아니외다.

호텐쇼 그 말씀 잘하셨소. 당신도 청혼자로 나선 이상 당연히 그래야죠. 우리처럼 이 분에게 은혜를 입을 테니까요.

트래니오 물론 은혜를 잊을 사람은 아닙니다. 그 증거로, 괜찮다면 오늘 오후에 애인의 건강을 축복하는 의미에서 주연을 열고 건배를 들 것을 제안합니다. 싸울 때는 당당하게 싸우되, 지금은 친구로서 먹고 마시기로 합시다.

그루미오 · 비온델로 이거 참 굉장한 제안이군.

호텐쇼 물론 참 좋은 제안이오, 그렇게 합시다. 여보게, 페트루치오, 자네 일은 모두 내게 맡겨두게. (모두 **퇴장**)

제 2 막

제 1 장 밥티스타의 집, 어느 방

회초리를 든 카타리나와 두 손을 묶인 비앙카가 있고, 밥티스타 등장.

밥티스타 다 큰 처녀가 이게 무슨 짓들이니? 별일 다 보겠구나. 비앙카, 울지 마라. (손을 풀어주면서) 들어가서 바느질이나 하렴. 언닌 상대하지 말고. 이 못된 것아. 마귀할멈처럼 가만 있는 애를 왜 그렇게 못살게 구니? 그 애가 너한테 무슨 짓을 했다고 그러니?

카타리나 그러니까 더 분통이 터져요. 한번 더 혼나야 돼, 이것아. (비앙카에게 달려든다)

밥티스타 (카타리나를 붙들면서) 이런, 내 앞에서까지? 비앙카, 넌 안으로 들어가 있거라. (비앙카 퇴장)

카타리나 아버진 늘 저 애만 감싸고 도시죠. 좋아요, 저 앤 아버지의 보배니까 어서 좋은 신랑을 얻어주시지요. 저 애 결혼식 날엔 난 노처녀답게 맨발로 춤을 출 테니까요. 그리고 처녀귀신이 되어 지옥으로 가는 거죠. 그러니 저한테 어떤 말씀도 하지 마세요. 그저 혼자 앉아 외롭게 울 테니까요. 누군가 분풀이할 수 있을 때까지요. (방을

뛰쳐나간다)

밥티스타 이게 무슨 놈의 팔자냐? 아니, 누가 오나 보군?

그레미오, 교사로 변장한 루센쇼, 페트루치오, 음악교사 리치
오로 변장한 호텐쇼, 루센쇼로 가장한 트래니오, 악기와 책
을 든 비온델로 등장.

그레미오 안녕하십니까, 밥티스타 씨!

밥티스타 안녕하십니까, 그레미오 씨! (인사를 한다) 여러분, 잘 오셨
습니다.

페트루치오 처음 뵙겠습니다. 아름답고 현숙한 카타리나라는 따님이
있으시다죠?

밥티스타 예, 카타리나라는 딸이 있습니다만.

페트루치오 그레미오 씨. 저는 베로나에서 온 신사입니다. 소문에 미
인에다 영특한 따님이 있으시다죠. (밥티스타가 당황한다) 게다가
상냥하고 행동거지가 조신한, 그런 소문을 들어온 터라 감히 실례를
무릅쓰고 이렇게 불청객으로 불쑥 찾아왔습니다. 그리고 이분을 소
개하겠습니다. (호텐쇼를 소개한다) 음악과 수학에 출중한 분으로,
따님을 충분히 가르칠 수 있을 것으로 압니다. 부디 써주십시오. 이
름은 리치오고 맨튜어 출신입니다.

밥티스타 잘 오셨소. 당신의 호의는 고맙긴 하지만 딸애 카타리나로

말하자면, 아무래도 당신이 당해내지 못하실 겁니다. 저도 한숨이 저절로 나옵니다.

페트루치오 그럼 따님을 결혼시키기 싫으시단 말씀입니까? 아니면 제가 마음에 안 드셔서 그러십니까?

밥티스타 오해하지 마시오. 다만 사실대로 말했을 뿐이오. 그런데 어디서 오셨소? 성함을 알고 싶습니다만.

페트루치오 제 이름은 페트루치오이며 부친은 안토니오입니다. 저의 아버지는 이탈리아에서 모르는 사람이 없는 줄로 압니다.

밥티스타 나도 그분을 잘 압니다. 오신 걸 환영합니다.

그레미오 말씀 중에 실례합니다만, 페트루치오, 이제 저희 가엾은 자들에게도 얘기할 기회를 주시지요. 정말 우물가 가서 숭늉 달라고 하실 분이군요.

페트루치오 오, 미안하오. 쇠뿔도 단김에 빼라는 말이 있어서!

그레미오 그야 그럴 테지요. 하지만 밥티스타 씨, 이 사람의 선물도 받아주시지요. 평소에 누구 못지 않게 어른께 많은 신세를 지고 있으니 저도 성의를 표하겠습니다. (루센쇼를 내세우면서) 이 젊은 학자는 프랑스에서 오랫동안 공부하신 분으로, 음악과 수학에 능통하며, 그리스어와 라틴어, 그 밖의 여러 언어에도 정통하지요. 이름은 캠비오로 부디 채용해 주시지요.

밥티스타 뭐라 인사해야 좋을지 모르겠군요. 환영합니다, 캠비오 씨. (트래니오를 보고) 당신은 전혀 낯선 분인데, 실례지만 어떻게 오셨는지요?

트래니오 인사가 늦어서 미안합니다. 저는 이 도시에 처음입니다만, 댁의 따님 어여쁘고 정숙한 비앙카에게 청혼하러 온 사람입니다. 큰 따님을 먼저 출가시키겠다는 댁의 굳은 결심을 모르는 바 아닙니다만, 제가 이렇게 온 것은 먼저 저의 가문을 말씀드리고 저도 여러 청혼자들처럼 따님과 교제할 수 있는 기회를 가져볼까 해서 왔습니다. 우선 따님의 교육을 위해 변변찮은 악기와 책을 가지고 왔으니 받아 주십시오. (비온델로가 류트와 책을 내민다)

밥티스타 루센쇼 씨라 하셨죠? 고향은 어디시오?

트래니오 피사입니다. 빈센쇼의 아들입니다.

밥티스타 피사의 명문가이군요. 진정으로 환영합니다. (호텐쇼를 보고) 그럼 당신은 류트를 들고, (루센쇼를 보고) 당신은 책을 들고 딸들한테 가보시오. 안에 누구 없느냐! (하인 등장) 이 두 분을 아가씨들께 안내해 드려라. 가정교사들이니까, 실례를 저지르지 말라고 전하고. (호텐쇼, 루센쇼, 하인 퇴장) 우린 정원을 산책한 뒤 식사나 합시다. 내 집이나 다름없이 편히 쉬십시오.

페트루치오 밥티스타 씨, 저는 워낙 바쁜 몸이라 날마다 청혼하러 올 수는 없습니다. 아버님을 잘 아신다니 저에 대해서도 짐작이 가실 것입니다. 상속받은 토지와 재산을 없앤 것이 아니라 오히려 더 늘렸습니다. 그리고 한 말씀 묻겠습니다만, 만일 내가 따님의 사랑을 얻게 된다면, 지참금을 얼마나 주시겠습니까?

밥티스타 내가 죽으면 절반의 땅과 2만 크라운을 주겠소.

페트루치오 그럼 저는 따님이 과부가 될 경우엔 토지며 임대권을 전부 다 따님에게 양도하겠습니다. 자, 그럼 세부 항목을 결정하여 피차 계약서를 작성해 교환하시지요.

밥티스타 좋소. 하지만 우선 내 딸의 사랑을 얻는 일이 우선이오.

페트루치오 그거야말로 찐 호박에 이빨 자국 내는 겁니다. 장인 어른, 따님이 아무리 고집이 세다 하더라도 날 당해낼 수는 없을 겁니다. 맞불 작전을 펴면 됩니다. 작은 불꽃은 미풍으로 잘 타오르지만 강풍에는 꺼지고 말지요. 제가 강풍이라는 말씀입니다. 따님은 저한테 무릎을 꿇을 것입니다.

밥티스타 부디 성공하길 빌겠소. 하지만 각오만은 단단히 해두시오. 혹시 욕을 볼지도 모르니까!

페트루치오 물론이죠. 각오는 되어 있습니다. 태산에 미풍이 부는 것과 다르지 않지요. 끄떡없습니다.

밥티스타 자, 그럼 나와 같이 들어갑시다. 페트루치오 씨, 당신도 같이 들어가시지요. 아니면 케이트(카타리나의 애칭)를 이곳으로 보낼까요?

페트루치오 여기서 기다릴 테니 보내 주시지요. (혼자 남고 모두 퇴장) 오기만 해봐라. 악담을 한다고? 그럼 나는 나이팅게일처럼 노래한다고 말해야지. 인상을 쓰면 이슬을 머금은 장미처럼 싱그럽다고 하고, 꿀 먹은 벙어리처럼 가만히 있으면 심금을 울리는 웅변이라고 하고, 냉큼 꺼지라고 하면 오히려 더 머물라고 한 것처럼 고맙다고 해야지. 청혼을 거절하면 언제 결혼식을 올릴 것인가 날짜를 물어보고. 마침내 오는구나. (카타리나 등장) 케이트 양, 이름을 그렇게 들은 것 같은데.

카타리나 듣긴 들은 것 같은데 잘못 들었군요. 사람들은 날 카타리나라고 부르죠.

페트루치오 그럴 리가요. 사람들은 모두 케이트라고 부르던데. 어떨 때는 여장부 케이트라고 부르고, 어떨 때는 말괄량이라고 부르더군. 그렇지만 이봐요, 케이트 양, 기독교 나라에선 가장 예쁜 케이트요, 여왕님이 납신 케이트 홀의 케이트이고, 과자같이 먹고 싶은 케이트양, 내 말 좀 들어봐요. 당신은 상냥하고 예쁘고 얌전하다고 사람들이 자자하게 칭찬하더군요. 그러나 그 소문보다 실물이 더 낫다는 얘길 듣고, 당신을 아내로 맞으려고 이렇게 발걸음을 옮겼다오.

카타리나 옮겼다고요? 좋아요! 그럼 그렇게 옮겨온 그 발을 다시 옮기시죠. 단박에 난 당신이 옮기기 쉬운 가구 같은 사람이라는 걸 알았어요.

페트루치오 아니, 옮기기 쉬운 가구라고?

카타리나 접었다 폈다 할 수 있는 싸구려 의자 말예요.

페트루치오 그 말 참 잘했소. 그럼 이리 와서 걸터앉으시오.

카타리나 당나귀에나 걸터앉지. 당신이 바로 그 당나귀인가요?

페트루치오 착한 케이트 양! 당신은 가벼운 여자니까……

카타리나 이래봬도 난 당신 같은 병신 당나귀는 아니에요.

페트루치오 케이트 양, 나도 당신을 걸터앉을 생각은 없다오. 어떻게 그리 가냘픈 허리에…….

카타리나 이건 가냘픈 게 아니라 당신 같은 촌닭한테 안 잡히려고 날 씬하고 벌처럼 재빠른 거죠.

페트루치오 벌이라, 벌이면 윙윙거려야지.

카타리나 윙윙 돌아가는 머리치곤 꽤 재치가 있군요.

페트루치오 이쪽은 잘 돌아가고 있으니 얻어맞지 않게 조심해요.

카타리나 댁이나 당하지 않으려면 조심하시지요.

페트루치오 어이구, 말벌처럼 잘도 쏘아대는구먼.

카타리나 내가 말벌이라고요? 그럼 조심해요, 침이 있으니.

페트루치오 그 침을 뽑아버리면 되지 뭐.

카타리나 아까부터 말꼬리를 물고늘어지는데, 썩 꺼져 버려요.

페트루치오 말도 안 돼. 이리 와요, 케이트. (그녀를 안으며) 케이트, 난 신사니까…….

카타리나 이것 봐요. (페트루치오의 뺨을 친다)

페트루치오 한 대 더 쳐보시오, 다음엔 내 주먹이 나갈 차례니.

카타리나 여자를 치면 신사가 아니겠죠. 신사가 아니면 족보도 없는 법이고요.

페트루치오 족보? 좋아, 그럼 나를 당신 족보에 올려주시오.

카타리나 당신 족보는 뭐죠? 닭벼슬처럼 생겼나요?

페트루치오 벼슬없는 수탉이지. 당신은 곧 내 암탉이 될 거요.

카타리나 그럼 당신은 소리만 빽빽 지르는 겁쟁이 수탉이겠군요.

페트루치오 제발 케이트, 얼굴을 찡그리지 말아요.

카타리나 신 능금을 보면 그래요.

페트루치오 아니, 신 능금이 어디 있어?

카타리나 자기 얼굴은 볼 수가 없는 법이죠.

페트루치오 보여주오. (그녀를 다시 안자 빠져나오려고 몸부림친다) 사실 내 힘은 당신에게 쓰기엔 너무 넘친다오.

카타리나 이거 놔요. 정말 화낼 거예요. (물어뜯고 할퀸다)

페트루치오 싫어. 당신은 참으로 상냥해. 거만하고 무뚝뚝하다는 소문은 새빨간 거짓말이었어. 알고 보니 당신은 싹싹하고 예절 바르고 말씨도 얌전하고. 얼굴도 봄에 피는 꽃처럼 예쁘고. 찡그릴 줄도 모르고, 앙칼진 계집애처럼 남을 멸시하거나 화낼 줄도 모르고. 오히려 청혼자들에게 상냥하고 부드럽게 대한단 말이야. (그녀를 놓으면서) 그런데 사람들은 왜 당신을 절름발이라고 하지? 왜 남의 험담을 마구 하는 걸까? 케이트는 피부도 개암나무 열매처럼 싱싱하고 맛은 알맹이보다 더 달콤하잖아! 자, 뒤뚱거리지 말고 걸어봐요.

카타리나 에잇, 누구에게 명령을 하는 거야?

페트루치오 그대 걸어가는 뒷모습은 달의 여신보다 더 아름답지. 오, 그대는 아르테미스, 아르테미스는 케이트여라. 아르테미스가 요염함을 지녔다면 케이트는 정절을 지녔도다.

카타리나 어디서 그런 능청을 배웠어요?

페트루치오 타고난 것이지.

카타리나 대단한 어머니시네요. 바보 아들을 만들었으니.

페트루치오 카타리나, 허튼 소리는 이제 그만 집어치웁시다. 당신은 나의 아내가 될 거요. 당신 아버지한테 허락을 받았지. 난 당신이 싫건 좋건 당신과 결혼할 거요. 지참금도 합의를 봤소. 태양 아래에 드러난 당신의 미모로 인해 나는 눈이 멀 지경이오. 저 태양을 두고 맹세하건대, 당신은 당신의 아름다움에 사로잡힌 나 외에 다른 남자와 결혼할 수가 없소. 나는 당신을 길들이기 위해서 태어난 사람이오. 살쾡이 케이트를 고양이처럼 양순한 케이트로 길들이는 게 내 임무요. (밥티스타, 그레미오, 트래니오 등장) 마침 아버지께서 오시는구려. 거절할 생각은 마시오. 난 당신을 내 아내로 꼭 맞이할 테니까.

밥티스타 아, 페트루치오 씨, 그래 딸애와는 이야기가 잘 되었소?

페트루치오 물론이지요. 소금이 상하는 걸 보았나요? 내 사전에 실패란 없습니다.

밥티스타 아니, 카타리나, 표정이 왜 그러느냐? 내 딸 카타리나의 표정이 왜 이렇게 뚱해 있지?

카타리나 제가 아버지 딸 맞나요? 참으로 딸에게 아버지 구실 한번 참 잘하셨군요. 이런 미치광이한테 시집보내려고 하시다니! 도깨비 같은 성격에다 입은 얼마나 험한지…….

페트루치오 장인 어른, 사실대로 말씀드리겠습니다. 많은 사람들이 케이트에 대해 전혀 잘못 알고 있어서요. 설사 따님이 고집쟁이라

하더라도 그건 겉과 속이 다른 하나의 정책일 뿐이지요. 따님은 성미가 못되지 않았습니다. 오히려 여름 새벽같이 상쾌하답니다. 게다가 참을성 많기로는 데카메론에 나오는 양처 그리셀다에 못지않고, 정조 관념은 저 로마의 열녀 루크레치아에 버금가지요. 그래서 결국 저희 두 사람은 다음 일요일에 결혼식을 올리기로 합의를 봤습니다.

카타리나 그 일요일에 저는 당신이 교수형당하는 꼴을 보고 말겠어요.

페트루치오 (카타리나의 손목을 잡으며) 자, 케이트, 그럼 난 베니스로 돌아가서 결혼식 날 입을 옷을 마련하겠소. 장인 어른은 피로연 준비와 손님들을 초청해 주시지요. 다시 말하건대, 케이트는 멋진 신부가 될 거라 장담합니다.

밥티스타 글쎄, 나로선 뭐라고 말해야 할지 모르겠소만, 어쨌든 손을 주시오. 신의 축복을 빌어주리다. 약혼을 축하하오.

일 동 저희도 신의 축복을 빕니다. 우리가 증인이 되겠습니다.

페트루치오 장인 어른, 내 사랑, 그리고 여러분들, 안녕히 계십시오. 베니스에 가서 반지니, 예복이니, 필요한 물건들을 마련해야겠습니다. 일요일이 바로 코앞이니까요. 케이트, 키스 안 해주겠어. 우린 일요일에 결혼하는 거요. (그가 키스하자 카타리나는 달아난다. 페트루치오도 퇴장)

그레미오 밥티스타 씨, 이제 작은따님 얘기를 해야겠습니다. 나로 말할 것 같으면 이웃인 데다가 첫 번째 청혼자이기도 하죠.

트래니오 나로 말하더라도 상상할 수 없을 정도로 비앙카를 사모합니다.

밥티스타 두 분 말씀 잘 알아들었습니다. 그래서 말인데 두 분 중에 내 딸에게 더 많은 유산을 남겨 주는 사람에게 비앙카를 드리겠소. 그레미오 씨, 당신은 내 딸에게 무엇을 줄 수 있습니까?

그레미오 시내에 있는 내 집에는 은접시며, 황금으로 만든 패물이며 대야며 물병 등이 가득 쌓여 있을 뿐만 아니라, 각종 비단과 금화가 가득 들어 있는 상아 궤짝이 있습니다. 그리고 옷장에는 화려한 무늬의 이불과 비싼 의복, 진주를 박은 터키 방석, 금실로 수놓은 비단이 가득하고, 양은그릇, 놋그릇 등 필요한 모든 가재도구들이 산더미처럼 쌓여 있지요. 또한 농장에는 젖소 100마리와 살찐 황소가 120마리가 서성거리고 있고요. 사실 난 늙었습니다. 그러니까 내일이라도 내가 죽으면 내 재산은 모두 따님 것이 되지요.

트래니오 그까짓 것으로 경쟁을 하려고 한다면 말도 안 되죠. 나는 외아들이고 상속자입니다. 만일 따님을 저한테 주신다면, 저는 피사에서 가장 비싸다는 집 네댓 채를 따님에게 주겠습니다. 물론 그 집들은 패듀어의 그레미오 씨 댁보다 훌륭한 집들이지요. 게다가 기름진 농토에서는 매년 2천 크라운의 소작료를 받는데, 그것도 따님한테 주겠습니다.

그레미오 (방백) 소작료가 2천 크라운이라! 내 토지를 전부 합쳐도 그 금액엔 어림없겠군. (소리를 높이며) 아무튼 난 마르세유 항구에 정박해 있는 상선까지 주겠소. 어때, 트래니오, 이제 당신도 할말이 없지?

트래니오 그레미오 씨, 세상이 모두 아는 일이지만 우리 아버지는 대상선을 세 척 이상 갖고 있소. 게다가 중상선이 두 척, 소상선이 열두 척이오. 이것들은 물론 그녀의 것이 되겠지요. 다음엔 무엇을 제공하겠소?

그레미오 좋소, 난 두손 두발 다 들었소. 그러나 허락하신다면, 내 재산과 더불어 이 몸까지 전부 따님에게 주겠습니다.

트래니오 그레미오 씨가 경쟁에 졌으니까 따님은 이제 제 것입니다.

밥티스타 솔직히 말해 당신의 제안이 훨씬 낫소이다. 그럼 당신 아버지의 승인을 받아오시오. 우리 애를 며느리로 삼겠다는 승인 말이오. 미안한 말이지만, 만일 당신이 아버지보다 먼저 죽는 경우 우리 애는 공중에 뜨는 게 아니겠소.

트래니오 잘 모르시는 말씀입니다. 우리 아버지는 이미 늙고 나는 이렇게 젊지 않습니까?

그레미오 죽음이란 나이순으로 찾아오는 건 아니지요.

밥티스타 그럼 두 분 이렇게 합시다. 다음 일요일에는 큰딸 카타리나가 결혼을 하니, 그 다음 일요일에 비앙카를 당신에게 드리겠습니다. 그 사이에 당신 부친의 승낙을 얻고 싶소. 만일 그렇게 안 된다면, 그레미오 씨에게 드리겠습니다. 그럼 이만 실례하겠습니다. (모두 퇴장)

제3막

제1장 밥티스타의 집, 비앙카의 방

호텐쇼와 비앙카, 루센쇼 등장.

루센쇼 이런 위인이 다 있나. 무릇 음악이 어떻게 생겼는지 통 모르나 보군. 음악이란 공부나 노동을 한 뒤에 피로를 풀기 위해 듣는 것이오. 그러니 내가 철학 강의를 하고 난 다음, 쉬는 시간에 당신이 음악을 가르치면 되는 거요.

호텐쇼 (일어서면서) 여보시오! 당신이 이런 식으로 나온다면, 나도 가만히 있지는 않겠소.

비앙카 (두 사람 사이를 가로막고 서서) 아, 두 분 선생님, 제발 싸우지들 마세요. 제 공부는 제가 선택할 테니까요. 그걸 놓고 싸운다면 저를 모욕하는 거예요. 게다가 저는 시간표에 얽매이는 건 딱 질색이에요. 그러니 두 분 다 이리 앉으세요. 선생님은 악기 조율을 마저 하고 계세요. 조율이 끝날 때쯤엔 이 선생님의 강의도 끝날 테니까요. (모두 퇴장)

제 2장 광장

밥티스타, 그루미오, 트래니오, 루센쇼, 카타리나, 비앙카, 하인들, 그밖에 군중들 등장.

밥티스타 (트래니오에게) 루센쇼 씨, 오늘 카타리나의 결혼식인데 신랑인 페트루치오는 코빼기도 뵈지 않는구려. 곧 목사님이 오셔서 식을 올릴 시간인데, 이거 커다란 웃음거리가 되겠소이다. 루센쇼 씨, 이게 집안망신이 아니고 뭐겠소?

카타리나 망신을 당하는 건 저라고요. 마음에도 없는데 결혼을 강요당했단 말이에요. 그런 반미치광이 녀석, 제멋대로 청혼해 놓고서는 결혼식을 올리는 날엔 그만 꽁무니 빼는 녀석. 그러기에 제가 말씀드렸잖아요. 배 문지르며 등치는 놈이라고요. 호탕한 소리를 듣고 싶어 닥치는 대로 청혼해서 결혼 날짜를 받아놓고, 호들갑을 떨지만 정작 결혼할 생각은 눈곱만큼도 없는 녀석이란 말이에요. 그럼 세상 사람들은 나를 향해 뭐라고 하겠어요. "미치광이 페트루치오의 여편네가 저기 있다" 할 거 아니에요!

트래니오 진정하세요. 페트루치오 씨는 틀림없이 나타날 겁니다. 제가 알기로 그분은 참 착실한 사람이거든요. 약속을 어긴 것은 사고

가 나서일 거예요. 그는 저돌적이지만 현명하며 성실한 분이에요.

카타리나 아이고, 내 팔자야! 그 인간을 만나지 않았다면 좋았을걸.
(울면서 들어가자 비앙카와 신부의 들러리들도 퇴장)

밥티스타 할 말이 없구나. 이런 모욕을 당하고서 그 어떤 성인인들 가만히 있겠느냐? 말괄량이로 자란 성미 급한 너라면 더욱 그렇겠지!

페트루치오와 그루미오가 몹시 괴상한 차림으로 등장.

페트루치오 사람들이 뵈지 않는군. 거기 아무도 없느냐?

밥티스타 (쌀쌀맞게) 잘 왔네.

페트루치오 잘 오긴 온 건가요?

밥티스타 어쨌든 온 건 아닌가.

트래니오 좋은 복장으로 오시면 더 좋았을 듯싶습니다.

페트루치오 옷 잘 입는 게 뭐 별건가요? 그런데 케이트는? 내 신부는 어디 있습니까, 장인 어른? 모두들 왜 이렇게 눈살을 찌푸리고 보고들 계십니까? 흘금흘금 쳐다보시고, 마치 굉장한 기념비적인 행사라도 눈앞에서 벌어진 표정들이시네.

밥티스타 아니 여보게, 오늘은 자네 결혼식 날이 아닌가. 조금 전까지만 해도, 우린 자네가 나타나지 않을까봐 노심초사했다네. 그런데 기왕에 온 꼴을 보니, 차림새가 기가 막히는구먼. 여보게, 그 옷 얼른 벗어버리게. 신부에게 걸맞지 않고 오늘 행사에는 어울리지 않아.

트래니오 무슨 사연이 있었길래 우리를 이렇게 기다리게 했고 이런 복장인지 말씀해 보시지요.

페트루치오 지루한 이야기는 그만두는 게 좋을 듯합니다. 약속대로 왔으니 된 거 아니오? 이렇게 된 이야기는 나중에 틈이 나면 모두 말씀드리지요. 케이트는 어디 있나요? 너무 늦지 않았습니까? 지금쯤은 교회에 가 있어야 할 시간인데요.

트래니오 아니, 그렇게 괴상망측한 차림새로 신부를 만나실 생각이오? 내 옷을 빌려드릴 테니 방으로 갑시다.

페트루치오 천만에요. 이대로 만나겠소.

밥티스타 설마 그런 모습으로 결혼식을 하려는 것은 아니겠지?

페트루치오 아뇨, 이대로 식을 올리겠습니다. 신부는 나하고 결혼하는 것이지, 내 의복하고 결혼하는 게 아니니까요. 지금은 쓸데없는 이야기로 시간을 끌 때가 아닌 듯합니다. 어서 신부한테 가서 사랑의 키스를 퍼부어 남편의 권리로 아내를 봉인해야겠습니다. (그루미오와 퇴장)

트래니오 저렇게 미치광이처럼 차려입은 이유가 분명히 있을 테지만, 아무튼 교회로 가기 전에 바꿔 입도록 설득해야겠습니다.

밥티스타 나도 같은 생각이오. 아무튼 뒤쫓아가 봅시다. (모두 퇴장)

악사들을 선두로 결혼식 행렬. 페트루치오와 카타리나, 비앙카, 밥티스타, 호텐쇼, 그루미오, 그레미오 등장.

페트루치오 여러분, 수고하셨습니다. 아마 오늘 나와 결혼을 축하하기 위해 여러 가지 음식을 마련해 놓으신 모양입니다만, 나는 급한 볼일이 있어서 작별 인사를 드리겠습니다.

밥티스타 아니, 오늘 밤에 떠나겠다고?

페트루치오 해가 저물기 전에 떠나야 합니다. 이상하게 생각하진 마세요. 장인 어른도 제가 왜 그런지 아신다면, 어서 가보라고 권하실 겁니다. 친애하는 여러분, 정말 감사를 드립니다. 여러분 덕택에 이 세상에서 가장 참을성 있고 상냥하고 정숙한 여자를 아내로 맞게 되었으니까요. 그럼 장인 어른과 만찬을 함께 드시고, 떠나는 저의 앞날을 축복해 주십시오. 이제 그만 가보겠습니다. 그럼 다들 안녕히 계십시오.

카타리나 제발 저를 사랑하신다면 가지 마세요.

페트루치오 그루미오, 말을 준비해라.

카타리나 그럼 당신 맘대로 해요. 저는 오늘 같이 가지 않을 거예요. 아니, 내일도, 앞으로도 마찬가지고요. 문은 열려 있으니, 가보세요. 그 장화가 닳아빠질 때까지 실컷 돌아다녀 보시죠. 난 마음이 내킬 때까진 여길 떠나지 않을 작정이니까. 지금 하는 꼬락서니를 보니 안하무인일 게 안 봐도 뻔해요.

페트루치오 케이트, 진정하시오. 그렇게 화낼 일이 아니오.

카타리나 이래도 화를 내지 말라고요. 아버지는 상관 마세요. 홍, 누가 자기 마음대로 될 줄 알고. 여러분, 피로연 장소로 들어가세요. 이

제 보니, 여자란 여간 강하지 않고선 바보 취급당하기 십상이네요.

페트루치오 케이트, 당신의 명령인데, 누가 피로연 장소로 안 들어가 겠소. 여러분, 모두 피로연 장소로 들어가서 마음껏 즐기십시오. 즐 거워서 미쳐 버리든 죽어 버리든 마음대로 즐기시지요. 그러나 내 귀여운 신부 케이트만은 내가 데리고 가야겠습니다. (카타리나를 보면서) 그렇게 두 발을 구르고 반항해도 소용없어. 아무리 발버둥 쳐도, 이제 난 당신이 좋든 싫든 당신의 주인이라고. (일동을 향해) 이 여자는 내 소유물이요, 집이요, 가구요, 밭이요, 말이요, 소요, 당 나귀요, 나의 전부이자 내 것이란 말이오. 그러니 누구든지 감히 이 여자한테 손을 대보시오. 내 가만두지 않을 테니. 그루미오, 칼을 빼 라. 우린 도둑 떼에 둘러싸여 있다. 네가 사나이라면 나와 아씨를 호 위하라. 케이트, 백만대군이 몰려온다 해도 나는 당신을 지켜줄 것 이오. (모두 퇴장)

제4막

제1장 페트루치오의 시골 별장

온통 진흙 투성이인 페트루치오와 카타리나 등장.

페트루치오 나다니엘, 그레고리, 필립, 모두 어디 있느냐?

하인들 (달려와서) 여기 있습니다, 주인님!

페트루치오 여기 있습니다, 주인님? 에잇, 이 멍텅구리 같은 자식들아! 문밖에서 말을 내리는데 도와줄 놈이 하나도 없단 말이냐? 이 돌대가리들! 경의도 표하지 않고, 할 일도 안 하고, 내가 먼저 보낸 그 바보 녀석은 어디 있느냐?

그루미오 예, 바보 녀석 여기 있습니다.

페트루치오 이 촌뜨기, 이 굼벵이 녀석아! 이 놈들을 모두 데리고서 공원까지 마중을 나오라고 내가 이르지 않았느냐!

그루미오 글쎄, 주인님. 나다니엘의 코트는 미처 준비되지 않고, 가브리엘의 구두는 뒤축이 닳고, 피터의 모자는 윤을 미처 내지 못했고, 월터의 칼은 녹슬어 칼집에서 빠지지 않고, 게다가 애덤과 랄프와 그레고리 외에는 모두가 누더기에 거지꼴이라서요. 하지만 이렇게 다들 주인어른과 아씨를 맞으러 나오긴 했습니다.

페트루치오 듣기 싫다, 망할 녀석들아. 어서 가서 저녁식사를 가져와. (하인들 서둘러 퇴장. 카타리나를 향해) 케이트, 이리 와서 앉아요. (난롯불 곁으로 케이트를 데리고 간다) 식사 가져와. 식사! (저녁식사 쟁반을 든 하인들 등장) 왜들 이렇게 꾸물거리는 거야? 자, 케이트, 마음을 즐겁게 가져요. (케이트 곁에 앉으면서) 이 녀석들아, 내 구두를 벗겨라! 뭘 꾸물거리고 있어? (하인이 무릎을 꿇고 구두를 벗긴다) 넌 내 발을 뽑아버릴 작정이냐? 똑바로 잘 벗기란 말야. (하인의 머리를 때린다) 케이트, 기운을 내요. 누가 물 좀 가져오너라, 물을! (하인이 물을 가지고 들어오지만 못 본 체하며) 내 슬리퍼는 어디 있냐? 대관절 물은 언제 가져오는 거야? (하인이 대야를 내민다) 자, 케이트, 이리 와서 손을 씻어요. (하인을 슬쩍 밀쳐 물을 쏟게 하면서) 이 빌어먹을 놈 보게. 네 놈이 물은 왜 엎질러? (하인을 때린다)

카타리나 제발 용서해 주세요. 모르고 그랬잖아요.

페트루치오 이 빌어먹을 얼간이 같으니라고. 정신을 어디 두고 사는 거야? 자, 케이트, 여기 앉아요. 몹시 배고플 텐데. (케이트가 테이블에 앉는다) 감사의 기도를 올려주겠소, 케이트? 아니, 내가 올리지. 그런데 뭐야, 이건? 양고기인가?

하인 1 예.

페트루치오 잘 봐. 음식이 탔잖아! 이런 멍청한 녀석들. 요리사 녀석은 어디 있냐? 이렇게 탄 걸 나보고 먹으라고? 내가 싫어하는 것만 가져왔구나. 이 두더지 같은 놈들, 접시고 컵이고 뭐고 썩 가지고 나가, 모두! (하인들 머리에다 음식을 내던진다) 이 바보 같은 녀석들! 도 대체 뭐가 불만이야? 그래, 내가 손 좀 봐주마. (하인들 쫓겨 나간다)

카타리나 제발, 화 좀 내지 마세요. 당신만 괜찮다면 제가 볼 땐 고기 는 멀쩡한데요.

페트루치오 아냐, 케이트. 그 고기는 바싹 타버렸어. 의사 말이 그런 건 절대로 먹지 말라고 했소. 그런 걸 먹으면 간에도 좋지 않고, 화를 잘 낸다나. 그러니까 오늘 저녁은 그냥 넘겨야겠소. 안 그래도 우리 는 화를 잘 내는 편이잖소. 그러니 저렇게 타버린 고기를 먹느니 굶 는 게 낫지. 그건 독약이야! 어쨌든 오늘 밤은 둘이서 단식을 하고, 첫날 밤을 치를 침실로 갑시다. (두 사람 퇴장)

제 2 장 패듀어의 광장

루센쇼와 비앙카 나무 아래서 책을 읽고, 트래니오와 호텐쇼, 등장.

트래니오 리치오 씨, 그게 무슨 소리요? 비앙카 양이 루센쇼 외의 다른 남자를 사랑하다니? 겉으로만 내게 호의를 보인 척했다는 거요?

호텐쇼 내가 한 말을 믿지 못하시겠다면, 여기 숨어서 저쪽을 잘 좀 살펴보시오. (둘은 나무 뒤에 숨는다)

루센쇼 아가씨, 지금 읽은 것을 아시겠습니까?

비앙카 지금 뭘 읽어주셨지요?

루센쇼 내 전공인 사랑의 기술입니다.

비앙카 그럼 그걸 가르쳐 주세요!

루센쇼 좋아요. 진지하게 배우고자 하는 마음만 있으시다면 어렵지 않아요! 내 마음을 읽는 재주만 있다면 말이죠. (두 사람 키스한다)

호텐쇼 어떻소, 이래도 내 말을 믿지 않겠소? 실로 가관이오. 이래도 비앙카에게 당신 외에 다른 남자가 없다고 할 수 있겠소?

트래니오 오, 더럽소. 정녕 믿지 못할 게 여자로군요, 리치오 씨!

호텐쇼 솔직히 고백하리다. 난 리치오도 아니고 음악가도 아니오. 그건 가면이었소. 나 같은 신사를 버리고, 저런 천한 녀석에게 혹한 계집을 위해 더 이상 이런 가면을 쓰고 있을 수는 없소. 나는 실은 호텐쇼라는 사람이오.

트래니오 호텐쇼 씨, 당신이 비앙카를 무척 사모하고 계시다는 이야기는 전부터 듣고 있었소. 그리고 내 눈으로 저 여자의 경박함을 목격한 이상, 나도 당신처럼 저 여자를 영원히 포기하겠소!

호텐쇼 저런, 또 키스를 하는군. 루센쇼 씨, 우리 악수합시다. 난 굳게 맹세하겠소. 앞으로 저 여자에게는 절대로 청혼하지 않겠다고. 그럴 만한 가치도 없는 여자한테 지금까지 괜한 열정을 바쳤구려.

트래니오 그렇다면 나도 맹세를 하겠습니다. 저 여자와는 절대로 결혼하지 않겠습니다. 설령 저쪽에서 애원해 온다고 해도 말이죠. 에이, 경박한 년!

호텐쇼 온 세상 남자가 저 여자를 버렸으면 좋겠소. 나는 지금 한 맹세를 지키기 위해 사흘 안에 돈 많은 미망인과 결혼하겠소. 그 미망인은 나를 쭉 연모해 온 여자요. 내가 저 불쾌한 계집을 사랑해 왔듯이 말이오. 여자는 미모보다 마음씨가 중요하죠. 그럼 이만 가보겠습니다. 내 맹세는 변함이 없습니다. (퇴장)

트래니오 비앙카 양, 축하합니다. 아가씨는 참으로 축복을 받으셨군요. 두 분의 정다운 모습을 보고, 나와 호텐쇼는 이제 당신에 대한 연정을 접기로 했습니다.

비앙카 어머, 농담은 그만둬요. 정말 두 분 다 저를 단념하셨나요?

루센쇼 드디어 리치오를 해치웠구먼.

트래니오 예, 그는 정력이 왕성한 미망인에게로 영영 날아갔습니다. 청혼한 뒤 바로 결혼을 하겠답니다.

비앙카 제발 잘되기를 빌어요.

비온델로 등장.

비온델로 주인어른, 주인어른, 찾아냈습니다! 상인인지 교사인지 잘 모르겠습니다만, 어쨌든 옷차림도 단정하고, 걸음걸이며 인상이며 꼭 빈센쇼 어르신과 닮은 노인 분을 찾아냈습니다.

루센쇼 자, 트래니오, 이젠 어쩔 셈인가?

트래니오 만일 그 노인이 쉽사리 제 청을 들어준다면, 빈센쇼 나리로 꾸며 부친 역할을 하도록 하겠습니다. 뒷일은 제게 맡기시고 아가씨를 모시고 먼저 들어가십시오. (트래니오만 남고 모두 퇴장. 교사 등장)

교 사 안녕하시오?

트래니오 안녕하십니까? 잘 오셨습니다. 어디로 가시는 길이죠? 아니면 목적지가 이곳인가요?

교 사 일단 여기 머물렀다가, 한두 주일 후에는 다시 로마로 갈 생각이오. 죽지만 않는다면, 트리폴리까지도 가볼 생각이지요.

트래니오 고향이 어디신데요?

교　사　맨튜어요.

트래니오　맨튜어에서 일부러 패듀어에? 목숨이 아깝지도 않습니까?

교　사　목숨이요? 도대체 무슨 말인지?

트래니오　맨튜어 사람들이 패듀어로 오는 건 전쟁터에 뛰어드는 거나 마찬가집니다. 모르셨습니까? 맨튜어의 선박들은 모두 베니스에 억류당해 있습니다. 당신 나라의 공작과 이곳 공작 사이에 무슨 시비가 붙어 포고령이 내려진 모양인데. 그 포고령을 전혀 듣지 못하셨다니, 참 이상한 일이군요. 하기야 지금 막 오셨으니까 무리는 아니지요.

교　사　이거 정말 낭패로군. 난 피렌체에서 수표를 가지고 와서 이곳 사람에게 전해 줘야 하거든요.

트래니오　아, 그렇습니까? 그럼 이렇게 하면 어떻겠습니까? 하지만 먼저 물어볼 말이 있는데, 혹시 피사에 가보신 적이 있습니까?

교　사　그럼요, 피사엔 가끔 가봤지요. 그곳 사람들은 모두 다 성실하다는 소문이 들리더군요.

트래니오　그 중에 혹시 빈센쇼라는 분을 아십니까?

교　사　잘은 모르지만 소문은 들었습니다. 굉장한 호상이라고요.

트래니오　실은 그분이 저의 부친입니다. 솔직히 말해, 부친 얼굴과 댁의 얼굴이 비슷합니다. 사실 선생을 이러한 위험에서 구하려는 것도 바로 이러한 이유이지요. 선생이 저의 부친과 닮은 건 참으로 다행한 일입니다. 우리 집에서 묵도록 하십시오. 이곳에서 일을 다 보실 때까지 머무르셔도 좋습니다. 제 호의를 무시하지 않는다면, 부디 그렇게 해주시지요.

교 사 감사합니다. 평생의 은인으로 이 은혜를 잊지 않겠소이다.

트래니오 그럼 같이 가시지요. 그리고 한 가지 미리 말씀드릴 게 있습니다. 다들 우리 부친이 오시길 기다리는 중이랍니다. 나는 밥티스타라는 분의 따님과 결혼할 예정인데, 그 결혼에 보증을 하러 오시기로 되어 있거든요. 자세한 사정은 차차 말씀드리겠습니다. 아무튼 같이 가셔서 저의 부친처럼 복장을 갈아입으시지요. (모두 **퇴장**)

제 3 장 페트루치오의 시골 별장

카타리나와 그루미오 등장.

그루미오 안 됩니다, 마님. 그러다간 주인어른께 경을 치고 맙니다.

카타리나 그이의 심술이 더 기승을 부리니. 그인 날 굶겨 죽이려고 결혼했나봐. 우리 친정집 문간에 나타난 거지들도 애걸하면 동냥을 얻어가요. 친정집이 아니라 다른 곳에서도 마찬가지죠. 그런데 한 번도 애걸해 보지 않은, 아니 애걸할 필요조차 없었던 내가 배가 고파 죽을 지경이고, 게다가 잠도 자지 못해 머리는 빙빙 돌아요. 그런데 그인 줄곧 소리만 질러대고 있으니. 무엇보다 기가 막힌 건 그게 모두 애정 때문이라는 거예요. 글쎄, 내가 먹거나 자는 날엔 당장 죽을 병에라도 걸린다고 생각하는 것 같아요. 제발 먹을 것 좀 갖다 주세요. 뭐든 상관없으니까!

그루미오 그러시다면 소족발은 어떻겠습니까?

카타리나 좋아. 어서 가져와.

그루미오 그건 좀 자극적이 아닐까요? 불고기에 겨자를 바른 것은 어떻겠습니까?

카타리나 그건 내가 좋아하는 요리야.

그루미오 하지만 겨자가 좀 매울 텐데요.

카타리나 그럼 겨자는 빼고 불고기만 가져오면 되잖아.

그루미오 안 될 말씀입니다. 겨자를 뺄 순 없죠. 이 그루미오가 불고기만은 가져올 수 없습니다.

카타리나 그럼 가져올 수 있는 대로 가져와 봐.

그루미오 그럼 소고긴 빼고 겨자만 가져오겠습니다.

카타리나 이 거짓말쟁이 같으니. (그루미오를 때린다) 음식 이름이나 먹이려 들다니. 날 들볶는 데 재미를 붙인 이 놈들, 절대로 가만두지 않을 테다. 썩 꺼져 버려!

페트루치오와 호텐쇼가 고기 접시를 들고 등장.

페트루치오 케이트, 아니 여보, 왜 그렇게 풀이 죽었소?

호텐쇼 부인, 안녕하십니까?

카타리나 지금 안녕한 걸로 보이나요?

페트루치오 케이트, 기운을 내보시오. 밝은 표정을 지어요. 이렇게 내가 손수 요리를 만들어 가지고 왔잖소. (요리를 내려놓자 카타리나가 얼른 집는다) 이만하면 먼저 감사하다는 말 한마디쯤 해야 되는 것 아니오? (카타리나가 먹는다) 이런, 한마디도 하지 않는군. 결국 헛수고만 한 셈이군. (요리 접시를 뺏으며) 여봐라, 이 접시를 가져가라.

카타리나 제발 거기 놓아두세요.

페트루치오 아무리 맛없는 요리라도 먹기 전에 고맙다는 인사쯤은 하는 법이오. 안 그렇소?

카타리나 고마워요. (페트루치오, 접시를 내려놓는다)

호텐쇼 여보게, 페트루치오! 자네, 너무 한 것 아닌가? 부인, 제가 도와드리지요.

페트루치오 (호텐쇼에게 방백) 여보게, 날 생각한다면, 자넨 좀 가만있어 주게. 그녀가 착해지면 얼마나 좋겠나. (큰소리로) 케이트, 어서 먹어요. 그러고 나서 당신 친정에 가서 장인 어른을 뵙시다. 가장 좋은 옷으로 근사하게 차려입고 가서 큰 잔치를 벌입시다. 비단 옷과 모자, 금가락지, 주름치마와 스카프, 부채 호박팔찌, 화려하고 아름다운 옷 두 벌, 예쁜 옥구슬 등 장식품을 갖추고 말이오. (카타리나가 잠깐 얼굴을 든 사이에 페트루치오가 눈짓을 하자, 그루미오가 얼른 요리 접시를 치운다) 저런, 벌써 다 먹었구려. 자, 재단사가 기다리고 있소. 당신 몸매를 아주 멋있게 꾸미려고 말이오. (모두 퇴장)

제 4 장 패듀어의 광장

트래니오, 빈센쇼로 가장한 교사 등장.

트래니오 이 집이 그분 댁입니다. 좀 들렀다 가도 괜찮겠습니까?

교 사 그러려고 여기 온 게 아니냐! 밥티스타 씨가 박정한 위인이 아니라면, 날 기억하고 있을 거야. 내 기억이 틀림없다면 한 20년 전 제노바에서 페가수스라는 여관에 같이 투숙했던 일이 있었지.

트래니오 됐습니다. 계속해서 그런 식으로 위엄 있게 하시면 됩니다.

교 사 염려 말게.

비온델로 등장

교 사 당신 하인이 오는데 잘 일러두는 게 좋겠군.

트래니오 그 점은 염려 마세요. 비온델로, 이 분을 진짜 빈센쇼 나리처럼 대해야 해.

비온델로 네, 알았습니다.

트래니오 밥티스타 씨 댁에 전하라고 한 말은 잘 전했나?

비온델로 시키는 대로 아버님께서 오늘 패듀어에 오신다고 전했습니다.

트래니오 잘했다. 자, 이것으로 술이나 마셔. (밥티스타와 루센쇼 등장) 아, 밥티스타 씨가 오는군요. 침착하게 하셔야 해요. 밥티스타 씨, 마침 잘 만났습니다. (교사에게) 아버지, 이 분이 제가 말씀드린 분입니다. 좀 도와주세요. 재산 관계도 말씀해 주시고 비앙카와 짝이 될 수 있도록 말씀해 주세요.

교 사 초면에 실례하겠습니다. 이번에 빚을 좀 받을 게 있어 패듀어까지 오게 됐는데, 자식 놈의 말을 듣자 하니, 댁의 따님과 사랑에 빠졌다는군요. 댁의 존함은 나도 익히 들었던 터라 자식 놈이 따님을 사랑한다 하니 내버려둘 수가 없어서 결혼을 승낙했습니다. 그러니 만일 댁도 이의가 없으시다면, 곧 약정을 맺어 따님에게 줄 유산 건에 기꺼이 동의할 생각입니다. 명성이 자자하신 밥티스타 선생이니 굳이 더 알아볼 것도 없고 까다로운 조건을 내세울 필요도 없을 것 같습니다.

밥티스타 저도 한 말씀 드릴까 합니다. 솔직한 말씀을 들으니 참 고맙습니다. 사실 댁의 자제 분인 로센쇼 군과 제 딸은 진실로 깊이 사랑하고 있는 것 같습니다. 둘이 애정을 꾸민 건 아닐 것입니다. 그러니까 아버지로서 우리 딸에게 충분한 유산을 주시겠다는 약속만 하신다면, 이 결혼은 성사된 거나 마찬가지입니다. 우리 애를 아드님에게 기꺼이 드리지요.

트래니오 감사합니다. 그럼 약혼식은 어디서 하는 것이 좋겠습니까? 피차간에 계약서도 교환해야 하는데, 어디가 좋겠습니까?

밥티스타 우리 집은 좀 곤란합니다. 하인들이 많고, 게다가 그레미오 영감쟁이가 항상 엿듣고 있어서 언제라도 방해할 것입니다.

트래니오 그러시다면 저의 숙소가 어떻겠습니까? 마침 아버지도 같이 묵고 계시니까요. 그럼 오늘 밤 그곳에서 몰래 일을 치르기로 하지요. 사람을 보내 따님을 오라고 하십시오. (루센쇼에게 눈짓을 한다) 내 하인을 보내 대서인도 곧 불러오겠습니다. 그런데 죄송스러운 건 어른께 변변하게 대접을 할 수가 없다는 점입니다.

밥티스타 그건 염려하지 마시오. (루센쇼에게) 이봐요, 캠비오 선생. 어서 집에 가서 비앙카한테 곧 나올 채비를 하라고 좀 전해 주시오. 그리고 그간의 사정도 좀 말해 주고. (루센쇼 퇴장. 그러나 트래니오의 눈짓으로 나무 뒤에 숨는다)

비온델로 (방백) 오, 하느님, 제발 일이 제대로 풀리게 해주십시오!

트래니오 하느님과 빈둥거리지만 말고, 어서 좀 갔다와. (비온델로에게 루센쇼가 있는 곳으로 가라고 눈짓을 한다) 밥티스타 씨, 이리 들어오시죠! 지금은 대접이 부실하겠지만, 나중에 피사에 오시면 후히 대접을 하겠습니다.

밥티스타 그럼 들어가 볼까요? (모두 퇴장)

제 5 장 패듀어로 이어진 큰길의 산길

페트루치오, 카타리나, 호텐쇼, 하인들 길가에서 쉬고 있다.

페트루치오 (일어서며) 자, 갑시다. 이제 당신 친정도 그리 멀지 않았소이다. 거참, 달빛이 곱고 밝구먼!

카타리나 달이라고요? 해예요. 지금 이 시각에 달이라뇨?

페트루치오 아니오, 저건 달이오.

카타리나 아니에요, 저건 해예요.

페트루치오 내 이름을 걸고 단언하건대 저건 달이오. 적어도 당신 친정에 도착할 때까지는. 내가 그렇게 말하면 그런 거요. 아니라면 당신 친정에 가는 건 취소요. (하인에게) 여봐라, 그만 돌아가자. 아무래도 아씨가 내 말에 일일이 딴지를 거는구나.

호텐쇼 (작은 목소리로 카타리나에게) 저 사람 말대로 달이라고 하세요. 안 그러면 오늘 친정에 못 가요.

카타리나 제발 그냥 가지요. 저게 달이든 태양이든 상관없으니까요. 촛불이라고 해도 그렇게 부를게요.

페트루치오 글쎄, 달이라니까!

카타리나 맞아요, 달이에요.

페트루치오 아니야, 당신은 거짓말쟁이야. 저건 고마운 해야.

카타리나 그렇다면 저건 해예요. 모든 건 당신 뜻대로 되는 거예요. 달은 당신 마음처럼 늘 변하지요. 저는 당신 뜻에 따를 생각이에요.

호텐쇼 (낮은 음성으로) 페트루치오, 이제 가세, 자네가 이겼네.

페트루치오 그럼, 계속 가보자꾸나. 잠깐, 누가 오는구나.

빈센쇼가 여행자 복장을 하고 등장

빈센쇼 난 빈센쇼라는 사람인데, 피사에 살고 있습니다. 아들을 보기 위해 지금 패듀어로 가고 있지요.

페트루치오 아드님 이름은?

빈센쇼 루센쇼라고 합니다.

페트루치오 정말 잘 만났습니다. 아드님은 더욱 기뻐할 것입니다. 차차 아시게 될 테지만, 여기 내 처제와 영감님의 아드님이 지금쯤은 결혼식을 끝냈을 겁니다. 놀라지도 마시고, 슬퍼하지도 마십시오. 아드님의 상대는 훌륭한 여성이랍니다. 지참금도 많고, 집안도 좋고 평판도 훌륭합니다. 신사의 배필로서 훌륭한 품성을 가지고 있으니까요. 자, 어서 아드님을 만나러 가시죠. 아드님이 영감님을 보면, 무척 기뻐할 것입니다. (모두 퇴장)

제5막

제1장 패듀어의 광장

페트루치오, 카타리나, 빈센쇼, 그루미오, 하인들 등장.

페트루치오 어르신네, 바로 여깁니다. 우리 처가는 시장 쪽으로 좀 더 가야 합니다. 난 그만 실례하겠습니다.

빈센쇼 가시기 전에 들어가서 한잔 하시지요. 여기서라면 대접할 수가 있을 겁니다. 아마 그만한 음식은 있겠지요. (노크를 한다)

그레미오 (다가와서) 한참 바쁠 텐데 좀 더 세게 노크하시지요.

교 사 (창으로 얼굴을 내밀고) 누구요, 노크하는 분이? 문을 부술 작정이오?

빈센쇼 거기 루센쇼, 안에 있소?

교 사 있긴 있지만, 아무도 만나지 못합니다.

빈센쇼 내가 용돈 200파운드를 가지고 왔어도 말인가요?

교 사 그런 돈들은 당신이나 쓰시지. 내가 살아 있는 동안 그 애는 그런 돈이 필요 없으니까!

페트루치오 자, 보세요. 아드님은 패듀어에서 대단한 사랑을 받고 있습니다. (교사를 보고) 여보시오, 루센쇼에게 좀 전해 주시오. 피사에서 아버지가 오셔서 지금 문 앞에서 기다리고 계신다고 말이오.

교　사　재밌군. 거짓말 마시오. 그 애 아버지는 지금 창밖을 내다보고 있잖소.

빈센쇼　그럼 당신이 그 애 부친이란 말이오?

교　사　그렇소. 그 애 어미가 그렇다 하니, 그럴 수밖에!

페트루치오　(빈센쇼에게) 어찌된 영문이오? 이보쇼, 당신 너무 뻔뻔하잖소. 남의 이름을 사칭하다니.

교　사　그 자를 좀 잡아주시오. 그 자가 아마 내 이름을 사칭해 가지고 이 도시에서 사기라도 치고 있는 게 분명하오.

비온델로 등장.

비온델로　(혼잣말로) 두 분이 무사히 교회로 들어가셨으니, 제발 하느님의 복을 받으십시오. 아니, 저 분이 누구야? 주인어른 빈센쇼 나리가 아니신가! 이젠 다 틀렸군, 틀렸어.

빈센쇼　(비온델로를 보고) 이놈, 이리 와! 이 죽일 놈 같으니!

비온델로　(그 옆을 지나가면서) 글쎄올시다, 실례하겠습니다.

빈센쇼　이 악당 같으니! 그래, 네가 날 잊었단 말이냐?

비온델로　잊었느냐고요? 천만에요. 잊을 리가 있겠습니까, 생전 본 적도 없는 사람을.

빈센쇼　이 고얀 놈 좀 보게. 네 주인의 아버지인 나를 생전 보지 못한 분이라고?

비온델로 제 주인의 아버님 말씀입니까? 예, 그야 잘 알고 있습니다. 저기 문으로 내다보고 계시는 바로 저 분입죠.

빈센쇼 너, 정말 맞을래? (비온델로를 때린다)

비온델로 사람 살려! 별 미친 사람이 사람 죽이려고 하네.

교 사 애야, 좀 도와줘라. (창문을 닫는다)

페트루치오 케이트, 우린 어떻게 되어가는지 여기서 지켜봅시다.

교사와 하인 등장. 밥티스타와 트래니오도 몽둥이를 들고 따른다.

트래니오 대관절 어떤 놈이 내 하인을 때리는 거야?

루센쇼 어떤 놈이냐고! 하, 이 망할 녀석 좀 보게. 비단 저고리에 벨벳 바지, 새빨간 외투에 모자라. 아이고, 내 신세야! 아들 녀석 유학 보내느라고 등이 휘었건만, 아들 녀석과 하인 놈은 돈을 탕진하고 있으니.

트래니오 도대체 이 사람은 누구지?

밥티스타 어찌된 거냐? 미친 사람 아니냐?

트래니오 여보시오, 옷차림으로 봐서 점잖은 신사 분 같은데, 하시는 말씀은 꼭 미친 사람 같구려. 이봐요, 영감. 내가 진주와 금으로 도배를 하건 말건 당신이 무슨 상관이오? 난 아버지 덕택으로 이렇게 지내고 있는데 말이오.

빈센쇼 뭐, 내가 미친 사람 같다고! 이 놈아, 네 아비는 베르가모에서 돛을 꿰매는 품팔이를 하고 있다. 그런 놈이 진주는 뭐고, 금은 또 뭐란 말이냐?

밥티스타 잘못 보신 거예요. 이 사람 이름을 아시나요?

빈센쇼 저 녀석 이름을 내가 왜 몰라! 세 살 때부터 길러온 놈인걸. 저 녀석 이름은 트래니오요.

교 사 어서 썩 물러가시오. 미친 노인 같으니라고! 이 사람은 내 외아들 루센쇼야. 이 빈센쇼의 상속자라고.

빈센쇼 네가 루센쇼라고? 그럼 네 놈이 주인을 죽였구나! 자, 공작님의 이름으로 널 체포하겠다. 아, 내 아들, 내 아들 루센쇼는 어디 있느냐?

트래니오 누가 경관 좀 불러와요. (하인이 경관을 데리고 등장) 이 미친 사람을 감옥에 좀 넣어주시오. 장인 어른, 저 자를 재판받게 해주세요.

빈센쇼 날 감옥으로 보낸다고? 낯선 고장에 가면 흔히 이렇게 봉변을 당하지. 에이 지독한 녀석 같으니!

비온델로가 루센쇼와 비앙카를 데리고 등장.

비온델로 이제 다 틀렸어요. 저기 보세요, 아버님이…… 할 수 없죠. 그냥 모르는 체하시고, 남이라 잡아떼세요. 안 그러시면 모든 것이 끝장이에요.

루센쇼 (무릎을 꿇고) 용서해 주십시오, 아버지.

빈센쇼 내 아들아, 살아 있구나.

비앙카 (무릎을 꿇고) 용서해 주세요, 아버님. (비온델로, 트래니오, 교사가 허겁지겁 도망친다)

밥티스타 도대체 이게 어찌된 일이야? 루센쇼는 어디 있고?

루센쇼 예, 여기 있습니다. 지금 따님과 결혼식을 마치고 온 제가 진짜 루센쇼입니다. 가짜들이 어르신의 눈을 속이고 있는 틈에요.

그레미오 오, 이럴 수가! 우리가 감쪽같이 속았어!

빈센쇼 어디 갔어, 고얀 놈, 트래니오?

밥티스타 도대체 어찌된 영문인가? 이 사람은 캠비오 선생이 아닌가?

비앙카 루센쇼가 캠비오로 변장한 거예요.

루센쇼 사랑 때문이지요. 비앙카의 사랑을 얻기 위해 트래니오가 제 행세를 하고 다닌 겁니다. 그 덕분에 난 행복의 항구에 도착했고요. 모두 제가 시켜 저지른 짓이니, 아버님, 절 용서해 주십시오.

빈센쇼 그 놈의 목을 비틀어야 해. 뭐, 날 감옥에 집어넣겠다고?

밥티스타 가만 있자, 그럼 자네는 내 승낙도 없이 내 딸과 결혼을 했단 말인가?

빈센쇼 염려 마십시오, 밥티스타 씨! 소원대로 될 것입니다. 우선 안에 들어가서 그 악당 녀석부터 혼을 내주고요. (안으로 들어간다)

밥티스타 나도 그냥 있을 순 없지. 이 음모의 원인을 조사해 봐야지.

루센쇼 비앙카, 걱정하지 말아요. 모든 게 잘될 거야. (모두 퇴장)

제 2 장 루센쇼의 집

밥티스타, 빈센쇼, 그레미오, 교사, 비앙카, 페트루치오, 카타리나, 호텐쇼, 미망인 차례로 등장. 트래니오와 하인들이 음식을 들고 등장.

루센쇼 마침내 우리는 많은 우여곡절 끝에 이곳까지 오게 되었습니다. 불꽃 튀는 싸움도 끝났으니 지난날들을 말하며 웃읍시다. 사랑스런 비앙카, 나의 아버지에게 잘하시오. 나도 당신 아버지한테 잘할 테니. 그리고 여기 오신 페트루치오 형님, 카타리나 처형, 호텐쇼와 아름다운 미망인, 그 외 여러분, 오늘은 마음껏 드시고 즐기십시오. 여러분 모두 앉아서 드십시오. 앞서 벌인 큰 잔치에서 못 나누었던 이야기를 실컷 해봅시다. (술과 과일, 음식이 나온다)

페트루치오 그래, 앉아서 먹고 먹고서 앉고 하는 것뿐이지.

밥티스타 여보게, 페트루치오, 이 호의는 패듀어가 베푸는 것일세.

페트루치오 압니다요, 패듀어에는 호의가 넘치지요.

호텐쇼 저희 내외를 위해서도, 그 말씀이 진실이기를 바랍니다.

페트루치오 호텐쇼, 자넨 미망인이 겁나나 보지?

미망인 천만에요, 제가 왜 겁을 먹어요?

페트루치오 생각이 깊으신 분께서 제 말뜻을 오해하셨군요. 난 호텐쇼가 댁을 무서워한다고 말했습니다.

미망인 현기증이 나는 사람은 바깥 세상이 돈다고 생각하죠.

페트루치오 빙빙 돌려서 말씀하시는 데 일가견이 있군요.

카타리나 잠깐만, 부인, 지금 그 말씀은 무슨 뜻이에요?

미망인 댁의 남편은 당신한테 애를 먹고 계시잖아요. 그래서 내 남편의 사정도 그러려니 하고 생각한다는 뜻입니다. 이제 아시겠어요?

카타리나 시시껄렁한 얘기군요.

미망인 그야 당신이 그렇죠.

카타리나 물론 그렇죠. 당신에 비하면, 명함도 못 내밀죠.

페트루치오 케이트, 힘내라! 난 100마르크 걸겠어. 미망인은 케이트의 상대가 되지 못하지.

호텐쇼 미망인 이겨라! 길고 짧은 건 대봐야지.

페트루치오 맞아! 건투를 빌며, 건배!

밥티스타 그레미오 씨, 저 사람들 재치를 어떻게 생각하오?

그레미오 정말, 멋진 박치기 같군요.

비앙카 박치기라고요? 재치 있는 사람들이라면 박치기가 아니라 뿔로 들이받는다고 할 거예요.

빈센쇼 우리 며느리도 재치 문답에 눈을 뜬 건가?

비앙카 아뇨, 별로 재미가 없어서 눈을 감아야 할 것 같아요.

페트루치오 오, 그렇게는 곤란하지. 처제의 말에 내가 쏴줘야지.

비앙카 그럼 저는 형부가 맞힐 새가 되어야 하나요? 활시위나 제대로 당기세요. 여러분, 모두 잘 오셨어요. 저는 그만 실례하겠습니다. (인사하고 나가자, 카타리나와 미망인이 그 뒤를 따라 퇴장)

페트루치오 트래니오, 저건 자네가 노린 사냥감 아니었나? 하기야 맞히진 못했지만. 자, 우리 맞힌 사람과 못 맞힌 사람 모두를 위해 건배.

트래니오 그거야 루센쇼 서방님이 절 사냥개같이 풀어놓았기 때문에 뛰어가서 주인을 위해 사냥을 해왔을 뿐이지요.

페트루치오 비유가 멋지긴 한데 좀 유치하군.

트래니오 하긴 페트루치오 서방님은 손수 사냥을 하셨지만, 사냥해 오신 그 사슴한테 물린 것처럼 보이던걸요.

밥티스타 페트루치오, 자네가 트래니오한테 역습을 당했군.

루센쇼 고맙다, 트래니오. 날 위해 멋지게 복수해 줘서.

호텐쇼 이제 그만 손들게. 손들라고!

페트루치오 그래, 좀 아프군. 그러나 화살은 자네 두 사람을 정통으로 맞혔다는 걸 잊지 말게.

밥티스타 이봐, 농담이 아니라 자네는 세상에 둘도 없이 지독한 말괄량이를 아내로 얻은 걸 인정하게나.

페트루치오 장인 어른이 모르시는 소립니다. 우리 그럼 각자 자기 아내를 불러볼까요? 누가 가장 빨리 오는지. 가장 빨리 오는 아내가 순종을 가장 잘하는 아내일 거예요. 돈을 걸어서 빨리 오는 쪽이 갖기로 하면 어떨까요?

호텐쇼 좋아. 얼마씩 걸까?

루센쇼 100크라운으로 합시다.

호텐쇼 좋소!

페트루치오 나도 찬성이오. (루첸쇼가 비앙카를 불렀으나 오지 않고 호텐쇼 역시 아내가 오히려 들어오라고 한다) 갈수록 태산이군. 이거 불쾌해서 참을 수 있나! 그루미오, 너 아씨께 가서 내 명령이니 좀 나오라고 그래라. (그루미오 퇴장)

호텐쇼 대답은 보나마나 뻔하지.

페트루치오 뭐?

호텐쇼 절대로 나오지 않을 걸세.

페트루치오 그렇게 되는 날엔 내 신세 족치고 모든 게 끝장이지. (카타리나 등장)

밥티스타 아니, 이게 어찌된 일이야? 카타리나잖아?

카타리나 무슨 일이에요? 무슨 일로 부르셨어요?

페트루치오 비앙카와 호텐쇼의 부인은 지금 어디 있소?

카타리나 난로 곁에서 이야기를 나누는 중이에요.

페트루치오 가서 좀 데리고 오시오. 만일 오지 않겠다고 하면, 때려서라도 끌고 와요. 자, 얼른 가서 끌고 와요. (카타리나가 비앙카와 미망인을 데리고 등장) 카타리나, 당신 모자는 장난감처럼 어울리지 않는구려. 그걸 벗어 발로 짓밟아버려요. (카타리나가 그대로 따른다)

미망인 어머나, 설마 이런 엉터리 수작을 보여주려고 불러낸 건 아니죠? 이런 바보짓은 처음 봐요.

비앙카 흥, 도대체 우릴 불러내서 뭘 하겠다는 거예요?

루센쇼 당신이 좀 더 미련하면 좋았을 것을. 당신이 너무 똑똑한 덕분에 난 100크라운이나 손해를 봤다오.

비앙카 미련한 건 당신이군요. 저를 미끼로 돈을 거시다니!

페트루치오 카타리나, 이 완고한 부인들을 교육 좀 시키시오. 아내 된 자는 남편에게 어떻게 해야 하는지.

미망인 절 어떻게 보고 그런 말 하세요? 설교 따윈 필요 없어요.

페트루치오 자, 어서 시작하라니까. 저 부인부터.

미망인 누가 그런 말을 듣는대요?

카타리나 그럼 시작할게요. 우선 얼굴부터 환하게 펴세요. 깔보는 듯한 눈은 거두시고요. 그건 자기의 주인이며 지배자이며 군주인 남편한테 상처가 되는 짓이니까요. 결국 서리를 맞아 떨어지는 감꼭지처럼 자기 자신을 그렇게 만드는 거예요. 어느 모로 보나 화가 난 여자는 맑은 물에 돌을 던져 흙탕물이 된 것처럼 흉하고 불결해 보이지요. 남편이 아무리 목이 마르다 해도 입을 대고 싶은 마음이 들까요? 남편은 우리의 생명이자 보호자이며 군주이세요. 남편은 오로지 아내를 위해 자나깨나 뼈빠지게 일을 하니까 우리가 집에서 안심하고 지낼 수 있는 거예요. 그런데도 남편은 아내의 사랑과 고운 얼굴과 순종밖에 바라는 게 없죠. 그렇게 보면 아내가 할 일은 참으로 하찮은 거죠. 하물며 아내가 고집을 부리고, 짜증을 내고, 남편의 의사를 거역한다면, 그게 배은망덕이 아니고 뭐겠어요? 그야말로 평화를 위해 무릎을 꿇어야 할 때 선전포고하는 격이죠. 저는 여자의 좁은 소견머리가 부끄럽기 그지없답니다. 그러니 아무 짝에도 못 쓰는 오만함을 버리세요. 어서 모자를 벗고 쓸데없는 자존심은 버려요. 난 남편이 원한다면 순종의 증거로 남편 앞에 엎드릴 수도 있어요.

페트루치오 암, 그래야 여자지! 자, 키스해 주오, 케이트. 우린 자러 갑시다. 세 사람이 결혼했지만, 자네 두 사람은 낙제네. 내가 우승자야. 자, 그럼 이긴 자는 그만 물러갑니다. 여러분, 좋은 꿈을 꾸십시오. (페트루치오와 카타리나 퇴장)

호텐쇼 행복한 꿈 꾸게. 지독한 말괄량이를 길들인 양반.

루센쇼 기적이야. 말괄량이를 저렇게 순한 여자로 길들이다니. (모두 퇴장)

말괄량이 길들이기
The Taming of the Shrew

🖋️ 덕이나 수양을 하시는 것도 좋지만 제발 저 금욕주의자나 돌부처 같은 사람은 되지 마십시오. 엄격한 아리스토텔레스의 딱딱한 가르침에만 열중하시다가 오비드의 부드러운 시를 멀리하진 마십시오.

while we do admire this virtue and this moral discipline, Let's be no stoics nor no stocks. I pray or so devote to Aristotle's cheques as Ovid be an outcast quite abjured.

🖋️ 하기 싫은 걸 하다 보면 소득도 없지요.

No profit grows where is no pleasure ta'en.

🖋️ 만일 결혼을 한다면 당신을 확실히 손을 봐 드리겠지만요. 세 발 달린 의자로 당신의 머리털을 빗겨 주고, 당신의 그 얼굴은 생채기를 낸 피로 화장시켜 드리고요.

If it were, doubt not her care should be to comb your noddle with a three-legg'd stool and paint your face and use you like a fool.

※ 그대를 얻는 남자는 행복할지어다! 먼저 달리는 자가 반지를 차지하겠지.

Happy man be his dole! He that runs fastest gets the ring.

※ 그야 젊은이들을 세계로 흩어지게 하는 바람을 타고 왔지. 좁은 고향보다 넓은 세상에서 행운을 잡고 싶어 왔네.

Such wind as scatters young men through the world, to seek their fortunes farther than at home where small experience grows.

※ 정처없는 여행길에 뛰어들었는데 아내를 얻고 돈도 번다면 더 좋을 게 없겠지. 지갑에는 돈이, 고향에는 유산이. 그래서 세상 구경을 하러 나온 거지.

I have thrust myself into this maze, haply to wive and thrive as best I may. Crowns in my purse I have and goods at home, and so am come abroad to see the world.

🌸 책에는 향수를 잔뜩 뿌려 놓으시오. 그 책을 받을 여자는 향수보다 더 향기로운 분이시오.

Let me have them very well perfumed. For she is sweeter than perfume itself to whom they go to.

🌸 난 왕년에 사자의 포효 소리뿐만 아니라, 광풍에 성난 파도가 멧돼지처럼 울부짖는 소리와 대지를 뒤흔드는 천둥소리를 들은 사람이오. 난장판에서 요란한 북소리, 전쟁터에서 병사들의 아우성이며 군마의 울부짖는 소리, 우렁찬 나팔소리도 들었소. 그러니 여편네의 혓바닥쯤은 화로에서 군밤 껍질 터지는 소리도 되지 못하오.

Have I not heard the sea puff'd up with winds rage like an angry boar chafed with sweat? Have I not heard great ordnance in the field, and heaven's artillery thunder in the skies? Have I not in a pitched battle heard loud 'larums, neighing steeds, and trumpets' clang? And do you tell me of a woman's tongue, that gives not half so great a blow to hear as will a chestnut in a farmer's fire?

🌸 저 애 결혼식 날엔 난 노처녀답게 맨발로 춤을 출 테니까요. 그리고 처녀귀신이 되어 지옥으로 가는 거죠. 그러니 저한테 어떤 말씀도 하지 마세요. 그저 혼자 앉아 외롭게 울 테니까요. 누군가 분풀이할 수 있을 때까지요.

I must dance bare-foot on her wedding day and for your love to her lead apes in hell. Talk not to me. I will go sit and weep till I can find occasion of revenge.

🌸작은 불꽃은 미풍으로 잘 타오르지만 강풍에는 꺼지고 말지요.

Though little fire grows great with little wind, yet extreme gusts will blow out fire and all.

🌸태산에 미풍이 부는 것과 다르지 않지요. 끄떡없습니다.

As mountains are for winds, that shake not, though they blow perpetually.

🌸악담을 한다고? 그럼 나는 나이팅게일처럼 노래한다고 말해야지. 인상을 쓰면 이슬을 머금은 장미처럼 싱그럽다고 하고, 꿀 먹은 벙어리처럼 가만히 있으면 심금을 울리는 웅변이라고 하고, 냉큼 꺼지라고 하면 오히려 더 머물라고 한 것처럼 고맙다고 해야지. 청혼을 거절하면 언제 결혼식을 올릴 것인가 날짜를 물어보고.

Say that she rail, why then I'll tell her plain she sings as sweetly as a nightingale. Say that she frown, I'll say she looks as clear as morning roses newly wash'd with dew. Say she be mute and will not speak a word, then I'll commend her volubility, and say she uttereth piercing

eloquence. If she do bid me pack, I'll give her thanks, as
though she bid me stay by her a week. If she deny to
wed, I'll crave the day when I shall ask the banns and
when be married.

🐦 가냘픈 게 아니라 당신 같은 촌닭한테 안 잡히려고 날씬하
고 벌처럼 재빠른 거죠.

Too light for such a swain as you to catch, and yet as
heavy as my weight should be.

🐦 벼슬 없는 수탉이지. 당신은 곧 내 암탉이 될 거요.

A combless cock, so Kate will be my hen.

🐦 그대 걸어가는 뒷모습은 달의 여신보다 더 아름답지. 오, 그
대는 아르테미스, 아르테미스는 케이트여라. 아르테미스가
요염함을 지녔다면 케이트는 정절을 지녔도다.

Did ever Dian so become a grove as Kate this chamber
with her princely gait? O, be thou Dian, and let her be
Kate, and then let Kate be chaste and Dian sportful!

🐦 태양 아래에 드러난 당신의 미모로 인해 나는 눈이 멀 지경
이오. 저 태양을 두고 맹세하건대, 당신은 당신의 아름다움

에 사로잡힌 나 외에 다른 남자와 결혼할 수가 없소. 나는 당신을 길들이기 위해서 태어난 사람이오. 살쾡이 케이트를 고양이처럼 양순한 케이트로 길들이는 게 내 임무요.

For, by this light, whereby I see thy beauty, thy beauty, that doth make me like thee well, thou must be married to no man but me, for I am he am born to tame you Kate, and bring you from a wild Kate to a Kate conformable as other household Kates.

🌿 내 사전에 실패란 없습니다.

It were impossible I should speed amiss.

🌿 아무리 병신 같은 사내도 집에서는 왕 노릇하면서 산다.

A meacock wretch can make the curstest shrew.

🌿 물건을 쌓아두었다가 썩히는 것보다야 팔아서 이득을 보는 게 낫지요.

'Twas a commodity lay fretting by you. 'Twill bring you gain, or perish on the seas.

🌿 죽음이란 나이순으로 찾아오는 건 아니지요.

May not young men die, as well as old?

🌸아버지가 자식을 만드는 법인데, 이 혼담의 경우는 자식이
아버지를 만드는구나.

fathers commonly do get their children, but in this case of
wooing, a child shall get a sire, if I fail not of my cunning.

🌸이제 보니, 여자란 여간 강하지 않고선 바보 취급당하기 십
상이네요.

I see a woman may be made a fool, If she had not a spirit
to resist.

🌸배가 부르면 길들일 수가 없어. 또 하나, 주인의 부름대로
야성의 매를 길들이려면 못 자게 하는 거야. 아무리 사나운
놈도 그렇게 하면, 사육사의 명령에 고분고분해진다지.

Till she stoop she must not be full-gorged, for then she
never looks upon her lure. Another way I have to man my
haggard, to make her come and know her keeper's call,
that is, to watch her, as we watch these kites that bate
and beat and will not be obedient.

🌸우리 마음이 부자인데 옷차림이야 어떻든 무슨 상관이오.
육체를 풍요롭게 하는 것은 뭐니뭐니해도 정신이 아니겠소.
아무리 천한 옷차림이라 해도 미덕은 나타나는 법이오. 빛

깔이 곱다고 독사를 장어보다 좋다고 할 사람은 없소.

Our purses shall be proud, our garments poor, for 'tis the mind that makes the body rich, and as the sun breaks through the darkest clouds, so honour peereth in the meanest habit. What is the jay more precious than the lark, because his fathers are more beautiful? Or is the adder better than the eel, because his painted skin contents the eye?

🐾 현기증이 나는 사람은 바깥 세상이 돈다고 생각하죠.

He that is giddy thinks the world turns round.

🐾 신하가 군주에게 지고 있는 의무를 아내는 남편에게 지고 있다.

Such duty as the subject owes the prince, even such a woman oweth to her husband.

한여름
밤의 꿈

사랑은 소리처럼 하염없이 사라져버리는 거야.
그림자처럼 빠르게, 꿈결처럼 짧게.

Making a momentary as a sound,
swift as a shadow, short as any dream.

1. 등장인물

시시어스 아테네의 공작으로 히폴리타와의 결혼을 앞두고
있다.

히폴리타 아마존의 여왕, 시시어스의 약혼녀

이지어스 허미아의 아버지로 디미트리어스와 딸을 강제로
결혼시키려고 한다.

라이샌더 허미아를 사랑하는 총각으로 꽃즙 덕에 뜻을 이
룬다.

디미트리어스 허미아의 약혼자. 라이샌더에게 그녀를 뺏
기지만 결국 꽃즙의 조화로 헬레나와 결혼한다.

허미아 이지어스의 딸. 부친의 뜻을 따라 디미트리어스
와 정혼했음에도 라이샌더를 사랑하여 도망을 한다.

헬레나 디미트리어스를 짝사랑하는 처녀. 역시 꽃즙의
조화로 디미트리어스와 결혼에 성공한다.

필러스트레이트 시시어스의 축제준비위원장

오베론 숲을 지배하는 요정의 왕

타이테니아 요정의 여왕으로 오베론과 인간처럼 때때로 부
부싸움을 벌인다.

요 정 타이테니아의 시녀

콩꽃, 거미줄, 겨자씨 요정들

퍽 로빈 굿펠로라고도 불리는 작은 요정으로 꽃즙을 잘 못 떨어뜨려 소동을 일으키는 몹시 짓궂은 장난꾸러기다.

퀸스 목수로 보톰 등과 어울려 공작의 결혼식을 축하하는 연극을 준비한다.

보톰 직조공　**플루트** 오르간 수리공

스너우트 땜장이　**스너그** 접합공　**스타블링** 재봉사

요정의 왕과 왕비의 시중을 드는 다른 요정들, 시시어스와 히폴리타의 시중을 드는 시종들

2. 줄거리

이 작품은 사랑의 변덕스러움과 진실한 사랑의 승리를 그리고 있는 작품으로, 1600년에 발표했다. 특히 멘델스존은 이 작품을 읽고 그 환상적이며 괴이한 시적 여운에 감흥을 느껴 극음악 「한여름 밤의 꿈」을 작곡했을 정도로 셰익스피어의 다른 어떤 작품들보다도 자주 공연되고 있다.

이 작품에는 요정과 귀족, 그리고 서민이 등장한다. 마을의 처녀 허미아는 아버지의 뜻에 따라 디미트리어스와 결혼을 해야 한다. 하지만 그녀가 사랑하는 사람은 디미트리어스가 아니라 라이샌더다. 결국 허미아는 라이샌더와 함께 아테네 근교의 숲으로 도망치고, 디미트리

어스가 그녀의 뒤를 쫓아간다. 디미트리어스를 사랑하는 허미아의 친구 헬레나 역시 디미트리어스를 따라간다.

네 사람이 모인 이 숲은 요정들이 출몰하는 곳이다. 요정 퍽의 손에는 사랑의 묘약인 꽃즙이 쥐어져 있었는데, 이것은 눈을 떴을 때 처음 눈에 띈 것을 사랑하게 만드는 힘을 갖고 있다.

요정 왕인 오베론은 퍽에게 인도 소년에게 빠져 있는 요정 여왕의 눈썹에 꽃즙을 바를 것을 명한다. 그런데 퍽이 실수로 라이샌더에게 바르고, 라이샌더는 잠을 깬 헬레나에게 반해 버린다. 한편 디미트리어스에게도 오베론이 꽃즙을 바르고, 잠을 깬 그는 헬레나를 사랑하게 된다. 모든 관계가 완전히 반대로 된 것이다.

그러자 이 사실을 알아챈 오베론은 다른 꽃의 즙을 발라 먼저 약의 효과를 없애서 원래 상태로 되돌려 놓는다.

제1막

제1장 아테네, 시시어스의 궁전

시시어스와 히폴리타, 필러스트레이트와 시종들 등장.

시시어스 아름다운 히폴리타여, 이제 우리가 결혼식을 올릴 시각이 걸음을 재촉하여 코앞으로 다가왔구려. 행복한 나흘 밤낮을 보내고 나면 새로운 초승달이 떠 올라 달을 밝혀줄 것이오. 하지만 이지러지는 그믐달의 발걸음은 참으로 느리기만 하구려. 내 소망의 실현을 이토록 늦추고 있으니 말이오. 마치 유산상속자의 재산이나 축내는 계모나 유산상속권을 가진 미망인처럼 말이오.

히폴리타 나흘 낮이라 해도 한순간에 밤의 어둠 속으로 녹아들 것이고, 나흘 밤이라 해도 꿈결처럼 빨리 흘러갈 것입니다. 그러면 밤하늘이 막 잡아당겨 팽팽해진 은빛 활 같은 초승달이 우리의 결혼식이 치러질 그 밤을 지켜볼 것입니다.

시시어스 자, 필러스트레이트. 가서 아테네의 젊은이들을 유쾌하게 만들어 주어라. 생기를 불어넣어 주어서 흥에 겨운 어깨춤이 절로 나도록 하라. 울적한 기분일랑 장례식장으로 보내 버리고, 안색이 창백한 자는 우리 결혼식에 부르지도 말라. (필러스트레이트 퇴장)

히폴리타, 나는 이 검으로 그대와 겨룬 끝에 청혼을 하여 그대의 사랑을 얻었으니 그대에게 거친 면만을 보여주었던 것 같소. 하지만 결혼식만은 성대하고 화려하면서 유쾌하게 치를 생각이오.

이지어스와 허미아, 라이샌더와 디미트리어스가 등장

이지어스 시시어스 공작님께 만복이 깃드시기를!

시시어스 고맙소, 이지어스 공. 무슨 일로 오셨소?

이지어스 제 딸년 허미아가 속을 썩여서 고민 끝에 하소연이라도 할까 하고 이렇게 달려왔습니다. 디미트리어스, 앞으로 나오게. 고귀하신 공작 전하, 이 사람은 제가 딸년을 주겠노라고 허락한 사람입니다. 라이샌더, 자네도 앞으로 나오게. 자비로우신 공작 전하, 이 자가 제 딸년을 유혹해서 그 년의 마음을 사로잡은 사람입니다. 라이샌더, 너는 내 딸년에게 사랑의 시를 써서 선물로 주었지. 밤마다 내 딸의 창문 밖에서 제딴에는 달콤한 목소리로 사랑의 연가를 부르면서 그 애의 마음속에 네 모습을 심어놓은 거야. 네 머리카락으로 만든 팔찌며 반지, 값싼 물건과 장식품, 꽃다발과 자질구레한 과자 등으로 순진한 내 딸년의 마음을 훔쳐갔지. 공작님, 만일 제 딸년이 공작 전하 앞에서 제가 허락한 디미트리어스와 결혼하는 데 동의하지 않는다면 이 사람에게 아테네에서 예로부터 전해 내려오는 아비의 특권을 허락해 주십시오. 딸년은 제 소유이오니 제가 처리하도록 말

입니다. 즉, 아테네의 법률에 따라 제 딸년이 이 젊은이와 결혼하든가, 아니면 죽음을 택하든가 양자택일하도록 해주십시오.

시시어스 허미아, 너는 어떻게 생각하느냐? 아버지는 너에게 하느님과 같은 법이 아니냐? 너에게 아름다움을 주신 분이기 때문에 이처럼 아름다운 모습을 그대로 두든, 부숴버리든 모두 그분의 뜻에 달려 있다. 게다가 디미트리어스는 훌륭한 신사가 아니냐?

허미아 라이샌더 도련님도 그러하옵니다.

시시어스 물론 그렇겠지. 그러나 그는 네 부친의 승낙을 받지 못했으니 다른 쪽이 더 훌륭하다고 할 수밖에 없지 않느냐?

허미아 아버지께서도 제 눈으로 좀 보아주셨으면, 하고 바랄 따름입니다. 감히 부탁컨대 공작님, 제가 만일 디미트리어스 도련님과의 결혼을 거절한다면, 저에게 내려질 최악의 형벌이 어떤 것인지요?

시시어스 교수형을 당하든가, 아니면 세상 사람들과 영원히 등진 채로 살아가든가 둘 중 하나이다. 그러니 아름다운 허미아야, 네가 진실로 원하는 것이 무엇인지 잘 헤아려보고, 젊음에 사로잡힌 네 감정을 확인해 보고, 네 격정까지 잘 살펴보렴. 만일 네가 네 부친이 정한 남자를 마다한다면, 네가 과연 수녀복을 걸치고 평생을 어둠침침한 수녀원에 갇힌 채, 수태도 못하는 쓸쓸한 독신녀로 살아갈 수 있을 것 같으냐? 물론 달의 여신을 찬양하는 무미건조한 찬송가를 부르면서 격정을 다스리며 일생을 살아가는 것도 하늘의 축복일 수도 있겠지. 그러나 장미처럼 가시로 보호받으며 향기를 뿌리다가 도도히 홀로 시드는 것보다 세속적인 관점에서 보면 더 큰 행복이 세속에 있느니라.

허미아 저도 순결한 처녀로서 저의 특권을 영혼이 원하지도 않는 그분의 속박에 내맡기기보다는 차라리 그렇게 자라서 그렇게 살다가 그렇게 죽겠습니다, 전하.

시시어스 다시 한 번 시간을 갖고 생각해 보아라. 그리고 이번 초승달이 뜨면 나는 내가 사랑하는 히폴리타와 영원히 변치 않는 인생의 동반자가 되겠노라고 언약하는 백년가약을 맺을 것이다. 바로 그 날 너도 네 아버지의 명을 따라 디미트리어스와 결혼하든가, 아니면 평생을 금욕하면서 처녀신 아르테미스의 제단에서 독신으로 살아가겠노라는 맹세를 하든가 양자택일을 해야 한다.

디미트리어스 사랑스런 허미아, 그만 고집을 피우고 내 뜻을 받아주시오. 그리고 라이샌더, 자네도 부당한 뜻을 거두고 정당한 내 권리를 인정해 주게.

라이샌더 디미트리어스, 자네는 이 아가씨 부친의 총애를 받고 있으니 그분과 결혼하게나. 허미아의 총애는 내가 차지할 테니.

이지어스 이 고약한 놈아, 너 말 한번 잘했다. 저 사람을 총애하기 때문에 내 소유물을 저 사람에게 주려는 거다. 내 딸은 내 소유물이니까. 나는 내 딸에 대한 모든 권리를 디미트리어스한테 양도할까 한다.

라이샌더 공작 전하, 저로 말씀드릴 것 같으면 가문으로 보나 재산으로 보나 이 자보다 뒤질 것이 전혀 없는 사람입니다. 게다가 저의 애정이 이 자의 것보다는 더 간절한 편인데다, 비록 장래성은 디미트리어스보다 다소 뒤질지 모르지만, 아름다운 허미아의 사랑을 받고 있지 않습니까? 제가 권리를 주장해서 안 될 이유라도 있습니까? 당사자 앞에서 말씀드리기는 거북합니다만, 디미트리어스는 네다의 딸 헬레나에게 구애해 그 여자의 영혼을 사로잡은 바 있습니다. 가련하고 어여쁜 헬레나는 결점 투성이인 이 자에게 홀딱 반한 나머지 넋을 잃고 이 자를 신처럼 숭배하고 있지요.

시시어스 사실은 나도 소문을 들은 적이 있어서 디미트리어스와 그 문제로 얘기를 하려고 했는데, 내 사적인 일로 분주해 그것을 잊고 있었다. 허미아, 너의 애정 문제는 잊고 아버지의 뜻에 따르거라. 그러지 않으면 아테네의 법률에 따라 교수형이냐, 독신이냐를 어쩔 수 없이 택해야 한다. 나로서도 어쩔 수 없구나. 자, 히폴리타, 이리 오시오. 기분이 어떻소, 내 사랑이여? 안색이 조금 어둡구려. 디미트리어스와 이지어스 공, 갑시다. 우리 결혼식 준비를 위해서 그대들이 맡아서 해줘야 할 일도 있고, 그대들과 긴히 관련된 문제로 의논할 일도 있으니.

이지어스 네, 기꺼이 가겠습니다. (라이샌더, 허미아만 남고 모두 퇴장)

허미아 아, 슬픈 일이네요! 남의 눈을 빌려서 사랑할 대상을 선택한다니.

라이샌더 아니면, 비록 사랑하는 두 사람의 뜻이 잘 맞는다 하더라도 전쟁이나 질병, 죽음과 같은 것들이 두 사람의 사랑을 덮쳐서 소리처럼 순간적이고 그림자처럼 빠르고 꿈결처럼 짧고 석탄처럼 새까만 밤중에 번쩍 하면서 세상을 비추고는 사람들이 '저것 봐!' 하고 말할 사이도 없이 어둠 속으로 묻혀버리는 번갯불처럼 덧없는 것으로 만들어버리니, 이렇게 생동하는 빛을 발하는 아름다움이란 순식간에 덧없이 사라지게 마련이지.

허미아 진실한 사랑을 나누는 연인들이 언제나 그렇듯 쉽게 좌절해 왔다면, 아마 운명이 정해 놓은 규칙이라고 해야겠죠. 하지만 시련이 와도 인내하는 법을 배울 필요가 있습니다. 사랑에는 반드시 따라 다니는 비관적인 생각과 꿈과 한숨, 희망과 눈물 같은 사랑의 동반자들처럼, 그것은 언제나 만나게 되는 좌절이 아닐까요.

라이샌더 맞는 말이오. 허미아, 하지만 내 말 좀 들어보시오. 내게는 날 끔찍이 아끼는 숙모 한 분이 살아 계시다오. 돈 많은 미망인으로 자식들은 하나도 없소. 아테네로부터 10킬로미터쯤 떨어져 있는 시골에 살고 계시는데, 나를 당신의 외아들처럼 생각해 주고 계신다오. 상냥한 허미아, 우리 그곳에 가서 결혼식을 올립시다. 아무리 가혹한 아테네의 법률일지라도 그곳까지는 따라오지 못할 거요. 당신이 날 진정으로 사랑한다면, 내일 밤 그대 아버지의 집을 몰래 빠져 나오시오. 그리고 마을에서 2킬로미터쯤 떨어진 그 숲 속에서 만납시다. 언젠가 내가 오월제 아침축제 때 헬레나와 함께 있던 그대를 만났던 그 숲 말이오. 거기서 내 그대를 기다리겠소.

허미아 오, 내 사랑, 라이샌더 도련님. 물론 가고 말고요. 큐피드의 가장 강한 활과 황금화살 촉이 달린 가장 좋은 화살에 걸고, 비너스의 수레를 끄는 비둘기들의 그 청순함에 걸고, 영혼과 영혼을 맺어주고 사랑을 무르익게 해주는 그 사랑의 여신을 두고, 그리고 저 못 믿을 트로이의 이니어스가 돛을 올리고 떠나는 모습을 보고 저 카르타고의 여왕이 자신의 몸을 던져 불태웠던 그 불길을 두고, 지금까지 남성들이 깨뜨렸던 그 모든 맹세들을 두고, 물론 그 수에 있어서는 여성들의 것보다 훨씬 더 많겠지만, 어쨌든 이 모든 것을 두고 도련님께 굳게 맹세합니다. 도련님께서 지금 말씀하신 바로 그 장소에서 내일 어김없이 도련님을 만나뵐게요.

라이샌더 틀림없이 약속을 지켜주시오, 내 사랑. 아, 저기 헬레나가 오는구려. (헬레나 등장)

허미아 어여쁜 헬레나, 잘 있었니?

헬레나 내가 예쁘다고 했니? 다시는 어여쁘다는 말은 하지도 마! 디미트리어스가 사랑하는 사람은 바로 너잖니? 아름다운 너야말로 그 얼마나 행복할까! 네 아름다움이 전염병처럼 나에게 옮겨지기만 한다면, 내가 이 자리를 뜨기 전에 네 목소리와 네 아름다운 눈이, 네혀의 달콤한 선율이 나한테 옮겨지면 얼마나 좋겠니? 만일 내가 이 세상의 주인이라면, 디미트리어스를 제외한 나머지 모든 걸 너에게 넘겨줄 수도 있으련만.

허미아 걱정하지 마. 그는 두 번 다시 나를 만날 수 없을 테니까. 난 라이샌더 도련님과 함께 이 아테네에서 벗어날 거야. 도련님을 만나기 전만 해도 이 아테네가 내겐 천국이었는데. 아, 사랑하는 내 님에게 그 어떤 마력이 있는지는 모르겠지만, 이 분을 만나고 나서는 이 천국이 지옥으로 변해 버렸어!

라이샌더 헬레나, 아가씨에게만 비밀을 털어놓는 거요. 내일 밤 달의 여신 피비가 거울 같은 물 위에 자신의 은빛 얼굴을 비쳐보고, 풀잎들이 진주알 같은 이슬로 몸을 장식할 무렵, 우리는 이 아테네의 성문을 빠져나갈 계획이오. 사랑의 도피를 하는 연인들의 발자취를 숨기기에는 더없이 좋은 시간이잖소.

허미아 기억하지? 너와 내가 연한 자주색 앵초꽃을 침상으로 삼고 누워서 서로의 마음속에 숨겨놓은 예쁜 비밀을 털어놓곤 했던 그 숲속 말야. 그곳에서 라이샌더 도련님과 나는 만나기로 했단다. 그리고 그 길로 아테네를 떠나 새로운 친구와 이웃들을 만날 거야. 물론 아테네에는 두 번 다시 돌아오지 않을 거야. 잘 있어, 헬레나. 우리 두 사람을 위해 기도해 줘. 너도 디미트리어스와 좋은 짝을 이루길 바랄게! (모두 퇴장)

제 2장 아테네, 퀸스의 오두막

목수 퀸스, 소목장이 스너그, 직조공 보톰, 풀무 수선공 플루트, 땜장이 스너우트, 재단사 스타블링 등장.

퀸 스 어디…… 우리 단원들이 다 모인 건가? 우리가 할 연극은 가장 슬픈 희극으로서 피라므스와 시스비의 처참하기 짝이 없는 죽음을 다룬 거라네.

보 톰 아주 멋진 연극이 될 거야. 자, 퀸스, 어서 두루말이를 보고 배역을 발표하라고.

퀸 스 그럼 먼저 호명부터 하겠네. 직조공 니크 보톰?

보 톰 여기 있네. 먼저 내 역할부터 말해 주게.

퀸 스 니크 보톰은 피라므스 역을 맡도록 돼 있네.

보 톰 피라므스라면 어떤 역할이지? 애인 역인가, 폭군 역인가?

퀸 스 애인 역이네. 사랑 때문에 지극히 용감하게 죽음을 택하는 슬픈 역일세

보 톰 거, 내가 그 역만 제대로 해내면 울음바다가 되겠군. 관객들에게 눈을 조심해야 한다고 말해 두게. 먼저 눈물의 폭풍을 일으킨 다음, 눈물의 바다에 빠지게 해줄 테니.

퀸 스 풀무 수선공 플루트? 자네는 시스비 역을 맡아줘야겠네.

플루트 시스비가 누구지? 방랑하는 기사인가?

퀸 스 아니, 피라므스가 사랑하는 여인일세.

플루트 안 돼. 여자 역은 정말 사양하겠네. 나를 좀 보라고, 턱수염이 돋아나기 시작했잖아.

퀸 스 전혀 상관없네. 가면을 쓰고 할 테니까 될 수 있는 한 목소리만 가늘게 뽑으면 돼. 재단사 로빈 스타블링? 자네는 시스비의 어머니 역을 맡아줘야 하겠네. 그럼 다음은 톰 스너우트?

스너우트 여기 있네, 피터 퀸스.

퀸 스 자넨 피라므스의 아버지 역일세. 나는 시스비의 아버지 역이고. 소목장이 스너그, 자네는 사자 역을 맡아주게. 이것으로 배역은 다 정해진 거지?

스너그 사자 역도 대사가 있겠지? 써놓았다면 미리 주게. 난 외우는 데는 워낙 느려서.

퀸 스 그거야 즉석에서 하면 되지. 그냥 으르렁대는 일밖에 더 있나?

보 톰 내가 사자 역을 하면 좋겠는데. 듣는 사람들 가슴이 시원해지도록 으르렁거리게.

퀸 스 맞아. 자네가 무섭게 으르렁거리면 공작님 부인이나 귀부인들이 기겁을 해서 비명을 지를 거야. 그렇게 되면 우리들은 교수형을 당하고도 남겠지.

일 동 그렇고 말고. 우리는 교수형을 당하겠지, 전부 다.

보 톰 하긴 그렇지. 귀부인들이 기겁이라도 하는 날엔 우리들을 교수형시키겠다는 생각밖에는 다른 분별력이 남아 있을 수는 없겠지.

퀸 스 자네가 지금 할 수 있는 건 피라므스 역말고는 없네. 피라므스는 얼굴부터 아주 잘생겼거든. 한창 때인 여름날에야 볼 수 있는 미남인 데다 멋쟁이이며 신사 중의 신사지. 그러니 자네가 부득이 피라므스 역을 맡아줘야겠네.

보 톰 좋아, 그럼 내가 그 역을 맡기로 하지.

퀸 스 자, 장인 여러분. 여기 여러분이 외워야 할 대사가 있소. 내가 제발 부탁하고, 간청하고, 소망하는 바는 여러분이 이걸 내일 밤까지 외워 오는 것이오. 그럼 내일 달밤에 마을에서 2킬로미터쯤 떨어진 떡갈나무 숲에서 연습을 해봅시다. 마을 한복판에서 하면 사람들이 몰려들 테고, 그렇게 되면 모처럼 준비한 우리 계획이 탄로나기 쉬우니까.

보 톰 좋아. 그곳이라면 더없이 음탕한 대사라도 용감하게 연습을 할 수 있지. 자, 그럼 수고들 하게. 우리 모두 한마디도 틀리지 말아야겠군. 잘 가게! (모두 퇴장)

제2막

제1장 아테네 근교의 숲

오베론이 퍽과 시종들을 거느리고 등장, 다른 편에서는 타이테니아가 시중드는 요정들과 등장.

오베론 오만한 타이테니아, 달밤에 잘 만났소이다.

타이테니아 아니, 시기심 많은 오베론이 웬일이세요? 얘들아, 어서 가자. 저 양반과는 잠시라도 가까이 있고 싶지 않구나. 잠자리에 드는 일도 앞으로 없을 거야.

오베론 타이테니아, 창피하게 이러지 맙시다. 이 숲에는 얼마 동안이나 있을 생각이오?

타이테니아 시시어스 공작의 결혼식이 끝날 때까지요. 당신이 이것저것 꾹 참고 우리들과 함께 춤을 추고 달빛 속에서의 향연을 즐길 생각이 있다면 오셔도 괜찮아요. 그러나 그럴 생각이 없다면 지금 가버리세요. 당신 가는 곳에 난 갈 생각이 없으니.

오베론 그 소년을 내게 넘겨준다면 나도 동행하겠소.

타이테니아 요정나라를 다 준다 해도 그렇게 할 수 없다고 했잖아요. 요정들아, 가자! 더 이상 지체했다간 또 싸우게 되겠다. (타이테니아

와 그 일행 퇴장)

오베론 그래, 갈 테면 가라지. 내 이 모욕의 앙갚음으로 이 숲에서 한 발짝도 못 벗어나게 만들어줄 것이니. 상냥한 나의 퍽아, 이리 오너라. 너도 기억하고 있겠지? 언젠가 내가 바닷가 바위에 앉아 있었는데, 돌고래 등을 타고 있던 인어 하나가 노래하는 것을 들었던 적이 있지? 그 노랫소리가 어찌나 달콤하고 아름답던지 거친 파도도 노래를 듣고 잠잠해지고, 별들도 어떤 것들은 매혹된 나머지 미친 듯이 제 궤도에서 뛰쳐나왔던 일을 말이야.

퍽 기억하고 말고요.

오베론 그때 나는 활로 완전무장을 한 큐피드가 싸늘한 달과 지구 사이에서 무엇을 나르고 있는지 보았단다. 그 녀석은 서쪽 왕좌에 자리잡고 있는 아름다운 처녀왕을 향해 정확하게 겨냥을 했고, 그 사랑의 활은 힘차게 떠났지. 수천, 수만의 젊은이들의 가슴이라도 꿰뚫을 기세였지. 그때 나는 큐피드의 화살이 떨어진 장소를 눈여겨봐두었지. 서쪽 나라에서 피는 한 송이의 작은 꽃 위에 떨어졌는데, 우유처럼 하얀 그 꽃은 금세 사랑의 상처로 자주색으로 물들더구나. 처녀들은 그 꽃을 '사랑에 취한 야생 비올라'라고 부르지. 네가 그 꽃을 따와야겠다. 언젠가 내가 너한테 보여준 적이 있는 그 화초 말이다. 그 화초의 꽃즙을 잠자는 남자나 여자의 눈꺼풀에 떨어뜨리면, 잠을 깨는 순간 눈에 띄는 최초의 창조물을 미친 듯이 사랑하게 된단다. 그 화초를 따오되, 고래가 십리를 헤엄쳐 가기 전에 단숨에 달려갔다 돌아와야 한다.

퍽 40분이면 지구를 한 바퀴 돌지요. 냉큼 다녀오겠습니다.

오베론 그 꽃즙을 손에 넣기만 해봐라. 가져오자마자, 타이테니아가 잠들기를 기다렸다가 그녀의 눈꺼풀에 한 방울 떨어뜨려야겠다. 그러면 그녀가 깨어나 최초로 보는 것을, 그것이 사자든, 곰이든, 늑대든, 황소든, 까불거리는 원숭이든 영혼의 밑바닥까지 홀딱 반해서 쫓아다니겠지. 그리고 이 마법을 그녀의 눈에서 풀어주기 전에 그 시동을 그 여자의 손에서 반드시 빼앗아야지. 그런데 누가 오는 걸까? 어디 저 사람들 이야기를 살짝 엿들어볼까?

디미트리어스가 등장하자 헬레나가 뒤따라 등장.

디미트리어스 제발 날 따라다니지 마시오. 나는 이제 더 이상 당신을 사랑하지 않는다고 그러지 않았소? 그런데 라이샌더와 아름다운 허미아는 어디 있는 거요? 내 그 놈을 죽일 생각이지만, 그 아가씨는 나를 말려 죽이고 있소. 두 사람이 몰래 이 숲 속으로 도망쳤다고 당신이 말해서 내 여기까지 달려왔건만, 사랑하는 허미아가 보이지 않으니 미칠 것만 같군. 어쨌든 당신은 가시오. 더 이상 나를 따라다니지 말고.

헬레나 당신이 나를 끌어당기고 있어요. 차가운 자석 같은 도련님께서 말이죠. 그러나 당신에게 끌리는 내 마음은 단순한 쇠붙이가 아니랍니다. 제 가슴속에는 강철같이 진실한 사랑을 품고 있답니다.

그 자력을 거둬 보세요. 그러면 제가 도련님을 쫓아다닐 힘도 사라지고 말 거예요.

디미트리어스 내가 그대를 유혹하고 있다는 말이오? 내가 그대에게 친절한 말이라도 한마디 한 적이 있던가? 오히려 나는 분명히 말했소. 그대를 사랑하지도 않고, 사랑할 수도 없다고 말이오.

헬레나 바로 그런 이유 때문에 제가 도련님을 사랑하고 있는 거예요. 저는 도련님의 애완견 스파니엘과 다름없어서, 도련님이 저를 때리면 때릴수록 더욱 도련님을 따를 거예요. 제발 보잘것없는 계집애지만 도련님 곁에 있도록 허락해 주세요.

디미트리어스 그대는 처녀로서 지켜야 할 정숙함마저 잃은 것 같구려. 자기를 사랑해 주지도 않는 사람의 손에 몸을 맡기려 하다니. 더구나 한밤중이라는 위험한 시각이 아니오? 장소 또한 으슥한 곳이라 누구라도 나쁜 마음을 일으킬 수가 있을 텐데. 지금 처녀성이라는 값진 보화를 갖고 있잖소?

헬레나 도련님의 덕망이 저를 지켜주시겠죠. 왜냐하면 제가 도련님의 얼굴을 볼 수 있는 동안은 캄캄한 밤이 아니거든요. 따라서 저는 지금 밤이라는 시각에 있는 것도 아니며, 또한 으슥한 곳에 있는 것도 아니죠. 당신은 저에게 이 세상 전부나 다름없으시고, 이 숲 속도 세상과 동떨어진 곳은 아니거든요. 온 세상이 이렇게 저를 지켜보고 있는데, 어떻게 혼자 있다고 말할 수 있겠어요?

디미트리어스 더 이상 그대와 입씨름할 틈이 없소. 자, 이젠 나를 보내

주시오. 그리고 끝까지 따라다니려면 잊지 마시오. 숲 속에서 내가 그대에게 몹쓸 짓을 할지도 모르니.

헬레나 그래요. 신전에서도, 시내에서도, 그리고 들판에서도 저에게 몹쓸 짓을 하셨죠. 이젠 그만 하세요, 디미트리어스 도련님. 그 부당한 행동은 여성에게는 부끄러움을 안겨줄 뿐이죠. 여성들은 남성들이 그러듯이 사랑을 얻기 위해 싸울 수는 없어요. 여성들은 사랑을 받아야지, 사랑을 구하도록 되어 있지는 않거든요. (디미트리어스 퇴장) 그래도 저는 당신을 따라가겠어요. 그토록 사랑하는 이의 손에 죽을 수 있다면, 지옥의 고통도 천국의 기쁨이 되겠죠. (퇴장)

오베론 오, 잘 가거라, 요정이여. 내 그대의 원을 들어주리라. 그대가 이 숲을 떠나기 전에 그대가 도망 다니고, 그가 그대 사랑을 얻느라 뒤쫓아다니도록 해주겠소.

퍽, 다시 등장.

오베론 마침 잘 왔구나. 이 방랑자야. 그래, 그 꽃은 구해 왔겠지?
퍽 예, 여기 가져왔습니다.

오베론 그것을 이리 다오. 타이테니아가 꽃 속에서 춤을 추며 놀다가 밤이면 꽃이불을 덮고 몇 시간 잠을 자는 언덕으로 가자. 그러면 나는 이 꽃즙을 그녀의 눈꺼풀에 떨어뜨려야겠다. 아마 그 순간 그녀는 온통 야릇한 환상에 사로잡힐 테지. 너도 이 꽃즙을 조금 가지고

가서 이 숲을 뒤져봐라. 아름다운 아테네 아가씨 한 사람이 자기를
싫어하는 젊은이에게 홀딱 반해 있을 테니, 그 남자의 눈꺼풀에 꽃
즙을 몇 방울 떨어뜨려야 한다. 그러나 그가 눈을 뜨자마자 바로 그
아가씨를 보도록 주의하거라. 꼭 그렇게 해야 돼. 아마 남자는 금방
찾을 수 있을 거다. 아테네 옷을 입고 있으니 쉽게 알아볼 수 있겠지.
그녀가 남자를 사랑하는 것 이상으로 남자가 그녀를 사랑하게 되도
록 일을 조심해서 잘 처리해야 해. 그리고 이 일이 끝나면 첫닭이 울
기 전에 나에게 돌아오는 것을 잊어선 안 된다. (모두 퇴장)

제 2장 숲의 다른 곳

타이테니아가 잠이 들자 오베론이 꽃즙을 들고 등장.

오베론 그대가 잠에서 깨어나 눈앞에 나타난 것은 무엇이 되든 (타이테니아의 눈꺼풀에 꽃즙을 떨어뜨린다) 그대의 진정한 애인으로 잘못 알고 그 자에 대한 사랑으로 애태우게 될 것이로다. 그것이 시라소니든, 고양이든, 산돼지든, 곰이든, 표범이든, 털이 곤두선 멧돼지든 그대가 깨어났을 때 눈앞에 보이는 게 무엇이든 보는 순간 그대의 애인이 될 것이로다. 어떤 흉측한 것이 나타났을 때 잠에서 깨어나라. (오베론 퇴장하고 라이샌더와 허미아 등장)

라이샌더 어여쁜 내 사랑, 숲 속을 헤매느라 당신도 기진맥진했구려. 솔직히 말하자면, 나도 어디가 어디인지 모르겠소. 여기서 좀 쉬도록 합시다. 그대만 괜찮다면 날이 밝을 때까지 여기서 잠시 눈을 붙입시다.

허미아 좋아요, 라이샌더 도련님. 나는 이 언덕을 베개삼아 쉴 테니, 당신도 잠자리를 찾아 주무세요.

라이샌더 한 뼘의 잔디면 우리 두 사람의 베개로 충분할 거요. 몸은 둘이지만 마음도 잠자리도 하나지. 가슴은 둘이지만, 진실은 하나요.

허미아 안 돼요, 라이샌더 도련님. 저를 위해서, 아직은 떨어져 누우셔야 합니다. 그렇게 가까이 오지 마세요.

라이샌더 흑심 없는 내 말을 부디 이해해 주시오. 연인 사이의 대화란 사랑으로 참뜻을 전달하는 법이라오. 내 마음과 당신의 마음이 이렇게 맺어져 있으니 마음이 하나라고 한 것뿐이오. 그러니 당신 곁에 내가 눕는 것을 두려워하지는 마시오. 절대로 허튼 짓을 하거나 그러지는 않겠소.

허미아 아참, 라이샌더 도련님. 역시 말씀을 잘하시는군요. 도련님께서 허튼 짓을 하실지도 모른다고 이 허미아가 말했다면, 저야말로 오만하고 태도가 불손한 여자라는 비난을 받아도 마땅하겠죠. 하지만 점잖으신 분이여, 우리의 사랑과 예절을 위해, 인간의 도리인 품위를 위해, 조금만 더 거리를 두고 누워 주세요. 윤리적으로 정숙한 처녀와 예의 바른 총각에게 알맞다고 할 수 있는 만큼의 거리 말입니다. 그래요. 그만큼의 거리를 두고 자기로 해요.

라이샌더 그럼 나는 여기서 자겠소. 잠이여, 그대에게 모든 안식을 주기를!

허미아 그 소망의 절반은 소망하시는 분 눈에 깃들어 편히 잠드시기를!(두 사람, 잠이 든다)

퍽 등장.

퍽 숲 속을 아무리 샅샅이 뒤져도 이 사랑의 꽃즙이 사랑하는 마음을 불러일으키는 마력을 갖고 있는지 아닌지 눈꺼풀에 발라 시험해 볼 수 있는 아테네 옷을 입은 사람은 찾아볼 수가 없네. 밤의 침묵만이 숲 속을 감돌 뿐이로구나. 그런데, 이게 누구일까? 오베론 왕께서 말씀하신 대로 아테네 사람의 옷을 입고 있잖아. 그럼 이 자가 바로 그 자렷다. 오베론 왕이 그 아테네 처녀를 능멸하고 있다고 말씀하신 그 자 말이야. 그러고 보니 이 처녀는 눅눅하고 더러운 땅바닥에서 잠들어 있네. 딱한 것! 이 피도 눈물도 없는 녀석 곁에는 감히 눕지도 못했구나. (라이샌더의 눈꺼풀에 꽃즙을 바른다) 이 무지한 놈! 네 녀석의 눈꺼풀에 이 마술의 꽃즙을 발라주마. 이제 네 녀석이 잠에서 깨어나면 상사병에 걸린 나머지 잠도 못 자게 만들어줄 것이다. 내가 가면 그렇게 잠에서 깨어나거라. 나는 오베론 왕한테 가서 보고를 드리면 되겠구나. (퇴장)

디미트리어스와 헬레나, 뛰어서 등장.

헬레나 절 죽이셔도 좋으니 잠깐만요, 디미트리어스 도련님! 제발 기다려 주세요.

디미트리어스 이렇게 귀찮게 따라다니지 말라고 했잖소. 저리 가시오.

헬레나 이 어둠 속에 저를 내버려두고 가실 거예요? 설마 그러시지는 않겠죠?

디미트리어스　목숨이 아깝다면, 따라오지 말고 거기 서시오. 나는 혼자 갈 테니. (퇴장)

헬레나　아아, 어리석게도 뒤를 쫓아 달리기만 했으니 숨이 차서 쓰러질 것만 같네. 간절히 기도하면 할수록 왜 내가 받는 은총은 적어지는 걸까? 허미아는 어디에 있든 행복할 텐데. 그렇게 매혹적인 눈을 타고 났으니 말이야. 그 애는 어쩌면 그렇게 눈빛이 영롱할까? 설마 짜디짠 눈물 덕은 아니겠지? 만일 그렇다면 눈물이야 내가 더 많이 흘렸을 텐데. 아니, 아니, 나는 곰처럼 흉하게 생긴 게 틀림없어. 나를 보면 짐승들도 도망가잖아. 그러니 이상할 것도 없지. 디미트리어스가 나를 보면 괴물이라도 만난 것처럼 도망치는 것도. 대체 내 거울은 얼마나 사악하고 위선적이기에 나의 눈과 허미아의 별빛과 같은 눈을 비교해 볼 수 있도록 해놓았담. 어, 이게 누구지? 라이샌더 도련님이잖아. 왜 땅 위에 누워 계신 거지? 죽었나, 아니면 자는 걸까? 피도 흘리지 않고 상처도 없긴 하지만 라이샌더 도련님, 살아 계신다면 제발 일어나 보세요!

라이샌더　(잠에서 깨어나 별떡 일어나며) 내 그대를 위해서라면, 불속이라도 뛰어들겠소! 수정처럼 투명하고 아름다운 헬레나 아가씨! 그대의 가슴을 뚫고 그 마음을 훤히 들여다볼 수 있다니, 이거야말로 대자연의 마법이 아니고 무엇일까. 그런데 디미트리어스는 어디 있지? 아, 얼마나 간악한 이름인가. 내 검에 죽기에는 더없이 좋은 이름이지.

헬레나 라이샌더 도련님, 제발 그런 말씀은 마세요. 그분이 도련님의 허미아를 사랑한다 해도 그게 도련님과 무슨 상관이죠? 그래도 허미아는 도련님을 사랑하고 있으니까 그것으로 만족하세요.

라이샌더 허미아로 만족하라고? 천만에! 나는 지금 이렇게 후회하고 있는데. 그녀와 함께 보냈던 그 지루했던 순간들은 생각만 해도 후회스러우니까. 허미아가 아니라 당신이오, 내가 사랑하는 여인은. 검은 까마귀를 하얀 비둘기와 바꾸려는 것은 누구에게나 당연한 일이 아니오? 본디 남자의 욕망은 이성에 지배를 받는 법인데, 내 이성은 허미아보다는 아가씨가 훌륭한 처녀라고 속삭이고 있소. 자라나는 과정에 있는 것은 제 철을 만나야 무르익는 법, 나 역시 풋내기라 지금까지는 이성적 판단을 충분히 내릴 만큼 무르익지 않았던 거요. 그러나 이제 인간으로서 분별력을 제대로 갖게 되어 이성이 내 욕망의 안내자가 되어 아가씨의 눈을 들여다보니, 비로소 읽을 수 있게 된 거요. 사랑의 책 속에 씌어 있는 사랑의 이야기들을.

헬레나 무엇 때문에 내가 이렇게 가혹한 수모를 당해야 하지? 대체 내가 무슨 짓을 했다고 이런 멸시를 받는 거지? 내가 지금까지 디미트리어스 도련님한테 따뜻한 눈길 한 번 받지 못한 것도 가슴 아픈데, 도련님마저 저를 멸시하시다니요. 정말이지, 도련님께서는 저를 모욕하고 계신 거예요. 그렇게 능멸하는 태도로 구애를 하시다니. 하지만 안녕히 계세요. 솔직히 말씀드리면, 저는 도련님을 정말로 진지한 신사로서의 자질을 갖춘 분이라고 생각했어요. 아, 슬픈 운명이로구나. 한

남자로부터는 버림받고, 그 때문에 또 다른 남자로부터 이렇게 조롱을 받게 됐으니. (퇴장)

라이샌더 저 아가씨가 허미아를 보지 못했으니 정말 다행이군. 허미아, 그대는 거기서 푹 잠들어 다시는 내 곁에 가까이 오지 말기를! 단 것을 너무 먹어서 물리게 되면 위에서 받아들이지 않고, 사람들이 등진 사교는 그 사교로 인해 증오를 받듯이 나의 포식이요, 나의 이단인 그대. 만인에게도 증오의 대상이지만, 무엇보다 내 큰 증오의 대상이 아닐 수 없다. 그리고 나의 모든 능력이여, 내 사랑과 힘을 모두 바쳐서 헬레나를 숭배하고 그녀의 기사가 되도록 하라! (퇴장)

허미아 (잠에서 깨어나면서) 살려줘요, 라이샌더 도련님. 사람 살려요! 제 가슴에서 기어 다니는 이 독사를 좀 떼어줘요! 아, 이런! 무서운 꿈이었네! 라이샌더 도련님, 저를 좀 보세요. 공포로 온몸이 부들부들 떨리네요. 뱀이 내 심장을 파먹는 줄 알았어요. 그런데도 당신은 앉아서 그저 웃고만 있지 뭐예요. 라이샌더! 도련님! 아니, 어디를 가셨을까? 라이샌더! 제 말이 안 들려요? 아, 제발 대답해 보세요. 아무런 대꾸가 없네. 가까이에는 안 계시는 게 분명하구나. (퇴장)

제 3 막

제 1 장 숲 속

타이테니아는 계속 자고 있다. 퀸스, 보톰, 스너그, 플루트, 스너우트, 그리고 스타블링, 따로 혹은 두어 사람씩 등장.

보 톰 다들 모였는가?

퀸 스 그래, 어김없이 시간을 맞췄네. 그러고 보니 여기는 우리 연습장으로는 그만일세. 자, 무대를 풀밭으로 하고 분장실을 산사나무 덤불로 하세. 그리고 공작님 앞에서 하듯 열심히 해보세.

보 톰 피터 퀸스!

퀸 스 왜 불렀지, 보톰?

보 톰 이 피라므스와 시스비에 관한 희극에는 좀 문제가 있네. 첫 번째는 피라므스가 자살을 하려고 칼을 뽑아드는 장면인데, 귀부인들이 이 장면을 본다면 그냥 넘어가지 않을 것 같네. 자네들은 그 문제를 어떻게 생각하는가?

스타블링 그건 그래. 아마 기절초풍할 거야.

스너우트 그러고 보니 그럴 것 같군. 자살하는 그 장면만 빼는 건 어떨까?

보 톰 그럴 필요까지는 없네. 모든 걸 잘 해결할 수 있으니까. 거기다 해설을 붙이면 되잖아. 칼은 뽑지만 피는 보지 않고, 피라므스도 정말로 죽는 것은 아니라고. 이게 좀 미흡하면 더욱 안심시키기 위해 이런 말을 덧붙일까? 나 피라므스는 실은 피라므스가 아니라 직조공 보톰이라는 말을 하라고 하지. 그럼 그분들은 무서워하지 않을 거야.

퀸 스 좋아. 그럼 그런 내용을 해설로 붙이도록 하자.

스너우트 귀부인들께서 사자는 무서워하지 않을까?

스타블링 틀림없이 무서워할걸.

보 톰 잠깐, 그럼 이 문제도 심사숙고해 봐야겠군. 귀부인들 앞에 사자를 등장시킨다는 건 매우 위험한 발상이니까. 하느님, 우리를 보호해 주소서! 이 세상에 살아 있는 사자만큼 사나운 맹금이 어디 있어. 우리는 이 문제를 한번 심각하게 생각해야 한다고.

스타블링 그럼 해설을 한 군데 더 붙여서 진짜 사자는 아니라는 말을 해줘야겠군.

보 톰 아니지. 그럴 게 아니라 이름을 말하는 게 어때? 사자의 목 밖으로 얼굴을 반쯤 내밀면서 말하면 되잖아. 정말로 자기 이름을 대고, 소목장이 스너그라고 솔직하게 자신의 정체를 밝히는 거지.

퀸 스 좋아, 그럼 그렇게 하자. 그래도 어려운 문제가 두 가지 남았는데, 첫 번째는 궁전의 홀에 어떻게 달빛을 끌어들이는가 하는 것이네. 잘 알고 있겠지만 피라므스와 시스비는 달밤에 만나잖아.

스너우트 우리가 연극을 하는 날 밤은 달이 뜨는 밤이 아닌가?

보 톰 달력을 가져오게! 달력을 뒤지면 아마 달밤인지 아닌지 알 수 있을 거야. (퀸스가 그의 가방에서 달력을 꺼내 뒤적인다)

퀸 스 그날 밤엔 달이 뜨는군.

보 톰 그럼 연극할 때 그 넓은 홀의 창문을 활짝 열어두면 되겠군. 그러면 창문을 통해 달빛이 홀 안으로 흘러들어올 테니까.

퀸 스 그래도 좋지만, 누군가 가시덤불 한 다발과 등불을 들고 들어 와서 자신은 달빛을 가리거나, 그 역을 맡은 사람이라고 밝혀도 되겠지. 그 다음으로 어려운 문제는 홀 안에 벽이 하나 있어야 한다는 건데, 줄거리에 따르면 피라므스와 시스비는 벽 틈으로 얘기를 나누 거든.

스나우트 그렇다고 벽을 쌓을 수는 없는 일이잖아? 자네는 어떻게 생 각하나, 보톰?

보 톰 누구든, 어느 하나가 벽으로 분장해야지, 뭐. 벽이라는 걸 나 타내기 위해 온몸에 회반죽을 하거나 진흙이나 회반죽을 바르고 나 오면 되잖아. 그런 다음 손가락을 이렇게 하고 서 있으면 되겠지. 피 라므스와 시스비는 그 틈으로 속삭이면 되잖아?

퀸 스 아, 그렇게만 할 수 있다면 만사형통이네. 자, 자네들은 모두 다 자리에 앉아서 연습을 시작하게. 피라므스, 자네부터 해봐. 자네 대사를 마치고 나면 저 덤불 속으로 몸을 숨기게. 자, 다들 자기 역할 을 잊지 말도록. (퀸스, 스너그, 플루트, 스나우트, 그리고 스타블링 퇴장하고 퍽 등장)

퍽 저 놈들을 따라가야겠다. 녀석들을 빙빙 뺑뺑이를 돌려볼까? 늪 속으로, 숲 속으로, 가시덤불 속으로. 나는 때로 말도 되고, 사냥개가 되기도 하고, 머리 없는 곰이나 돼지나 도깨비불이 되어 힝힝 울기도 하고, 컹컹 짖어대기도 하고, 곰처럼 으르렁거리기도 하고, 꿀꿀 거리기도 하고, 불꽃처럼 활활 타오르기도 하는 거야. (퇴장)

보 톰 다들 왜 도망가는 걸까? 이건 나를 놀라게 하려고 꾸민 자들의 술책임에 틀림없어.

스너우트와 퀸스 등장.

스너우트 보톰, 이보게, 웬일이야? 자네 모습이 바뀌었잖아? 자네 꼴이 왜 그래?

퀸 스 저런 변이 어디 있나, 보톰! 자네는 모습이 바뀐 거야.

보 톰 내 놈들의 술책을 알고 있지. 나를 얼간이 당나귀로 만들어 놀라게 할 생각이겠지. 어디, 할 수 있으면 해보라지. 하지만 놈들이야 무슨 수를 쓸지라도 난 여기서 노래나 해야겠다. 내가 겁내지 않는다는 것을 보여줘야 하니까. (노래한다)

타이테니아 (노랫소리에 깨어난다) 어떤 천사가 꽃 침대에서 잠이 든 나를 깨우는 걸까? 부탁이에요, 친절하신 분이시여. 다시 한 번 그 노래를 들려주세요. 내 귀는 그대의 노래에 홀딱 빠져버렸고, 제 눈은 그대의 멋진 모습을 본 순간 황홀해졌답니다. 당신의 아름다운

미덕의 힘이 제 뜻과는 상관 없이 저를 감동시킨 바람에 첫눈에 그대에게 사랑을 느꼈다는 고백을 하지 않을 수 없게 됐네요.

보 톰 아가씨, 이성이 있으신 분이라면 절대 그런 말씀을 해선 안 되겠죠. 하긴 요즘 세상에 이성과 사랑은 그리 좋은 관계는 아닌 듯싶습니다만, 더욱 개탄스러운 것은, 이 둘을 화해시키려 드는 성실한 이웃도 없다는 점이죠. 참으로 딱한 노릇이 아닐 수 없습니다. 나도 때로는 핵심을 찌르는 말 한마디쯤은 할 줄 알거든요.

타이테니아 당신은 멋지기도 하지만 지혜롭기도 하네요.

보 톰 무슨 말씀을! 하지만 지금 이 숲을 벗어날 수 있는 지혜만 있다면, 지혜롭다는 것을 인정할 듯싶습니다.

타이테니아 이 숲에서 빠져나가실 생각은 아예 하지도 마세요. 당신은 이곳에 오랫동안 머물러 계셔야 합니다. 원하시든, 원하시지 않든, 저로 말씀드릴 것 같으면, 평범한 지위의 요정은 아니랍니다. 여름이라는 계절이 저를 늘 따라다니며 복종을 하지요. 그러한 제가 당신을 사랑하오니, 저와 같이 있어주세요. 요정들에게 당신을 시중들라고 일러둘 테니까요. 그들은 깊은 바다에서 보물을 가져다 드리고 당신이 꽃밭에 누워 주무시면 자장가를 불러드릴 것입니다. 그리고 유한한 인간인 당신의 육체도 정화해, 공기처럼 육신도 없는 요정처럼 가볍게 만들어 드릴게요. (모두 **퇴장**)

제 2장 숲 속의 다른 언덕

오베론과 퍽 등장.

오베론 요 떠벌이야, 어떻게 됐느냐? 과연 재밌는 일이 일어났느냐?

퍽 여왕님께서 괴물에게 홀딱 빠졌습니다. 여왕님이 단잠을 주무시는데 시장 바닥에서 날품팔이를 하며 호구지책을 하는 한 무리의 어중이떠중이들이 모여 떠들어대고 있었죠. 그 녀석들은 시시어스 공작 나리의 결혼식 날 보여줄 연극을 연습하러 모인 거였죠. 그 무지막지하게 우둔하고 멍청한 녀석들 가운데서도 가장 우둔한 자가 마침 연극에서 피라므스 역을 맡았사온데, 그 자가 무대에서 나오더니 나무 덤불 속으로 들어가는 것이었습니다. 저는 바로 그 순간을 이용해서 그 녀석 머리에 당나귀 머리통을 씌워 줬습니다. 이윽고 시스비 역을 맡은 자가 그 자의 이름을 부르자 그는 대사를 마무리하기 위해 연습장에 나타났습니다. 제가 꾸며놓은 이 어릿광대를 본 순간 그의 동료들은 살금살금 기어오는 사냥꾼의 기미를 알아챈 기러기 떼처럼, 또는 황갈색 머리를 한 갈가마귀 떼가 총소리에 놀라 이리저리 흩어지며 정신 없이 하늘을 뒤덮으며 날아가듯, 그렇게 혼비백산하여 사방팔방으로 흩어졌습니다. 바로 그 순간 타이테니아

여왕님께서 깨어나 당나귀를 보신 순간 한눈에 그 당나귀에게 반해 버리셨다, 이 말씀입니다.

오베론 잘했다. 내가 생각했던 것보다 더 잘했어. 그건 그렇고, 그 아테네 사람 눈꺼풀에다가 발라주었겠지?

퍽 물론입죠. 그 자가 잠들어 있는 틈을 이용해 발라주었죠. 그 일역시 분부대로 마쳤사옵니다. 그리고 마침 그의 곁에는 아테네 여인이 있었습니다. 아마 그 자가 잠에서 깨어나면 그 여인을 안 볼 수 없었겠죠.

디미트리어스와 허미아 등장.

오베론 몸을 숨겨야겠다. 저 자가 바로 그 아테네 사람이다.

퍽 여자는 틀림없는데, 남자는 바뀐 것 같네요.

디미트리어스 당신을 이처럼 사랑하는 사람을 왜 비난하는 거요? 그렇게 가혹한 비난은 원수 놈들에게나 하시오.

허미아 지금은 비난이나 하고 있지만, 앞으로는 좀더 심하게 당신을 대해야 할 것 같군요. 나에게 저주받을 만한 짓을 저질렀으니까요. 만일 잠자는 라이샌더 도련님을 죽였다면, 기왕에 피를 보셨으니, 아예 나까지 죽여보세요. 한낮을 따라다니는 태양도 나에 대한 그분의 사랑처럼 끔찍하지는 않았어요. 그런 사람이 나를 내버려두고 혼자 갈 리가 없죠. 잠들어 있는 이 허미아를 두고 가다니? 그 얘기를

믿을 바에는 차라리 달이 이 단단한 대지를 뚫고 이 지구의 반대편으로 빠져나가 그 달의 형님인 태양을 불쾌하게 만들어 주었다는 얘기를 믿는 게 낫겠지요. 당신이 그 사람을 죽이지 않았다면 누가 그를 죽였겠어요? 살인자의 모습은 유령처럼 음산하게 마련이죠.

디미트리어스 살인자의 모습이 유령 같다면, 나도 유령이나 다름없소. 당신의 그 잔인한 말이 내 가슴을 꿰뚫어 놓았으니 말이오. 그런데도 살인자인 당신 모습은 밝고 영롱하니 알 수 없구려. 마치 밤하늘에서 제 궤도를 지키며 찬란하게 빛나는 금성처럼 말이오.

허미아 아니, 그게 라이샌더 도련님과 무슨 상관이죠? 그분은 어디에 계신 거죠? 제발 부탁이에요. 착한 디미트리어스님, 그분을 저에게 데려다주세요.

디미트리어스 그럴 바에야 차라리 그 녀석의 시체를 사냥개에게 던져 주겠소.

허미아 개 같은 놈, 꺼져 버려! 이 똥개야! 네 놈이 나에게 처녀로서의 자제력을 잃게 만들었구나. 결국 네가 그분을 살해한 거지? 이제부터 네 놈은 사람들 틈에 낄 자격도 없어. 아, 제발 한 번이라도 진실을 말해 다오! 아마 자고 있을 때 죽였을 거야. 정말 장하구나! 벌레나 독사라면 그럴 수도 있겠지만. 그래, 독사가 한 짓이야. 너는 독사야. 아마 갈라진 혓바닥으로 날름대는 살무사도 너처럼 악랄한 짓은 하지도 않을 거야.

디미트리어스 아가씨는 지금 공연히 격분하는 거요. 난 라이샌더를 죽이지 않았소. 내가 알고 있는 한 말이오.

허미아 그러면 그분이 무사하시다고 말해 주세요.

디미트리어스 만일 그렇게 말해 준다면, 그 대가가 무엇일까?

허미아 다시는 나를 보지 못하게 되는 특권을 드리죠. 이제 저주스러운 도련님과는 이별이에요. 다시는 내 앞에 나타나지 마세요. 그분이 살았든 죽었든. **(퇴장)**

디미트리어스 저토록 화를 내고 있으니 쫓아가봤자 아무 소용도 없겠군. 그렇다면 여기서 잠깐 쉬어 가야겠구나. 슬픔의 무게가 점점 더 무겁게 여겨지는 건 아마 잠이 모자라는 탓일 거야. 파산한 잠이 슬픔에 진 부채 때문이겠지. 자, 여기 잠시 머물면서 잠에게 구원을 청하면, 잠이 조금이나마 그 부채를 덜어줄지도 몰라. **(그는 누워서 잠을 청한다)**

오베론 대체 무슨 짓을 했는지 알겠느냐? 정말 어처구니없는 실수를 저질러서 진실한 연인의 눈에 사랑의 묘약을 발라주다니. 네 녀석의 실수로 인해 거짓된 연인의 마음이 참되게 바뀐 게 아니라, 참된 연인의 마음만 변했구나.

퍽 이젠 운명의 여신에게 맡길 수밖에요. 진실한 연인은 백만 명 중 한 명밖에 없으며, 맹세란 깨어지게 마련이 아닙니까?

오베론 이 숲속을 바람보다 빨리 달려 다니며 아테네의 처녀 헬레나를 찾아내도록 하라. 그 처녀는 상사병에 걸린 나머지, 얼굴이 창백해져 있다. 싱싱해야 할 젊은이의 피가 사랑의 슬픔으로 말라버린 탓이니라. 환상을 일으켜서라도 그 처녀를 이곳에 데려오너라. 그 처녀가 올 때까지 난 이 청년의 눈에 마법을 걸어놓을 생각이다.

퍽 가겠습니다. 보시옵소서, 제가 가는 모습이 활을 떠난 타타르인의 화살보다 더 빠르지 않습니까? (퇴장)

오베론 (디미트리어스의 눈꺼풀에 꽃즙을 바르며) 큐피드의 화살을 맞고서 이렇게 자주색 물이 든 꽃즙아, 이 청년의 눈동자 속으로 깊숙이 들어가 스며라. 이 청년이 잠에서 깨어나 자기 애인을 본 순간, 그 여인이 찬란히 빛나 보이게 하라. 저 하늘에 떠서 빛나는 금성처럼 찬란히 빛나 보이게 하라. 그리고 잠에서 깨어날 때 그대 옆에 그 처녀가 있거든, 그녀에게 상사병을 고쳐 달라고 애원하도록 하라.

라이샌더와 헬레나 등장.

라이샌더 내가 무엇 때문에 아가씨를 조롱하려고 구애를 하겠소? 조롱과 모욕은 결코 진실한 눈물을 동반하지 않는 법이오. 하지만 내가 눈물까지 흘리며 맹세하는 모습을 좀 보시오. 눈물을 흘리며 하는 맹세는 본질적으로 진실되게 마련이오. 이 모든 것들이 어떻게 아가씨 눈에는 조롱으로 비치는 거요? 진실임을 증명해 주는 이 신뢰의 징표들이 아가씨 눈에는 보이지도 않는 거요?

헬레나 도련님의 말솜씨는 갈수록 교묘해지고 있군요. 한 진실이 다른 진실을 죽여버리니, 정말 사악하고도 성스러운 싸움이 아닐 수 없네요. 그런 맹세는 허미아한테나 가서 하세요. 그리고 허미아는 버릴 생각인가요? 두 가지 맹세를 저울에 달아보면 어떨까요? 아마 그 무게는 제로가 될걸요. 허미아한테 한 맹세와 나한테 한 맹세를 저울 양쪽에 올려놓으면, 무게가 평형을 이루겠죠. 다 꾸며낸 이야기니까요.

라이샌더 그 여자한테 맹세했을 때는 나에게 분별력이라곤 없었소.

헬레나 그 애를 버리려고 하는 지금도 분별력이 없기는 지금도 마찬가지 같군요.

라이샌더 그녀 옆에는 디미트리어스가 있잖소. 그는 그 여자를 사랑하지, 당신을 사랑하는 게 아니오.

디미트리어스 (잠에서 깨어나며) 오, 헬레나! 나의 여신, 나의 요정이여! 완벽하고도 성스런 님이시여! 그대의 두 눈을 그 무엇에 비할 수 있으리. 수정도 그대의 영롱한 눈동자에 비한다면 진흙더미에 불과하고, 아름답게 무르익은 그대의 앵두 같은 입술은 언제나 나를 유혹하는구려! 그대가 손을 들어 보이니, 동풍에 순백색으로 얼어붙은 저 토라스 산꼭대기의 눈도 까마귀 빛깔처럼 검게 보이는구려. 오, 제발 그대의 손에 입맞추게 해주시오.

헬레나 아! 분하고 기가 막힐 뿐이로구나! 이젠 두 사람이 작정을 하고 손을 잡았군요. 나를 조롱하는 걸로 재미를 보려고요. 당신들이 신사라면 이렇게까지 나를 모욕하지는 않을 거예요. 나를 미워하는 줄은 알고 있지만, 이젠 미워하는 것으로도 모자라서 나를 조롱하는 사람들과 손을 잡았군요. 당신네들은 겉모습만 대장부예요. 그렇지 않으면 엄연한 처녀를 이렇게 함부로 대하지는 않겠죠. 겉으로는 사랑의 맹세를 속삭이고 서약도 하고 내게 온갖 찬사를 늘어놓으면서도 속으로는 나를 미워하고 있는 게 분명해. 점잖은 사람들이라면 처녀를 이렇게까지 모욕을 하고 인내심까지 쥐어짜면서 시험하지는 않을 거예요. 그것도 이렇게 즐겨가면서.

라이샌더 디미트리어스, 그러지 말게. 자넨 비정한 사람이야. 자네는 허미아를 사랑하고 있고, 내가 그 사실을 알고 있다는 걸 자네도 알고 있잖아. 그러니 이 자리에서, 내 진심을 다해서, 내 선의와 우정을 다 바쳐서, 허미아의 사랑 가운데 내 몫을 자네에게 양보하겠네. 그러니 자넨 헬레나의 사랑을 양보하게나. 나는 헬레나를 사랑하고 있고, 죽을 때까지 사랑할 거야.

헬레나 어떻게 이런 조롱의 말을 지껄일 수 있담!

디미트리어스 라이샌더, 자네야말로 허미아를 차지하게. 나는 포기하겠네. 내가 한때 그녀를 사랑한 건 사실이지만, 이제는 그 사랑이 다 식어버렸네. 허미아에 대한 내 사랑은 그저 스쳐지나가는 바람이었어. 이제는 영원히 살아갈 고향과도 같은 헬레나한테 돌아왔으니, 이곳에서 오랫동안 머물까 하네.

라이샌더 헬레나, 저 말은 진심이 아니라오.

디미트리어스 남의 진심을 그렇게 함부로 비방하지 말게. 잘 알지도 못하면서. 그러다가 큰코 다칠 수도 있네. 이보게, 저기 자네 애인이

오고 있잖나. 자네 애인이 저기 있단 말이다.

허미아 등장.

허미아 캄캄한 밤이 눈의 기능을 빼앗아 가니 귀만 더욱 예민하게 밝아지는구나. 시각을 잃은 대신 청각이 두 배나 더 민감해졌으니 말이야. 라이샌더 도련님, 도련님을 찾아낸 건 제 두 눈이 아니랍니다. 다행히, 저의 두 귀가 당신 목소리가 나는 곳으로 저를 이끌어주었답니다. 그런데 무엇 때문에 저를 그렇게 무정하게 버려두고 가버리셨나요?

라이샌더 사랑이 내 등을 떠미는데, 어떻게 가만 있을 수 있겠소?

허미아 어떤 사랑이 도련님을 제 곁에서 떠밀었죠?

라이샌더 바로 이 라이샌더의 사랑이오. 아름다운 헬레나, 그대는 저 밤하늘에서 반짝이는 별빛보다 더 휘황찬란하게 밤을 비추어주고 있소. 그대가 싫어져서 내가 떠났는데 왜 날 쫓아왔소?

허미아 마음에도 없는 말씀을 하고 계시네요. 그건 있을 수 없는 일이에요.

헬레나 아니, 어쩌면 이럴 수가 다 있을까. 저 애도 한통속이로구나! 이제야 알겠어. 세 사람이 짜고 이런 가증스러운 장난을 꾸민 게 틀림없어. 이 못된 계집애야! 허미아, 인정머리라곤 눈곱만큼도 없는 계집애! 네가 꾸몄구나. 네가 이 자들과 짜고 이런 고약스런 장난을 꾸며 나를 놀리다니. 우리 둘이 나누었던 그 모든 은밀한 얘기들, 자매처럼 살아가자던 그 굳은 맹세들, 너무 빨리 지나간다는 이유로 시간을 원망하며 보냈던 그 순간들을 너는 모두 잊었단 말이니? 학창시절의 우정, 어린시절의 그 천진난만했던 일들도 모조리 잊었단 말이니?

허미아 나야말로 몸 둘 바를 모르겠다. 네가 그렇게 화를 내는 이유도 모르겠고, 나는 너를 조롱하는 게 아냐. 네가 나를 조롱하는 거야.

헬레나 그럼 네가 시킨 일이 아니라는 거야? 라이샌더 도련님이 조롱 삼아 내 뒤를 따라다니면서 눈이 빛나느니 얼굴이 예쁘니 하면서 찬사를 보낸 것 말이야. 게다가 너의 또 다른 애인인 디미트리어스 도련님까지 나를 보고 여신이니, 요정이니, 보배니, 천사니 하면서 생전 안 하던 소리를 늘어놓은 것도 다 네가 시킨 일이지? 조금 전만 해도 나를 헌신짝 취급하던 사람이 어떻게 그럴 수가 있니? 나를 미워하는 사람의 입에서 어떻게 그런 말이 나올 수 있냐고!

허미아 도무지 네 말을 이해할 수 없구나. 헬레나, 솔직히 나는 네가 무슨 말을 하는지 모르겠어.

헬레나 그야 그럴 테지. 그렇게 천진한 표정을 내 앞에서 지어 보이다가, 내가 돌아서면 혀를 쑥 내밀고 눈짓도 서로 주고받으면서 나를 조롱해 봐. 이런 장난은 잘만 한다면 역사에 남겨질걸. 너에게 티끌만큼의 동정심이나 예절이나 인간적인 호의가 남아 있다면, 나를 이렇게까지 비참한 웃음거리로 만들지는 않았을 텐데. 어쨌든 잘 있어라. 나에게도 잘못이 없는 건 아니니까. 내가 죽든지 없어지면 일은 해결되겠지.

라이샌더 잠깐, 헬레나, 기다려요. 그리고 내 말을 좀 들어봐요. 내 사랑, 내 생명, 내 영혼, 아름다운 헬레나!

헬레나 기가 막히는군!

허미아 도련님, 제발 저 애를 놀리지 말아주세요.

디미트리어스 허미아의 부탁을 안 들어주면, 내가 강제로라도 그렇게 만들어주지.

라이샌더 어림없는 소리! 네가 아무리 협박해도 소용없는 일이야. 네 협박은 아가씨의 부드러운 부탁보다 힘이 없어. 헬레나, 그대를 사랑하오. 내 목숨을 걸고 당신을 사랑하오. 내가 아가씨를 사랑하지 않는다는 저 자의 말이 거짓임을 증명하기 위해, 아가씨를 위해서라면 버려도 좋을 이 목숨을 걸고 맹세하오.

디미트리어스 나는 저 녀석이 할 수 있는 것보다 더 사랑하오.

헬레나 두 분께 부탁드릴게요. 절 조롱하시는 것이야 어쩔 수 없지만, 저 애가 저를 해치지 못하도록 해주세요. 저는 천성이 모질지가 못해서 싸움 같은 것은 하지도 못해요. 전형적인 처녀라 겁이 많답니다. 저 애가 나를 따라다니지도 못하게 도와주세요.

라이샌더 걱정 마시오, 헬레나. 저 여자는 당신을 해치지 못할 테니까.

헬레나 그런 말씀 마세요. 저 애는 화가 나면 얼마나 거칠고 표독스러워진다고요. 학창시절에도 악바리로 통했죠. 몸집은 작지만 성깔은 보통이 아니에요.

허미아 또 그 소리! 그저 작다거나 낮다는 말밖에는 넌 할 줄 모르니? 저 애가 나를 이토록 능멸하는데 보고만 계실 건가요? 저 년을 좀 붙잡아 주세요.

라이샌더 비켜라, 이 난쟁이야. 키가 도토리만한 걸 보면 키가 안 크는 비법이라도 있나 보지? 이 콩알, 덩굴풀아.

디미트리어스 우습군! 헬레나를 위해 주는 척하면서 대단한 허풍을 떨고 있지만, 그녀가 좋아할 것 같나? 저 아가씨는 내버려둬. 입도 벙긋하지 말라고. 애써 저 아가씨를 사랑하는 체하지 말라니까. 앞으로 헬레나에게 사랑이 어쩌고저쩌고, 그런 식으로 계속 그렇게 떠들어대면 가만 있지 않겠다.

라이샌더 좋아, 이제야 솔직하게 나오시는군. 용기가 있으면 날 따라와. 너와 나, 둘 중에서 누가 헬레나에 대해 더 많은 권리를 갖고 있는지 칼로 담판을 짓자.

디미트리어스 따라오라고? 따라오긴. 너와 함께 어깨를 나란히 하고 갈 테다. (라이샌더와 디미트리어스 퇴장)

허미아 어이가 없군. 이 모든 소동은 다 창부 같은 너 때문에 벌어졌으니 도망칠 생각은 하지도 마.

헬레나 나는 아직도 너를 믿지 못하겠어. 그리고 나는 너의 그 험한 욕설을 들으면서 여기 있지도 않겠어. 네 손이 싸울 때는 나보다 빠르지만, 달아나려고 들면 내 다리가 더 길다는 걸 알아?

허미아 기가 막혀서 말도 안 나오는군. (헬레나와 허미아 퇴장)

오베론과 퍽, 앞으로 나온다.

오베론 모두 네 녀석이 실수한 탓에 이런 일들이 벌어졌구나. 네 녀석은 실수를 밥 먹듯 하든가, 그렇지 않으면 고의로 장난을 치든가 둘 중의 하나이니 말썽은 말썽이로구나.

퍽 오베론 왕이시여, 믿어주소서. 이번만은 정말 실수였습니다. 저에게 말씀하시지 않으셨던가요? 아테네 복장으로 사람을 알아봐야 한다고요. 때문에 제가 아테네인의 눈꺼풀에 꽃즙을 발라 주었다는 점에 대해서는, 저는 어디까지나 당당하오며, 이 문제에 관한 한 저는 무죄입니다. 하온데, 이런 일이 벌어진 것도 저는 기쁘기만 한 걸요. 아웅다웅하면서 법석을 피워대는 모습이 아주 재미있잖습니까?

오베론 저 철없는 것하고는. 너도 보다시피 지금 두 연인이 결투를 할 장소를 찾고 있지 않느냐. 그러니 퍽, 어서 가서 어두운 밤의 장막을 펼쳐라. 저 별이 반짝이는 하늘도, 황천처럼 캄캄하고 낮게 드리워진 안개로 뒤덮이도록 하라. 그리고 이 꽃즙을 라이샌더의 눈꺼풀에 발라주어라. 그러면 꽃즙의 효과로 말미암아 빚어졌던 그 모든 착오가 그 눈에서 제거되고 그의 눈은 정상적인 시력을 찾게 될 것이다. 그런 다음 그들이 눈을 뜨게 되면, 이 모든 한바탕의 헛소동이 하나의 꿈이요, 아무 의미도 없는 환영임을 알게 될 것이다. 그 사이나는 나의 여왕에게로 돌아가서 그 인도 소년을 내게 달라고 빌어야겠다. 그러고 나서 나는 마법에 걸린 그 여자의 눈을 괴물에게서 해방시켜 줄까 한다. 그러면 모든 일이 제대로 수습이 되겠지.

퍽 왕이시여, 이번 일은 서둘러야 할 것 같습니다. 이미 밤의 여신을 태운 수레를 끄는 날렵한 용들이 전속력으로 구름을 헤치고 갔거든 요. 저기 저 건너에 새벽의 여신 오로라가 보이잖습니까. 저것이 가까 이 오면 여기저기서 배회하던 유령들이 무리를 지어 묘지의 거처로 돌아가거든요.

오베론 어쨌든 서둘러라. 꾸물거리지 말고, 날이 밝기 전에 이 일을 마무리지어야 하느니라. (퇴장)

퍽 산 위로, 산골짜기로, 요리조리 그들을 끌고 다니리. 산 위로, 산 골짜기로 그들을 끌고 다니리. 나는 시골에서도, 도시에서도 두려움 의 대상인 꼬마 요정. 끌고 다녀라, 산 위로, 산골짜기로. 옳지, 벌써 저기 한 놈이 오고 있구나.

라이샌더 등장.

라이샌더 건방진 디미트리어스, 어디 있느냐? 어디 대답해 봐라.

퍽 여기다, 악당아. 자, 칼을 뽑아 들고서 기다리고 있는 중이다. 대 체 어디 있는 거냐?

라이샌더 그래, 내가 네 놈 있는 곳으로 가지.

퍽 어서, 그러면 따라오너라. (퍽의 목소리를 듣고 라이샌더 **퇴장**한 다. 다른 쪽에서 디미트리어스 등장)

디미트리어스 라이샌더, 이 놈아! 이 도망이나 치는 놈! 이 비겁한 놈아, 그렇게 달아만 날 거냐? 말해라. 덤불 속이냐, 아니면 어디냐?

퍽 겁쟁이라니, 너 말 한번 잘했다. 별을 향해 큰소리치고 덤불을 상대로 결투를 하자고 하면서, 이리 오지도 못하고. 이리 오라니까. 이 겁쟁이야. 네놈이야말로 몽둥이 찜질감이다. 네놈을 상대로 칼을 빼봤자 나만 수치스럽지.

디미트리어스 그래, 지금 거기 있는 거냐?

퍽 날 따라오너라, 여기선 승부를 겨룰 수 없으니까. (디미트리어스, 퍽의 목소리를 듣고 퇴장하자 라이샌더 등장)

라이샌더 저 놈은 나보다 앞장서서 계속 도전해 오지만 부르는 곳으로 따라가 보면 어느새 자취를 감춰버린단 말이야. 요 악당 놈이 나보다 걸음이 훨씬 빠른가 보지? 아무리 빨리 따라가도 놈은 나보다 빨리 도망치니. 공연히 어둡고 울퉁불퉁한 길로 빠져들었네. 에라, 모르겠다. 여기서 잠시 쉬었다 가자. (눕는다) 그대, 찬란한 낮이여, 어서 오너라. 그대가 조금이라도 내 눈앞을 밝혀준다면, 내 반드시 디미트리어스를 찾아내서 복수를 하리라. (잠든다)

퍽과 디미트리어스 등장.

퍽 여기다, 나 여기 있다.

디미트리어스 이 놈이 이젠 나를 놀리기까지 하는구먼. 어디 해만 떠

봐라. 네 놈 얼굴이 눈에 보이기만 하면 혼쭐을 내줄 테니. 도망칠 테면 도망쳐 보라지. 지금은 이렇게 피로가 갑자기 몰려오니 싸늘한 땅이지만 잠자리 삼아 눈을 좀 붙여야겠다. 날이 밝으면 손봐 줄 테니, 단단히 각오하고 있거라. (잠이 든다)

헬레나 등장.

헬레나 아, 길고도 지루한 밤이여, 너의 시간을 좀 단축해 다오! 동녘 햇살아, 나에게 위안의 빛을 던져 다오. 밝은 빛을 받으면서 내가 아테네로 돌아갈 수 있도록 도와다오. 불쌍한 나와 함께 있는 걸 꺼리는 이 사람들과 헤어질 수 있도록. 잠이여, 슬픔의 눈을 감겨주는 잠이여, 살며시 나를 찾아와 모든 것을 잊고 잠들게 해다오. (누워서 잠든다)

퍽 아직도 세 사람뿐인가? 한 사람 더 와야 하는데. 두 종류의 인간이 둘씩이면 모두 네 사람이 되는군. 오, 저기 오는구나. 분노와 슬픔에 젖어 있는 모습이 정말 안됐구나. 큐피드는 심술쟁이가 틀림없어. 이렇게 가련한 여인을 미치게 만들어 놓다니!

허미아 등장.

허미아 이렇게 지친 적도 없지만, 이렇게 슬픈 적도 내 일찍이 없었어. 찔레 가시에 찔리고 이슬에 흠뻑 젖어 더 이상 기어갈 수도 없고, 걸어갈 수도 없네. 내 두 다리가 내 뜻을 따르지를 못하고 있구나. 아, 날이 밝을 때까지 여기서 누웠다 가야지. 하느님, 만일 결투가 벌어진다면, 라이샌더 도련님을 지켜주세요. (누워서 잔다)

퍽 가여운 연인이여, 땅 위에서 곤히 잠들라. 네 눈꺼풀에 사랑의 묘약을 발라주리니……. (라이샌더의 눈에 꽃즙을 떨어뜨린다) 그대가 잠에서 깨어나는 순간 그대는 맛볼 수 있으리니, 진정한 즐거움을 얻으려면 옛 연인과 눈을 맞추라. 그리하면 불행해질 사람이 하나도 없으리니, 성경에도 있듯이 가이사의 것은 가이사에게로, 그녀는 그에게로, 그래서 온 세상에 기쁨이 넘치기를……. 남자는 자기 암말을 되찾고, 모든 일이 원만히 해결되리라. (퇴장)

제4막

제1장 숲 속

라이샌더와 디미트리어스, 헬레나 그리고 허미아가 자고 있는 가운데 타이테니아와 보통이 등장. 오베론은 눈에 띄지 않도록 등장.

타이테니아 이리 오셔서 여기 이 꽃침대 위에 앉으세요. 그러면 저는 당신의 귀여운 뺨을 쓰다듬어 드리고, 그대의 윤기 있고 부드러운 머리에 사향장미를 꽂아드리고, 멋지고 커다란 귀에 입맞춰 드리겠어요. 내 생의 기쁨이 되시는 분이시여!

보 통 먼저 부탁부터 합시다. 잠이 막 쏟아지는 판이니 아무도 나를 방해하지 않았으면 좋겠소.

타이테니아 그러세요. 제가 그대를 포근하게 안아 드릴게요. 이렇게 담쟁이덩굴이 인동덩굴과 얽히듯이, 난 그대와 둘이서 이렇게 얽혀 살고 싶어요. 아, 정말 그대에게 홀딱 반해 버렸다고요! (두 사람, 잠들자 퍽 등장)

오베론 (앞으로 나오며) 이리 오너라, 퍽아. 너도 저 멋진 광경을 보았느냐? 이젠 이 여인의 어리석음이 참으로 측은하다는 생각이 드는구나. 조금 전 숲 뒤편에서 우리 둘은 싸움을 했단다. 그녀가 이 멍청이에게 바칠 꽃을 찾아다니기에 내가 좀 꾸짖었다고 토라지지 않겠니? 아예 넋이 나갔는지 이 녀석의 털북숭이 관자놀이에 향기로운 화관을 씌워 놓았더구나. 그때 난 진주처럼 광채 찬란하게 빛나던 이슬방울이 이젠 예쁘고 작은 꽃들의 눈 속에 맺혀 있는 걸 보았어. 마치 자신들의 처지를 한탄해서 눈물 흘리기라도 하듯……. 어쨌거나, 내가 이 여인을 마구 책망했더니, 그녀는 얌전한 어조로 내게 진정하라고 간청하더구나. 그래서 이 여인에게 훔쳐온 그 아이를 달라고 요구했더니, 그녀는 즉석에서 나에게 주겠노라고 하고는, 요정을 시켜서 요정나라에 있는 내 궁전으로 그 소년을 보내 주었단다. 이제 그 아이를 수중에 넣었으니, 마법을 풀어주어야겠다. 그러니 퍽아, 너도 저 촌뜨기의 목에서 당나귀 대가리를 벗겨주도록 해라. 그래서 저 놈이 잠에서 깨어나면, 이 모든 일이 꿈속에서 벌어진 어처구니없는 한 한바탕의 소동이라 여기고, 모두 함께 아테네로 돌아가도록 해주어라. 우선 내가 타이테니아부터 풀어줘야겠구나. (꽃즙을 짜서 타이테니아의 눈꺼풀에 떨어뜨린다) 그대, 옛날 모습으로 보이리니……. 큐피드의 화살보다 아르테미스의 꽃봉오리에 더욱 큰 효험과 축복이 있으리로다. 자, 내 사랑 타이테니아여! 이젠 잠에서 깨어나시오. 나의 아름다운 여왕이여.

타이테니아 (잠에서 깨어나며) 오베론! 정말로 희한한 꿈을 꾸었어요! 제가 당나귀에게 홀딱 빠져 있었지 뭐예요?

오베론 저기 당신의 연인이 누워 있잖소?

타이테니아 어떻게 이런 일이 일어날 수 있는 거죠? 오, 지금은 저 자의 얼굴을 보기도 싫은데.

오베론 잠깐 조용하시오. 퍽아, 그 머리탈을 벗겨주어라. 타이테니아, 악사들을 불러 음악을 연주하도록 하오. 이 다섯 사람의 감각을 마비시켜 죽은 듯이 자게 합시다.

타이테니아 자, 여봐라! 음악을 연주하라. 잠을 부르는 음악을!

퍽 (보통의 머리에서 당나귀 머리탈을 벗기면서) 이제 네 녀석이 깨어나면, 그 바보 같은 눈으로 세상을 다시 볼 것이다.

오베론 점점 크게 음악을 울려라! 이리 오시오, 나의 여왕이여. 우리 손에 손을 잡고 춤을 춥시다. 이들이 잠들어 있는 땅이 울리도록. (오베론과 타이테니아, 춤을 추기 시작한다) 우리 이제 화해를 했으니 새 출발을 합시다. 내일 자정에는 시시어스 공작님의 결혼식에서 축하하는 의미로 즐겁게 춤을 추며 앞날의 번영을 빌어줍시다. 저기 저 두 쌍의 연인들도 시시어스 공작님과 함께 온통 즐거운 분위기에서 결혼식을 성대하게 치르도록 만들어줍시다.

퍽 요정의 임금님, 가만히 들어보세요. 아침을 알려주는 종달새가 울고 있네요.

오베론 그러면 여왕이여, 우리는 침묵 속에서 쉬지 않고 춤을 추어 밤의 어둠을 몰아냅시다. 우리는 저 하늘에서 흐르고 있는 달보다 더 빠른 속도로 지구를 한 바퀴 돌 수가 있소.

타이테니아 그러기로 해요. 그 전에 좀 말해 주세요. 어떻게 여기서 잠들어 있는 저를 찾아내셨는지. 저 인간들은 이곳에 왜 또 이곳에 누워서 꿈꾸고 있는지를. (세 사람 퇴장. 네 명의 연인들과 보톰은 여전히 누워서 자고 있다)

뿔피리 소리. 시시어스, 히폴리타, 이지어스와 시종들 등장.

시시어스 그런데 저들은 대체 무슨 요정들일까?

이지어스 공작님, 여기 잠들어 있는 것은 제 여식이옵니다. 그리고 이쪽은 라이샌더, 이쪽은 디미트리어스이고, 이쪽이 허미아랍니다. 늙은 네다의 딸 헬레나도 여기 있고요. 저는 이 아이들이 무슨 이유로 이곳에서 함께 잠들어 있는지 정말 모르겠습니다.

시시어스 아마 오월제에 참석하려고 이렇게 일찍 이 숲에 왔나 보구려. 그리고 우리 결혼식에 관한 소문을 어디서 듣고 축하해 주기 위해 왔을지도 모르지. 그건 그렇고, 이지어스. 오늘이 바로 그 날이 아닌가? 허미아가 신랑을 선택하여 결정하기로 한 날 말이오.

이지어스 그러하옵니다, 공작님.

시시어스 사냥꾼들에게 가서 뿔피리를 불어 저 네 사람을 깨워라. (뿔피리 소리 들리고 네 연인들은 잠에서 깨어나 벌떡 일어난다) 여봐라, 잠은 잘 잤느냐? 발렌타인 데이는 벌써 지나갔는데, 이 숲 속의 새들은 이제야 연인을 찾았단 말이냐?

라이샌더 용서하십시오, 공작님. (연인들, 무릎을 꿇는다)

시시어스 내가 알기로는 너희 두 사람은 연적인데, 언제 화해를 했는가? 불신이나 증오심 따위는 애초에 갖지 않은 듯, 이렇게 미워하던 사람 곁에 나란히 누워 잠을 자다니?

라이샌더 전하, 저도 꿈인지 생시인지 얼떨떨하지만, 말씀을 드리겠습니다. 제가 어떻게 이곳까지 오게 됐는지, 맹세코, 저는 알 수 없습니다. 하지만 곰곰이 생각해 보니, 제 생각에 저는 허미아와 함께 이곳에 왔던 것 같습니다. 아테네에서 달아나기 위해서죠.

이지어스 그만 하면 충분합니다, 공작님. 그만 하면 충분한 증거가 되지 않겠습니까? 저는 이 자의 머리에 법률의 심판을 내려주실 것을 이렇게 청원하는 바입니다. 두 사람이 몰래 달아나려고 했기 때문입니다.

디미트리어스 공작님, 실은 저 두 사람이 몰래 달아나기 위해 이 숲 속에서 서로 만날 계획을 세웠다는 걸 저는 아름다운 헬레나에게서 전해 들었습니다. 그래서 격분한 결과 여기까지 그들을 따라온 겁니다. 헬레나 아가씨는 저에 대한 사랑에 이끌려 저를 뒤따라온 것이고요. 하오나 공작 전하, 어떤 힘 때문인지는 저도 모르겠습니다만, 하여튼 어떤 힘이 허미아에 대한 저의 사랑을 눈처럼 녹여 버렸습니다. 마치 어린 시절 홀딱 빠져 있던 귀중한 장난감이, 지금은 보잘것없는 추억에 지나지 않는다는 걸 깨닫듯이 말입니다. 그제야 저는 저의 눈이 보고자 하고, 즐거움을 찾고자 하는 대상이 오직 헬레나

아가씨뿐이라는 걸 깨달았습니다. 제 가슴속 깊숙이 숨어 있어 그동안 몰랐던 거지요. 헬레나 아가씨는 제가 허미아 아가씨를 만나기 전까지는 약혼한 사이였습니다. 마치 병에 걸렸을 때는 싫어하던 음식도 건강해져서 입맛을 되찾으면 다시 찾게 되듯이, 저는 그녀를 평생 사랑하고, 죽을 때까지 동경하면서, 언제까지나 성실히 남편으로서 그녀에게 충실할 작정입니다.

시시어스 아름다운 연인들이여, 너희들을 만난 게 참 잘됐구나. 그러나 이 이야기는 좀더 천천히, 상세히 들어보기로 합시다. 이지어스, 나는 그대의 간청을 묵살할 수밖에 없을 것 같소. 잠시 후 나는 이 두 쌍의 연인들을 신전으로 인도해서 우리와 함께 백년가약을 맺도록 해야겠소. 벌써 아침나절도 제법 지났으니 사냥은 미루기로 하고, 모두 함께 아테네로 돌아갑시다. 세 쌍의 연인들이 행복한 결혼식을 엄숙하게 올리고 잔치를 열어 서로 축하해 줍시다. 갑시다, 히폴리타. (시시어스, 히폴리타, 이지어스, 시종들 퇴장)

디미트리어스 주위에 있는 것들이 모두 희미해 보이는구나. 마치 멀리 떨어져 있는 저 산들이 구름 속으로 사라지듯이.

허미아 마치 주위에 있는 것들을 따로따로 본 것처럼 모든 것이 이중으로 보이네요.

헬레나 나도 그래요. 보석처럼 디미트리어스 도련님을 찾아냈지만, 길에서 주운 보석처럼 느껴져. 내 것 같기도 하고, 내 것이 아닌 것 같기도 하고.

디미트리어스 분명 우리가 깨어 있는 것이지? 아직도 우리는 잠든 채 꿈을 꾸는 기분이야. 정말로 공작님은 여기 계셨던 거야? 그리고 우리더러 따라오라고 하신 거야?

허미아 그래요. 우리 아버지도 옆에 계셨어요.

헬레나 그리고 히폴리타님도 계셨고요.

라이샌더 그분은 우리한테 신전으로 따라오라고 하셨어.

디미트리어스 그렇다면 우리가 깨어 있는 거로구나. 일단 공작님 뒤를 따라갑시다. 가면서 우리 꿈 얘기를 마저 털어놓읍시다. (모두 **퇴장**)

제 2 장 아테네, 퀸스의 오두막

퀸스, 플루트, 스너우트, 스너그, 스타블링 등장. 한쪽에서 보 톰 등장.

보 톰 이 친구들, 다들 어디 있나? 모두 어디 있느냐니까!

퀸 스 보톰! 야, 정말 이게 누군가! 이렇게 반가울 수가 있나. 아, 참 으로 기쁜 날이로구나.

보 톰 여보게, 장인 여러분. 내가 희한한 얘기를 하나 알고 있지만, 어떤 얘기냐고 내게 꼬치꼬치 묻지는 말게. 그걸 내가 여기서 모조 리 얘기한다면 나는 순종 아테네 사람이 아니니까. 그래도 언젠가는 이 일을 빠짐없이 털어놓겠네.

퀸 스 어디, 그럼 말해 보게.

보 톰 아니, 지금은 한마디도 안 돼. 내가 해줄 수 있는 말은 공작님 께서 식사를 마치셨다는 것뿐이네. 이 친구들아, 무대 의상을 어서 입도록 하게. 수염은 단단한 실로 만들어 달고, 신발에는 새 리본을 달아야 하네. 그런 다음 모두 궁전에서 만나도록 하세. 각자 맡은 역 할을 잊지 말고 잘 기억해 두도록 하게. 간단히 말하자면, 우리 연극 을 공연할 수 있게 되었단 말일세. 물론 시스비는 깨끗한 리넨 옷을 입어야 하고, 사자 역을 맡은 친구는 손톱을 깎지 말게. 사자의 발에는 발톱이 튀어나와 있어야 보기 좋지 않겠나? 그리고 친애하는 배우 여러분, 오늘만은 양파나 마늘은 먹지 않도록. 우리는 향긋한 입김을 뿜어내야 하니까 말일세. 그러면 분명히 우리 연극은 멋진 희극이라는 칭찬을 받게 되리라는 것을 믿어 의심치 않겠네. 자, 그럼 내 말은 여기서 이만 줄이겠네. 자, 가세나!(모두 **퇴장**)

제5막

제 1 장 아테네, 시시어스의 궁전

시시어스, 히폴리타, 귀족들과 시종들 등장. 그 가운데 필러 스트레이트가 끼여 있다.

히폴리타 시시어스 공작님, 이 연인들의 이야기는 너무 신기해서 잘 믿어지지 않는군요.

시시어스 정말 사실이라고 믿기 어려울 만큼 신기하기 그지없구려. 옛날 동화 같은 이야기가 아니오? 그뿐 아니라, 이 요정 이야기도 그냥 받아들이기에는 너무 허황되잖소? 연인들과 광인들이란 머릿속이 뒤죽박죽 마구 들끓고 있는데다 엉뚱한 환상으로 가득 차 있어서 냉철한 이성으로 이해하기에는 벅찬 무언가를 잔뜩 만들어내게 마련이니, 광인과 연인 그리고 시인은 상상력 덩어리라고 할 수밖에 없소. 광인은 광대한 지옥이 수용하기 어려울 정도로 큰 악마들을 보게 마련이고, 역시 못지않은 광기를 갖고 있는 연인은 거무튀튀한 이집트 여인의 얼굴에서 절세미녀 헬레나의 아름다움을 발견하기도 하고, 멋진 광기에 사로잡힌 시인은 천상에서 지상을, 지상에서 천상까지 한눈에 바라보며 진기한 형상을 구상해 내고선 황홀함에 젖은 채 시상을 떠올리곤 한다오. 강력한 상상력은 너무도 교묘한 마력을 지니고 있는 법이어서 시인이 어떤 즐거움을 맛보고 싶다고 생각하면 바로 그 즐거움을 가져다줄 어떤 형상을 생각해낸단 말이오.

히폴리타 하지만 어젯밤에 일어났던 이야기를 모두 들어보니, 그 연인들의 마음이 다 같이 비슷하게 움직였다니, 거기엔 허황된 환상 이상의 그 어떤 것이 있어 앞뒤가 꼭 들어맞게 작용했다고밖에 말할 수 없어요. 물론 그렇다고는 해도 참 신기하고 놀라운 얘기죠.

시시어스 음, 문제의 연인들이 오는구려. 모두 기쁨과 행복이 넘치는 모습이군! 젊은 친구들이여, 그대들에게 기쁨과 사랑의 신선한 나날들이 계속되기를!

라이샌더, 디미트리어스, 허미아, 헬레나 등장.

라이샌더 공작님의 발걸음과 식탁과 침실에 저희 것보다 더 풍성한 행운이 깃들기를 빌겠습니다.

시시어스 자, 이제 시작해 보게. 어떤 춤과 가면극이 준비돼 있는지. 저녁식사가 끝나고 디저트를 먹는 이 시각으로부터 침실에 들기까지, 그 사이의 기나긴 시간을 메우기 위해 무슨 여흥을 마련했는가? 우리의 여흥을 담당한 관리는 지금 어디 있는가? 연극은 없는가? 고문과도 같이 지루하고 따분한 시간을 메워주는 것은 무엇인가? 필러스트레이트를 이리 불러와라.

필러스트레이트 (앞으로 나선다) 여기 대령했습니다, 공작 전하.

시시어스 어디 말해 봐라. 오늘 저녁 시간을 단축시켜 줄 여흥이 준비돼 있는지. 가면극이나 음악이나, 뭐 재미있는 오락거리라도 있느냐? 어떻게 이 지루한 시간을 메울 생각인가?

필러스트레이트 전하께서 명령만 내려 주십시오. (프로그램을 넘겨준다)

시시어스 '반인반마의 괴물 켄토로스와의 싸움, 하프 반주에 맞춘 아테네 환관의 노래'라, 이 노래는 듣고 싶지 않구나. 내 친척 헤라클레스의 무용담은 이미 히폴리타에게 들려주었으니까. '주신 바카스 숭배자들의 난동, 트라키아의 가수 오르페우스를 폭행한 이야기'라, 이건 너무 고리타분한 작품이잖아. 지난번 내가 테베를 정복하고 돌아왔을 때 이미 보았던 연극이지. '젊은 피라므스와 그 연인 시스비의 지루하고도 간결한 비극적 희극'이라. 비극적인 희극이라고? 지루하고도 간결하다고? 그렇다면 어둠 속의 불꽃, 뜨거운 얼음, 뭐 이런 식의 말장난 아닌가! 이 같은 부조화를 어떻게 조화시키지?

필러스트레이트 이 연극으로 말씀드리자면 전하, 대사라곤 열 마디밖에 안 되는 작품이라, 제가 아는 한 가장 짧은 연극입니다. 그런데 대사가 열 마디밖에 안 되는 이 연극도 대사가 너무 늘어지는 바람에, 전하가 보시기에 아주 지루해하실 연극이 되어 버렸습니다. 왜냐하면, 이 연극 속에는 적절한 대사는 한마디도 없을 뿐더러 배역도 엉망이기 때문입니다. 그러니 비극적이라 할 수도 있겠죠.

시시어스 이 연극을 공연할 사람들은 어떤 패거리들이냐?

필러스트레이트 이곳 아테네 시장 바닥에서 날품팔이를 하는 직공들입니다. 손에 못이 박인 건 물론, 지금까지 머리라곤 쓴 적이 거의 없다시피 한 자들이온데, 이제까지 써본 적도 없는 기억력을 총동원하여 대사를 암기했을 겁니다. 공작님의 결혼식에 대비해 이 연극을 준비한 거지요.

시시어스 좋아, 그럼 이 연극을 보도록 하자.

필러스트레이트 그건 아니 되옵니다. 공작님이 보실 만한 연극이 못 되옵니다. 저도 한 번 보았습니다만, 정말 형편없는 연극입니다. 그저 공작님을 즐겁게 해드리기 위해 최선을 다해 매우 어렵게 대사를 암기했으니, 그들의 장한 뜻을 가상히 여기시어 즐거이 봐주신다면 몰라도……

시시어스 네가 그러니까? 더욱 보고 싶구나. 순박하고 충성스러운 마음으로 준비한 연극이 잘못 될 수가 있겠느냐? 가서 그들을 불러들여라. 자, 부인들도 자리를 잡고 앉으시오. (필러스트레이트 퇴장)

히폴리타 전 어쩐지 보고 싶지 않네요. 안간힘을 써가며 무리를 해서 공연을 하려다가 실패하여 고통을 겪는 걸 어떻게 보겠습니까?

시시어스 그런 일은 없을 테니까 염려 마시오, 부인.

히폴리타 필러스트레이트의 말에 의하면 형편없다지 않습니까?

시시어스 아무리 형편없는 연극일지라도 고맙게 봐주면 그만큼 너그러운 일이 될 것이 아니오? 이들이 비록 실수를 한다 할지라도 즐겁게 봐주는 건 좋은 일이오. 비천한 이들이 충성심을 갖고 하는 것이 재미가 없다 해도 마음이 고귀한 사람이라면 그 노력을 높이 사주는 법이지. 내가 언젠가 대학자들의 초청으로 어느 곳에 간 적이 있는데, 한 위대한 학자가 준비해둔 환영사로서 나를 환영해 주려고 했었소. 그런데 그는 몸이 떨리고 얼굴이 창백해지는 바람에 중간에 환영사를 그만두어야 했다오. 연습에 연습을 했는데도 겁에 질려 소리가 입 밖으로 나오지 않았지. 그러나 침묵 속에서도 나는 그의 환영사를 들을 수 있었소. 두려움과 조심스러움 가운데 주어진 의무를 다하려는 그 공손한 태도 속에서 나는 나불거리는 세 치 혀가 토해내는 대담하고 오만한 웅변보다 더 많은 것을 읽어낼 수 있었소. 나의 살아온 경륜으로 볼 때, 말이 적을수록 많은 뜻을 전하는 법이오.

나팔수를 앞세우고, 퀸스, 피라므스와 시스비, 그리고 담벼락과 달, 사자 등장.

해 설 여러분, 이 무언극을 보시고 혹 의문이 생길지 모르겠습니다만, 진실이 밝혀질 때까지는 그 의문을 계속 가슴속에 품고 계십시오. 자, 이 사람은 피라므스이고 이 아름다운 아가씨는 시스비입니다. 자갈회반죽을 온몸에 처덕처덕 바르고 있는 이 사람은 담벼락인데, 사랑하는 연인들을 갈라놓았던 그 고약스런 담벼락입니다. 이 담벼락 틈으로 가련한 연인들, 그들은 사랑을 속삭일 수밖에 없었습니다. 이 점에 대해서는 의문을 가질 것도 없습니다. 또한 가시덤불을 둘러메고 등잔불과 개를 데리고 있는 이 사람은 달빛으로 분장한 것입니다. 왜냐하면, 두 연인은 부끄러운 줄도 모르고 달빛을 받으며 나이나스의 무덤에서 만나, 거기서 사랑을 고백하게 되어 있기 때문입니다. 보기만 해도 무시무시한 이 짐승은 사자이온데, 저 진실한 시스비가 밀회 장소에 다다르기 직전 밤의 어둠을 틈타 먼저 나타나 그녀를 위협해 혼비백산 달아나도록 합니다. 달아나면서 그 아가씨는 망토를 떨어뜨렸는데, 이 고약한 사자가 피문은 입으로 그걸 갖고 물고늘어진 것입니다. 이윽고 훤칠하게 잘생긴 미남청년 피라므스가 그곳에 나타나 피문은 망토를 보고는 진실한 시스비는 죽었다고 생각하게 되는 거죠. 그래서 굶주린 원한의 칼을 뽑아 피가 끓고 있는 제 가슴을 힘껏 찔렀습니다. 그러자 뽕나무 그늘에서 기다리고 있던 시스비는 이 장면을 보고 달려와서 피라므스의 가슴에 박힌 칼을 뽑아 들고 스스로 목숨을 끊습니다. 나머지는 달빛과 사자와 담벼락과 연인들이 무대에 직접 등장해서 자세하게 말씀 올리겠습니다. (해설, 피라므스, 시스비, 사자, 달빛 퇴장)

시시어스 저 사자가 정말 말을 하는 거냐?

디미트리어스 세상엔 수많은 당나귀 바보들이 설치며 입을 놀리는데, 사자 한 마리쯤 말을 한다고 해서 이상할 건 없잖습니까?

보 톰 나리들, 폐막사를 보시겠습니까, 아니면 우리 단원들이 추는 농부 춤 버고마스크를 보시겠습니까?

시시어스 폐막사는 듣고 싶지도 않으니 그냥 춤이나 추거라. (퀸스,

스너그, 스너우트 그리고 스타블링 등장하여 그 중 두 사람이 남아 버고마스크를 춘다. 그런 다음 플루트, 보톰을 포함해서 장인들, 모두 **퇴장한다**) 자, 깊은 밤을 알리는 종의 무쇠추가 이제 막 열두 점을 쳤소. 연인들이여, 어서 신방으로 가보시오. 이제 요정들의 시간이 되었소. 내일 아침에는 모두들 늦잠이나 자지 않을까 걱정스럽소. 오늘 밤 이렇게 늦도록 잠자리에 들지 않았으니 말이오. 비록 조잡하고 한심한 연극이었지만, 밤의 지루함을 덜어내기에는 손색이 없었소. 자, 친구들이여, 이젠 잠자리에 들도록 합시다. 앞으로 2주일 동안 밤마다 잔치를 벌이고 새로운 여흥을 즐겨봅시다. (모두 **퇴장**)

제2장 숲 속

퍽 등장.

퍽 굶주린 사자가 으르렁거리고, 늑대가 달을 보고 짖어대는 시각입니다. 고된 일로 기진맥진했던 농부들은 깊은 잠에 빠진 채 꿈길이 구만리이고, 활활 타다 남은 장작은 벌겋게 남은 빛을 발하고 있습니다. 처량하게 누워 있는 환자라면 부엉이 울음소리에 수의를 준비해야겠다는 생각을 하겠지요. 지금은 밤이기 때문입니다. 무덤들은 제각기 아가리를 크게 벌려 그 안에 갇혀 있던 망령들을 토해내어 무덤 주변에서 배회하게 만드는 그런 시각이지요. 그리고 세 가지의 모습으로 변신하는 마법의 여신 헤커트 일행과 나란히 태양의 얼굴을 피해 꿈과도 같은 어둠 속을 노니는 우리 요정들이 희희낙락할 시각이니, 생쥐 한 마리도 이 신성한 저택 주변에서 얼씬거려서는 안 될 것입니다. 내 빗자루와 함께 먼저 여기에 온 이유는 먼지 수북한 궁전 뒷마당을 쓸기 위함이니……

오베론, 타이테니아, 시종들을 모두 데리고 등장.

오베론 온 세상을 하늘거리는 불빛으로 밝혀주어라. 졸 듯이 꺼져가는 모닥불 주변에서 꼬마 요정, 큰 요정, 가리지 말고 모두들 나와 덤불 속을 뚫고 나온 새처럼 경쾌하게 춤추고 노래하라. 나를 따라서 신나게 노래도 부르고, 발걸음도 가볍게 춤을 추어라.

타이테니아 먼저 당신이 노래를 불러보세요. 한마디를 부르시고 나면 우리도 손에 손을 잡고 요정답게 우아한 태도로 노래를 부르며 이 댁을 축복해 드리죠. (오베론이 선창을 하면 요정들이 춤추고 노래 부른다)

오베론 요정들아, 동이 틀 때까지 이 댁 구석구석을 누비면서 돌아다녀라. 타이테니아, 우리는 가장 귀하신 분의 신방으로 가서 그 두 분을 축복해 줍시다. 거기서 태어날 후손에게도 영원한 행복을 누릴 것을 빌어줍시다. 또한 세 쌍의 신랑 신부, 모두 백년해로하기를 바랍시다. 대자연의 장난으로 생겨나는 그 어떤 결함도 후손들에게는 나타나지 않도록 빌어줍시다. 앞으로 태어날 아이들 몸에는 사마귀, 언청이, 그리고 그 어떤 흉터도 없기를……. 세상 사람들이 불길하다고 꺼리는 그 어떤 표시도 그들의 아이들에게서는 찾아볼 수 없기를 기원합시다. 요정들아, 깨끗한 들판에서 거둬온 신성한 이슬을 이 궁전의 방이란 방은 모조리 찾아다니며 구석구석 쏟아놓아라. 감미로운 평화가 깃들도록 축복의 이슬을 그들에게 쏟아놓아라. 어서 뛰어가거라. 머뭇거리지 말고, 모두들 동트기 전에 나와 만나자. (모두 퇴장)

한여름 밤의 꿈
A Midsummer Night

🍃 지금까지 이야기나 역사를 통해 들은 바로는 진실한 사랑이 순
풍에 돛 단 듯 그렇게 순탄하게 진행된 경우를 본 적이 없소.

For aught that I could ever read, could ever hear by tale
or history, the course of true love never did run smooth.

🍃 진실한 사랑을 나누는 연인들이 언제나 그렇듯 쉽게 좌절해
왔다면, 아마 운명이 정해놓은 규칙이라고나 해야겠죠.

If then true lovers have been ever cross'd, It stands as an
edict in destiny.

🍃 아무리 천박하고 사악하고 무가치한 것이라 해도 사랑은 아
름답고 훌륭한 가치가 있는 것으로 바꿔놓게 마련이니까.
사랑은 눈으로 보는 게 아니라 마음으로 보는 법이잖아.

Things base and vile, folding no quantity, Love can transpose to form and dignity. Love looks not with the eyes, but with the mind.

🌿여성들은 남성들이 그러듯이 사랑을 얻기 위해 싸울 수는 없어요. 여성들은 사랑을 받아야지, 사랑을 구하도록 되어 있지는 않거든요.

Women cannot fight for love, as men may do. Women should be wood and were not made to woo.

🌿나는 당신을 따라가겠어요. 그토록 사랑하는 이의 손에 죽을 수 있다면, 지옥의 고통도 천국의 기쁨이 되겠죠.

I'll follow thee and make a heaven of hell, To die upon the hand I love so well.

🌿저는 지금 밤이라는 시각에 있는 것도 아니며, 또한 으슥한 곳에 있는 것도 아니죠. 당신은 저에게 이 세상 전부나 다름 없으시고, 이 숲 속도 세상과 동떨어진 곳은 아니거든요. 온 세상이 이렇게 저를 지켜보고 있는데, 어떻게 혼자 있다고 말할 수 있겠어요?

I think I am not in the night. Nor doth this wood lack worlds of company, For you in my respect are all the world. Then how can it be said I am alone, when all the world is here to look on me?

❀연인 사이의 대화란 사랑으로 참뜻을 전달하는 법이라오.
내 마음과 당신의 마음이 이렇게 맺어져 있으니 마음이 하
나라고 한 것뿐이오. 하나의 맹세를 주고받은 사이라 하나
의 쇠사슬로 얽혀 있는 셈이니 가슴은 둘이되 마음은 하나
라는 거요.

Love takes the meaning in love's conference. I mean,
that my heart unto yours is knit

So that but one heart we can make of it. Two bosoms
interchained with an oath. So then two bosoms and a
single troth.

❀단것을 너무 먹어서 물리게 되면 위에서 받아들여지지 않
고, 사람들이 등진 사교는 그 사교로 인해 증오를 받듯이 나
의 포식이요, 나의 이단인 그대. 만인에게도 증오의 대상이
지만, 무엇보다 내 큰 증오의 대상이 아닐 수 없다.

For as a surfeit of the sweetest things, The deepest
loathing to the stomach brings, or as tie heresies that
men do leave are hated most of those they did deceive,
so thou, my surfeit and my heresy, of all be hated, but
the most of me!

검은 까마귀를 하얀 비둘기와 바꾸려는 것은 누구에게나 당연한 일이 아니오? 본디 남자의 욕망은 이성에 지배를 받는 법인데, 내 이성은 허미아보다는 아가씨가 훌륭한 처녀라고 속삭이고 있소. 자라나는 과정에 있는 것은 제 철을 만나야 무르익는 법. 나 역시 풋내기라 지금까지는 이성적 판단을 충분히 내릴 만큼 무르익지 않았던 거요. 그러나 이제 인간으로서 분별력을 제대로 갖게 되어 이성이 내 욕망의 안내자가 되어 아가씨의 눈을 들여다보니, 비로소 읽을 수 있게 된 거요. 사랑의 책 속에 쓰여 있는 사랑의 이야기들을.

Who will not change a raven for a dove? The will of man is by his reason sway'd, and reason says you are the worthier maid. Things growing are not ripe until their season so I, being young, till now ripe not to reason, and touching now the point of human skill, reason becomes the marshal to my will and leads me to your eyes, where I o'erlook love's stories written in love's richest book.

요즘 세상에 이성과 사랑은 그리 좋은 관계는 아닌 듯싶습니다만, 더욱 개탄스러운 것은, 이 둘을 화해시키려 드는 성실한 이웃도 없다는 점이죠.

Reason and love keep little company together now-a-days, the more the pity that some honest neighbours will not make them friends.

그 얘기를 믿을 바에는 차라리 달이 이 단단한 대지를 뚫고 이 지구의 반대편으로 빠져나가 그 달의 형님인 태양을 불쾌하게 만들어 주었다는 얘기를 믿는 게 낫겠지요.

I'll believe as soon this whole earth may be bored and that the moon may through the centre creep and so displease her brother's noontide with Antipodes.

살인자의 모습이 유령 같다면, 나도 유령이나 다름없소. 당신의 그 잔인한 말이 내 가슴을 꿰뚫어 놓았으니 말이오.

So should the murder'd look, and so should I, pierced through the heart with your stern cruelty.

한 진실이 다른 진실을 죽여버리니, 정말 사악하고도 성스러운 싸움이 아닐 수 없네요.

When truth kills truth, O devilish-holy fray!

두 가지 맹세를 저울에 달아보면 어떨까요? 아마 그 무게는 제로가 될 걸요. 허미아한테 한 맹세와 나한테 한 맹세를 저울 양쪽에 올려놓으면, 무게가 평형을 이루겠죠. 다 꾸며낸 이야기니까요.

Weigh oath with oath, and you will nothing weigh. Your vows to her and me, put in two scales, will even weigh, and both as light as tales.

🌸그대가 잠에서 깨어나는 순간 그대는 맛볼 수 있으리니, 진
정한 즐거움을 얻으려면 옛 연인과 눈을 맞추라. 그리하면
불행해질 사람이 하나도 없으리니, 성경에도 있듯이 가이사
의 것은 가이사에게로, 그녀는 그에게로, 그래서 온 세상에
기쁨이 넘치기를……. 남자는 자기 암말을 되찾고, 모든 일
이 원만히 해결되리라.

When thou wakest, thou takest true delight in the sight of
thy former lady's eye. And the country proverb known,
that every man should take his own, in your waking shall
be shown. Jack shall have Jill, nought shall go ill, the
man shall have his mare again, and all shall be well.

🌸마치 병에 걸렸을 때는 싫어하던 음식을 건강해져서 입맛을
되찾으면 다시 찾게 되듯이, 저는 그녀를 평생 사랑하고, 죽
을 때까지 동경하면서, 언제까지나 성실히 남편으로서 그녀
에게 충실할 작정입니다.

like in sickness, did I loathe this food, but, as in health,
come to my natural taste, now I do wish it, love it, long for
it, and will for evermore be true to it.

🌸두려움과 조심스러움 가운데 주어진 의무를 다하려는 그 공손

한 태도 속에서 나는 나불거리는 세 치 혀가 토해내는 대담하고 오만한 웅변보다 더 많은 것을 읽어낼 수 있었소. 나의 살아온 경륜으로 볼 때, 말이 적을수록 많은 말을 하는 법이오.

In the modesty of fearful duty, I read as much as from the rattling tongue of saucy and audacious eloquence. Love, therefore, and tongue-tied simplicity in least speak most, to my capacity.

🌸정확하게 말하는 것보다는 참되게 말하는 것이 중요합니다.

It is not enough to speak, but to speak true.

🌸세상엔 수많은 당나귀 바보들이 설치며 입을 놀리는데, 사자 한 마리쯤 말을 한다고 해서 이상할 건 없잖습니까?

No wonder my lord, one lion may, when many asses do.

🌸장미는 지켜 주는 가시에 둘러싸여 시들어 가면서 저 혼자만이 행복하게 피어 있다가 죽어 버리는 것보다는 꺾여서 향기를 뒤에 남기는 것이 우리가 생각할 때 더 보람 있잖느냐.

But earthlier happy is the rose distilled, than that which, withering on the virgin thorn, grows, lives, and dies in single blessedness.

🌸말을 한다는 것으로 충분하지 않다. 올바르게 말한다는 것

이 중요하다.

It is not enough to speak, but to speak true.

🌸하느님, 인간이란 얼마나 어리석은 존재입니까?

Lord, what fools these mortals be!

🌸사랑은 소리처럼 하염없이 사라져버리는 거야. 그림자처럼 빠르게, 꿈결처럼 짧게.

Making a momentary as a sound, swift as a shadow, short as any dream.

🌸최고의 연극도 단지 그림자에 지나지 않는다.

The best in this kind are but shadows.

🌸사랑은 눈으로 보는 것이 아니라 마음으로 본다. 그러기 때문에 날개 달린 큐피드는 장님으로 표현된다.

Love looks not with the eyes, but with the mind. And therefore is winged Cupid painted blind.

🌸연인들과 미친 사람들의 머리는 소용돌이치면서 들끓지. 그

래서 엉뚱한 환상을 만들어내지. 냉정한 이성으로는 이해할 수 없는 상상을 해.

Lovers and madmen have such seething brains. Such shaping fantasies, that apprehend more than cool reason ever comprehends.

뜻대로
하세요

진정한 시일수록 거짓투성이야,
연인들은 시에 취하고 시에 맹세하지.

The truest poetry is the most feigning,
and lovers are given to poetry.

1. 등장인물

로잘린드 추방당한 노공작의 딸로 씨름대회에서 올란도를 보고 첫눈에 반한다. 나중에 남장한 채 숲에서 살아가다가 올란도를 만나 결혼을 한다.

실리아 프레드릭의 외동딸로 사촌언니 로잘린드를 자신의 목숨보다 더 사랑해 아버지가 로잘린드를 쫓아내자 따라나선다.

올리버 로랜드 드 보이스 경의 아들로 막내인 올란도에게 자격지심이 있다. 결국 유산을 주지 않은 채 동생 올란도를 내쫓는다.

올란도 형에게 유산을 달라고 했다가 빈털터리로 쫓겨난다. 충복 애덤의 돈으로 우여곡절 끝에 아덴 숲에 다다르게 되고, 거기서 꿈에도 그리던 로잘린드를 만난다.

제이크스 드 보이스 로랜드 드 보이스 경의 둘째아들

프레드릭 공작 노공작의 동생으로 형의 영토와 권력을 빼앗는다.

노공작 동생한테 쫓겨나 아덴 숲에 머무르면서 사냥과 연회를 하며 살아간다.

애덤 올리버의 하인. 올란도를 훨씬 더 좋아해 올란도가 궁지에 빠지자 자신의 전 재산을 올란도에게 주어 같

이 올리버의 집에서 도망친다.

터취스턴 어릿광대

데니스 올리버의 하인들

애미언스, 제이퀴스 추방당한 공작을 섬기는 귀족들

코린, 실비어스 목동들 **르보** 프레드릭의 신하

찰스 프레드릭의 씨름꾼 **피비** 양치기 처녀

오드리 시골 처녀 **윌리엄** 오드리를 사랑하는 시골 청년

올리버 마텍스트 목사

시종들

2. 줄거리

권력과 영토를 놓고 혈육간의 분쟁을 벌이는 이 작품은 T. 로지의 소설 『로잘린드』(1590)를 취재해 만든 작품이다. 프레드릭 공작은 자신의 형을 내쫓고 권력을 찬탈한다. 이때 공작의 딸 실리아는 사촌언니 로잘린드와 헤어져서 살 수 없다며 공작에게 애원을 해 로잘린드는 궁에 머무르게 된다.

한편 마을 청년 올란도는 형인 올리버의 미움을 받으며 하루하루 짐승처럼 살아간다. 사람들이 올리버보다 올란도를 더 좋아하기 때문이다. 그러다가 어느 날 공작이 주최한 씨름대회에서 찰스를 이기게 되고, 이 모습을

본 로잘린드는 올란도에게 첫눈에 반해 사랑에 빠진다.

그러나 씨름대회에서 상대를 이긴 것이 화근이 되어 형에게 쫓겨난 올란도는 아덴의 숲으로 향하게 되고, 동시에 로잘린드도 프레드릭의 엄명으로 궁에서 빠져나와, 사촌동생 실리아와 함께 아버지가 살고 있는 아덴의 숲으로 향한다. 남장으로 변장을 한 로잘린드는 그곳에서 목장을 사서 실리아와 살게 된다. 그런데 하루는 날마다 연서를 써서 붙이는 올란도를 보지만, 남장을 한 처지여서 알은체를 하지 못한다.

올란도를 사랑하는 로잘린드는 상사병에 걸린 올란도를 상대로 한 가지 꾀를 내어 날마다 자신에게 사랑을 고백하도록 한다. 그러는 가운데 올란도가 자신의 형인 올리버를 구하기 위해 암사자와 격투를 벌이다 사고를 당하게 되고, 그 사실을 안 로잘린드는 드디어 자신의 정체를 밝히고 결혼에 이른다. 한편 올란도의 형 올리버는 동생을 살해하려다가 오히려 동생에게 구조되어 마음을 바꾸어 실리아와 결혼을 하게 되고, 프레드릭 공작 역시 자신의 죄를 뉘우치고 형에게 권력을 되돌려준다.

제 1 막

제1장 올리버의 집 정원

올란도와 애덤 등장.

올란도 (칼싸움) 애덤, 내 말 좀 들어보게나. 아버님께서는 비록 적은 돈이지만 1천 크라운을 내 몫으로 놓으시고 세상을 떠나셨지. 자네 말대로 큰형에게 축복을 내리시며 나를 정성껏 돌보라고 당부하시는 것도 잊지 않으셨고. 그런데 내 불행은 거기서부터 시작된 거야. 작은형 제이크스는 대학도 다녔을 뿐만 아니라 들리는 소문에 따르면 유산도 듬뿍 받았다고 해. 내 신세와는 영 딴판이지. 형이라는 자는 나를 시골구석에 처박아두고 뼈대있는 가문의 자손답게 교육은 커녕 빈둥거리게 방치하니 말이야. 내가 외양간에 갇힌 소와 다른 게 뭔가. 아니, 오히려 형네 말들보다 못한 팔자야. 말들은 윤기가 번지르르 흐를 만큼 잘 먹이고 비싼 돈을 주고 조련사까지 고용하고 있는 것을 보면 말이야. 동생인 나는 고작 세끼 밥 얻어먹은 것뿐이라고. 그야말로 쓰레기통을 뒤져 먹고사는 짐승들이나 다를 바가 없지. 게다가 형님은 내 앞으로 남겨진 유산까지 빼앗아갈 태세야. 머슴들하고 함께 밥을 먹으라고 하지 않나. 나를 무식하게 만들어 홀

륭한 성품을 없애려는 속셈인 거야. 애덤, 내 말이 무슨 뜻인지 알겠나?(올리버 등장)

올리버 야, 여기서 뭘 하는 거야?

올란도 뭘 하긴요. 도대체 뭘 배운 게 있어야 뭣이라도 하죠.

올리버 못된 짓이야 배우지 않아도 할 수 있지.

올란도 그러게요. 형님을 도우려고 하느님이 만드신 이 못난 동생의 신세를 더욱 망치고 있는 중이죠. 이렇게 빈둥거리면서 말이죠.

올리버 게으름뱅이 같은 녀석, 저리 가서 일이나 해.

올란도 형님네 돼지나 치면서 감자나 먹으며 살아요? 제가 무슨 못된 짓을 했다고 이렇게 짐승처럼 살아야 하죠?

올리버 이 녀석아, 여기가 감히 어딘 줄 알고?

올란도 어디긴요? 형님네 마당이죠.

올리버 감히 누구 앞에서 함부로 지껄여!(때린다)

올란도 이러지 마세요. 형님은 힘 가지고는 저를 못 당할걸요!(형의 목을 잡는다)

올리버 이 나쁜 놈! 감히 나한테 손을 대니!

올란도 나쁜 놈이라뇨. 저는 로랜드 드 보이스 경의 막내아들이에요. 그분이 나쁜 놈을 낳았다고 말하는 자는 몇 배나 더 나쁜 놈이죠. 내 친형만 아니었다면 이 손으로 목을 누르고, 그 따위 악담을 내뱉은 혓바닥을 지금 당장 뽑아버렸을 거예요.

애 덤 (앞으로 나오며) 나리, 제발 참으세요. 돌아가신 아버님을 생각해서라도 의좋게 지내셔야죠.

올리버 (몸부림을 치면서) 이거 놓지 못해!

올란도 못 놔요. 분통이 터져도 제 말부터 들으세요. 아버지는 형님께 저를 교육시키라고 유언하셨죠. 그런데 형님은 저를 농사꾼으로 길렀죠. 신사다운 품격과는 아주 담을 쌓았지요. 하지만 저의 몸에서 아버지의 성품이 자라고 있으니 더 이상 참을 수가 없어요. 그러니 저한테 교육을 시켜 주시거나 아니면 유언장대로 서푼어치밖에 되지 않는 유산을 주세요. 그걸로 팔자를 고칠 테니까요. (형을 놔준다)

올리버 그걸로 뭘 하려고? 다 털어먹고 거지노릇이나 하려고? 하여튼 너하고 싸우고 싶지 않으니 안으로 들어가서 말하자. 유언대로 네 몫을 줄 테니 저리 가자.

올란도 제 몫을 제대로 받기만 하면 더는 괴롭히지 않을게요. (올란도와 애덤 퇴장하고 찰스 등장)

찰 스 안녕하십니까, 각하.

올리버 어서 오게, 찰스. 궁궐에 무슨 새 소식이라도 있는가?

찰 스 새 소식은 없고요, 묵은 소식뿐이죠. 새 공작님이 형님 공작을 추방했답니다. 그래서 형님 공작과 신하들 몇 명이 귀양살이를 떠났다고 합니다. 새 공작님은 그분들의 토지와 수입으로 더욱 부유해졌으므로 그분들의 귀양을 기꺼이 허락했답니다.

올리버 그럼 공작님의 따님 로잘린드 아가씨도 부친과 함께 귀양을 갔단 말인가?

찰 스 아닙니다. 새 공작님의 따님과 로잘린드 아가씨는 요람에서부터 함께 자란지라 로잘린드 아가씨가 귀양을 가면 함께 따라가든지 죽겠다고 아우성을 쳐서 남아 있게 되었죠. 그래서 로잘린드 아가씨는 궁궐에 남아 친딸 못지 않게 삼촌의 사랑을 받고 있답니다. 아무튼 그렇게 사이가 좋은 자매는 처음 봅니다요.

올리버 형님 공작님은 어디로 가셨다고 하더냐?

찰 스 소문에 따르면 아덴 숲 속으로 가셨다고 합니다. 그곳에서 많은 부하들을 거느리고 옛날 로빈후드처럼 살고 있답니다. 젊은 신사들이 날마다 떼지어 몰려와 근심걱정 없이 살고 있으니 무릉도원이 따로 없답니다.

올리버 그건 그렇고, 자네는 내일 새 공작님 앞에서 씨름을 하기로 했다며?

찰 스 네. 마침 그 말씀드리려고 왔습니다. 은밀히 들은 이야기입니다만, 각하의 동생 올란도 씨도 신분을 감추고 저와 한판 승부를 겨룬다는 소리를 들었습니다. 하지만 내일 저는 제 명예를 걸고 출전할 생각입니다. 대단한 실력이 아니면, 저와 맞설 경우 팔다리가 온전히 남아나지 못할 것입니다. 각하를 생각해서라도 아직 젊고 연약한 각하의 동생 분을 패대기치고 싶지 않습니다만, 대회에 참석하신다면 어쩔 수가 없겠지요. 그래서 말씀드리러 온 것입니다. 각하께서 동생 분의 출전을 말리시든가, 아니면 그분이 천방지축으로 나서다가 당하는 치욕은 자업자득이지 제 본의는 아니라는 걸 말입니다.

올리버 고맙군, 찰스. 그 녀석은 야심만만하고 질투심이 강해 이 형에게까지 간악한 음모를 꾸미고 있다네. 이런 판국이니 자네 마음대로 하게나. 그 녀석의 손가락이 아니라 목이라도 부러뜨린다면 내 원이 없겠네. 하지만 그 녀석을 섣불리 건드렸다간 큰코다칠 수도 있어. 그 녀석은 힘으로 자네를 이기지 못하면 비열한 술책이라도 써서 자네의 목숨을 빼앗을 때까지 물고늘어지겠지. 그 녀석의 간악무도함을 생각하면 내가 눈물이 다 날 지경이네. 젊은 녀석치고 그토록 악랄한 녀석은 세상에 둘도 없을 걸세. 차마 동생이라 다 입에 담을 수는 없지만 그걸 자네가 들으면 놀라자빠질 걸세.

찰 스 각하를 찾아뵙기를 참으로 잘한 것 같습니다. 내일 동생 분이 씨름판에 나오면 혼쭐을 내야겠군요. 만일 제 발로 걸어나간다면 다시는 씨름판에 나오지 못할 것입니다. 안녕히 계십시오, 각하.

올리버 잘 가게, 착한 찰스. (찰스 퇴장) 이젠 그 애송이 놈을 부추겨야겠군. 그 자식이 씨름에서 지면 정말 춤이라도 추겠군. 왠지 주는 것 없이 미운 놈이 있단 말이야. 그 놈은 학교 문턱에도 가지 않았건만 유식할 뿐만 아니라 품위가 있고 신사다워. 게다가 마음씨까지 착해서 세상 사람들로부터 사랑을 독차지하고 있지. 특히 그 놈을 잘 아는 내 하인 놈들은 그 녀석에게 홀딱 빠져 있으니, 명색이 주인인 내 평판만 점점 더 나빠지는 게 당연해. 그러나 이젠 그것도 얼마 남지 않았지. 이 씨름꾼이 해치울 테니. 얼른 그놈을 선동해서 씨름판에나 가게 해야겠군. 자, 어서 이 일을 시작해야지. (안으로 들어간다)

제 2 장 공작 궁궐 앞 잔디밭

로잘린드와 실리아 등장.

실리아 오, 로잘린드 언니, 제발 부탁이니 얼굴 좀 펴봐.

로잘린드 실리아, 나는 지금 최고로 명랑한 척하는 거야. 더 이상 어떻게 즐거운 척하니? 추방된 아버지 생각을 잊을 수만 있다면 얼굴은 얼마든지 펼 수 있겠지.

실리아 그렇구나. 내가 언니를 사랑하는 만큼 언니는 날 사랑하지 않는 거야. 나는 큰아버지가 우리 아버지를 추방했다 해도, 언니가 내 곁에 있으면 아마 큰아버지를 친아버지처럼 사랑했을 거야. 언니도 내 사랑만큼 깊다면 그렇게 할 수 있을 텐데.

로잘린드 알았어. 나도 모든 걸 잊고 너와 함께 즐길게.

실리아 그래. 언니도 알다시피 사실 우리 아버지에게는 나 하나뿐이 잖아. 그렇다고 앞으로 더 생길 것 같지도 않고. 그러니 아버지가 돌아가시면, 언니가 틀림없이 이 집의 상속자가 될 거야. 나는 아버지가 큰아버지한테서 강제로 빼앗은 것을 언니한테 되돌려줄 생각이니까. 내 이름을 걸고 약속할게. 꼭 그렇게 할 거야. 만일 이 약속을 어긴다면 난 짐승이야. 자, 그러니까 사랑스런 언니, 이제 장미꽃처럼 화사하게 웃어봐.

로잘린드 좋아, 그러자꾸나. 우리 즐거운 놀이라도 생각해 보자. 뭐가 있을까? 그래, 연애하는 건 어때?

실리아 그게 좋겠네. 심심풀이로 한다면 괜찮겠어. 하지만 진정으로 남자를 사랑해서는 안 돼.

로잘린드 그럼 우리 어떤 놀이를 하지?

실리아 이건 어떨까? 이렇게 우두커니 앉아서 운명의 여신을 비웃는 것 말이야. 운명의 여신이 수레바퀴에서 손을 떼게 하는 거야. 그럼 인간에게 공평하게 베풀겠지.

로잘린드 그렇게 된다면 얼마나 좋겠니? 행운의 선물은 늘 엉뚱한 곳으로 가잖아. 특히 인심 좋고 맹목적인 여신이 여자들에게 베푸는 은총은 어처구니 없는 경우가 많거든.

실리아 정말 그래. 아름다우면 정조가 부족하고, 정조가 곧으면 미모가 따르지 않고.

로잘린드 하지만 그건 운명의 여신이 하는 일이 아니라 자연의 여신이 하는 일이지. 운명의 여신은 이 세상의 행복과 불행을 다스릴 뿐이지 자연이 창조하는 미모와는 관계가 없어.

터취스턴 등장.

실리아 정말 그럴까? 자연이 미인을 만든다 해도 그 미인이 운명 때문에 불에 타버리게 되는 것도 있잖아. 자연이 우리들에게 운명을 조롱할 만큼 지혜를 주었지만 (터취스턴을 보고) 우리들 토론을 방해하기 위해 저 바보를 우리한테 보낸 건 운명이 아닐까?

로잘린드 하긴 운명의 힘이 자연의 힘보다 강한지도 몰라. 운명이란 것이 자연이 준 지혜를 방해하고 있으니 말이야.

실리아 그렇지 않으면 우리들의 지혜가 하도 보잘것없어서 운명의 여신들을 논할 힘이 없으니까 지혜를 좀더 날카롭게 닦으라고 저 바보를 우리에게 보내준 게 아닐까? 바보를 보면 지혜로워져야겠다고 생각하잖아. 이봐요, 지혜로운 양반, 어딜 어슬렁거리며 가나요?

터취스턴 아가씨, 아버지께서 아가씨를 부르십니다.

실리아 저기 르보 씨가 오시네.

르 보 등장.

로잘린드 새 소식을 입에 가득 물고 오는군.

실리아 제비가 새끼들에게 먹이를 주듯 우리들에게 소식을 먹이겠지.

로잘린드 우린 소식만으로도 배가 부르겠지.

실리아 잘됐지 뭐. 덕분에 우리도 장터에서 잘 팔릴 테니까. 르 보 씨, 안녕하세요? 무슨 새 소식이라도 있나요?

르 보 아름다운 공주님, 흥겨운 놀이가 있었는데 놓치셨군요.

실리아 흥겨운 놀이라뇨?

르 보 뭐랄까, 뭐라 말씀드려야 알 수 있을까?

로잘린드 그야 지혜로 안 되면 운명이 시키는 대로 해보시지요.

터치스턴 (조롱투로) 아니면 운명은 하늘에 맡기시고요.

실리아 신경 쓰지 마세요. 그냥 내뱉은 말이니까.

르 보 공주님들한텐 못 당한다니까. 아주 흥거운 씨름을 놓치셨다는 말을 하려던 참이에요.

로잘린드 그럼 그 광경을 설명해 주시면 되잖아요.

르 보 그러면 되겠군요. 지금 첫판을 말씀드릴 테니까 혹시 마음에 드시면 끝판을 보시면 되죠. 진짜 씨름은 이제부터 시작하니까요. 그것도 두 분이 계시는 바로 이곳에서 시합을 하실 테니까요.

로잘린드 실리아, 우리 씨름 구경하는 건 어때?

르 보 보고 싶지 않으셔도 보게 될 것입니다. 바로 여기에서 다음 씨름판이 열리거든요. 이제 곧 시작할 겁니다.

실리아 정말 저기 오고 있네요. 그럼 여기 있다가 구경해야겠네요.

프레드릭 공작, 귀족들, 올란도, 찰스, 시종들 등장.

프레드릭 자, 준비되었으면 시작하라. 저 젊은이는 아무리 타일러도 듣지 않으니, 그야말로 사자 입에 손을 집어넣은 격이지.

로잘린드 저기 있는 저 사람 말인가요?

르 보 예, 바로 저 사람이에요.

실리아 어머나, 생각보다 훨씬 더 젊어 보이네요. 하지만 잘해 낼 것 같기도 한데.

프레드릭 웬일이냐? 설마 씨름 구경하려고 나온 건 아니겠지?

로잘린드 맞아요. 숙부님께서 허락해 주세요.

프레드릭 너희들이 보기에는 재미없을 거야. 저 젊은이를 상대하려는 자가 천하장사라서 말이다. 그래서 젊은이를 설득했건만 들은 척도 하지 않는구나. 너희들이 설득하면 혹시 들을지도 모르니, 한번 말해 보겠니?

실리아 르 보 씨가 좀 불러 주세요.

프레드릭 내가 자리를 비켜 줄 테니 말해 보렴. (자리를 뜬다)

르 보 이봐, 도전자 양반, 공주님들께서 부르시네.

올란도 (앞으로 나서며) 의무감과 존경심으로 분부 받들었습니다.

로잘린드 당신이 저 천하장사 찰스에게 도전하셨나요?

올란도 아닙니다, 아름다운 공주님. 저 자가 누구에게나 도전하는 것입니다. 저는 다만 다른 사람과 마찬가지로 저 자와 맞붙어 제 힘을 가늠해 보고 싶을 뿐입니다.

실리아 젊은 양반, 너무 자신을 과신하는 건 아닌가요? 저 사람이 얼마나 대단한 힘을 가졌는지 직접 눈으로 보지 않았나요? 잠깐만 생각해도 지금 당신이 얼마나 무모한 모험을 하는지 알 거예요. 제발 부탁하노니 기권하세요. 이건 순전히 당신을 위해서 하는 말이에요. 이런 무모한 짓은 하지 말았으면 해요.

로잘린드 실리아 말이 맞아요. 기권한다고 해서 당신의 명예가 손상되는 건 아니죠. 지금이라도 저희들이 공작님께 간곡히 말씀드려 이 시합을 중지하도록 할게요.

올란도 공주님, 이런 말밖에 못하는 저를 용서하십시오. 이처럼 아름다운 공주님들의 뜻을 거역하면 중죄인이 된다는 걸 모르는 것도 아닙니다. 하지만 두 분의 따뜻한 눈길과 마음을 느끼며 한 번 싸워 보겠습니다. 만일 제가 저 자한테 패한다 하더라도 명예라고는 눈곱만큼도 없는 사나이가 수치를 당하는 것뿐이며, 설령 죽는다 해도 죽고 싶어 안달하는 사나이가 죽는 것뿐입니다. 게다가 슬퍼해 줄 친구가 없으니 친구들에게 폐를 끼치는 것도 아니고, 무일푼도 없는 빈털터리라 이 세상에 해를 끼칠 리도 없습니다.

로잘린드 보잘것없는 힘이나마 내 힘을 보내 드릴게요.

실리아 나도요.

로잘린드 그럼 다시 뵐게요. 당신을 얕잡아본 이 눈이 틀렸기를 바랄게요.

실리아 당신의 소원이 이루어지길.

찰 스 (큰 소리로) 어디 있지, 조상의 무덤에 고이 잠들고 싶어하는 청년이?

올란도 여기 있소이다. 내 소원은 더 높은 데 있소이다.

프레드릭 승부는 단 한 판으로 결정된다.

찰 스 좋습니다. 한 번으로도 귀찮은 일일 뿐만 아니라 완강히 말리신 각하의 뜻을 생각해 두 번 싸우는 일은 없도록 하겠습니다.

올란도 김칫국부터 마시는군. 길고 짧은 것은 대봐야 하지 않겠느냐.

로잘린드 헤라클레스여, 저 젊은이가 이기게 도와주소서.

실리아 내가 투명인간이라면 저 힘센 놈의 다리를 붙잡고 놓지 않을 텐데. (씨름이 시작된다. 올란도가 유리한 고지를 점령한다)

로잘린드 오, 저 친구, 잘 싸우네!

실리아 내 눈이 번갯불이라면 누가 쓰러질지 금방 알 텐데. (고함소리가 우렁차게 들리더니 찰스가 땅바닥에 널브러진다)

프레드릭 그만하라, 이제 그만하라.

올란도 공작님, 저는 이제야 몸을 풀려는 중입니다.

프레드릭 찰스, 자네는 어떤가?

르 보 공작님, 완전히 간 것 같습니다.

프레드릭 저리 떠메고 나가 살펴보라. (사람들이 찰스를 떠메고 나간다) 음, 젊은이, 자네 이름은 뭔가?

올란도 저는 올란도라고 합니다. 로랜드 보이스 경의 막내아들이죠.

프레드릭 다른 사람의 아들이면 좋았을걸. 하필 그 사람의 아들이라니. 자네의 부친은 매우 후덕한 사람으로 자자하지만 나와는 평생 원수로 지냈지. 자네가 다른 가문의 후손이었다면 이 일로 난 무척 흐뭇했을 것이네. 하지만 여기서 작별해야겠네. 용감한 젊은이, 자네 부친이 다른 사람이었다면 얼마나 좋았을까! (프레드릭 공작, 귀족들, 시종들, 르 보 퇴장)

실리아 언니, 아버진 저렇게밖에 말할 수 없었을까?

올란도 저는 로랜드 경의 막내아들이라는 것을 자랑스럽게 생각합니다. 설령 이름을 바꾸면 프레드릭 공작님의 상속자가 된다 해도 절대로 이 이름을 바꾸지는 않을 것입니다.

로잘린드 우리 아버진 로랜드 경을 자신의 영혼처럼 사랑했어. 세상 사람들도 아버지처럼 생각했지. 만일 그분의 아드님이라는 걸 처음부터 알았다면 이런 모험을 눈물을 뿌려서라도 못하게 했을 거야.

실리아 언니, 우리 저 사람한테 가서 격려해 주면 어떨까? 아버지의 심술에 이제 진절머리가 난다니까. (올란도에게) 이봐요, 정말 멋지게 해내더군요. 약속하신 것보다 훨씬 더 잘 싸우더라고요. 씨름처럼 사랑의 약속도 그렇게 지킨다면, 당신의 연인은 참으로 행복할 거예요.

로잘린드 (목걸이를 풀어준다) 이봐요, 제 성의를 받아주세요. 운명의 여신에게 버림받지만 않았다면 더욱 좋은 선물을 드릴 텐데⋯⋯. 실리아, 가자꾸나. (돌아서서 간다)

실리아 (언니를 따라가면서) 알았어. 그럼 안녕히 가세요.

올란도 (독백) 왜 나는 감사하다는 말도 못하지? 이제 교양은 송두리째 사라지고 몸만 남은 허수아비란 말인가? 생명이 없는 인형에 불과한 건가?

로잘린드 그 사람이 우릴 부르고 있어. 오, 운명의 여신은 내 자존심마저 가져가 버렸나 봐. 어쨌거나 무슨 일인지 물어봐야겠어. (돌아선다) 혹시 절 부르셨나요? 오늘 정말 대단했어요. 당신이 때려눕힌 사람은 그자뿐만이 아니었어요. (두 사람이 서로 바라본다)

실리아 (소매를 잡아당기며) 언니, 이제 그만 가요.

로잘린드 알았어. 안녕히 계세요. (로잘린드와 실리아 퇴장)

올란도 (독백) 가슴이 타올라 헛바닥이 숯 덩어리가 되었나. 한마디도 말을 못하다니, 그녀는 내 말을 기다렸는데, 이 얼간이. (퇴장)

제 3 장 공작 궁궐의 한방

실리아와 로잘린드 등장.

실리아 언니, 제발 말 좀 해봐. 큐피드에게 간청해서라도 벙어리가 된 언니를 고쳐놔야겠네.

로잘린드 쓸데없는 말이나 할 텐데, 뭘.

실리아 그렇지 않아. 언니의 말이 정말 절실하다고! 제발 입에 곰팡이가 피기 전에 말 좀 해봐. 내 귀가 막힐 정도로 해보란 말야.

로잘린드 그러다가 우리 둘이 자리보전하고 누우면 어떡하니? 한쪽은 귀가 막혀 꼼짝 못하고, 한쪽은 할말이 없어서 그렇고.

실리아 큰아버지 때문에 그래?

로잘린드 아니. 군이 말한다면 내 아이 아빠 될 사람 때문이라고 해야겠지. 아, 왜 날마다 가시덤불을 쓰고 있는 기분일까.

실리아 언니, 가시덤불을 쓴 게 아니라 풀숲에 가다 보면 들러붙는 도깨비바늘이 달라붙은 거 아냐?

로잘린드 옷에 붙은 것이라면 털어내면 그만이지만 마음에 박힌 가시는 어쩔 수가 없잖아.

실리아 그런 건 기침 한번 크게 해서 털어버려.

로잘린드 오, 그렇게 못해.

실리아 그런 우스꽝스럽게 애태우지 말고 진지하게 이야기해 봐. 그런데 어떻게 그토록 빨리 로랜드 경의 막내아들을 열렬히 사랑할 수 있어?

로잘린드 우리 아버님도 그분의 아버님을 매우 좋아하셨어.

실리아 그러니까 언니도 그 막내아들을 열렬히 사랑한다는 거야? 그런 식의 논리라면 난 그분을 미워해야겠네. 우리 아빠가 그분의 아버님을 미워했으니까 말이야. 하지만 나는 그분을 미워하지 않아.

로잘린드 오, 안 돼. 나를 위해서라도 절대로 미워하지 마.

프레드릭 공작, 귀족들과 등장.

로잘린드 어머나, 숙부님이 오신다.

실리아 노기가 등등하시네.

프레드릭 로잘린드, 빨리 짐 챙겨 이곳을 떠나거라.

로잘린드 숙부님, 지금 저한테 하신 말씀이에요?

프레드릭 그래. 앞으로 열흘 안에 30킬로미터 밖으로 떠나거라. 그렇지 않으면 너는 목숨을 부지하기 어려울 것이다.

로잘린드 부탁이에요, 숙부님. 여길 떠나더라도 제 죄가 무엇인지 알고 싶어요. 저는 제 꿈과 제 자신을 잘 알아요. 만일 이게 꿈이거나 제가 실성했다면 몰라도 여태껏 저는 숙부님을 거역한 적이 한 번도 없어요.

프레드릭 반역자들은 늘 그렇게 말하지. 반역자들의 변명을 들어보면 하나같이 죄지은 적이 없다고 하지. 어쨌든 나는 너를 믿지 않아. 더 이상 무엇이 필요해.

로잘린드 숙부님이 저를 의심한다고 제가 반역자일 수는 없어요. 제발 의심스러운 부분만이라도 말씀해 주세요.

프레드릭 너는 네 아버지의 딸이라는 사실만으로도 충분해.

로잘린드 숙부님이 아버지의 영토를 찬탈했을 때나 추방했을 때 모두 저는 제 아버지의 딸이었습니다. 숙부님, 반역 행위는 유전되는 것이 아닙니다. 게다가 저의 아버지는 반역자가 아니었고요. 설사 제가 궁색하다 해서 반역하리라는 오해는 절대로 하지 마세요.

실리아 아버지, 저도 한 말씀만 드릴게요.

프레드릭 실리아, 저 애가 여기 있는 건 다 너 때문이야. 그렇지 않았으면 지금쯤 제 아버지와 함께 귀양살이하고 있겠지.

실리아 그건 꼭 저 때문만은 아니었죠. 아버지가 호의와 동정심을 베풀었기 때문이죠. 그땐 제가 너무 어려서 언니의 인품을 몰랐던 거예요. 하지만 지금은 알아요. 언니가 반역자라면 저도 반역자예요. 우리들은 한시도 떨어진 적이 없으니까요. 우리 두 사람은 같이 자고 함께 일어나 공부하고 놀이와 식사를 같이 할 뿐 아니라 어디를 가거나 비너스의 꽃수레를 끄는 두 마리의 백조처럼 항상 같이 있었습니다.

프레드릭 넌 저 애의 속마음을 몰라. 저 애가 얼마나 교활한지. 단정한 외모와 인내심으로 사람들의 호감과 동정심을 한몸에 받고 있어. 이 어리석은 것아, 저 애만 없더라도 네 재능과 미덕이 훨씬 더 빛났을 거야. 그러니 잠자코 이 아버지 말을 들어. 내 선고가 내려지면 취소가 불가능하다는 것쯤은 알고 있겠지? 저 애를 추방한다. (공작과 귀족들 퇴장)

실리아 오, 가여운 언니! 어디로 가야 하지? 아버지를 바꿔야 할까봐. 우리 아버지를 드릴 테니 제발, 나보다 더 슬퍼하지 마.

로잘린드 좋아, 어디로 가지?

실리아 큰아버님을 찾아 아덴 숲으로 가면 어떨까?

로잘린드 맙소사, 너무 위험해. 처녀의 몸으로 그곳까지 갈 수는 없어. 미인은 황금보다 더 도둑들의 침을 흘리게 한단 말이야.

실리아 남루한 옷차림을 하고 얼굴에 흙칠을 하면 돼. 언니도 그렇게 해. 그렇게 꾸미면 도둑들한테 당하지 않고 무사히 찾아갈 수 있을 거야.

로잘린드 이렇게 하면 어떨까? 내가 키가 크니까 남장을 하는 것이? 허리춤엔 멋진 단검을 차고, 손에는 산돼지 사냥용 창을 들고 말이야. 그러면 속으론 겁을 담고 있어도 겉모습은 늠름한 사나이로 보일 테니까. 세상의 많은 남자들도 실제로 겁쟁이들이지만 용감한 척 허세를 부려서 세상을 지배한다고.

실리아 언니가 남자로 변장하면 이름은?

로잘린드 제우스의 시동 가니메데가 어떨까? 그럼 너는?

실리아 난 내 신세와 관련이 있는 것이라면 좋겠는데······. 음, 외톨이라는 뜻에서 엘리나가 어떨까?

로잘린드 그것도 좋겠다. 그런데 네 아버지의 어릿광대를 꾀어내 같이 가는 게 어때? 우리 여행에 많은 위안이 될 텐데.

실리아 아마 나와 함께라면 이 세상 끝까지 따라올 거야. 그 바보를 꾀어내는 건 나한테 맡겨. 자, 우리 가서 얼른 보석을 챙기자. 내가 도망간 줄 알면 나를 뒤쫓아올 테니 가장 안전한 방법을 생각해내 도망쳐야 돼. 우리는 추방당하는 것이 아니라 자유를 찾아서 떠나는 거야. (두 사람 퇴장)

제2막

제1장 아덴의 숲

노공작, 애미언스와 세 명의 귀족들이 사냥꾼 복장으로 등장.

노공작 여보게들 귀양살이가 어떤가? 이러한 생활도 차차 익숙해지니 저 궁궐에서 지내는 것보다 한결 낫지 않은가? 이 숲이 서로 험담만 일삼는 궁궐보다 위태롭지도 않고, 계절의 변화를 직접 피부로 느낄 수 있잖은가 말이오. 엄동설한의 차가운 바람이 사납게 휘몰아쳐 살을 저미는 듯하고 온몸이 오그라들 정도로 춥다 해도 나는 웃으며 이렇게 말할 수 있지. "이건 신하들의 아부가 아니라 오히려 충정이다." 역경이야말로 우리 인간에게 뭔가를 깨닫게 해준다. 옴두꺼비처럼 흉측하고 독도 뿜어내지만 머리에는 귀한 보석이 있지 않소? 이렇게 산 속에서 속세를 멀리 떨어져 살다 보니 나무들의 말을 듣고 흘러가는 개울물을 책으로 삼고 발에 채이는 돌멩이에서도 신의 가르침을 듣지 않소? 그러니 나는 이 생활에서 벗어나고 싶지가 않소.

애미언스 공작님이야말로 무엇이 행복인지 깨달은 분이십니다. 냉혹하고 무정한 운명을 이처럼 고요하고 멋진 인생으로 바꾸어 놓으셨으니 말입니다.

노공작 자, 그럼 사슴 사냥이나 나가볼까? 그런데 저 멍청한 얼룩사슴은 하필이면 제 영토에서 그 통통하게 살진 엉덩이에 화살을 맞아야 하다니……. 참으로 애석한 일이야.

귀족 1 실은 그렇습니다, 우울증에 걸린 제이퀴스도 그래서 한탄한답니다. 사슴 사냥을 하시는 공작님이야말로 공작님을 추방한 아우님보다 더 지독하다고요. 오늘도 저와 애미언스 경은 몰래 그 친구 뒤를 밟았죠. 그 친구는 개울가에 해묵은 뿌리를 묻은 상수리나무 아래 벌렁 드러눕더군요. 마침 그때 사냥꾼의 화살에 맞은 수사슴이 다리를 절룩거리며 왔습니다. 얼마나 신음소리를 내는지 사슴의 가죽이 찢어질 것만 같았습니다. 차마 눈뜨고 볼 수 없을 정도로 주먹만 한 눈물 방울을 주르륵 흘리면서 말이죠. 그 멍청한 사슴이 울적한 제이퀴스의 눈길을 받으며, 세차게 흐르는 개울가에 서서 얼마나 많은 눈물을 흘려대는지 시냇물이 불어날 지경이었죠.

노공작 제이퀴스는 뭐라고 하더냐? 그 사슴을 보며 현자나 되는 것처럼 지껄이지 않더냐?

귀족 1 그랬다니요. 청산유수와 같이 비유를 늘어놓더군요. 부질없이 개울물에 눈물을 보태는 사슴을 보며, "불쌍한 것!" 이렇게 말을 꺼내더니, "너도 세상의 속물들처럼 유산을 분배하나 보구나. 지금도 넘쳐나는데 네 몫까지 얹어주다니." 그러고는 다른 사슴들로부터 외톨이가 된 걸 보고는 "당연한 일이야. 불행해지면 친구도 멀

어진단다"고 하더군요. 잠시 후에 포식한 사슴들이 떼를 지어 수사슴 곁을 본 척 만 척하며 무심하게 지나가자 제이퀴스가 버럭 소리를 질렀습니다. "썩 꺼져라, 살지고 기름진 것들아! 세상 인심이 그럴진대 너희들이라고 다르겠느냐. 저 불쌍한 것을 돌아볼 필요가 없겠지." 이렇듯 제이퀴스는 나라며 궁궐이며 도시에 이르기까지 독설을 퍼부어댔지요. 그것만으로 성이 차지 않았는지 우리들의 생활까지도 비방하더군요. 폭군보다 더한 자들이라서 연약한 사슴을 위협하고 죽이면서 그들의 보금자리를 침범했다는 거죠.

노공작 그래, 그가 아직도 거기에 있는가?

귀족 2 예, 그럴 겁니다요. 흐느껴 우는 사슴을 보고 울며 비방하는 걸 보고 우리는 그냥 돌아왔습니다.

노공작 그곳으로 갈 테니 안내하거라. 우울증에 빠진 그 친구와 얘기하는 것이 즐겁다. 그 친구는 매우 뼈 있는 이야기를 하지.

귀족 2 예, 제가 안내하겠습니다. (모두 퇴장)

제 2 장 올리버의 집 근처 정원

올란도와 애덤이 다른 곳에서 등장.

올란도 누구냐?

애 덤 어이구, 막내도련님이시군요. 어지신 도련님, 로랜드 경을 쏙 빼닮은 도련님, 아니 무슨 일로 이런 곳까지 오셨어요? 어쩌면 사람들이 도련님을 그렇게 좋아하는지, 친절하신 데다 힘까지 세시고 용감하신지……. 오, 도련님, 어쩌자고 변덕이 죽 끓는 공작의 힘센 씨름꾼을 패대기치셨어요? 도련님, 그것도 모르세요? 사람에 따라선 미덕이 도리어 원수가 된다는 거 말이에요. 도련님의 경우가 그래요. 도련님의 미덕은 오히려 웃으며 뺨을 치는 배신자랍니다. 오, 무슨 놈의 세상이 이렇게 요지경속이람. 미덕을 지닌 사람이 도리어 화가 되는 세상이니.

올란도 도대체 무슨 말인가?

애 덤 오, 불행한 도련님. 이 집 문턱에 들어설 생각은 아예 마세요. 이 지붕 아래에는 도련님의 미덕을 증오하는 적이 살고 있습니다. 도련님의 형님이, 아냐, 형님이 아니라 아드님이, 아냐, 아드님도 아니지. 절대로 아드님이라고 입에 담지 않을 거요. 하마터면 돌아가신 어르신을 욕되게 할 뻔했네. 어쨌거나 그 양반이 도련님에 대한 칭찬이 자자하자 오늘 밤 도련님 방에 불을 지를 계획이랍니다. 만일 이 일도 실패하면 다른 방법을 써서 도련님을 요절낼 작정입죠. 그 양반이 흉계를 꾸미는 걸 이 귀로 똑똑히 들었습니다요. 여기는 사람이 살 곳이 못 돼요. 도살장이란 말이에요. 어서 피하는 게 상책이에요.

올란도 그럼 애덤, 나는 어디로 가지?

애 덤 이 집만 아니라면 어디든 상관없지요.

올란도 그럼 내가 떠돌아다니며 거지 노릇을 하란 말이냐? 아니면 대로상에서 칼을 휘둘러 비열한 강도 짓이라도 하란 말이냐? 뾰족한 수가 없으니 그럴 수밖에 없겠지. 하지만 어찌 되든 그 짓만은 못해. 그럴 바에야 차라리 형의 흉계에 내 몸을 맡기는 게 낫지.

애 덤 그래선 안 되죠. 저한테 500크라운이 있습니다. 아버님 밑에서 밤낮으로 일해 품삯으로 받은 돈이지요. 자, 몽땅 드릴 테니 저를 하인으로 일하게 해주십쇼.

올란도 오, 정말 고맙구려! 정말 영감님은 흔히 볼 수 있는 분은 아니오. 땀도 출세를 위해서가 아니면 흘리지 않는 세상에 이런 분이 계시다니. 그러나 가여운 영감님, 당신은 이미 썩은 나무를 가꾸려고 하는 셈이오. 아무리 구슬땀을 흘려 키운다 해도 꽃 한 송이 피어날 수 없는 몹쓸 나무라오. 그래도 좋다면 함께 떠납시다.

애 덤 좋습니다, 도련님. 제가 이 세상을 하직할 때까지 정성과 충성을 다 바치겠습니다. (두 사람 퇴장)

제 3 장 아덴의 숲

변장한 로잘린드와 실리아, 터취스턴 등장.

로잘린드 오, 제우스 신이시여, 저는 더 이상 갈 수가 없습니다!

터취스턴 다리만 아프지 않다면 제우스고 뭣이고 상관하지 않을 텐데.

로잘린드 오, 남장체면이고 뭐고 가릴 것 없이 여자처럼 펑펑 울었으면 좋겠네. 하지만 조끼와 바지를 입은 몸으로 치마를 입은 허약한 여인 앞에선 용기 있게 행동해야 해. 엘리나, 힘을 내.

실리아 제발, 더 이상 못 가겠어.

터취스턴 하지만 저로서는 공주님을 업고 괴로움을 당하는 것보다는 괴로워하는 공주님을 보는 것이 차라리 낫지요. 업어다 드릴 수도 있습니다만, 뭐 생기는 게 없을 것 아뇨. 보나마나 공주님 지갑은 한 거울일 텐데 말이죠.

로잘린드 오, 여기가 바로 아덴의 숲이구나.

터취스턴 그렇습니다요. 저도 지금 아덴의 숲 속에 있는걸요. 저는 전보다 더 바보가 되었나 봐요. 집에 죽치고 있었다면 이런 생고생은 하지 않았을 텐데 말이죠. 하지만 뿌리가 뽑혀 바람에 불려다니는 나그네들은 고생도 참아야 한다고 했지요.

로잘린드 그래, 참아. 가만, 저기 누가 오네. 젊은이와 노인이 아주 심각한 얘기를 나누고 있네.

코린과 실비어스 등장.

코 린 그따위 짓을 하니 여자한테 괄시를 받는 거야.

실비어스 제가 얼마나 그 여자를 사랑하는지 영감님은 모를 거예요!

코 린 그걸 왜 몰라. 누구 왕년에 사랑 안 해 본 사람 있나.

실비어스 나이 든 영감님께서 알 턱이 있을 리가요. 물론 젊은 시절엔 사랑에 빠져 베개를 껴안고 한숨을 지으며 밤을 새운 적이 있겠지만요. 정말이지 사랑 때문에 어리석은 짓을 저질렀단 말이죠?

코 린 하도 많아서 다 기억할 수도 없어.

실비어스 그것이 바로 영감님이 진실한 사랑을 한 적이 없다는 증거예요! 사랑 때문에 저지른 건 하찮은 바보짓이라도 그걸 일일이 기억하지 못한다면 그건 진실로 사랑하지 않았던 거죠. 저처럼 남이 듣기 싫어하든 말든 자나깨나 애인을 자랑한 적이 없다면 영감님은 사랑을 한 게 아니에요. 지금 저처럼 불타는 연정을 참지 못해 친구들을 버리고 뛰쳐나온 적이 없다면 영감님은 사랑을 못해 본 거예요. 오, 피비, 피비, 피비! (얼굴을 손으로 감싸고 퇴장)

로잘린드 오, 가여워라! 네 상처에 귀 기울이다 보니 내 상처를 건드리고 말았구나.

터취스턴 저 역시 그래요. 아직도 잊을 수 없는걸요. 제가 어떤 여자에게 반했을 때 칼로 돌을 쳐대며 만일 한밤중에 제인 스마일에게 접근하는 녀석이 있으면 본때를 보여주겠다고 으르렁댔죠. 그리고 아직도 생각납니다만, 그녀의 빨래 방망이에다 키스도 하고, 어떤 때는 그녀의 고운 손으로 짠 젖소의 젖꼭지에도 키스를 했지요. 완두깍지를 그녀라고 가정한 뒤 콩알 두 개를 꺼냈다가 다시 넣으며 슬픈 목소리로 이렇게 말하기도 했죠. "나를 위해 이것을 몸에 지녀요"라고. 정말로 사랑에 빠지면 사람들은 자기도 모르게 미친 짓을 하나 봐요. 세상 만사가 덧없는 것처럼 사랑을 하면 바보가 되나 봐요.

로잘린드 생각보다 말을 재치 있게 하는걸.

터취스턴 물론입죠. 제 머리를 정강이로 박살내기 전까지는 본디 지닌 재치가 어디로 가겠습니까?

로잘린드 아아, 저 양치기의 불타는 정열은 어찌 그리 나와 똑같을까.

터취스턴 저 역시 그래요. 이제 제 정열은 꺼져 재만 남았습니다만.

실리아 누구든 좋으니 저 사람에게 가서 먹을 것을 팔으라고 해. 배고파 죽을 지경이야.

터취스턴 여보슈, 시골양반!

코 린 젊은 양반님네들 안녕하슈?

로잘린드 실은 부탁 좀 드리겠습니다. 혹시 이 한적한 곳에 저희들이 쉬어 갈 수 있는 집이 있습니까? 돈을 내도 좋고 인정을 베풀어도 좋으니, 좀 쉬면서 식사나 할까 싶군요. 여기 있는 아가씨가 너무 지쳐서 한 발짝도 옮길 수도 없답니다.

코 린 젊은 양반, 참으로 딱하게 됐구먼요. 제 욕심 때문이 아니라 제가 아가씨한테 도움을 줄 수 있을 만큼 부자라면 얼마나 좋겠소. 하지만 저는 돌보는 양의 터럭 하나도 마음대로 할 수 없는 양치기 머슴이지요. 주인이란 작자는 남에게 친절을 베풀어 천당 갈 생각은 털끝만치도 없는 천하의 수전노이고요. 게다가 주인은 양떼와 양우리, 목장을 모두 팔려고 내놓은 형편이에요. 더구나 지금은 주인이 집에 없다 보니 요기할 만한 것이라곤 전혀 없습죠. 어쨌거나 가봅시다. 저야 충심으로 환영합니다만.

로잘린드 주인댁 양떼와 목장을 사겠다는 사람이 나왔습니까?

코 린 조금 전에 여기 있었던 젊은이죠. 그런데 사고 싶은 의향이 전혀 없는 것 같더군요.

로잘린드 그러면 내 부탁 하나만 합시다. 믿고 살 수 있는 거라면, 양우리와 목장, 양떼들을 영감님이 사주십시오. 돈은 우리가 낼 테니.

실리아 영감님의 임금도 넉넉히 드리죠. 나는 이곳이 좋아. 이런 곳이라면 즐겁게 지낼 수 있을 것 같아.

코 린 어쨌든 파는 건 분명합니다. 함께 가서 얘기를 들어보신 후에도 이곳 생활이 마음에 드신다면 저야 기꺼이 여러분의 충직한 양치기가 되겠소. 쇠뿔도 단김에 뺀다고, 돈을 주시면 즉시 사도록 하지요. (모두 퇴장)

제 4 장 숲 속

올란도와 애덤 등장.

애 덤 도련님, 이젠 한 발짝도 더 걸을 수가 없습니다. 배고파 죽을 지경이에요. (쓰러진다) 전 여기에 누워 제 무덤 자리로 해야겠어요. 그럼 안녕히 계세요, 도련님.

올란도 애덤, 도대체 왜 이래요? 정말 기진했단 말이오? 오, 나를 위해서 라도 좀 더 살아야 해요. 조금만 참고 기운을 내봐요. 이처럼 깊숙한 산 속에서 맹수라도 튀어나오면, 내가 그 놈의 밥이 되든지 아니면 내가 그 놈을 때려잡아 영감을 먹일 테니 제발……. 영감이 죽는다는 건 기 진해서가 아니라 심약해져서요. (애덤을 일으켜 나무에 기대어 놓는다) 나를 위해서라도 힘을 내줘요! 눈앞에 저승사자가 와 있더라도 물리쳐 봐요. 내 먹을 것을 가지고 금방 돌아올 테니 제발 정신을 차려요. 만일 그때 먹을 것을 갖고 오지 않으면 죽어도 좋지만, 내가 오기 전에 죽으 면 영감이 내 수고를 조롱하는 꼴밖에 안 돼요. (애덤 미소를 짓는다) 자, 이제 기운이 나나 보군. 내 금방 돌아올게. 오 여긴 바람받이군. (두 팔로 껴안으며) 좀 더 아늑한 곳으로 데려다 주리다. 이 황량한 숲 속에 무슨 생물이든 살고 있는 한 영감을 굶겨 죽이지는 않을 거요. 자, 착한

애덤, 기운을 내요. (두 사람 퇴장)

제5장 숲 속

노공작, 애미언스, 귀족들 등장.

노공작 그 친구, 짐승으로 둔갑했나 보군. 그 친구의 코빼기도 찾아볼 수가 없으니.

귀 족 공작님, 방금 여기서 노래를 듣고 갔습니다. 몹시 좋은 기분이던걸요.

노공작 불평 불만으로 가득 찬 그가 조용히 노래를 듣다니, 내일은 해가 서쪽에서 뜨겠구먼. 그 친구를 찾아보게. 찾거든 할 얘기가 있다고 전하게.

제이퀴스 숲 사이로 등장.

귀 족 호랑이도 제 말하면 온다더니, 양반은 못 됩니다.

노공작 자네, 어찌된 일인가? 자네를 만나려고 친구들이 안절부절못하니 말일세. 그런데 자넨 오늘 기분이 좋아 보이는군!

제이퀴스 (웃음을 터뜨리면서) 바보, 바보를 보았습니다! 숲에서 얼룩옷을 입은 바보를 만났죠. 참 세상은 요지경 속입니다. 그 친구는 땅

뜻대로 하세요 | 329

바닥에 벌러덩 드러누워 햇볕을 쬐면서 운명의 여신을 저주하더군요. 얼룩옷을 입은 바보가 말입니다. 제가 가까이 다가가 "안녕하십니까, 바보 양반" 하고 넌지시 말을 걸었더니, "그렇게 부르지 마시오. 운명의 여신이 나를 돌볼 때까지는 나를 바보라고 부르지 마시오"라고 대꾸하더군요. 그러고 나서 호주머니에서 해시계를 꺼내더니 초점없는 눈으로 바라보며 아주 똑똑하게 말하는 거였어요. "열시군. 이것만으로도 세상이 돌아간다는 걸 알 수 있소. 한 시간 전에는 아홉시였으니까 한 시간 후는 열한시가 될 거요. 이처럼 우리는 시시각각으로 썩어가는 거지. 이것이 바로 문제요." 그 얼룩옷을 입은 바보가 시간에 관한 교훈을 늘어놓을 때 갑자기 제 허파에서 수탉이 울 듯 웃음이 터지기 시작했습니다. 그래서 우린 그 친구의 해시계로 쟀을 때 한 시간 내내 웃었습니다. 오, 바보치곤 존경할 만했죠. 단 얼룩옷 한 벌뿐이었지만 귀티가 흘렀죠.

노공작 그 바보는 도대체 어떻게 생겼던가?

제이퀴스 오, 참으로 존경할 만한 바보는 궁궐에도 있었답니다. 그래서 젊고 아름다운 귀부인들을 보면 금세 알아볼 수 있다나요. 그 친구 머리는 항해를 마친 뒤 먹다 남은 비스킷처럼 바싹 말랐지만, 속은 진기한 얘기로 꽉 차 있더군요. 아아, 저도 그런 바보가 되어 봤으면! 얼룩옷을 입어 봤으면.

노공작 소원이라면 내 한 벌 맞춰 주지.

제이퀴스 그 옷이야말로 제가 바라던 옷입니다. 그리고 공작님께서도 여태껏 절 현자로 과대 평가하셨는데 그것만은 공작님 머릿속에서 싹 지워 주십시오. 그래야 그 옷을 입고 거침없는 바람처럼 자유롭게 아무에게나 마음 내키는 대로 말을 할 수 있을 테니까요. 바보에게 공박당한 현자는 아파도 안 아픈 척하는 것처럼요. 아픈 척하면 바보가 더욱 공격할 테니까요. 저에게 얼룩옷을 입혀 주십시오. 그런 특권을 주세요. 그렇게만 해주신다면 전염병으로 썩어가는 이세상의 병균을 낱낱이 밝혀 보겠습니다.

노공작 허튼 소리 말게. 난 자네 속셈을 알고 있어.

제이퀴스 맹세컨대 착한 일만을 하고 싶습니다.

노공작 남을 징죄하는 것이 죄 중에서도 가장 지독한 죄이네. 본디자네도 짐승의 본능 못지 않게 음란하게 살아왔지 않느냐? 온갖 음탕하고 방탕한 행동으로 인해 진물나고 곪아터진 상처를 이제 이 세상에 털어놓겠다는 거냐?

제이퀴스 제가 이 세상의 오만을 비난한다고 해서 특정한 개인을 비난하는 일은 아니잖습니까? 어떤 점에서 제 독설이 누구를 해쳤단말씀인가요? 제 독설로 인해 상처를 입은 사람이 있나요? 만일 상처를 입었다면 자신이 나쁘다는 증거입니다. 그렇지 않으면 제 독설은아무에게도 상처를 주지 않고 갈매기처럼 허공을 날아다닐 겁니다.누가 오고 있군요?

칼을 뽑아 든 올란도 등장.

올란도 꼼짝 마라. 그만 먹어!

제이퀴스 아니, 먹긴 누가 먹고 있냐? 이 수탉 같은 녀석!

노공작 감히 누구 앞이라고 무엄하게 구는 거냐. 궁색해서 그런 건가, 아니면 예의범절에 어두운 비천한 상놈인가?

올란도 궁색해서 그렇다. 굶다 보니 예의범절이고 체면이고 가릴 처지가 아니다. 나도 도회지에서 자라나 예의범절을 알아. 이봐, 거기 꼼짝 마. 그 과일에 손을 댔다간 죽을 줄 알아.

제이퀴스 (건포도를 한 움큼 집어들며) 말로는 안 통할 친구군. 그러니 나야 죽을 수밖에 없군.

노공작 원하는 게 뭐냐? 오는 말이 고와야 가는 말도 고운 법, 공손히 간청하면 우리가 도와줄 게 아닌가.

올란도 굶어죽기 직전이다. 먹을 것을 다오.

노공작 그럼 앉아서 먹게나. 자, 식탁으로 가자.

올란도 그렇게 친절하게 말씀하시니 몸둘 바를 모르겠습니다. 제 무례함을 용서해 주십시오. 여기엔 모두 야만인들만 사는 줄로 알고 거친 말과 난폭한 행동을 했습니다. 여러분은 누구신지, 왜 이처럼 황량하고 인기척이 드문 곳에서 이렇게 유유자적하시고 계신지 모르겠습니다. 보아 하니 한때 행복한 세월을 보내셨고, 교회 종소리에 이끌려 교회를 다니신 적이 있고, 귀족들 잔치에 초대받아 가기도 하셨고, 옷깃에 눈물을 적신 적이 있다면, 동정을 주고받는 것도 아시리라 생각합니다. 말랑말랑한 호의야말로 대단한 힘이 되지요.

이러한 뜻에서 부끄러운 마음으로 칼을 집어넣겠습니다.

노공작 사실 네 말대로 우리는 호화로운 생활도 했고, 교회에 나가기도 했고, 홀륭한 사람들의 연회에도 초대를 받았고, 연민의 눈물도 흘리며 살았다. 그러니 마음 푹 놓고 필요한 만큼 요기를 하라.

올란도 그럼 잠시만 음식을 이대로 놔두십시오. 사실은 새끼사슴처럼 제가 먹이를 구해 가지고 오기를 기다리는 노인이 있습니다. 그 노인은 오로지 나에 대한 충성심으로 무거운 다리를 끌고 여기까지 험난한 길을 왔습니다. 그 노인이 먹기 전에 저는 먹을 수가 없습니다.

노공작 그럼 어서 가서 그 자를 데려오게. 우린 손도 대지 않을 테니.

올란도 감사합니다. 어르신네의 친절에 신의 축복이 있기를! (퇴장)

노공작 보다시피 우리만 불행한 것은 아니다. 이 넓디넓은 세계라는 무대에선 우리들이 연기하는 장면보다 훨씬 더 비참한 연극이 벌어지고 있지.

제이퀴스 이 세상은 하나의 무대요, 모든 인간은 제각각 맡은 역할을 위해 등장했다가 퇴장해 버리는 배우에 지나지 않죠. 그리고 살아생전에 여러 가지 역할을 하는데 연령에 따라 7막으로 나눌 수 있죠. 제1막은 아기역을 맡아 유모 품에 안겨 울어대며 보채고 있죠. 제2막은 개구쟁이 아동기로 아침 햇살을 받으며 가방을 들고 달팽이처럼 마지못해 학교로 가죠. 제3막은 사랑하는 연인들이 서로를 그리워하며 강철도 녹이는 용광로처럼 한숨을 지으며 애인을 향해 세레나데를 부르지요. 제4막은 군대 가는 시기로 이상한 표어나 명예욕에 불타올라 걸핏하면 눈에 핏발을 세우고 대포 아가리 속으로라도 달려들려고 하죠. 제5막은 법관으로 뇌물을 받아먹어 뱃살이 두둑해지고 눈초리는 날카롭고 현명한 격언과 진부한 말들을 능란하게 늘어놓으며 자기 역을 훌륭하게 해내죠. 제6막은 수척한 늙은이가 나오는데 콧등에는 돋보기가 걸쳐져 있고, 허리에는 돈주머니를 차고, 젊었을 때 해질세라 아껴둔 긴 양말은 정강이가 말라빠져 헐렁하고, 사내다웠던 굵은 목소리는 애들 목소리처럼 가늘게 변해 삑삑 소리를 내죠. 마지막으로 제7막은 파란만장한 인생살이를 끝맺는 장면으로, 제2의 유년기랄까, 이도 다 빠지고 오로지 망각의 시간으로 눈은 침침하고 입맛도 없고 세상만사가 모두 허무할 뿐이죠.

올란도가 애덤을 업고 다시 등장.

노공작 어서 오시오. 그 노인을 내려놓고 먹을 것을 드리지.

올란도 노인을 대신해서 감사합니다.

애 덤 제가 마땅히 인사드려야 하는데 기운이 없어 감사의 말조차 할 수 없군요.

노공작 자, 어서 들구려. 지금은 심히 괴로울 테니 여러 가지 것을 묻지는 않겠소. 자, 여봐라, 풍악을 울려라. (애이먼스가 노래하는 가운데 모두 퇴장)

제 3 막

제 1 장 궁전

프레드릭 공작, 올리버, 귀족들 등장.

프레드릭 아니, 그 이후론 본 적이 없다고? 어리석은 소리 하지 마라. 내가 인정머리가 없었다면 그놈 대신 너에게 한풀이했을 것이다. 그러니, 잘 들어라. 당장 네 동생을 찾아 대령하라. 그 놈이 어디 있든 죽었든 살았든 간에 1년 안으로 찾아오라. 그렇지 못하는 날엔 너는 이곳에서 살 생각을 아예 하지 말아라. 내가 네 토지와 재산을 모조리 몰수할 것이다. 네 동생의 입을 통해 너의 혐의가 풀릴 때까지 말이다.

올리버 오, 공작님께서 제 마음을 헤아려 주십시오. 소생은 여태껏 동생 놈을 한 번도 사랑한 적이 없습니다.

공 작 보자보자 하니 괘씸한 놈이구나. 이 놈을 당장 밖으로 끌어내라. 담당관은 가서 이 놈의 토지와 가옥을 몰수하라. 그리고 이 놈을 당장 추방하라. (모두 퇴장)

제 2장 숲 속

올란도가 종이 쪽지를 들고 등장.

올란도 내 노래여, 나뭇가지에 매달려서라도 내 사랑을 증언해 다오. 그대 세 개의 관을 쓴 밤의 여왕 달님이여, 파리한 창공에서 맑은 눈 길로 지켜봐 주소서. 내 운명을 지배하는 여신이자 사냥꾼인 아름다운 여인을……. 오, 로잘린드! 이 나무 껍질을 종이로 하여 내 사랑을 새겨 넣으리라. 이 숲에 사는 수많은 사람들이 그대의 미덕을 알아볼 수 있도록. 오, 달려라, 달려! 올란도야, 그녀의 이름을 모든 나뭇잎에 적어라. 이루 말로 다 표현할 수 없는 그녀의 미덕을. (코린과 터취스턴 등장)

코 린 영감님, 양치기 생활은 마음에 드시나요?

터취스턴 매우 좋아. 즐거운 생활이면서도 보잘것없는 생활이기도 하지. 이런 생활이 외롭다는 건 좋지만 너무 고독해서 재미가 없지. 전원 생활이라는 점에서는 무척 마음에 들지만 궁궐 생활이 아니라서 지루하고, 검소한 생활이라는 점에선 좋지만 풍족하지 못하니 허기가 져서 탈이지. 자넨 이 생활에 무슨 철학이라도 갖고 있나?

코 린 소생이 알고 있는 거라곤 사람이란 병이 들수록 아프다는 겁니다. 돈 없고 힘 없고 백 없는 사람은 좋은 친구 셋을 두기도 어렵다는 거죠. 비의 속성은 적시는 데 있고 불의 속성은 태운다는 데 있다는 것쯤 압니다. 목장이 좋으면 양이 살찌고, 밤이 어두운 것은 태양이 없기 때문이죠. 교육을 제대로 받지 못했든 돌대가리든 지혜롭지 못한 자는 가문이 변변치 않거나 좋은 씨가 아니기 때문이죠.

터취스턴 자네야말로 타고난 이야기꾼이군.

코 린 저기 가니메데 도련님이 오십니다요. 소인의 새 주인의 오라버니이십니다.

로잘린드, 종이 쪽지를 읽으면서 등장.

인도의 온 나라를 찾아봐도 로잘린드같이 귀중한 보배는 없나니
그녀의 미덕은 바람을 타고 온 세상에 떨치네.
오묘하게 그린 그림도 로잘린드에 비하면 오직 추할 뿐이니…….
오로지 로잘린드의 고운 모습만을 가슴에 영원히 간직하리.

터취스턴 이런 식으로 운을 맞춘다면 나도 8년간은 할 수 있겠네요. 먹고 자는 시간을 빼놓아야겠지만 말이에요. 왠지 이 노란 버터 장사 아낙들의 걸음걸이 같군요.

로잘린드 저리 가, 바보야.

수사슴이 암사슴 그리면 어서어서 찾아라 로잘린드

고양이도 짝을 찾아 사랑하면 못할 리 없으리 로잘린드

겨울옷도 안을 댄다면 따뜻이 입어요 야윈 로잘린드

벼를 베어 단으로 묶으면 마차에 실으세 로잘린드

알맹이 달고 껍질이 쓰면 그런 알맹이 바로 로잘린드

어여쁜 장미꽃 찾은 사람은 사랑의 가시 만나리라 로잘린드.

터취스턴   이건 말 달리듯 마구 뛰는 엉터리 노래죠. 어쩌다 그 따위 몹쓸 병에 걸리셨소?

로잘린드   쉬, 팔푼이. 그건 나무 위에 걸려 있었던 거라고.

터취스턴   젠장, 고약한 열매가 여는 나무군.

로잘린드   그 나무를 너와 접붙였다가 다시 모과나무에 접붙여야겠어. 그럼 이 고장에서 가장 일찍 열매를 맺을 것이 아닌가. 그렇게 되면 너는 반도 채 익기 전에 썩어 떨어질 게다. 그게 바로 모과나무의 특징이거든.

터취스턴   멋진 말씀입니다. 과연 그 말씀이 옳은지 그른지 이 숲이 판단하게 하십시다요. (실리아가 종이 쪽지를 들고 읽으며 등장)

로잘린드   쉿! 내 동생이 무언가 읽으면서 오고 있어. 숨자.

실리아   (읽는다)

이곳이 이토록 쓸쓸한 것은 사람이 살지 않아서인가?

아니다, 나무마다 우리의 혀를 달아 말을 토해 놓도록 할까?

나그네 길을 가는 사람의 목숨 덧없어

기껏 한 뼘 길이의 수명이라고 영혼의 맹세도 깨어지더라고

예쁜 나뭇가지마다 말끝마다 나는 쓰리라.

나의 말 마디마디마다 로잘린드의 이름 적어놓고

읽는 사람 모두에게 가르쳐 주자.

신들의 정성으로 로잘린드는

용모와 눈동자, 심성이 빼어나게 태어났도다.

이 모두 하느님의 은총이니,

이 목숨이 있는 한 그녀의 종으로 살리라.

로잘린드 오, 친절도 하셔라! "여러분, 잠깐만 참으세요"라는 말도 하지 않은 채 이 길고도 지루한 사랑의 설교를 사람들을 괴롭히다니.

실리아 (깜짝 놀라며) 어머, 너무해요! 몰래 숨어서 엿들다니 나빠요. 양치기 양반도 저리 가요. 너, 어릿광대도 저리 가고.

터취스턴 어이, 양치기 친구! 명장은 후퇴할 때를 아는 법, 어서 빨리 줄행랑치는 게 최선책이다. (코린과 터취스턴 퇴장)

실리아 언니, 그 시 들었지?

로잘린드 응, 전부 다 들었어. 그런데 어떤 구절은 너무 장난스럽더라.

실리아 그게 문제가 아냐. 언니 이름이 나무와 줄기마다 새겨져 있는 걸 보고도 놀라지 않았어?

로잘린드 네가 오기 전 이미 놀랄 건 다 놀랐다. 아참, 이것이 종려나무에 걸려 있었어. 피타고라스 시대 이후로 내가 시의 주인공이 된 건 이번이 처음이지. 그 시대에 난 아일랜드의 생쥐였는지도 몰라. 지금은 기억이 없지만.

실리아 누가 이런 장난을 했을까? 아마 언니가 걸고 있던 목걸이를 건 사람일 거야. 어머나, 언니 얼굴 좀 봐.

로잘린드 얘는, 그 사람이 누군데?

실리아 오, 하느님! 산과 산도 지진이 나면 서로 만나거늘, 친구와 친구가 만나는 게 왜 이토록 어려울까요? 정말 몰라?

로잘린드 정말이야. 제발 누군지 가르쳐줘.

실리아 어쩌면 이런 일이! 도저히 있을 수 없는 일이야. 기가 막혀 말이 안 나오네. 왜 그분 있잖아, 찰스의 다리와 언니의 마음을 순식간에 고꾸라뜨린 분, 올란도라는 분 말이야.

로잘린드 너, 정말 날 놀릴래! 농담은 그만하고 진실을 말해 봐.

실리아 정말이야. 그분이야.

로잘린드 올란도?

실리아 그래.

로잘린드 오, 어쩌면 좋아! 이 바지와 조끼를 어쩌지? 네가 그분을 봤을 때 뭘 하고 있었니? 표정은 어땠어? 어떤 복장이었어? 여긴 왜 왔는데? 내 얘기를 물었어? 어디 계시대? 헤어질 때 아무 말도 안 했어? 언제 만난다는 말 같은 것? 말해 줘, 얼른.

실리아 언니 물음에 대답하려면 거인 가르간튜어의 입을 빌려야겠네. 그렇지 않고서는 어떻게 요 조그마한 입으로 한꺼번에 다 말해?

로잘린드 그분은 내가 남장하고 있는 걸 알고 있니? 씨름하던 날처럼 원기 왕성하던?

실리아 사랑하는 사람의 물음에 답하느니 바닷가 모래알을 세는 게 낫겠어. 어쨌거나 내가 어떻게 그분을 만났는지 얘기할게. 그분은 땅에 떨어진 도토리처럼 나무 아래 앉아 있었어. 몸을 쭉 뻗고 마치 부상당한 기사처럼 누워 있었어.

로잘린드 보기에 딱한 광경이지만 배경에 딱 어울리는 모습이구나.

실리아 언니, 제발 그 입 좀 다물어 봐. 그분의 옷차림은 사냥꾼…….

로잘린드 어머나, 이제 내 심장을 쏘려고 왔나 보다.

실리아 그렇게 장단을 넣으면 말 안 한다. 쉿, 그분이 여기로 오네.

로잘린드 그분이야. 우리 숨어서 지켜보자. (실리아와 로잘린드 나무 뒤로 숨는다)

올란도와 제이퀴스 등장

제이퀴스 만나 뵈서 반가웠소. 사실은 혼자 있고 싶었지요.

올란도 동감입니다. 저도 예의상 당신을 뵈어 기쁘다고 감사를 올리는 겁니다.

제이퀴스 안녕히 가시오. 우리 되도록 가끔 만납시다.

올란도 아니, 서로 모른 척하고 지내는 게 좋겠군요.

제이퀴스 제발 부탁이오. 앞으로는 나무 껍질에 연서를 새겨 나무를 괴롭히지 마십시오.

올란도 나 역시 부탁하건대 제 시를 엉터리로 읽어 왜곡시키지 말아 주셨으면 합니다.

제이퀴스 로잘린드가 애인 이름이오?

올란도 예.

제이퀴스 그 이름이 마음에 들지 않소.

올란도 당신 마음에 들고 지은 이름은 아닐 테니까요.

제이퀴스 그 애인 되는 분 키는 얼마나 되오?

올란도 이 뜨거운 가슴에 와 닿을 정도죠.

제이퀴스 대답이 재미있군요. 대장간 아낙네들과 사건 적이 있나보오. 반지에 새긴 글귀를 많이 알고 있으니 말이오.

올란도 아뇨, 저는 벽걸이에 새긴 글귀를 외워 대답했죠. 당신 질문도 거기서 나온 듯해서 말이죠.

제이퀴스 대단히 재치 있군요. 당신 대답은 발빠른 아틀란타 신의 뒤축으로 만들었나보오. 상사병 선생, 안녕히. (인사를 한다)

올란도 가신다니 반갑군요. (인사를 한다) 안녕히 가세요, 우울증 양반.

제이퀴스 퇴장하고 로잘린드와 실리아 등장.

로잘린드 (실리아에게 방백) 건방진 하인처럼 말을 걸어 저 분을 놀려 줘야지. 여보세요, 사냥꾼 아저씨!

올란도 왜 그러시죠?

로잘린드 지금 몇 시죠?

올란도 오늘이 며칠이냐고 물으셔야죠. 숲 속에는 시계가 없으니까.

로잘린드 그렇다면 이 숲에는 진정한 연인도 없겠네요. 그런 사람이 있다면 1분마다 한숨짓고 한 시간마다 신음을 터뜨릴 테니 시간의 느린 발걸음을 시계처럼 정확히 측정할 수 있을 텐데요.

올란도 어째서 빠른 걸음걸이라고 하지 않습니까? 그게 더 적절한 표현일 것 같은데요.

로잘린드 그렇지 않습니다. 제 말 좀 들어보시지요. 시간의 걸음걸이는 사람에 따라 다르답니다. 시간은 사람에 따라 느릿느릿 기어가거나 종종걸음이거나 달리거나 아니면 완전히 서 있는 법이랍니다.

올란도 느리게 기어갈 땐 어떤 경우인가요?

로잘린드 네, 약혼식을 올린 처녀의 시간입니다. 비록 결혼할 날까지 일주일이 남았다고 하더라도 그 속도가 얼마나 느린지 7년처럼 긴 세월처럼 느껴지죠.

올란도 종종걸음으로 갈 땐 어느 경우요?

로잘린드 라틴어를 모르는 신부와 중풍을 앓아보지 못한 부자의 경우가 그렇죠. 신부는 공부할 것이 없으니 쉽게 잠이 들고 부자는 고통을 모르기 때문에 즐거울 수밖에 없지요. 신부는 부질없이 밤을 새면서 학문에 몰두할 필요가 없고, 부자는 가난의 고통을 알 턱이 없으니까요.

올란도 마구 달리는 경우는요?

로잘린드 교수대로 끌려가는 강도의 경우죠. 아무리 천천히 가려 해도 눈 깜짝할 사이거든요.

올란도 그럼 완전히 서 있는 경우는요?

로잘린드 휴정 기간의 변호사가 그렇죠. 다시 개정할 때까지 잠만 잘 테니 시간이 흐른다는 걸 알 턱이 없지요.

올란도 어쨌거나 미남 젊은이께선 어디에서 사시오?

로잘린드 이 양치기 누이동생과 이 숲 언저리에서 살지요.

올란도 이곳 태생이오?

로잘린드 저기 있는 토끼처럼 저도 태어난 곳에서 산답니다.

올란도 당신 말씨는 매우 세련되어서 시골티가 전혀 나지 않는구려.

로잘린드 흔히들 그렇게 말해요. 실은, 늙은 아저씨한테서 말과 교양을 익혔지요. 그분은 젊었을 적에 도시에서 살았거든요. 아저씨는 거기서 연애를 한 경험이 있어서 저에게 절대로 연애만은 하지 말라고 하셨어요. 여자와 연애를 하면 여자한테 붙어다니는 흉측한 죄에 물든다는 거지요. 그래서 난 여자로 태어나지 않은 것을 하느님께 감사한답니다.

올란도 여자한테 붙어다니는 죄악 가운데서 기억나는 것이 있소?

로잘린드 뚜렷이 기억나는 것은 없습니다. 반푼짜리 동전처럼 모두 비슷비슷했지요. 말하자면 도토리 키 재기 같은 것이었죠.

올란도 그 중에서 몇 가지만 얘기해 주시오.

로잘린드 싫어요. 상사병에 걸리지도 않은 사람에게까지 함부로 처방전을 줄 수는 없지요. 요즘 어떤 사나이가 이 숲 속을 쏘다니며 나무 껍질마다 '로잘린드' 라는 이름을 새기며 나무를 못살게 굴고 있답니다. 온통 연서와 시로 이 숲을 도배질하고 다니죠. 그 연애박사를 만나기만 하면 처방전을 줄 생각이에요. 분명 상사병에 걸린 듯하니까요.

올란도 그 사람이 바로 나올시다. 제발 내게 처방전을 주시오.

로잘린드 당신한테서는 아저씨로부터 들은 상사병 증세가 전혀 보이지 않는걸요. 저는 상사병 환자를 알아보는 법을 알고 있답니다. 아저씨가 가르쳐 주었거든요. 당신은 사랑의 새장 속에 갇힌 사람 같지 않아요.

올란도 상사병 증세가 어떤 거랍디까?

로잘린드 두 볼이 푹 패이고 눈이 쑥 들어간다는데 당신은 그렇지 않아요. 남과 말하는 것도 싫어하고, 수염도 깎지 않는다는데 당신은 그렇지 않아요. 그리고 양말대님은 풀어 헤쳐져야 하고, 모자끈은 풀려 있어야 하며, 소매단추와 구두끈이 풀려져 있어야 하는데 당신의 옷차림은 빈틈없이 단정하고 말쑥해요. 당신은 남을 사랑하는 것처럼 보이지 않고 자신을 사랑하는 사람처럼 보여요.

올란도 젊은이, 어떻게 하면 내가 사랑에 빠졌다는 걸 믿겠소?

로잘린드 나더러 믿으라고요! 당신의 연인한테 믿으라고 하는 편이 더 쉽겠지요. 그 연인은 이미 말로 믿는다고 하기 전에 믿고 있을 거예요. 그래서 여자들은 본의 아니게 양심을 속이지요. 그런데 정말 당신이 나무마다 연서를 걸어놓은 분인가요? 로잘린드를 찬미하는 시를요.

올란도 맹세코 젊은이여, 로잘린드의 백옥처럼 흰 손가락에 걸고 맹세하건대 그 사람이 바로 나요.

로잘린드 정말 당신의 사랑은 시 구절대로 그녀를 열렬히 사랑하나요?

올란도 시나 노래로 내 사랑을 다 표현할 수 없지요.

로잘린드 사랑은 광기일 뿐이에요. 그러니 미친 사람을 다루듯 캄캄한 광에 가두고 매질을 해야겠죠. 그러나 이 치료법도 통하지 않는 것은 매질하는 사람까지 사랑에 빠져 버리기 때문이죠. 그래서 폭풍같은 사랑은 충고로 고칠 수 있다고 봐요.

올란도 그런 방식으로 치료한 적이 있습니까?

로잘린드 네, 있습니다. 나를 그의 애인으로 가정한 뒤 날마다 그 사람으로 하여금 구애하도록 했지요. 난 변덕쟁이라서 때에 따라 슬픈 표정이나 따스한 표정을 지었어요. 그리고 연모의 정을 보이거나 쌀쌀맞게 대하고 공상에 잠겨 보기도 하고 경박하게 굴기도 하고 눈물을 쏟다가도 박장대소하기도 했고요. 바로 이러한 처방을 통해 당신의 간장을 건강한 양의 심장처럼 깨끗하게 씻어내 상사병을 치료해드릴 수도 있어요.

올란도 젊은이, 그런 방식으로 날 치료할 수는 없을 거요.

로잘린드 아뇨, 치료할 수 있습니다. 만약에 저를 로잘린드라 부르신다면, 그리고 날마다 오두막으로 사랑을 고백하러 오신다면.

올란도 그렇다면 그렇게 하겠소. 오두막이 어디 있소?

로잘린드 함께 갑시다. 그 집을 보여 드릴게요. 그리고 당신이 어디에서 살고 계신지 알려주세요.

올란도 그럽시다, 젊은이.

로잘린드 아니, 저를 로잘린드라고 부르세요. 자, 지금 가지요. (일동 퇴장)

제 3 장 숲 속

터취스턴과 오드리 등장. 약간 떨어져서 제이퀴스 등장.

터취스턴 빨리 와, 오드리. 염소는 내가 끌어다 줄 테니까. 오드리, 나 괜찮지? 순박한 내 용모가 마음에 들지?

오드리 아이고, 용모라뇨?

터취스턴 내가 너와 네 양들과 함께 있는 것은 정직한 시인 오비드가 야만스런 고스족과 함께 있는 꼴이야.

제이퀴스 (방백) 뭘 알긴 알지만 엉뚱하게 아는군. 제우스 신이 초가집에 사는 꼴이야!

터취스턴 자기 시를 남들이 이해하지 못하거나 자신의 재치가 받아들여지지 않으면 싸구려 여인숙에서 비싼 호텔 방값을 치르는 것 이상으로 심한 상처를 받지. 오, 하느님이 너를 시인으로 만들어 주었으면 얼마나 좋았을까.

오드리 시인은 뭔가요? 언행이 정직하다는 뜻인가요?

터취스턴 천만에! 가장 진실한 시란 가장 허황된 거야. 연인들은 그러한 시에 취하고 맹세를 하지. 다 허황된 일이거늘.

오드리 그런데도 제가 시인이기를 바라세요?

터취스턴 두말하면 잔소리지. 네가 시인이라면 네 맹세가 거짓말일 수도 있다는 희망을 가질 수 있잖아.

오드리 정직하면 안 되나요?

터취스턴 안 돼. 네가 못났다면 모르지만 정직과 미모가 합쳐지면 설탕물에 꿀을 탄 격이야.

오드리 못생겼으니 정직한 마음이라도 달라고 하느님께 빌지요.

터취스턴 매춘부에게 정숙함을 주는 것은 더러운 접시에 싱싱한 고기를 담는 꼴이야.

오드리 저는 매춘부가 아니에요. 하느님 덕분에 못생기긴 했어도요.

터취스턴 그렇군. 못생긴 걸 다행으로 여기고 하느님께 감사해야겠군. 매춘부가 되는 건 언제든 가능하니까. 그건 그렇고, 난 어떤 일이 있어도 너와 결혼할 거야. 그래서 이웃에 사는 올리버 마텍스트 목사님께 부탁했더니 선선히 오셔서 우리를 부부로 만들어 주시겠대.

제이퀴스 (방백) 그 결혼식 좀 보고 싶네.

오드리 하느님, 우리에게 기쁨을 내려주세요.

터취스턴 아멘. 겁쟁이라면 감히 엄두도 못 낼 거야. 이곳은 교회도 없고 온통 나무뿐이잖아. 하객들이라곤 뿔 돋친 짐승들뿐이고. 하지만 어때? 용기를 내야 해. 뿔이란 보기엔 흉측하지만 필요한 물건이잖아. 아흔아홉 가진 놈이 하나를 가진 놈의 것을 뺏는다는 말도 있잖아. 그런 놈의 이마에 뿔이 난 건 보이지 않지. 여편네가 시집 올 때도 뿔을 가지고 오지. 게다가 아무리 고상한 사슴이라도 초라한 사슴보다 더 커다란 뿔이 돋치고 있고. (올리버 마텍스트 목사 등장) 목사님, 잘 오셨습니다. 이 나무 아래서 주례를 서 주시겠습니까, 아니면 교회로 갈까요?

올리버 목사 신부를 넘겨줄 사람은 없나요?

터취스턴 선물을 받듯이 신부를 받고 싶지는 않은데요.

올리버 목사 넘겨줄 부친이 없으면 결혼은 성립될 수 없습니다.

제이퀴스 (앞으로 나서며) 식을 올리시오. 내가 부친 역을 할 테니.

터취스턴 뉘신지는 모르지만 참 잘 오셨습니다. 일전에 뵌 건 신의 은총이었고, 지금 뵙는 건 소생의 기쁨이군요. 모자는 그대로 쓰시지요.

제이퀴스 자네, 결혼하고 싶은 모양이지?

터취스턴 소는 멍에를, 말은 재갈을, 고양이는 방울을 달고 있듯이 사람에게는 욕정이 그림자처럼 따라다니죠. 비둘기가 짝지어 입을 맞추듯 사람도 짝을 지어 부부가 되지요.

제이퀴스 양반집 자손 같은데 거렁뱅이처럼 이 숲에서 식을 올릴 작정이오? 교회에 가서 결혼이 무엇인지 잘 아는 목사님에게 부탁해요. 이 양반은 널빤지 붙이듯 당신들을 붙여 놓을 뿐, 나중에는 생나무가 마르며 오그라져서 뒤틀릴 게 분명해 보이니까.

터취스턴 (방백) 나도 마음이 내키지는 않지만 다른 목사보다 이 양반이 주례를 서는 게 나을 것 같아. 이 양반은 정식 결혼을 시켜주지 않을 테니 나중에 아내가 마음에 안 들어 버릴 때 떳떳할 것 같단 말야.

제이퀴스 나와 같이 가서 상담해 봅시다. (모두 퇴장)

제4장 숲 속의 다른 곳

실비어스가 피비를 따라 등장.

실비어스 (무릎을 꿇고) 아름다운 피비, 제발 나를 무시하지 마. 나를 사랑하지 않아도 좋으니 말만이라도 따뜻하게 해줘. 사람 죽이는 데 이골이 난 망나니라도 도끼를 내려칠 때에는 용서를 구한다고 하잖아. 그런데 넌 그 망나니보다 더 잔인하겠다는 거야?

로잘린드, 실리아, 코린 등장.

피 비 난 네 목을 치는 망나니가 되고 싶지 않아. 너한테 고통을 주고 싶지 않아서 이러는 거야. 내 눈에 살기가 보여? 참 재밌는 말이구나. 내 꽃잎처럼 부드러운 눈동자가 살기니 백정이니 폭군처럼 보인다니! 정말 그렇다면 있는 힘을 다해 너를 쏘아볼 거야. 내 눈에 그런 힘이 있다면 너를 죽일 수도 있겠지. 자, 어디 그럼 죽는 척이라도 해봐. 그렇지 않으면 내 눈에 살기가 있다는 따위의 거짓말을 지껄이지 마. 내 눈이 상처를 입었다면 어디 보여줘. 바늘 끝이 지나가도 상처는 남는 법이야. 내가 널 쏘아본다 해서 상처가 났다면 어디 보여 달란 말이야.

실비어스 피비, 만일 네가 젊은이의 싱싱한 뺨에 매력을 느껴 사랑을 느낀다면 그 싸늘한 눈빛만으로도 상처를 입는다는 걸 깨닫게 될 거야. 그건 결코 눈에 보이지는 않지만.

피 비 그럼 그때까진 오지 마. 그때가 되어 날 실컷 비웃어도 좋아. 동정은 싫어. 나도 널 동정하지 않을 거야.

로잘린드 (앞으로 나와 피비를 보며) 무슨 일인가? 도대체 너는 어찌하여 저 사나이를 멸시하느냐? 저 가여운 사나이를 능멸하고도 태연하다니. 네 얼굴은 결코 아름답지가 않다. 솔직히 어두운 침실이 아니라면 네 침대에 갈 마음이 전혀 일지 않는 미모를 가지고 왜 이렇게 거만하게 구느냐. 이봐, 양치기 자네! 자네는 왜 저런 여자 꽁무니를 따라다니는가. 탄식과 눈물을 뿌릴 정도로 어여쁜 여자도 아닌데 말이야. 저 여자보단 당신이 몇 백배 멋지게 생겼소. 이봐요, 아가씨, 분수를 알고 살아요. 이 남자의 사랑을 얻은 걸 무릎을 꿇고서라도 하느님께 감사 기도를 드려야 한단 이 말이오. (피비가 **로잘린드**에게 **무릎을 꿇는다**) 내 아가씨한테 친구로서 말하는 거요. 좋다고 할 때 아무 말 없이 따라가시오. 아가씨는 어느 시장에 내놔도 좋다고 할 사람이 없으니. 이 사람에게 용서를 구하고 아내가 되어 달라고 해요. 못생긴 주제에 다른 사람을 깔보다니, 천하에 몹쓸 사람이구려. 이봐요, 청년! 이 여자를 데리고 가요. 나는 이만 가겠소.

피 비 제발 1년 내내 꾸중을 해도 좋으니 내 곁에만 있어주세요. 이 남자의 사랑보다 당신의 꾸지람이 더욱 좋답니다.

로잘린드 이 남자는 너의 못난 얼굴에 반했고, 저 여자는 내 노여움에 반했나 보군. 사실 그렇다면 이 여자가 당신을 쏘아보듯이 나도 저 여자에게 독설을 퍼부어야겠군. (피비에게) 왜 그렇게 나를 뚫어지게 바라보지?

피 비 당신이 좋기 때문이죠.

로잘린드 나를 절대로 좋아해선 안 돼. 난 술자리에서 하는 맹세보다 더 믿지 못할 사람이니까. 더구나 난 아가씨를 좋아하지 않아. 애야, 그만 가자. 자, 양떼를 보러 가자꾸나. (로잘린드와 실리아, 코린 퇴장)

피 비 돌아가신 시인께서 하신 말을 이제야 알겠어. "사랑하는 자여, 첫눈에 반하지 않은 자는 누구인가?"

실비어스 아름다운 피비, 날 좀 동정해 줘.

피 비 정말 미안해.

실비어스 동정이 있는 곳에 구원이 있거든. 내 사랑을 동정해 준다면, 그래서 나를 사랑한다면 너의 미안함과 나의 아픔이 사라질 거야.

피 비 사랑해 줄게, 친구로서.

실비어스 너를 갖고 싶어.

피 비 실비어스, 지금까지는 네가 너무 미웠어. 날마다 사랑 이야기를 하는 네가 솔직히 귀찮았어. 하지만 참고 친구가 되어줄게. 앞으론 부탁도 많이 할 거야. 하지만 부탁을 받는 것 이상으로 보답을 바라지는 마. (모두 퇴장)

제 4 막

제 1 장 숲 속

로잘린드, 실리아, 제이퀴스 등장.

제이퀴스 여보게 젊은이, 우리 좀 더 가깝게 지냅시다.

로잘린드 들리는 말에 따르면 당신은 우울증에 걸렸다죠?

제이퀴스 그건 그렇소만 낄낄대는 것보다 우울한 쪽을 더 좋아하지.

로잘린드 어느 쪽이든 지나치면 모자람만 못하며 주정뱅이보다 더 욕을 얻어먹게 되죠.

제이퀴스 슬픔 속에 빠져 침묵하는 것도 나쁠 건 없소.

로잘린드 아예 말뚝이 되는 것도 괜찮은 일이죠.

제이퀴스 내 우울증은 학자의 우울증과는 다르오. 변덕쟁이 음악가나 오만한 신하, 야심찬 군인의 우울증과도 다르오. 또한 권모술수에 능한 법률가나 까다롭기 그지없는 귀부인, 아니면 연인들의 우울증과도 다르오. 그것은 이 모든 것을 다 합친 내 자신만의 우울증이오. 진실로 내 인생의 여정을 돌이켜 보면 그때마다 여지없이 생기는 야릇한 우울증에 빠지고 만다오.

로잘린드 인생의 여정이라! 당신이 우울해하는 것도 무리가 아니군요. 당신은 자신의 땅을 팔고 남의 땅을 구경하러 나온 사람 같군요. 실컷 보기는 했는데 손에 쥔 것이 없으니 눈요기만 했을 뿐 손은 텅 빈 꼴이거든요.

제이퀴스 그 덕분에 경험은 풍성하게 얻었소.

로잘린드 그 경험이 당신을 우울하게 만들고요. 저 같으면 그러한 경험을 얻으니 차라리 어릿광대라도 하나 얻어 웃으며 즐겁게 지내겠어요.

올란도 등장.

올란도 안녕하세요, 사랑하는 로잘린드. (로잘린드가 모르는 척한다)

제이퀴스 난 실례하겠소. 당신이 장단에 맞춰서 말하는 걸 듣고 싶지 않으니까. (돌아선다)

로잘린드 안녕히 가세요, 나그네 양반. 해괴망측한 옷차림에 혀 짧은 얘기나 실컷 지껄이세요. 제 나라의 미덕을 얕보고 자기가 태어난 고향에 대해 험담이나 늘어놓으세요. 그리고 못생긴 얼굴을 만드신 하느님을 원망도 해보고요. 그러지 않으면 당신이 베니스에서 곤돌라를 탔다 해도 믿지 않을래요. (제이퀴스 퇴장) 아, 웬일이세요, 올란도! 그동안 어디를 돌아다니다 왔죠? 그러면서 무슨 애인이라고! 이런 식으로 하려면 다시는 내 앞에 얼씬거리지 말아요.

올란도 사랑하는 로잘린드, 약속 시간보다 겨우 한 시간밖에 늦지 않

있는데 뭘 그래요?

로잘린드 사랑의 약속을 한 시간이나 어기다뇨! 사랑의 일 분을 천분의 일로 나누어 그 한 토막이라도 어기는 그런 남자라면 큐피드의 화살이 심장에서 벗어난 사람일 거예요.

올란도 용서하시오, 사랑하는 로잘린드.

로잘린드 못해요. 그렇게 시간을 어긴다면 다시는 내 눈앞에 나타나지 마세요. 차라리 달팽이를 애인으로 삼는 게 낫겠어요.

올란도 달팽이를?

로잘린드 그래요, 달팽이요. 걸음은 느리지만 머리에 집을 이고 오잖아요. 당신이 그만한 결혼 선물을 준비할 수 있어요? 그뿐인가요, 그는 자신의 운명까지 들고 와요.

올란도 운명까지라니?

로잘린드 뿔 말이에요. 당신과 같은 사람 때문에 바람이 난 부인에게 생긴 뿔요. 달팽이는 재산을 가지고 올 뿐만 아니라 자기 부인의 부정에 선수를 쳐서 미리 뿔을 달고 오지요.

올란도 정숙한 여인은 남편에게 뿔을 나게 하지 않소. 나의 로잘린드는 정숙한 여인이오.

로잘린드 내가 당신의 로잘린드란 말이에요. (올란도의 목을 감는다)

실리아 이 분은 그렇게 부르는 것을 좋아하시나 봐요. 이 분의 로잘린드는 당신보다 훨씬 더 아름답겠죠.

로잘린드 자, 어서 청혼을 하세요. 나는 기분이 들떠 있어서 당장 승낙할 것 같으니까. 내가 정말로 당신이 사랑하는 로잘린드라면 어떤 말부터 할 것 같아요?

올란도 말하기 전에 키스부터 하겠소.

로잘린드 아뇨, 말부터 하는 게 좋아요. 키스는 할말이 없어졌을 때 하세요. 웅변가들은 말문이 막히면 침을 뱉는다고 하잖아요. 사랑하는 사람이야 그런 일이 없겠지만 키스로 대처하는 것이 상책이죠.

올란도 키스를 거부당하면?

로잘린드 아마 키스해 달라고 애원하게 될 테니, 자연히 새로운 화젯거리가 생기게 되죠.

올란도 사랑하는 여자 앞에서 말문이 막히는 남자가 있을까?

로잘린드 만일 내가 당신의 애인이라면 말문이 막히면 좋아할 거예요. 당신이 말을 많이 한다면 나는 슬기로운 여자가 아닐 테니까요.

올란도 아니, 사랑을 고백하는 말까지 못한다면?

로잘린드 글쎄요, 그럴 수도 있겠지요. 자, 난 당신의 로잘린드예요.

올란도 그렇게 부르기만 해도 마음이 조금 풀리오. 어쨌든 로잘린드 얘기를 하고 있으니까.

로잘린드 그녀를 대신해 말하는데 난 당신의 아내가 될 수 없어요.

올란도 그렇다면 당사자로서 말하지만 난 죽을 거요.

로잘린드 그건 아니 됩니다. 죽는 건 제발 다른 사람을 시켜 대신 죽게 하세요. 이 세상이 시작된 지 육천 년이 되지만 사랑 때문에 당사자가 죽은 경우는 한 사람도 없습니다. 트로일로스는 그리스의 장군

아킬레스에게 머리통이 깨져 숨졌습니다. 그러나 사랑 때문에 죽은 것으로 훗날 연인들에게 추앙받게 되죠. 리엔더도 무더운 여름밤만 아니었더라면 히어로가 수녀가 되건 말건 오래오래 살았을 거예요. 리엔더가 죽은 건 헬레스폰트에 헤엄치러 갔다가 쥐가 나서 물에 빠져 죽은 거예요. 그걸 당대의 어리석은 역사가들이 '세스투스의 히어로'를 위해 헤엄쳐 가던 도중 일어난 사건으로 처리했던 거죠. 다시 말하면 모두가 어이없는 거짓말이죠. 남자들은 계속 죽고 또 죽었습니다. 그러나 사랑 때문에 죽은 사람은 한 사람도 없어요.

올란도 나의 로잘린드는 당신처럼 그렇게 생각하지 않으면 좋겠소. 왜냐하면 나는 그녀가 찌푸리기만 해도 죽을 거요.

로잘린드 이 손에 걸고 맹세하지만 그녀가 찌푸린다 해도 파리 한 마리 안 죽을 거예요. (바짝 다가오면서) 좋아요. 자, 이젠 내가 당신의 상냥한 로잘린드가 되어 드릴 테니 원하는 대로 말해 보세요.

올란도 사랑해 주시오, 로잘린드.

로잘린드 물론 사랑하고 말고요. 금요일마다 토요일마다, 아니 일주일 내내.

올란도 날 당신의 남편으로 맞아주겠소?

로잘린드 당신 같은 분이라면 스무 명도 마다하지 않을 거예요.

올란도 스무 명이라고?

로잘린드 좋은 것은 많을수록 좋지 않나요? (일어나면서) 애, 실리아. 네가 목사가 되어 우리의 결혼을 집전해 다오. 자, 올란도, 손을 이리 주세요. 실리아, 시작해.

올란도 우리 둘을 결혼시켜 주시오.

실리아 뭐라고 해야 할지…….

로잘린드 이렇게 하면 돼. "그대 올란도는……."

실리아 좋아. "그대 올란도는 로잘린드를 아내로 맞이하겠는가?"

올란도 예.

로잘린드 좋아요, 그러나 언제요?

올란도 지금 당장. 동생이 주례만 선다면.

로잘린드 그렇다면 이렇게 말하세요. "나는 그대 로잘린드를 아내로 맞이하겠노라."

올란도 나는 그대 로잘린드를 아내로 맞이하겠노라.

로잘린드 올란도, 내게 그럴 권한이 있는지 따져봐야 하지만 그만두 겠어요. 대신 저도 당신을 남편으로 맞이하겠어요. 신부가 주례보다 앞서 말을 했군요. 여자란 생각이 행동보다 앞선다는 말이 맞군요.

올란도 사람의 생각이란 다 그렇죠. 날개가 있으니까.

로잘린드 로잘린드와 결혼한 후 얼마나 사시겠어요?

올란도 언제까지나 영원히.

로잘린드 영원히라는 말 대신 하루만이라고 말하세요. 남자란 사랑을 속삭일 때는 꽃피는 춘삼월이다가도 결혼하는 순간부터 엄동설한이 된답니다. 여자 역시 처녀일 땐 오월이지만 결혼하고 나면 변덕스런 날씨가 되죠. 저는요, 바바리산 숫비둘기보다 질투심이 강하고, 비 오기 전의 앵무새보다 더 바가지를 긁을 거예요. 원숭이보다 더 새것을 밝히고 아무것도 아닌 일에도 아르테미스 상의 분수처럼 공연히 눈물을 쏟아낼 거예요. 당신이 기분 좋아 날뛸 때를 노려서요. 또한 당신이 졸려서 자고 싶을 때에는 하이에나처럼 미친 듯이 웃어댈 거예요.

올란도 과연 나의 로잘린드가 그럴까?

로잘린드 내 목숨에 두고 맹세하지만 물론이죠, 틀림없어요.

올란도 아, 그러나 그녀는 총명하오.

로잘린드 총명하기 때문에 그럴 수 있어요. 여자는 영특할수록 종잡을 수가 없어요. 여자의 잔머리를 가볍게 보지 마세요. 잔머리의 문을 닫으면 창문으로 튀어나오고, 창문을 닫으면 열쇠 구멍으로 튀어나오죠. 그것을 막으면 연기가 되어 굴뚝으로 나오고요.

올란도 아참, 로잘린드, 두 시간 동안만 당신 곁을 떠나 있겠소.

로잘린드 맙소사, 두 시간 동안이나 떨어져 지내다니.

올란도 공작님이 식사에 초대했소. 두시까지는 틀림없이 돌아오리다.

로잘린드 좋아요, 가세요. 당신이 어떤 사람인지 알고 있었어요. 모두들 그럴 거라고 하더군요. 나도 짐작은 했지만 감언이설에 그만 넘어간 거예요. 버림받았으니 죽어버리면 그만이죠. 두시라고요?

올란도 그렇소, 사랑하는 로잘린드.

로잘린드 나의 진심과 진정을 하느님 앞에 두고, 아니 모든 훌륭한 것을 걸고 맹세하건대, 만일 당신이 1분이라도 늦게 도착한다면 당신을 엉터리 거짓말쟁이 연인으로 생각할 거예요. 당신은 로잘린드라는 여자를 사랑할 자격이 없는 사람으로 생각할 거예요. 그러니까 알아서 하세요.

올란도 내 꼭 지키리다. 당신이 나의 진정한 로잘린드인 것처럼 생각하고 약속을 지키리다. 그럼 갔다오리다.

로잘린드 그래요. 시간이 지나면 죄가 밝혀지는 법이죠. 안녕히 가세요. (모두 퇴장)

제 2 장 숲 속

로잘린드 어쩜 이럴 수가? 벌써 두시가 지났는데 올란도는 코빼기도 볼 수가 없구나.

실리아 틀림없이 사랑 때문에 활을 메고 숲에 들어갔다가 잠이 들었을 거야. 저기 누가 오네. (실비어스 등장)

실비어스 젊은 양반, 내 사랑스러운 피비가 이걸 전하랍니다. (로잘린드에게 편지를 건네주며) 내용이 뭔지 모르지만 이것을 쓸 때의 성난 표정으로 봐서 심상찮은 내용인 것 같습니다요. 하지만 용서하세요. 저야 심부름한 죄밖에 없으니까요.

로잘린드 세상에, 인내의 여신이 봐도 펄펄 뛸 내용이구나. 이걸 참을 수 있다면 못 참을 일이 없을 거다. 당신 애인이 날 보고 뭐라고 했는 줄 알아요? 못생긴 데다 버릇도 없고 오만하다느니 하면서 남자가 불사조처럼 귀하다 해도 나 같은 사람은 사랑할 수 없다고 하는군. 내참 기가 막혀서. 누가 저를 탐낼 줄 알고. 어쩌자고 이런 편지를 보냈을까? 음, 맞아. 이건 자네가 조작한 거 아닌가?

실비어스 천만에요. 전 편지 내용을 전혀 모릅니다요. 피비가 썼는데요.

로잘린드 바보, 숙맥 같으니. 사랑 때문에 머리가 어떻게 됐나 보군. 그녀의 손은 쇠가죽처럼 꺼칠꺼칠하고 바위 빛이었지. 난 처음엔 장갑을 끼고 있는 줄 알았어. 부엌데기 손. 하긴 그건 상관없어. 이 편지는 그녀가 쓴 것이 아냐. 남자의 생각에 따라 남자가 쓴 거야.

실비어스 분명히 피비가 썼습니다요.

로잘린드 그렇다면 왜 이렇게 글씨체가 엉망이야. 꼭 싸움을 걸어오는 사람 같잖아. 기독교도에게 달려드는 터키인처럼 말이야. 여자의 머리에서 어떻게 이런 말이 나온담. 에티오피아인 같은 문구야. 하긴 속은 더 시커멓겠지. 뭐라고 썼는지 읽어줄까?

실비어스 부탁이니 제발 읽어주세요. 피비의 매정함에 대해선 신물이 납니다만.

로잘린드 정말 피비다운 방자한 말이네. (읽는다) "이처럼 여자의 마음을 태우시는 이유는 신이 목동으로 둔갑해서인가요?" 어떻게 이런 악담을 할 수 있을까?

실비어스 그걸 악담이라고 보시나요?

로잘린드 (읽는다) "어찌하여 자비심을 버리시고 여자의 마음에 칼을 들이대시나요? 저는 뭇남자들이 마음을 사려고 했지만 상처 하나 입은 적이 없답니다." 날 아예 짐승으로 여기는군. "당신의 차가운 눈빛까지도 내 가슴에 사랑을 심어주었는데, 당신께서 부드러운 눈길로 봐주신다면 내 가슴은 어찌 되겠습니까? 당신에게 욕을 먹으면서도 사모해 온 이 몸, 다정한 말로 구애해 주신다면 이 마음은 기쁨으로 어쩔 줄 모를 것입니다. 이 사랑의 편지를 전하는 사람은 이 사랑을 알지 못하오니 당신께서도 당신의 마음을 단단히 봉해서 보내 주시옵소서. 젊고 인자하신 당신께 저의 모든 것을 보냅니다. 저의 사랑을 거절하신다면 제 앞에는 죽음밖에 없습니다."

실비어스 어떻게 이게 욕설이라고 하십니까?

실리아 오, 양치기가 불쌍하구나!

로잘린드 이 자를 동정하는 거니? 안 돼. 이 자는 동정받을 자격조차 없어. 이런 싸가지 없는 여자를 사랑하다니. 자신을 가지고 노는 여자를 사랑하다니. 도저히 용서하지 못할 여자야. 자, 가서 전해. 나를 진정 사랑하거든 나 대신 널 사랑하라고 명령한다고. 만일 싫다고 하면 나는 두 번 다시 그 여자를 보지 않을 거야. 네가 그 여자를 진정 사랑한다면 아무 말 하지 말고 빨리 가. 누가 오나 보다. (실비어스 퇴장)

올리버 등장.

올리버 안녕하세요. 이 숲 어딘가에 올리브 나무에 둘러싸인 양치기 오두막이 있다는데, 아십니까?

실리아 서쪽으로 가면 다음 골짜기가 있어요. 실개천 버드나무 길을 따라가면 오른쪽에 오두막이 있습니다. 그러나 이 시각에는 오두막만 있지 사람은 없을 겁니다.

올리버 이제 보니 당신네야말로 내가 찾는 사람들이오. "청년은 얼굴이 희어 여자같이 생겼고 거동은 사냥꾼처럼 어른스럽고, 처녀는 키가 작고 피부가 검은 편"이라고 하던데요. 당신들이 바로 내가 찾는 집주인이 아니오?

실리아 자랑은 아니지만 그렇게 물으시니 아니라고 할 수 없네요.

올리버 올란도가 당신네들에게 안부를 전해 달라고 합니다. 그리고 로잘린드라는 젊은이에게 이 손수건을 전해 달라고 덧붙이면서요. 당신이 그 사람입니까?

로잘린드 네, 그렇지만 도대체 어찌된 영문인가요?

올리버 부끄러운 일입니다. 내가 누구인지, 어떻게, 무엇 때문에, 그리고 어디서 이 손수건이 피로 물들었는지 아시면 말입니다.

실리아 어서 말씀해 주세요.

올리버 올란도는 당신들과 헤어진 후 이 숲 속을 헤매면서 쓰고 달콤한 사랑의 환상에 젖어 있었습니다. 그런데 아뿔싸, 이게 웬일입니까! 문득 옆을 보았는데, 오랜 세월에 부대껴 온 도토리나무 아래 누더기 차림의 털북숭이가 된 사나이가 벌렁 드러누워 자고 있었죠. 그 사람 목에는 번들번들한 시퍼런 구렁이가 감겨 있었고요. 마침 그 징그러운 구렁이 놈의 대가리가 자는 사람의 입을 향해 다가서고 있었죠. 그 순간 올란도가 나타나자 구렁이는 칭칭 휘감은 몸을 풀고 덤불 속으로 들어갔습니다. 그런데 숲 속에는 굶주린 암사자가 머리를 땅바닥에 붙이고 살쾡이처럼 눈을 번쩍이며 그 사나이를 노려보고 있었지요. 사자는 죽은 것을 건드리지 않는 습성이 있지 않습니까? 이것을 본 올란도가 그 사나이에게 접근했습니다. 가보았더니 형님이었어요. 자기 맏형이더라 이겁니다.

실리아 올란도한테 맏형이란 자는 피도 눈물도 없는 냉혈한이라고 들었는데요.

올리버 그랬을 거요. 나도 그렇게 알고 있으니까.

로잘린드 아무리 그렇다 해도 올란도는 왜 형님을 굶주린 사자밥이 되도록 내버려두었습니까?

올리버 두 번이나 등을 돌려 그렇게 하려고 했습니다. 그러나 복수심보다 더 강한 핏줄은 형에게 복수할 수 있는 기회를 빼앗아갔습니다. 올란도는 사자한테 뛰어들어 단번에 쓰러뜨렸지요. 그 소동 때문에 나는 불행한 잠으로부터 깨어났고요.

실리아 그럼 당신이 그분의 형님이세요?

로잘린드 당신이 올란도가 목숨을 건져준 형님이라고요?

실리아 그분을 여러 차례 죽이려고 했던 사람이 당신이었나요?

올리버 그랬습니다만 지금은 아니오. 과거의 내가 어떤 인간이었는지 아무리 질타한다 해도 난 할말이 없소. 하지만 난 새로 태어났소.

로잘린드 그러나 그 피투성이 손수건은요?

올리버 우리는 서로 얼싸안고 눈물을 흘리며 자초지종을 얘기했습니다. 내가 이 거친 땅에 오게 된 사연을 말했죠. 동생은 나를 어진 공작님한테 안내했습니다. 공작님께서는 내게 새 옷과 음식을 주시고는 서로 우애 있게 지내라고 당부하셨지요. 우리는 대접을 받은 후 동굴로 갔죠. 그런데 동생이 옷을 벗자 팔 언저리에서 피가 흐르고 있었어요. 사자한테 팔을 물려 살점이 뜯겨 나간 상태였어요. 피가 마구 흐르는 가운데 동생은 기절하며 로잘린드라고 외치더군요. 서둘러 상처를 치료하고 붕대를 감았더니 동생은 금세 기력을 되찾았습니다. 그러자마자 동생은 나를 보고 당신들을 찾아가라고 하더군요. 그래서 이곳까지 온 것입니다. 올란도가 약속을 어긴 이유를 말씀드리고 용서를 빌기 위해 왔습니다. 동생은 이 피로 물든 손수건을 당신에게 넘겨주라고 부탁했어요. (로잘린드가 기절한다)

실리아 왜 그래요. 가니메데, 가니메데 오라버니!

올리버 피를 보면 대부분 기절하죠.

실리아 그게 아니에요. 깊은 까닭이 있어요. 오라버니!가니메데!

올리버 이제야 정신이 드나 보네.

로잘린드 집에 가고 싶다.

실리아 알았어요. 미안하지만 오라버니 팔 좀 잡아주세요.

올리버 기운을 내시오, 젊은이. 사나이답게 기백이 있어야지.

로잘린드 옳으신 말씀이에요. 아, 보세요. 누가 보아도 연극이라고 하겠어요. 부탁이에요. 제발 당신 동생에게 가거든 연극을 잘하더라고 전해 주세요. 하하하! (일동 퇴장)

제 5 막

제 1 장 숲 속

터치스턴과 오드리, 윌리엄 등장.

터치스턴 나는 시골뜨기 얼간이를 보면 재미나고 신바람이 나더라. 기지가 넘치는 우리 같은 사람들은 농담을 하고 싶어 안달한다니까. 어디 참을 수가 있어야지.

윌리엄 나리, 안녕하세요.

터치스턴 안녕하슈. 점잖은 양반, 제발 모자를 쓰게. 몇 살이나 됐소?

윌리엄 스물다섯입니다, 나리.

터치스턴 한창 좋은 나이군. 이름이 윌리엄인가?

윌리엄 예, 윌리엄입니다.

터치스턴 멋진 이름이야. 이곳 숲에서 태어났는가?

윌리엄 네, 하느님 덕분이지요.

터치스턴 자네 말솜씨가 보통이 아니군. 그러고 보니 이 말이 생각나는군. "어리석은 자는 자신이 현자인 줄 알고 현자는 자신이 어리석은 자인 줄 안다." (이 말에 윌리엄은 어이가 없어 입을 딱 벌린다) 어떤 철학자는 포도가 먹고 싶어 입을 딱 벌리고 포도를 넣었다지 뭔가? 입은 벌리기 위해 생긴 거야. 이 처녀가 좋은가?

윌리엄 죽을 지경이죠.

터취스턴 그럼 나와 악수하세. 자네 글은 아는가?

윌리엄 모릅니다.

터취스턴 그렇다면 한 가지 가르쳐주겠네. 가진 것은 갖는 것이오. 이를테면 술을 컵에서 유리잔에 따르면 유리잔에 가득 차는 반면 컵은 텅 비게 마련이지. 그러니까 그 자는 그 사람이라는 거야.

윌리엄 그 사람이 누군데요?

터취스턴 이 여자와 결혼해야 하는 남자 말이야. 쉽게 말하면 이 여자와의 교제를 포기하라는 거야. 이 여자는 나와 결혼하기로 했거든. 그러니 이 촌닭아, 이 여자를 포기하지 않으면 자넨 파멸이야. 알기 쉽게 말해서 넌 뒈질 거란 말씀이야. 다시 말해서 나는 너를 독살하든가 몽둥이 찜질을 하든가 칼침을 놓든가 하겠다는 거야. 백오십 가지 방법으로 네 놈을 때려잡을 수도 있다는 말이지. 그러니 어서 뺑소니나 치는 게 상책이야.

오드리 그렇게 하세요, 윌리엄.

윌리엄 안녕히 계십쇼, 나리. (퇴장)

제 2장 숲 속의 다른 곳

올란도와 올리버 등장.

올란도 어떻게 그런 일이? 거의 알지도 못하는 여자를 좋아한다니. 첫눈에 반해 청혼을 하신다니. 청혼하자마자 그녀가 수락했다고요? 형님은 기어이 그녀를 차지하겠다는 거예요?

올리버 결코 경솔하게 행동한 게 아냐. 그녀가 가난하다는 것도 그녀를 잘 알지 못한다는 것도 내 청혼이 성급했고 그녀의 승낙이 갑작스러웠던 것도 알아. 하지만 난 엘리나를 사랑해. 그녀도 나를 사랑하고. 그러니 우리 둘이 일심동체가 되는 일에 동의해 다오. 우린 서로 결혼해도 좋다는 의견에 동의했단다. 이 일은 너에게도 나쁠 게 없어. 나는 아버지의 재산, 즉 로랜드 경의 모든 재산을 너에게 양도하고 여기서 양치기나 하면서 여생을 보낼 생각이거든.

올란도 좋아요. 내일 결혼식을 올리세요. 공작님과 그분을 추종하는 귀족들을 초대할 테니까요. 형님은 엘리나한테 가서 준비시켜 주세요. 오, 나의 로잘린드가 오네요.

로잘린드 등장.

로잘린드 오, 사랑하는 올란도. 당신의 가슴을 붕대로 동여맨 것을 보니 가슴이 쓰리군요.

올란도 붕대는 팔에 감겼소.

로잘린드 난 당신 심장이 사자 발톱에 부상당한 줄 알았어요.

올란도 가슴에 상처를 입은 것은 사실이죠. 어떤 여인의 눈길에 상처를 입었지요.

로잘린드 형님이 전하던가요? 당신의 손수건을 보고 내가 기절하는 흉내를 내더라고.

올란도 그보다 더 놀라운 이야기도 들었지요.

로잘린드 아, 뭘 말씀하는지 알겠어요. 그건 사실이에요. 그처럼 갑작스런 일이 어디 있겠어요. 두 마리의 숫양 싸움이나 시저의 '왔노라, 보았노라, 이겼노라' 라는 말처럼 당신 형님과 내 여동생은 서로 만나자마자 뜨거운 사랑에 빠졌어요. 눈길을 주고받기 무섭게 사랑에 빠졌고 사랑에 빠지기가 무섭게 땅이 꺼져라 한숨을 쉬게 되었지요. 그 한숨의 근원을 알기가 무섭게 해결책이 생각났고요. 두 사람은 열에 들떠 서로 결혼의 제단을 만들어 놓고 당장이라도 뛰어오를 기세예요. 그렇게 안 되면 일단 일부터 저지를 거예요. 지금 그들은 무쇠처럼 달아올랐어요. 한 몸이 되려고요. 몽둥이쩜으로는 어떻게 갈라놓을 수가 없어요.

올란도 내일이면 두 사람은 결혼할 거요. 난 공작님을 결혼식에 초청할 생각입니다. 아, 남의 행복을 바라보니 정말 못 견디겠군요. 내일 소원을 성취한 형을 보면 볼수록 가슴이 미어질 거예요.

로잘린드 그럼 난 내일 당신을 위해 로잘린드 역할을 할 수 없다는 말인가요?

올란도 이제 난 상상만으로는 살아갈 수가 없어요.

로잘린드 그렇다면 나도 더 이상 부질없는 얘기로 당신을 괴롭히지 않을게요. 하지만 이것만은 알고 계세요. 절대로 농담 아니에요. 나는 당신이 분별력 있는 사람이라는 걸 알아요. 그렇다고 당신한테 칭찬받으려고 이런 말 하는 것도 아니고요. 다만 당신이 나를 믿어주셨으면 만족해요. 그것도 당신에게 좋은 일을 하기 위해서예요. 그러니 날 믿어주세요. 나는 세 살 때부터 마술사의 지도를 받아 신통력이 있답니다. 그분의 술법은 심원한 것으로 절대로 악마의 법은 아니에요. 당신이 여태껏 표현한 것처럼 진실로 로잘린드를 사랑한다면 당신 형님이 엘리나와 결혼식을 올릴 때 당신도 로잘린드와 결혼할 수 있도록 해드리죠. 당신이 진정으로 원한다면 당신 눈앞에 데려다놓을 수가 있어요. 헛것이 아니라 진짜 로잘린드 말이에요.

올란도 진담이오?

로잘린드 물론이에요. 내 목숨을 걸로 맹세할게요. 비록 마술사이긴 하지만 나 역시 목숨은 소중하답니다. 내일 결혼하고 싶으시면 단정한 옷을 입고 친구를 초대하세요. 원하신다면 로잘린드하고요. 내게 반한 여자와 그 여자한테 반한 남자가 오는군요.

제 3 장 숲 속

노공작, 애미언스, 제이퀴스, 올란도, 올리버, 그리고 실리아 등장.

노공작 올란도, 자넨 그 젊은이의 말이 이루어지리라 믿는가?

올란도 반반이죠. 부질없는 희망이라고 생각하면 두렵고, 그러면서도 또 바라는 사람들처럼 말입니다.

로잘린드, 실비어스, 피비 등장.

로잘린드 잠깐만 기다려 주십시오. 한 가지 확실히 해둘 게 있습니다. (공작에게) 공작님께서는 만일 제가 로잘린드를 데려오면 올란도에게 즉시 주겠다는 말씀을 하셨죠?

노공작 그렇다마다. 내가 여러 왕국을 갖고 있어 딸에게 모두 주는 한이 있더라도 그렇게 할 거야.

로잘린드 당신도 내가 그녀를 데려오면 아내로 맞는다고 하셨죠?

올란도 그랬소. 비록 내가 모든 왕국의 왕이 된다 하더라도 그녀와 결혼할 것이오.

로잘린드 피비, 내가 결혼하고 싶어한다면 나랑 결혼한다고 했지요?

피 비 그랬어요. 한 시간 후에 죽는 한이 있더라도요.

로잘린드 피비, 나와 결혼할 생각이 없어질 때 충실한 양치기와 결혼한다고 했지?

피 비 그랬어요.

로잘린드 피비가 원한다면 당신도 그녀를 아내로 맞이한다고.

실비어스 설령 그 길이 죽음의 길이라도 갈 것입니다.

로잘린드 나는 이 모든 일을 원만하게 처리하겠다고 여러분 앞에서 약속했습니다. 공작님께선 올란도에게 따님을 주겠다는 약속을 지키시고, 올란도 당신은 로잘린드를 아내로 맞이하겠다는 약속을 지키십시오. 피비, 당신은 나와 결혼이 여의치 않으면 실비어스와 결혼한다는 약속을 지키고, 실비어스 당신은 피비를 아내로 맞이하겠다는 약속을 지키십시오. 저는 이 모든 문제를 해결하기 위해 잠깐 다녀와야겠습니다. (로잘린드와 실리아 퇴장)

노공작 저 청년은 내 딸의 모습과 똑같이 닮았어.

올란도 저도 저 청년을 처음 보았을 때 그런 생각을 했습니다. 혹시 따님의 형제가 아닌가 했지요. 하지만 저 청년은 이 숲 속 태생인 것 같습니다. 그의 아저씨로부터 마술을 배워 이 숲에서 은밀히 지내고 있는 듯합니다.

터취스턴, 오드리 등장.

제이퀴스 틀림없이 노아의 대홍수가 다시 올 모양이오. 저렇게 동물들이 쌍쌍으로 오고 있으니 말이오. 여기 오는 한 쌍은 아주 진귀한 짐승으로 어느 나라 말로든 바보라고 하지요.

터취스턴 문안 인사 드리옵니다, 여러분.

제이퀴스 공작님, 환영한다고 말하세요. 숲에서 가끔 만난 사람으로 얼룩옷을 입은 꼴이 머릿속부터 발끝까지 얼간이입니다. 본인은 궁궐에도 드나들었다고 우쭐댑니다만.

터취스턴 믿지 못하겠다면 얼마든지 시험해 보십시오. 소인은 궁궐에서 춤도 추고, 귀부인들의 비위를 맞추고, 친구들을 속이기도 하고, 외상빚으로 양복점을 세 집이나 파산시키기도 했죠. 네 번이나 싸움질을 해 결투까지 갈 뻔한 것도 한 번 있고요.

제이퀴스 결투 없이 어떻게 처리했지?

터취스턴 실은 결투를 하려고 보니 우리 싸움이 제7조에 문제가 있다는 걸 알았지요.

제이퀴스 제7조에 문제가 있었다? 공작님, 재미있는 녀석인데요.

노공작 재미있어. 썩 마음에 드는구먼.

터취스턴 항상 그래 주셨으면 감사하겠습니다. 실은 제가 이곳에 끼어든 이유는, 촌사람들의 혼례식에 껴서 서약도 하고 파혼도 하고 싶어서죠. 결혼이 두 사람을 맺어주고 정열이 두 사람을 갈라놓는다 해도요. (오드리를 손짓한다) 얼굴은 못생겼지만 그래도 제것입니다. 아무도 거들떠보지 않는 계집과 결혼하려는 건 제 마음이 변덕스럽기 때문이죠. 진주가 더러운 조개 껍질 속에 있는 것처럼 정숙이라는 보물은 구두쇠처럼 못생긴 여자한테 있는 법이죠.

노공작 참으로 말도 빠르고 재치가 있군.

터취스턴 바보가 쏘는 화살은 빠르다는 말도 있지 않습니까?

제이퀴스 그건 그렇고 제7조에 관해 말해 보거나.

터취스턴 일곱 번이나 치고 받은 거짓말 때문이죠. 오드리, 자세를 제대로 가져야지. 저는 어떤 궁인의 수염이 마음에 안 든다고 했습니다. 그랬더니 그는 자기 마음에는 드니까 상관없다고 하더군요. 그래서 저는 다시 한 번 보기 싫다고 말했죠. 그 역시 자기가 좋아서 그렇게 깎았다는 거예요. 이건 온건한 대답이라는 거지요. 만일 제가 그때 또다시 모양이 흉하다고 했으면 그는 눈이 형편없이 낮다고 했을 거예요. 그럼 그 대답은 불온한 대답이 되겠지요. 그리고 또다시 모양이 흉하다고 하면 그는 저더러 진실을 말하지 않는다고 하겠지요. 그렇게 되면 이제 간접적인 도발에서 직접적인 도발이 되겠지요.

제이퀴스 그럼 당신은 몇 번이나 그 사람의 수염 깎은 모양이 흉하다고 했소?

터취스턴 사실 간접적인 도발 이상을 갈 생각은 못했지요. 우리는 결국 서로 칼을 빼들기까지 했지만 사용하지는 않고 헤어졌어요.

제이퀴스 그럼 거짓말의 등급을 말해 보시오.

터취스턴 당신네들이 예법에 따라 말하듯이 우리도 나름의 방식이 있답니다. 첫 번째는 의례적인 대답, 두 번째는 온건한 대답, 세 번째는 불순한 대답, 네 번째는 의협심에 따른 대답, 다섯 번째는 공격적인 대답, 여섯 번째는 간접적인 도발, 일곱 번째는 직접적인 도발이 바로 그것이지요. 이 경우에 '만일에' 이라는 말이 붙으면 무사 통과입니다. 전에 이런 일도 있어요. 판사 일곱 명이 붙었어도 해결하지 못한 사건을 결투장에 마주서게 되자 그 중 한 명이 "만일에 당신이 이렇게 하면 나는 이렇게 하겠소"라고 했지요. 그 뒤로 그 둘은 의형제를 맺었고요. '만일에' 만 있으면 모든 문제가 해결됩니다.

제이퀴스 정말 재미있는 작자가 아닙니까? 말만 잘하는 게 아니라 다른 것도 잘해요. 그렇지만 바보 얼간이임에는 분명해요.

노공작 모르는 소리. 겉으론 바보인 척하면서 마음놓고 사람들의 마음을 꿰뚫는 얘기를 쏟아놓는군.

결혼의 신 하이멘, 로잘린드, 실리아 등장. 음악이 깔린다.

하이멘 (노래한다) 땅 위의 것들이 화합하면 기쁨은 하늘에 닿으리. 공작이여, 따님을 맞으시라. 결혼의 신 하이멘이 하늘에서 공주를 데려오니 공주의 손을 젊은이의 손에 얹게 하라. 이미 서로의 마음은 하나가 되었으니.

로잘린드 (공작에게) 이 몸을 드립니다. 전 아버님의 딸이니까요. (올란도에게) 이 몸을 드립니다. 저는 당신의 아내니까요.

노공작 이 눈에 진실이 보인다면 너는 틀림없이 나의 딸이로다.

올란도 이 눈에 진실이 보인다면 그대는 나의 로잘린드요.

피비 이 눈에 비치는 모습이 환상이 아니라면 내 사랑이여, 안녕.

로잘린드 (공작에게) 제 앞에 서신 분이 아버지가 아니시라면 저에게는 아버지가 안 계십니다. (올란도에게) 당신이 그이가 아니라면 저에게는 남편이 없습니다. (피비에게) 그대가 여자인 이상 그대와 결혼할 수가 없어요.

하이멘 자, 조용히 하시오! 자, 혼란을 막기 위해 이제 이상한 일에 매듭을 지어야겠소. 서로가 진실로 맺어지길 바란다면 여기 여덟 분은 하이멘의 이름으로 손을 잡으시오. (올란도와 로잘린드에게) 그대들은 어떠한 시련이 닥쳐도 영원히 하나일지어다. (올리버와 실리아에게) 그대들은 마음과 마음이 하나로다. (피비에게) 그대는 이 남자의 사랑에 따르라. (터취스턴과 오드리에게) 그대가 남편으로 삼는다면, 그 또한 아내로 삼으리. 그대들 서로 궁금증이 없어질 때까지 묻고 대답하거라. 우리들 축가를 들으며 쌓였던 회포와 기이한 사연을 서로 말해 보거라. (노래한다)

결혼은 위대한 헤라의 영광이로다.

검은머리 파뿌리 될 때까지 맺은 언약이여

행복한 가정의 웃음소리 거리마다 넘치는 것은

하이멘의 은총이로다.

찬양하라, 그 이름을 드높이 찬양하라.
모든 마을의 수호신 하이멘의 이름을!

노공작 오, 실리아로구나. 어서 오너라. 친딸 못지 않게 반갑구나.
피 비 (실비어스에게) 저는 당신의 것이라는 걸 약속드릴게요. 당신의 진정한 사랑이 우리를 하나로 만들었어요.

제이크스 드 보이스 등장.

제이크스 드 보이스 실례합니다. 한두 마디 말씀드릴 게 있습니다. 저는 돌아가신 로랜드 경의 차남으로, 이 아름다운 모임에 기쁜 소식을 전하러 왔습니다. 프레드릭 공작은 이 숲에 유력한 인사들이 모인다는 소식을 듣고 스스로 강력한 군사를 이끌고 진격중이었습니다. 그 목적이 그의 형님을 사로잡아 처형하자는 것이었지요. 그런데 이곳에 막 들어섰을 무렵 도사를 만났는데, 그 자리에서 마음을 바꾸어 속세를 버리고자 하셨답니다. 따라서 공작의 지위를 추방된 형님께 반환하고, 또한 다른 유배된 자의 영토도 모조리 반환한다는 전갈입니다. 이 일이 사실임을 제 목숨을 걸고 맹세합니다.
노공작 잘 왔소. 그대는 두 형제들의 결혼식에 훌륭한 선물을 가져왔구려. 한 사람에게는 몰수당한 땅을, 또 한 사람에게는 전 영토를, 즉 공작의 광활한 영토를 선물로 말이오. 자, 그럼 우선 이 숲에서 즐겁게 시작되어 행복하게 맺은 사랑의 열매를 거둡시다. 그런 다음에 나와 함께 괴로운 나날을 견뎌 준 동료들에게 하나하나 지위에 합당하게 같이 기쁨을 나눌 작정이오. 그러니 지금은 우리 모두 축제의 즐거움에 흠뻑 빠져 봅시다. 자, 풍악을 울려라! 신랑 신부는 짝을 지어 즐거운 춤을 추어라.

제이퀴스 공작님, 잠깐 제가 한마디만 여쭙겠습니다. (음악이 멈추자 제이크스에게) 그러니까 프레드릭 공작이 수도 생활을 하기 위해 호화로운 궁정 생활을 버렸다는 말씀입니까?

제이크스 드 보이스 그렇소.

제이퀴스 그분한테 가겠소. 개심한 사람한테는 배울 게 많소. (공작에게) 공작님께서는 옛 영화를 찾으셨으니 전 이만 떠날 때가 된 것 같습니다. 이 모든 게 인내와 인덕의 결실이지요. (올란도에게) 당신의 신실한 사랑이 마침내 사랑을 얻었군요. (올리버에게) 당신은 사랑과 영토, 좋은 사람들을 만났군요. (실비어스에게) 결국 순정으로 사랑을 얻었군요. (터취스턴에게) 당신은 부부간의 입씨름으로 재밌게 보내게 되겠죠. 하지만 사랑의 항해는 두 달치 식량이 전부라는 잊지 마시기를 바랍니다. 자, 여러분 이제부터 재밌게 축제를 즐기시죠. 저는 워낙 춤에 치웃자도 모르는 문외한이랍니다.

노공작 가지 마시오, 제이퀴스. 잠깐만.

제이퀴스 이제 축제는 끝났어요. 혹시라도 제게 볼일이 있으시면 공작님께서 버리신 그 동굴로 오시지요. (퇴장)

노공작 좋소. 자, 그럼 우리는 즐거운 마음으로 결혼식을 올립시다. 모든 일이 행복하게 끝날 것이오. (음악에 따라 사람들 춤을 추기 시작한다)

뜻대로 하세요

As You Like It

🌿진정으로 남자를 사랑해서는 안 돼. 그리고 심심풀이도 도가 지나치면 안 되니까, 순수함과 결백함을 지키면서 무사히 빠져나올 수만 있으면 좋아.

Love no man in good earnest, nor no further in sport neither than with safety of a pure blush thou mayst in honour come off again.

🌿행운의 선물은 늘 엉뚱한 곳으로 가지. 특히 인심 좋고 맹목적인 여신이 여자들에게 베푸는 은총은 어처구니없는 경우가 많아.

Benefits are mightily misplaced, and the bountiful blind woman doth most mistake in her gifts to women.

🌿아름다우면 정조가 부족하고, 정조가 곧으면 미모가 따르지 않는다.

She makes fair she scarce makes honest, and she makes honest she makes very ill-favouredly.

🎋만일 제가 저자한테 패한다 하더라도 명예라고는 눈곱만큼
도 없는 사나이가 수치를 당하는 것뿐이며, 설령 죽는다 해
도 죽고 싶어 안달하는 사나이가 죽는 것뿐입니다. 게다가
슬퍼해 줄 친구가 없으니 친구들에게 폐를 끼치는 것도 아
니고, 무일푼도 없는 빈털터리라 이 세상에 해를 끼칠 리도
없습니다. 저는 다만 이 세상에 자리 하나를 차지하고 있었
던 것뿐입니다. 그 자리가 비게 되는 저보다 더 나은 사람이
채우겠죠.

Wherein if I be foiled, there is but one shamed that was
never gracious, if killed, but one dead that was willing to
be so. I shall do my friends no wrong, for I have none to
lament me, the world no injury, for in it I have nothing,
only in the world I fill up a place, which may be better
supplied when I have made it empty.

🎋왜 나는 감사하다는 말도 못하지? 이제 교양은 송두리째 사
라지고 몸만 남은 허수아비란 말인가? 생명이 없는 인형에
불과한 건가?

Can I not say, I thank you? My better parts are all thrown
down, and that which here stands up is but a quintain, a
mere lifeless block.

🎋역경의 교훈은 거룩하다. 역경은 두꺼비처럼 추악하고 독하
지만 머리에 귀한 보석이 있다.

Sweet are the uses of adversity, Which, like the tord, ugly and venomous, Wears yet a precious jewel in his head.

🌿옷에 붙은 것이라면 털어내면 그만이지만, 마음에 박힌 가시는 어쩔 수가 없어.

I could shake them off my coat, these burs are in my heart.

🌿반역자들의 변명을 들어보면, 늘 그렇게 말하지. 하나같이 자신은 죄지은 적이 없다고!

Thus do all traitors : If their purgation did consist in words, they are as innocent as grace itself.

🌿우리는 추방당하는 것이 아니라 자유를 찾아서 떠나는 것이다.

Now go we in content to liberty and not to banishment.

🌿산 속에서 속세를 멀리 떨어져 살다 보니 나무들의 말을 듣고 흘러가는 개울물을 책으로 삼고 발에 채는 돌멩이에서도 신의 가르침을 듣지 않소? 그러니 나는 이 생활에서 벗어나고 싶지가 않소.

This our life exempt from public haunt finds tongues in trees, books in the running brooks, sermons in stones and good in every thing. I would not change it.

🌿불행해지면 친구도 멀어진다.

Left and abandon'd of his velvet friends.

🦋 사람에 따라선 미덕이 도리어 원한을 품게 한다는 것을 모르세요?

Know you not, master, to some kind of men their graces serve them but as enemies?

🦋 오만이란 바닷물과 같아서 밀물일 때는 도도히 흐르다가도 썰물일 때는 쑥 빠져 없어지는 것이 아닙니까?

Doth it not flow as hugely as the sea, till that the weary very means do ebb?

🦋 말랑말랑한 호의야말로 대단한 힘이 되지요.

Let gentleness my strong enforcement be.

🦋 이 세상은 하나의 무대요, 모든 인간은 제각각 맡은 역할을 위해 등장했다가 퇴장해 버리는 배우에 지나지 않죠. 그리고 살아 생전에 여러 가지 역할을 하는데 연령에 따라 7막으로 나눌 수 있죠. 제1막은 아기역을 맡아 유모 품에 안겨 울어대며 보채고 있죠. 제2막은 개구쟁이 아동기로 아침 햇살을 받으며 가방을 들고 달팽이처럼 마지못해 학교로 가죠. 제3막은 사랑하는 연인들이 서로를 그리워하며 강철도 녹이는 용광로처럼 한숨을 지으며 애인을 향해 세레나데를 부르지요. 제4막은 군대 가는 시기로 이상한 표어나 명예욕에 불

타올라 걸핏하면 눈에 핏발을 세우고 대포 아가리 속으로라
도 달려들려고 하죠. 제5막은 법관으로 뇌물을 받아먹어 뱃
살이 두둑해지고 눈초리는 날카롭고 현명한 격언과 진부한
말들을 능란하게 늘어놓으며 자기 역을 훌륭하게 해내죠.
제6막은 수척한 늙은이가 나오는데 콧등에는 돋보기가 걸쳐
져 있고, 허리에는 돈주머니를 차고, 젊었을 때 해질세라 아
껴둔 긴 양말은 정강이가 말라빠져 헐렁하고, 사내다웠던
굵은 목소리는 애들 목소리처럼 가늘게 변해 삑삑 소리를
내죠. 마지막으로 제7막은 파란만장한 인생살이를 끝맺는
장면으로, 제2의 유년기랄까, 이도 다 빠지고 오로지 망각의
시간으로 눈은 침침하고 입맛도 없고 세상만사가 모두 허무
할 뿐이죠.

All the world's a stage, and all the men and women
merely players. They have their exits and their entrances,
and one man in his time plays many parts, his acts being
seven ages. At first the infant, mewling and puking in the
nurse's arms. And then the whining school-boy, with his
satchel and shining morning face, creeping like snail
unwillingly to school. And then the lover, sighing like
furnace, with a woeful ballad made to his mistress'
eyebrow. Then a soldier, full of strange oaths and
bearded like the pard, jealous in honour, sudden and
quick in quarrel, seeking the bubble reputation even in
the cannon's mouth. And then the justice, in fair round
belly with good capon lined, with eyes severe and beard

of formal cut, full of wise saws and modern instances, and so he plays his part. The sixth age shifts into the lean and slipper'd pantaloon, with spectacles on nose and pouch on side, his youthful hose, well saved, a world too wide for his shrunk shank, and his big manly voice, turning again toward childish treble, pipes and whistles in his sound. Last scene of all, that ends this strange eventful history, is second childishness and mere oblivion, sans teeth, sans eyes, sans taste, sans everything.

🌿 전원 생활이라는 점에서는 무척 마음에 들지만 궁궐 생활이 아니라서 지루하고, 검소한 생활이라는 점에선 좋지만 풍족 하지 못하니 허기가 져서 탈이지.

In respect it is in the fields, it please me well. But in respect it is not in the court, it is tedious.

🌿 소생이 알고 있는 거라곤 사람이란 병이 들수록 아프다는 겁니다. 돈 없고 힘 없고 백 없는 사람은 좋은 친구 셋을 두 기도 어렵다는 거죠. 비의 속성은 적시는 데 있고 불의 속성 은 태운다는 데 있다는 것쯤 압니다.

I know the more one sickens the worse at ease he is, and that he that wants money, means and content is without three good friends, that the property of rain is to wet and fire to burn.

🌸 궁궐의 예의범절은 시골에서는 꼴불견일 뿐이죠. 시골 풍속이 궁궐에서 웃음거리가 되는 것처럼요.

Those that are good manners at the court are as ridiculous in the country as the behavior of the country is most mockable at the court.

🌸 산과 산도 지진이 나면 서로 만나거늘, 친구와 친구가 만나는 게 왜 이토록 어려울까요?

It is a hard matter for friends to meet, but mountains may be removed with earthquakes and so encounter.

🌸 시간의 걸음걸이는 사람에 따라 다르답니다. 시간은 사람에 따라 느릿느릿 기어가거나 종종걸음이거나 달리거나 아니면 완전히 서 있는 법이랍니다.

Time travels in divers paces with divers persons. I'll tell you who Time ambles withal, who Time trots withal, who Time gallops withal and who he stands still withal.

🌸 진정한 시일수록 거짓 투성이야. 연인들은 시에 취하고 시에 맹세하지.

The truest poetry is the most feigning, and lovers are given to poetry.

🌸 소는 멍에를, 말은 재갈을, 고양이는 방울을 달고 있듯이 사

람에게는 욕정이 그림자처럼 따라다니죠.

As the ox hath his bow, sir, the horse his curb and the
falcon her bells, so man hath his desires.

🌸 사람 죽이는 데 이골이 난 망나니라도 도끼를 내려칠 때에
는 용서를 구한다고 하잖아.

The common executioner, whose heart the accustom'd
sight of death makes hard, falls not the axe upon the
humbled neck but first begs pardon.

🌸 내 눈이 상처를 입혔다면 어디 보여줘. 바늘 끝이 지나가도
상처는 남는 법이야. 내가 널 쏘아본다 해서 상처가 났다면
어디 보여 달란 말이야.

Now mine eyes, which I have darted at thee, hurt thee
not, nor, I am sure, there is no force in eyes that can do
hurt.

🌸 내 우울증은 학자의 우울증과는 다르오. 변덕쟁이 음악가나
오만한 신하, 야심찬 군인의 우울증과도 다르오. 또한 권모
술수에 능한 법률가나 까다롭기 그지없는 귀부인, 아니면
연인들의 우울증과도 다르오. 그것은 이 모든 것을 다 합친
내 자신만의 우울증이오.

I have neither the scholar's melancholy, which is
emulation, nor the musician's, which is fantastical, nor

the courtier's, which is proud, nor the soldier's, which is ambitious, nor the lawyer's, which is politic, nor the lady's, which is nice, nor the lover's, which is all these: but it is a melancholy of mine own, compounded of many simples, extracted from many objects.

�*/ 사랑의 일 분을 천 분의 일로 나누어 그 한 토막이라도 어기는 그런 남자라면 큐피드의 화살이 심장에서 벗어난 사람일 거예요.

He that will divide a minute into a thousand parts and break but a part of the thousandth part of a minute in the affairs of love, it may be said of him that Cupid hath clapped him o' the shoulder, but I'll warrant him heart-whole.

🌿 못해요. 그렇게 시간을 어긴다면 다시는 내 눈앞에 나타나지 마세요. 차라리 달팽이를 애인으로 삼는 게 낫겠어요.

Nay, an you be so tardy, come no more in my sight. I had as lief be wooed of a snail.

🌿 남자들은 계속 죽고 또 죽었습니다. 그러나 사랑 때문에 죽은 사람은 한 사람도 없어요.

Men have died from time to time and worms have eaten them, but not for love.

🌿 많은 토지를 보고도 토지를 소유하지 않는 것은 눈은 풍성

해지지만 손은 가난해진다는 뜻입니다.

To have seen much and to have nothing is to have rich eyes and poor hands.

🌸어리석은 자는 자신이 현자인 줄 알고 현자는 자신이 어리석은 자인 줄 안다.

The fool doth think he is wise, but the wise man knows himself to be a fool.

십이야

구해서 얻는 사랑도 좋지만
구하지 않고 얻은 사랑은 더욱 좋지요.

Love sought is good,
but given unsought is better.

1. 등장인물

오시노 일리리아의 공작으로 올리비아한테 청혼을 했다가 거절을 당하고 바이올라와 결혼을 한다.

올리비아 토비 벨치 경의 조카딸로 오빠를 잃은 슬픔에 결혼을 하지 않기로 마음먹었지만 세자리오로 변장한 바이올라를 보고 첫눈에 반해 구애를 한다.

바이올라 세바스찬의 쌍둥이 여동생으로 일리리아의 해안에서 조난을 당한 후 세자리오라는 남자로 변장을 한다. 후에 오시노 공작과 결혼을 한다.

세바스찬 바이올라의 쌍둥이 오빠로 조난을 당했다가 안토니오의 구조로 살아난다. 나중에 올리비아와 결혼을 한다.

안토니오 해군 선장으로 오시노 공작과 원한 관계에 있다.

선 장 바이올라의 친구로 난파선에서 바이올라를 구출한다.

발렌타인, 큐리오 오시노 공작의 시종

토비 벨치 경 올리비아의 삼촌으로 주정뱅이에다 체통머리가 없어 사사건건 문제를 일으킨다.

앤드류 에이규치크 경 토비 벨치 경의 친구로 올리비아에게 청혼을 하지만 퇴짜를 당한다.

말볼리오 올리비아의 집사로 마리아의 거짓된 연서에 놀아나 우스꽝스런 행동을 서슴지 않는다.

페이비언 올리비아의 시종

페스테 광대, 올리비아의 하인

마리아 올리비아의 시녀

귀족들, 목사, 시종, 선원, 관리, 악사, 하인 등

2. 줄거리

셰익스피어의 대표적인 희극인 『십이야』는 1601년 1월 6일 이탈리아의 오시노 공작을 환영하기 위하여 엘리자베스 여왕 궁정에서 초연된 것으로 추측되고 있다. 『십이야』는 크리스마스로부터 12일째에 해당하는 1월 6일을 의미하는데, 이 희극은 이탈리아 계통의 설화에서 취재한 것이다.

메살린에 사는 세바스찬과 바이올라는 일란성 쌍둥이 남매이다. 둘은 옷을 따로 입지 않는 한 구별이 힘들 정도로 똑같이 생겼다. 어느 날 세바스찬과 바이올라는 항해를 하던 중 폭풍을 만나 배가 난파되면서 일리리아 해안 근처에서 헤어진다. 성난 파도에 휩쓸려 내동댕이쳐지는 오빠를 바라보며 겨우 목숨만 부지한 채 일리리아 바닷가에 상륙한 바이올라는 세자리오로 변장을 하고 오시노 공작의 시종으로 들어간다.

　오시노 공작은 올리비아를 지극히 연모하여 청혼을 하지만 번번이 거절당한다. 오빠의 죽음으로 슬퍼하던 올리비아는 7년간 아무도 만나지 않겠다고 선언했기 때문이다. 그런데도 공작은 사랑하는 올리비아에게 바이올라를 보내 계속 청혼을 한다. 그러나 올리비아는 변장한 바이올라를 보는 순간 불같은 사랑에 빠져들고 만다.

　한편 산더미 같은 파도에 휩쓸려 익사한 줄로 알았던 바이올라의 오빠 세바스찬은 선장 안토니오의 도움을 받아 구사일생으로 목숨을 건져 일리리아에 온다. 이를 알 리가 없는 올리비아는 바이올라의 쌍둥이 오빠인 세바스찬이 나타나자 그를 바이올라로 착각하고　성급하게 결혼식을 올린다.

제1막

제1장 공작의 저택

오시노 공작, 큐리오, 귀족들 등장. 악사들이 대기하고 있다.

오시노 음악이 사랑을 살찌우는 양식이라면 계속해 다오. 질리도록 들어 싫증이 나버리면 사랑의 식욕도 또한 사라지고 말 것이 아니냐. 다시 한 번 들려다오. 아스라이 사라지는 선율, 귓가에 감미롭게 들린다. 흡사 제비꽃 피는 언덕 위의 미풍이 몰래 꽃향기를 훔쳐 싣고 오는 것 같다. 됐다! 이제 그만 싫다. 아까처럼 감미롭지 않아. 아, 사랑의 정령이여, 너는 어쩌면 그리도 잽싼 변신의 명수이더냐. 바다처럼 무엇이든 다 받아들이며, 그 품속에 만들어가면 제아무리 가치 있고 훌륭한 것도 눈 깜짝할 사이에 헐값이 돼버리고 마는구나. 사랑이란 얼마나 변덕스러운 것이기에 그다지도 천차만별이란 말인가.

큐리오 사냥하러 가지 않으시겠습니까?

오시노 공작 사냥? 무엇을 잡으려고?

큐리오 사슴(hart)이죠.

오시노 암, 그 거라면 내 마음이 벌써 하고 있다. 내 고귀한 이 가슴이 말이야. 오, 나의 두 눈이 올리비아를 맨 처음 보았을 때 대기는 정화되고 천지의 독기가 사라지는 것 같았지. 바로 그때부터 나는 사슴으로 변신이 되었다. 그러고는 이 욕정이 사납고 포악한 사냥개처럼 나를 사정없이 몰아치고 있구나. (발렌타인 등장) 그래, 뭐라고 하더냐, 그녀는?

발렌타인 죄송합니다, 공작님. 직접 뵙지는 못했고, 시녀를 통해 받은 회답은 이렇습니다. 아가씨께서는 앞으로 일곱 해 동안 하늘에까지도 얼굴을 가릴 결심이랍니다. 나들이 하실 때는 마치 수녀처럼 두건으로 얼굴을 가리고, 하루에 한 번씩은 거처하시는 방에 짜디짠 눈물을 구석구석 빠짐없이 뿌리겠노라고 합니다. 이것도 모두 돌아가신 오라버니를 너무나 사랑하는 나머지 슬픈 추억 속에 영원히 간직하기 위해서랍니다.

오시노 아, 오라버니에게 진 사랑의 빚조차 갚으려 하다니, 얼마나 갸륵한 마음씨란 말인가. 큐피드의 황금 화살이 그의 가슴을 꿰뚫어 그 안에 있는 모든 감정을 소멸시킨다면, 그녀의 뇌수와 심장, 모든 사랑의 옥좌란 옥좌를 사랑이라는 한 왕이 차지하고 그녀의 전부를 채운다면. 자, 나를 안내해 다오, 아름다운 꽃밭으로. 푸른 나뭇가지로 덮여야 사랑의 정념도 풍성해지는 것이니. (모두 퇴장)

제 2 장 바닷가

바이올라, 선장, 선원들 등장.

바이올라 여기가 어디예요?

선 장 일리리아라는 곳입니다, 아가씨.

바이올라 일리리아에 와서 대체 어떡하자는 거죠? 오라버니는 하늘 나라에 갔을 거야. 아니 아마도 익사하지 않았을지도 몰라. 여러분들 생각은 어떠세요?

선 장 아가씨가 구조된 것만도 운이 좋았어요.

바이올라 아, 가엾은 오빠! 다행히 살아 있을지도 몰라요.

선 장 맞아요. 목숨을 건졌으니 희망을 가져요. 우리 배가 난파하여 아가씨와 여기 몇몇 사람이 겨우 살아났습니다만 우리가 표류하는 보트에 매달려 있을 때 오빠께서는 위험 속에서도 용의주도하게, 그러니까 용기와 희망이 그렇게 시킨 것이겠지만, 바다 위를 떠내려가는 튼튼한 돛대에 몸을 잡아 매고, 돌고래 등에 탄 아리온처럼 거친 파도를 타고 멀어져가는 모습을 이 두 눈으로 똑똑히 보았으니까요.

바이올라 정말 반가운 소식이네요. 사례로 이 돈을 받으세요. 제가 죽지 않고 살아난 걸 보면 오빠도 살아 있을 것 같은 희망이 생기는군요. 선장님은 이 나라를 잘 아세요?

선장 예, 잘 알죠. 내가 태어나서 자란 곳이 여기서 세 시간도 안 걸리니까요.

바이올라 이곳 영주님은 누구신가요?

선 장 가문이며 인품이 나무랄 데 없이 훌륭한 공작이지요.

바이올라 그분의 성함은요?

선 장 오시노.

바이올라 오시노! 아버님으로부터 성함을 들은 일이 있어요. 그땐 독신이라고 들었는데.

선 장 지금도 그래요, 최근까지는. 내가 이곳을 떠난 게 한 달 전인데, 그때는 한참 소문이 파다했는데, 알다시피 아랫것들은 높은 분들 일을 입에서 나오는 대로 주워섬기기를 좋아하거든요. 공작께서 올리비아 아가씨에게 청혼했다던가 했어요.

바이올라 어떤 아가씨였죠?

선 장 한 1년 전에 세상을 떠난 백작의 따님인데 정숙한 분이었죠. 그 후 오빠가 후견인을 자처했는데, 그 오빠마저 또 얼마 안 있어 돌아가셨지 뭡니까. 소문에 따르면 아가씨는 오빠를 그리워하는 나머지 남자와 교제는 물론이고 아예 얼굴조차 쳐다보지 않기로 맹세했답니다.

바이올라 아, 그런 분이라면 제가 모시고 싶군요. 그래서 때가 될 때까지 제 신분을 감추고 싶어요.

선　장 그건 좀 힘들 것 같은데요. 누구의 부탁도 듣지 않는 분이니까. 공작님의 부탁조차도 듣지 않아요.

바이올라 보아하니 선장님은 좋은 분 같으세요. 하긴 세상에는 외양은 그럴 듯해도 속은 부패한 사람들이 더러 있지만, 선장님은 진실한 모습에 착한 마음을 가진 분이라고 믿어요. 정말 부탁드려요. 보답은 얼마든지 하겠어요. 뜻한 바가 있어 여자라는 것을 숨기고 변장하겠으니 도와주세요. 공작님을 모시고 싶어요. 저를 시종으로 그분께 천거해 주세요. 수고가 헛되지 않도록 할게요. 이래도 저는 노래도 부를 능력도 있고, 여러 가지 음악으로 얘기를 나눌 수도 있으니 공작님 시중을 드릴 만하지 않겠어요. 나머지는 그때그때 눈치껏 해드리겠어요. 그저 남에게는 아무 말씀 마시고 제 부탁대로 해주세요.

선　장 당신은 내시가 되시오. 나는 벙어리 역을 맡겠소. 이 혀를 놀려 비밀을 떠벌리면 이 놈의 눈을 멀게 해도 좋소.

바이올라 감사해요. 이제 안내해 주세요. (모두 퇴장)

제 3 장 올리비아의 저택

토비 벨치 경과 마리아 등장.

토비 벨치 경 도대체 조카가 왜 저러지? 오라비가 죽었다고 저토록 상심만 하고 있다니. 근심은 목숨을 갉아먹는단 말이다.

마리아 토비 경, 밤에는 제발 좀 더 일찍 돌아오세요. 밤에 너무 늦는다고 아가씨가 아주 성화를 내신다니까요.

토비 벨치 경 뭐, 무슨 참견이야. 내버려두라고 해.

마리아 그야 그렇지만 체면은 차릴 줄 아셔야죠.

토비 벨치 경 체면을 차려라! 이 이상 좋은 옷이 어디 있어. 이 옷은 여유가 있으니 술을 마시기에는 안성맞춤이지. 이 장화만 해도 그래. 안 그렇다는 놈 있으면 나와 봐. 제 장화 끈에 목을 매라지.

마리아 그렇게 술을 마구 마시면 몸이 견뎌낼 수 있나요? 어제도 아가씨께서 그렇게 말씀하셨어요. 언젠가 밤에 청혼하겠다고 아가씨에게 데려온 그 얼치기 기사 말씀도 하시고요.

토비 벨치 경 누구라고? 앤드류 에이규치크 경 말이야?

마리아 네, 맞아요.

토비 벨치 경 그 사람은 이 일리리아에서 사나이 중의 사나이야.

마리아 그게 어떻다는 거예요.

토비 벨치 경 그 뭐냐, 연수입이 무려 삼천 더컷이란 말이야.

마리아 그럼 뭘 해요. 아무리 돈이 많아도 그것 갖고 1년도 버티지 못할 바보에다 방탕한 사람인걸.

토비 벨치 경 알지도 못하면서 무슨 소리야. 그 사람은 비올라를 연주할 줄도 알고 서너 개 나라 말을 한 자도 틀리지 않고 유창하게 말한단 말이야. 아무튼 출중한 재능을 타고난 사람이야.

마리아 그렇겠지요. 바보에다가 싸움하는 데는 못 말리죠. 다행히 타고난 겁쟁이어서 건달 기질을 눌러야 했으니 망정이지 그렇지 않았으면 벌써 저승길로 갔을 거라고 알 만한 사람들 사이에는 말이 많아요.

토비 벨치 경 천만에, 그런 헛소리를 지껄이는 녀석들이 악당들이지. 도대체 누구야? 그런 말 하고 다니는 놈들이.

마리아 그뿐이면 얼마나 좋게요. 매일 밤 나리와 어울려 다닌다고 하던데요?

토비 벨치 경 나야 조카딸의 건강을 기원하며 마시는 거지. 조카딸을 위해서라면 목구멍에 술이 넘어가고, 이 일리리아에서 술이 동이 나지 않는 한 술을 마실 거야. 조카딸을 위해 그 정도도 못한다면 비겁한 놈이지. 머리가 팽이처럼 핑핑 돌 때까지 퍼 마시지 못하면 아무것도 아니라구. 이것 봐, 그 벌레 씹은 듯한 얼굴 펴라구! 저기 앤드류 에이규치크 경이 오잖아. (앤드류 경 등장)

앤드류 경 토비 벨치 경! 안녕하신가?

토비 벨치 경 반갑네, 앤드류 경!

앤드류 경 안녕하시오, 왈가닥 아가씨?

마리아 나리도 안녕하셔요?

토비 벨치 경 인사해, 앤드류 경, 인사를 말이야.

마리아 전 그만 실례하겠어요. (퇴장)

앤드류 경 정말 내일은 고향으로 내려갈 거야. 토비 경 조카따님이 날 만나주지도 않을 거고, 만나봤댔자 싫은 소리를 들을 건 뻔한 노릇이니까. 바로 요 근방에 사는 공작이 청혼을 했다면서?

토비 벨치 경 공작은 싫대. 신분이나 연령, 지식 그 어떤 것도 저보다 윗사람하고는 결혼하지 않겠다는 거야. 그렇게 다짐하는 걸 이 두 귀로 똑똑히 들었어. 이봐, 아직도 기회는 있단 말이야.

앤드류 경 그럼 한 달만 더 있어 볼까? 정말 난 요상한 취향을 갖고 있어. 가끔 가면무용을 추거나 부어라 마셔라 술타령에 빠져 정신이 없거든.

토비 벨치 경 그런 풍류를 즐기고 있는 줄 몰랐군.

앤드류 경 이 일리리아에서는 누구에게도 지지 않을걸. 나보다 지체가 높은 사람을 빼놓으면 말이야. 하기야 꾼들에 견주면 아무래도 딸리겠지만.

토비 벨치 경 그런 재주를 왜 감춰뒀어? 왜 장막을 쳐 가려두었느냐고?

앤드류 경 그럼 우리 한바탕 신나게 놀아볼까? (모두 퇴장)

제 4 장 오시노 공작의 저택

발렌타인과 남장한 바이올라 등장.

발렌타인 세자리오, 공작님의 총애가 지금처럼 계속된다면 아마 자네는 반드시 출세할 것이네. 여기 온 지 고작 사흘밖에 안 됐는데도 벌써 수십 년 지기 같거든.

바이올라 공작님의 총애를 조건으로 말씀하시는 건 그분이 변덕스럽다거나 제가 게을러질까봐 걱정하시는 것 같아요. 공작님은 변덕이 심한 분이신가요?

발렌타인 아니, 절대 그렇지 않아.

바이올라 아무튼 감사합니다. 공작님이 오시네요.

오시노 공작, 큐리오, 시종들 등장

오시노 누구 세자리오를 못 보았느냐?

바이올라 공작님, 여기 대령하였습니다.

오시노 그대들은 잠시 물러가 있게. 세자리오, 너도 모든 것을 잘 알고 있을 거다. 내 마음속의 비밀들을 송두리째 다 보여주었으니까.

그러니 네가 아가씨한테 갔다오너라. 거절을 하든 말든 문 앞에 오
연하게 서서 직접 뵙기 전까지는 발이 땅에 붙어서 움직일 수 없다
고 버티는 거다.

바이올라 하지만 공작님, 아가씨께서는 깊은 시름에 빠져 있다고들
하는데, 어지간해선 만나줄 것 같지 않습니다.

오시노 빈손으로 소득 없이 돌아올 거면 시끌벅적하게 소란이라도
피워. 예의고 체면이고 차릴 것 없다.

바이올라 만약 만나 뵐 수 있으면 그땐 뭐라고 말씀드릴까요?

오시노 오! 그때는 내 불같은 사랑의 열정을 털어놓고 이 가슴 속에
맺힌 진심을 아가씨에게 호소해 다오. 내 사랑의 고뇌를 대신 전해
주는 것은 네가 적격이다. 쓸데없이 점잔만 빼는 심부름꾼보다도 너
같은 젊은이의 얘기를 아가씨는 더 잘 들어줄 것이다.

바이올라 저는 그렇게는 생각하지 않는데요.

오시노 아니야, 틀림없어. 달의 여신 아르테미스의 입술도 네 입술만
큼 부드럽고 붉지 못해. 너의 작은 목청은 마치 처녀의 목소리와도
같이 높고 고운 소리를 내고 있단 말이야. 아무튼 너는 하나에서 열
까지 여자를 쏙 닮았어. 너야말로 애초에 이 일에는 안성맞춤이야.

바이올라 혼신의 힘을 다해 청혼해 보겠습니다. (방백) 그렇지만 거
북스러운 일이다! 누구에게 청혼을 하든지 그의 아내가 되고 싶은
사람은 나 자신이니까. (모두 퇴장)

제 5 장 올리비아의 집

마리아와 광대 등장.

마리아 글쎄, 어딜 쏘다녔는지 말해 봐. 안 그러면 너를 감싸주려고 털 하나 들어갈 만큼도 입을 열지 않을 테니 말이야. 네 멋대로 집을 비웠으니 아가씨께서는 널 교수형에 처하시겠지.

광 대 목을 매달아 보라지 뭐. 그럼 빛을 두려워하지 않아도 되니까.

마리아 그건 또 무슨 소리야?

광 대 나 원! 눈을 감으면 빛이 보이지 않는데 겁날 게 없잖아!

마리아 별 싱거운 대답도 있군. "빛을 두려워하지 않는다."는 격언이 어디서 나왔는지 얘기해 주지.

광 대 제발 그러세요, 마리아 아줌마!

마리아 전쟁에서 나온 말이야. 너 같은 멍청이가 그런 말을 쓰다니 뻔뻔하구나.

광 대 오, 신이시여! 지혜 있는 자에게는 지혜를 주시고, 바보에게는 재주를 부리게 해주십시오.

마리아 아무튼 너는 오랫동안 집을 비웠으니까 교수형 아니면 여기서 쫓겨날 거야. 쫓겨나나 교수형이나 너에겐 매 한가지겠지만.

광 대 교수형 덕분에 넌덜머리나는 결혼을 모면한 사람이 얼마나 많은데. 그런데 이왕 쫓겨날 거면 여름이면 좋겠는데.

마리아 그래도 준비는 돼 있나 보네.

광 대 그렇지도 않아. 준비야 두 가지지.

마리아 아가씨께서 나오신다. 잘못했다고 손이 발이 되도록 싹싹 비는 게 네 신상에 좋을 거다. (퇴장)

광 대 기지여, 나에게 부디 근사한 광대 노릇을 시켜 주오. 지혜가 있다고 뽐내는 작자들이 멍청이인 경우가 더 많더군. 난 지혜라곤 없는 멍청이니까 오히려 똑똑한 인간으로 통할는지도 몰라.

올리비아와 말볼리오 등장.

광 대 아가씨, 안녕하신지요?

올리비아 저 멍청이를 끌어내!

광 대 어이, 뭐하는 거야? 아가씨를 끌어내라는데.

올리비아 이봐, 넌 이제 별 볼일 없는 광대일 뿐이야. 이젠 쓸모가 없어. 더군다나 버릇까지 형편없단 말이야.

광 대 그 두 가지 허물이야 술과 충고로 고칠 수 있지요. 별 볼일 없는 멍청이에겐 술을 먹여 보세요. 생기가 돌 게 아니겠어요. 그리고 버릇이 형편없는 건 고치라고 하면 되지요. 고치기만 하면 버릇이 좋아질 것이고. 그래도 못 고치면 옷 수선쟁이에게 맡겨 보세요. 이것저것 땜질한 누더기야말로 광대가 걸치고 있는 옷이지요. 미덕도 흠이 간 것은 죄악으로 누더기가 돼 있고, 죄악도 고친 것은 미덕으로 누더기가 돼 있는 것이랍니다. 아가씨께서 광대를 끌어내라고 했는데, 뭐 하고들 있나? 아가씨를 저리 데려가란 말이다.

올리비아 이봐, 널 데려가라고 한 거야.

광　대 어? 이거 보통 실수가 아니네! 아가씨, "중 모자 썼다고 다 중이 아니다"라는 속담도 있지 않습니까? 제가 비록 누더기 광대 옷을 입고 있긴 했지만 머릿속까지 누더기는 아닙니다요. 아가씨, 당신은 왜 그리 슬퍼하지요?

올리비아 이 멍청이, 오라버니가 돌아가셨기 때문이지.

광　대 아가씨, 그럼 오라버니의 영혼은 지옥에 있을 거예요.

올리비아 이 멍청아, 오라버니의 영혼은 천당에 가 있어.

광　대 그러니까 아주 멍청이죠. 오라버니의 영혼이 천당에 가 있는데 왜 슬퍼하느냐 말이야. 이보게들, 이 멍청이를 데리고 가, 어서.

올리비아 말볼리오, 이 멍청이를 어떻게 생각해? 상태가 조금 나아진 건가?

말볼리오 예, 아마도 죽음의 고통을 당할 때까지는 조금씩 나아질 것입니다. 나이를 먹으면 총명한 사람도 노망이 들지만 멍청이는 더욱더 상멍청이가 되는 법이니까요.

올리비아 말볼리오, 당신도 잘난 체하는 게 병이야. 그러니 무얼 먹어도 입에 맞는 게 없지. 너그럽고 결백하며 자유로운 기질을 가진 사람은 당신이 대포알이라고 생각하는 것도 새 총알 정도로밖에 여기지 않아. 세상이 이미 다 알고 있는 광대가 험담을 한다 해도 그건 악의가 있다고 할 수 없어. 마치 저명한 인사가 아무리 남을 비난한다 하더라도 악의적인 험담이 안 되는 것처럼 말이야.

광 대 자, 헤르메스 신이여, 아가씨에게 거짓말하는 솜씨를 허락하소서. 멍청이를 찬양하고 있으니!

마리아 다시 등장.

마리아 아가씨, 문밖에서 웬 젊은 신사분이 꼭 만나 뵙고 드릴 말씀이 있다고 하는데요.

올리비아 오시노 공작이 보낸 사람인가?

마리아 잘 모르겠어요. 꽤 미남 청년인데 수행원들도 꽤 되네요.

올리비아 누가 응대하고 있지?

마리아 삼촌이신 토비 경이십니다, 아가씨.

올리비아 그 양반이면 그냥 들어오시라고 해. 정신 나간 소리밖에 더 하겠어? (마리아 퇴장) 말볼리오, 가봐요. 공작이 보낸 사람이면 아파서 누워 있다든가, 집에 없다든가, 뭐든 적당히 둘러대고 돌려보내요. (말볼리오 퇴장) 자, 보았지. 네 광대짓도 이젠 낡아빠졌어. 모두 싫어하잖아.

광 대 아가씨는 방금 저를 변호해 주셨지요. 마치 맏아들이 바보나

된 것처럼. 신이여, 제발 머리를 채워주소서! 왜냐고요? 마침 머리가 빈 친척이 하나 들어오고 있잖아요.

토비 벨치 경 등장.

올리비아 아이, 짜증나! 또 고주망태시군. 문밖에 찾아온 사람은 누구 예요, 아저씨?

토비 벨치 경 신사다.

올리비아 신사라니요! 어떤 신사인데요? 그나저나 아저씨, 도대체 어 떻게 된 거예요? 이른 아침부터 곤드레만드레잖아요.

토비 벨치 경 뭐 곤드레만드레! 곤드레만드레하는 자는 바로 대문에 있어.

올리비아 그러니까 그게 누구냐고요?

토비 벨치 경 그게 악마라면 어때? 상관없다고. 나에게 신앙을 달라 이거야. 젠장, 될 대로 되지. (퇴장)

올리비아 이봐, 멍청이. 술주정뱅이는 뭘 닮았지?

광   대 익사한 놈, 바보 멍청이, 그리고 미치광이를 닮았지요. 얼큰할 때 한 잔 하면 바보 멍청이 되고, 두 잔을 하면 미치광이, 석 잔을 넘 으면 물귀신이 되거든요.

올리비아 그럼 가서 검시관을 불러와. 아저씨를 검사해야겠어. 아저 씨는 세 번째 단계로 만취한 물귀신이네. 가서 돌봐줘.

광　대 아가씨, 아직은 미치광이 정도예요. 그러니까 바보 멍청이가 미치광이를 돌봐주는 거네요. (퇴장)

말볼리오 다시 등장.

말볼리오 아가씨, 문 앞에 와 있는 젊은이가 꼭 아가씨를 만나 뵙고 가겠다는군요. 편찮으시다고 했더니 그건 다 알고 왔으니까 꼭 뵙고 말씀을 드리겠답니다. 지금 주무시고 계신다니까 그것도 다 알고 왔으니 뵙게 해달라고 버티고 있습니다. 아가씨, 뭐라고 할까요? 아무리 안 된다고 거절을 해도 막무가내군요.

올리비아 만날 수 없다고 전해요.

말볼리오 그렇게도 말해 봤어요. 그랬더니 관청의 기둥이 되든지 걸상다리가 되는 한이 있더라도 직접 만나 뵙지 않고는 안 가겠답니다.

올리비아 인품은 어때? 나이는 몇 살이나 돼 보이고?

말볼리오 글쎄, 성인이라고 하기에는 나이가 좀 모자라고, 또 아이라고 할 만큼 어리지도 않아요. 알이 생길까 말까 정도인 풋콩 또는 붉은 빛이 살짝 도는 풋사과라고 할까, 어른과 아이의 중간 정도예요. 얼굴은 퍽 잘생겼고 입심이 아주 야문데, 한편으로는 어머니 젖을 뗐을까 안 뗐을까 하는 생각이 드는군요.

올리비아 이리로 안내해요. 그리고 시녀를 불러주고.

말볼리오 이봐, 아가씨께서 부르셔. (퇴장)

바이올라 수행들과 함께 등장.

바이올라 어느 분이 이 댁의 고명하신 아가씨인지요?

올리비아 나에게 말해요, 대신 대답을 해줄 테니. 용건이 뭐지요?

바이올라 더 없이 빛나고 비교할 바 없는 아름다움을 간직하신 분, 제발 간청합니다. 당신께서 바로 이 댁의 아가씨인가요? 한 번도 뵌 적이 없어서요. 모처럼의 대사를 헛되게 하고 싶지는 않습니다. 멋지게 만든 말이기도 하지만 암기하느라 꽤나 힘이 들었으니까요. 아름다운 아가씨, 저를 너무 경멸하지 마세요. 저는 조금만 냉정한 대접을 받아도 주눅이 들고 만답니다.

올리비아 어디서 오셨나요?

바이올라 먼저 당신이 이 댁의 아가씨이신지 말씀해 주세요? 저는 뵌적이 없어서요. 그래야 제가 준비해 온 대사를 계속할 수 있으니까요. 당신이 이 댁의 아가씨이십니까?

올리비아 그래요. 내가 나 자신을 빼앗아가는 것이 아니라면요.

바이올라 아니에요. 틀림없이 이 댁 아가씨가 맞다면 당신께선 자신을 빼앗아간 것입니다. 왜냐하면 아가씨께서는 당연히 내어줄 것을 이제까지 연기하고 있기 때문입니다. 지금 말씀드린 것은 제가 받은 지시 밖의 일입니다.

올리비아 어서 용건부터 말해요. 그 칭찬의 말일랑 그만두고.

바이올라 큰일났네요. 그걸 외우느라고 얼마나 고생을 했는데요. 게

다가 매우 시적이고.

올리비아 그렇다면 더 꾸며댄 거짓일 테니 그만 집어치워요. 당신 얘기를 듣고 싶어서가 아니라 당신이 문 앞에서 무례하게 버티고 있다기에 도대체 어떤 작자인지 보려고 부른 거예요. 미치지 않았다면 빨리 돌아가요. 제정신이라면 간단히 말해요. 난 지금 그 따위 허접한 말 따위나 상대할 심정이 아니니까요.

바이올라 아가씨에게만 말씀드려야 할 이야기입니다. 저는 선전포고를 하러 온 것도 아니고 항복을 재촉하러 온 것도 아닙니다. 제 손은 올리브 가지를 쥐고 있고, 드릴 말씀도 내용도 지극히 평화로운 것입니다.

올리비아 모두들 잠시 자리를 비켜 줘. 그 평화로운 말씀 한번 들어보게. (마리아와 수행들 퇴장) 자, 그 말씀을 들어볼까요?

바이올라 이 세상에서 가장 아름다운 여인이여!

올리비아 아주 기분 좋은 교리이네. 얼마나 더 늘여 뺄 셈이지? 대체 본문은 어디 있어요?

바이올라 오시노 공작님의 가슴속에요.

올리비아 그분의 가슴속에라! 가슴속 제 몇 장이죠?

바이올라 그 방식을 따르자면 그분 가슴속 제1장이지요.

올리비아 아! 그거라면 벌써 읽었어요. 그건 이단의 가르침이에요. 또 할 이야기가 있어요?

바이올라 아가씨, 얼굴을 보여주세요.

올리비아　제 얼굴과 담판이라도 지라는 명령이라도 받고 왔어요? 본문에서 벗어났군요. 하지만 좋아요. 커튼을 걷고 제 얼굴을 보여드리죠. 자, 보세요. (베일을 벗는다) 지금은 이 정도인데. 어때요, 괜찮은 편인가요?

바이올라　굉장합니다, 하느님이 모든 것을 만드셨다면.

올리비아　바래지 않게 물들여 놓아서 비바람에도 잘 견뎌낼 거예요.

바이올라　참으로 오묘한 기예로 붉고 흰 빛깔을 조합하여 이뤄낸 아름다움이군요. 조화의 극치예요. 아가씨, 당신이야말로 세상에 둘도 없는 잔인한 분입니다. 그런 아름다움을 모조리 무덤까지 끌고 가서 이 세상에 단 한 장의 사본도 남겨놓지 않는다면요.

올리비아　무슨 말씀을. 난 그런 잔인한 여자는 아니에요. 내 아름다움을 명세서로 만들어 남겨놓을 거예요. 단 하나도 빼지 않고 명세서를 만들어 유언장에다 붙여 놓을 거예요. 이렇게 말예요. 첫 번째 상당히 붉은 입술 두 개. 두 번째 눈꺼풀이 진 회색 눈 두 개. 세 번째 목 한 개, 턱 한 개 등등. 그런데 나를 찬미하러 여기에 당신을 보낸 건가요?

바이올라　당신이 어떤 사람인지 이제야 알겠어요. 아가씨는 도도하기 짝이 없으시군요. 그러나 아가씨가 악마라 해도 아름다운 것만은 분명합니다. 저의 주인은 당신을 사랑하십니다. 아가씨가 아무리 당신이 절세의 미의 왕관을 썼다 해도 그 사랑에는 응답하지 않을 수 없을 것입니다.

올리비아 공작님께서는 내 마음을 이미 알고 계세요. 나는 그분을 사랑할 수 없어요. 물론 그분은 명망이 높고 훌륭한 분이에요. 영지도 넓고 청렴하며 흠 잡을 데 없는 젊은 분으로 알고 있어요. 세상의 평판도 좋고 활달한 성미에 관대한 성품, 학식과 용기, 체격이나 태도도 출중한 분이시죠. 그렇지만 나는 그분을 사랑할 수 없어요. 이런 대답은 이미 오래전에 드렸어요.

바이올라 만약 제가 아가씨를 저의 주인같이 사랑의 열정에 불타 고통 속에 빠지고 생명을 바치듯 한다면 어찌 그런 거절의 말씀이 귀에 들어오겠습니까? 아마도 무슨 소리인지 이해하려고도 하지 않을 것입니다.

올리비아 그럼 당신이라면 어떻게 하겠어요?

바이올라 당신의 집 문 앞에 버드나무 가지로 엮은 오두막집을 지어 놓고 저택 안의 내 영혼에 하소연할 것입니다. 버림받은 진실한 사랑의 슬픔을 가사로 지어 깊은 한밤중에 소리쳐 노래하고, 언덕을 향해 아가씨의 이름을 불러 메아리를 울리게 할 겁니다. 그러면 아가씨께서는 이 몸을 측은히 여겨 주시지 않는 한 이 세상에서 잠시라도 편히 쉬지 못하게 될 것입니다.

올리비아 당신이라면 그렇게 하고도 남겠네요. 당신은 어떤 신분의 사람인가요?

바이올라 지금의 처지보다야 훨씬 높죠. 하지만 현재도 나쁘지는 않습니다. 태생은 신사니까요.

올리비아 돌아가서 주인께 전해 주세요. 나는 그분을 사랑할 수 없으니 다시는 사람도 보내지 말라고요. 단, 당신의 주인이 내 말을 어떻게 받아들이셨는지 알려주러 온다면 그것은 별도의 문제예요. 안녕히 가세요. 수고가 많았어요. 자, 이 돈은 받아두세요.

바이올라 저는 수고비를 받고 심부름 온 게 아닙니다. 그 돈은 도로 넣어두세요. 정말 보답을 받을 사람은 저의 주인이지 제가 아닙니다. 원컨대 앞으로 당신이 사랑할 때 사랑의 신이 상대방의 가슴을 정녕 차돌같이 만들어 주시고, 아가씨의 불타는 사랑의 열정은 저의 주인처럼 무참히 냉대받게 해주시기를! 안녕히 계십시오, 아름답고 냉혹한 분이여. (퇴장)

올리비아 "당신은 어떤 신분의 사람인가요?" "그야 지금의 처지보다야 훨씬 높죠. 하지만 현재도 나쁘지는 않습니다. 태생은 신사니까요"라고 했겠다. 그래 틀림없는 신사야. 그 말씨, 얼굴, 체격, 거동, 마음 씀씀이로 볼 때 지체 높은 집안의 사람이 틀림없어. 안 되지! 조급하게 행동해서는 안 돼. 주인과 저 사람을 바꾸어놓다니, 내가 정상이 아니지. 이렇게 갑자기 상사병에 걸려 버렸어. 아마 그 젊은이의 아름다운 모습이 나도 모르는 사이에 내 마음속에 스며든 거야. 어쩔 수 없지, 될 대로 되라고 하는 수밖에는. 이봐, 말볼리오!

말볼리오 등장.

말볼리오 아가씨, 부르셨습니까?

올리비아 아까 그 시건방진 심부름꾼, 공작의 시종을 뒤쫓아가요. 내게 물어보지도 않고 반지를 두고 갔어. 이런 건 받고 싶지 않다고 말해. 그리고 주인에게 가서 괜히 인심을 써서 쓸데없는 희망을 갖게 하지 말라고 단단히 말해 줘. 난 그 사람이 싫으니까. 그리고 만일 그 젊은이가 내일 다시 여기 오면 그 이유를 말해 줄 거라고 해요. 자, 어서 서둘러요, 말볼리오.

말볼리오 예, 시키는 대로 하겠습니다. (두 사람 퇴장)

제 2 막

제 1 장 바닷가

안토니오와 세바스찬 등장.

안토니오 더는 머물지 않겠다는 겁니까? 내가 동행하면 안 되겠어요?

세바스찬 죄송하지만 이해해 주세요. 내 운명엔 불길한 별이 따라다니니 혹여 나의 불운이 당신의 운명에까지도 미칠지 모릅니다. 그러니 여기서 헤어집시다. 내 불행은 나 혼자서 감당하게 해주시오. 내가 조금이라도 당신께 폐를 끼치게 된다면 그건 호의를 베푼 당신에 대한 도리가 아닐 것이오.

안토니오 정 그러면 행선지라도 알려주시오.

세바스찬 아니오. 사실은 이곳저곳 정처 없이 떠돌아다니는 방랑의 길이랍니다. 그런데 당신은 매우 겸손한 사람이라 내가 숨겨두고 싶은 것을 굳이 캐묻지 않으니, 나로서는 도리어 솔직하게 말씀드리는 것이 예의일 것 같습니다. 안토니오 씨, 내 이름을 로데리고라고 말씀드렸지만 사실 원래 이름은 세바스찬입니다. 나의 부친은 메살린의 세바스찬이지요. 아버지는 저와 누이동생을 두고 돌아가셨어요. 우리 둘은 같은 시각에 세상에 나온 쌍둥이랍니다. 바라기는 죽는 것도 한날 한시에 했으면 했지요. 그 소망을 당신이 바꿔버린 셈이 됐어요. 당신이 험난한 파도에서 나를 구해 준 그 몇 시간 전에 누이 동생은 바닷물에 빠져 죽었답니다.

안토니오 아, 정말 안됐군요.

세바스찬 누이는 나와 많이 닮았다고 합니다만 미인이라고 말하는 사람들이 많았어요. 칭찬을 곧이곧대로 믿지는 않습니다만 이것만은 자신 있게 말할 수 있어요. 아무리 시기심이 많은 사람도 아름답다고 말할 수밖에 없는 고운 마음씨를 지녔답니다. 그 사랑스런 동생이 바닷물에 빠져죽었어요. 그런데 그걸 다시 생각할수록 눈물의 바다 속에 누이를 밀어넣는 것 같군요.

안토니오 죄송합니다. 결례가 많았습니다.

세바스찬 천만에, 무슨 그런 말씀을. 안토니오! 나야말로 심려를 끼친 걸 용서해 주시오.

안토니오 저의 우정을 생각해서라도 제가 모시도록 해주십시오. (퇴장)

제 2 장 거리

바이올라 등장하고 뒤따라 말볼리오 등장.

말볼리오 조금 전에 올리비아 아가씨 댁에 오셨던 분이지요?

바이올라 예, 그런데요. 보통 걸음으로 여기까지 걸어왔지요.

말볼리오 아가씨께서 이 반지를 돌려드리랍니다. 아까 갖고 갔더라면 제가 이런 수고를 안 해도 됐을 텐데. 그리고 우리 아가씨가 이후로 공작님의 청을 받을 생각은 전혀 없으니 꼭 그 말을 전하라고 누차 당부하셨소. 또 당신 주인의 용무로는 두 번 다시 찾아오지 말라고 하셨소. 하지만 공작께서 그 말을 어떻게 들었는지 알리려고 당신이 오겠다면 그것은 관계치 않겠다고 하십디다. 자, 이것은 받아 가시오.

바이올라 그 반지는 아가씨가 나한테 받으신 거요. 난 받을 수 없어요.

말볼리오 왜 이러쇼? 당신이 멋대로 아가씨에게 내던진 것 아뇨. 당신이 한 것처럼 똑같이 내던져 주라고 했소. 허리를 굽혀 주울 만한 가치가 있다면 바로 당신 눈앞에 있으니 줍든지, 그게 싫으면 아무나 줍는 사람이 임자지, 뭐. (퇴장)

바이올라 반지를 두고 온 적이 없는데 아가씨가 정말 무슨 뜻으로 그럴까? 내 외모에 반해 버렸다면 이거 큰일이잖아! 그래 내 얼굴만 줄곧 쳐다보고 있었어. 넋을 놓고 바라보다가 혀가 제대로 움직이지 않는 듯 알아듣지도 못할 말을 더듬거렸어. 분명히 날 좋아하는 것 같아. 불타는 열정으로 교활하게도 내 마음을 유인하려고 저 무례한 심부름꾼을 보낸 거야. 공작님의 반지를 안 받겠다니! 공작님은 아무것도 주지 않았는데 말이야. 틀림없이 나를 겨누고 한 거야. 그렇다면 정말 가엾은 아가씨, 차라리 꿈을 사랑하는 게 나을 거예요. 공작님께서는 아가씨를 죽을 만큼 사랑하고 있고, 남장한 여자인 나는 공작님을 좋아하고 있고, 아가씨는 잘못 알고 나를 좋아하게 됐으니 장차 이 일이 어떻게 될까? 아, 난감하네! 가엾은 올리비아 아가씨는 헛되이 한숨만 짓고 있어야 하다니! 오, 시간이여, 이 복잡하게 뒤얽힌 버린 사건을 해결해 다오. 난 도저히 얽힌 매듭을 풀 힘이 없구나.
(퇴장)

제 3 장 올리비아의 집

토비 벨치 경과 앤드류 경 등장.

토비 벨치 경 이쪽으로 오게, 앤드류 경. 자정이 넘도록 잠자리에 안 들었으니 일찍 기상한 것이나 다름없군. "아침 일찍 일어나는 자가 장수한다"는 말을 알고 있지?

앤드류 경 아니, 전혀 들어본 적이 없네. 밤늦게까지 잠자리에 들지 않으면 그거야 밤늦게까지 자지 않고 있을 뿐 아닌가?

토비 벨치 경 결론이 틀렸네. 그런 식의 말은 빈 술병 같아 정말 싫단 말씀이야. 자정이 지나서까지 깨어 있다가 잠자리에 들면 그게 일찍 자는 거지. 그러니까 자정이 지나서 잠자리에 들면 일찍 잠자리에 드는 거다 이거야. 무릇 인간의 생명이란 땅, 물, 불, 바람의 네 가지 원소로 돼 있나니.

앤드류 경 음, 다들 그렇게들 말하는 데, 난 말이야, 먹고 마시는 것으로 돼 있다고 생각해.

토비 벨치 경 학자가 따로 없네 그려. 그러면 먹고 마셔 보자고. 어이, 마리아! 여기 술, 술 가져와! (광대와 마리아 등장)

마리아 아니, 무슨 북새통이람? 어디 두고 보셔요! 아가씨께서 말볼리오 집사를 불러 당신들을 밖으로 내쫓을 테니까.

토비 벨치 경 아가씨는 때놈, 우리는 지체 높은 관리, 말볼리오는 천하 병신이야. 우리들 세 사람은 유쾌한 단짝들, 난 이래 뵈도 아가씨의 친척이란 말씀이야. 피가 통하고 있다고. 아가씨가 뭐 어떻단 말인가!(노래한다) 옛날 바빌론에 한 사나이 있었네, 아가씨 아가씨!

광 대 제기랄, 나리 양반의 멍청이 짓이 놀랄 노자군.

앤드류 경 그렇고 말고, 신명만 나면 끝내주지. 나도 못지 않지. 솜씨야 저 친구가 좀 낫지만, 그 대신 난 자연스럽단 말이야.

토비 벨치 경 (노래한다) 마침 때는 동지섣달하고도 십이야라……

마리아 제발 좀 조용히 해요!

말볼리오 등장.

말볼리오 어째 다 머리가 돈 것 같군요? 분별이고 체면이고 염치고 다 어디다 팔아먹었답니까? 오밤중에 땜장이처럼 소란을 피우다니 말이오. 아가씨의 저택을 선술집으로 만들 셈이요? 아무런 가책도 없이 집이 떠나가라고 고래고래 소리를 질러대며 야단법석이라니. 토비 경, 솔직히 말씀드리죠. 아가씨께서 저보고 전하라고 하셨는데 친척이니까 모시고 있지만 이런 문란한 행태에는 넌덜머리가 난다고 하셨어요. 그러니까 앞으로 그런 주책없는 난잡한 행실을 삼간다면 모르지만 그렇지 않다면 지체 없이 작별을 하시겠다고 합니다.

토비 벨치 경 정든 임아, 부디 안녕! 너를 두고 나는 간다.

마리아 그만둬요, 토비 경.

말볼리오 마리아 아가씨, 아가씨의 총애를 대수롭지 않게 생각하는 게 아니라면 이런 무례한 짓에 동참하지 말아요. 알겠소? 틀림없이 아가씨 귀에 들어가고 말 테니. (퇴장)

마리아 빨리 가서 당나귀처럼 귀나 흔들고 있으라지.

앤드류 경 저 녀석에게 결투를 신청해 놓고 고의로 바람맞히는 식으로 골려주는 것도 재미있겠어. 시장기가 돌 때 한잔 척 걸치는 맛 못지않을걸.

토비 벨치 경 그래, 해보라고. 도전장은 내가 써 줄게. 아니면 몹시 분개하고 있다고 구두로 전달해도 좋아.

마리아 토비 경, 오늘 밤은 좀 참으세요. 오늘 아가씨께서는 공작님 댁의 젊은이가 왔다 간 후로 안절부절못하고 계세요. 말볼리오 집사 일은 제게 맡겨두세요. 제가 무슨 수를 써서라도 웃음거리로 만들어드릴 테니까요. 그 정도도 못하면 혼자 잠자리에도 들어가지 못하는 못난이라고 골려도 좋아요. 지켜 보세요.

토비 벨치 경 어이, 좀 얘기해 봐. 어떻게 한다는 거야?

마리아 그는 말만 청교도이지 이것도 저것도 아니에요. 그때그때 유리한 대로 알랑거리는 기회주의자인 데다가 그럴 듯한 말을 기억해 놓았다가 그럴 듯하게 지껄여대죠. 잘난 체하며 뻐기는 작태는 꼴불견이지요. 자기를 한 번 보기만 하면 누구나 자기에게 반한다고 철석

같이 믿고 있어요. 그런 약점을 이용하면 망신살이 톡톡히 뻗치게 할 수 있어요.

토비 벨치 경 그럼 어떻게 해야 하지?

마리아 잘 다니는 길목에다 이름이 없는 연애편지를 떨어뜨려 둘 거예요. 편지에 수염의 색깔이며, 다리 모양, 걸음걸이, 눈매, 이마, 그리고 안색 같은 것을 써놓아 그것이 자기에게 보낸 것이 틀림없다고 믿게 하는 거예요. 저는 아가씨와 아주 비슷하게 글씨를 쓸 수 있어요. 오 래전에 쓴 것을 보면 제 글씨인지 아가씨의 글씨인지 서로 구별을 못 할 정도니까요.

토비 벨치 경 근사해! 이제 감 잡았어.

앤드류 경 나도 냄새를 맡았어.

토비 벨치 경 떨어뜨린 연애편지를 보고는 내 조카딸이 보낸 편진 줄 알겠지. 그래서 자기를 사랑하는 줄 알게 된다 이거지?

마리아 바로 그게 제가 노린 거예요.

앤드류 경 아참, 기막히군!

마리아 최고의 구경거리가 될 거예요. 두고 보세요. 제 약이 잘 들을 테니까. 두 분과 저 광대는 숨어서 구경만 하면 돼요. 그 편지를 주워 어떻게 하는지 똑똑히 보세요. 오늘 밤은 편히 주무시고 꿈에서라도 이 일을 지켜보시기를. 그럼 안녕히. (모두 퇴장)

제 4 장 공작의 저택

오시노 공작, 바이올라, 큐리오, 그 외 사람들 등장.

오시노 음악을 들려다오. 아, 다들 안녕하오? 자, 세자리오, 그 노래를 불러봐. 지난밤에 들었던 고풍의 노래를 말이다. 그 노래 덕분에 사랑의 괴로움을 한결 덜은 것 같다. 요즘같이 눈이 어지럽게 급변하는 세태에 영합해 이리저리 페어 맞춘 가사나 경박한 곡조보다는 훨씬 좋았어. 자, 일절만이도 좋아.

큐리오 죄송하오나 그 노래를 부른 자가 여기 없습니다.

오시노 누구였더라?

큐리오 어릿광대 페스테입니다. 올리비아 아가씨 선친께서 매우 총애하던 광대입니다. 이 저택 근처 어딘가에 있을 겁니다.

오시노 찾아오너라. 그동안 음악을 연주해 다오. (큐리오 퇴장, 음악) 이리 오라. 네가 만일 사랑 때문에 고통받게 되거든 날 기억해 다오. 질실한 사랑을 하는 자는 모두 나와 피장파장이니까. 사랑하는 사람의 모습은 언제나 마음속에 깊이 각인돼 있지만 그 외의 것들은 무엇이건 간에 흐리멍덩해지는 거다. 어때? 이 곡이 듣기 좋으냐?

바이올라 사랑의 신의 옥좌에서 울려 퍼지는 소리 같습니다.

오시노 썩 그럴 듯한 말이군. 넌 아직 어리지만 틀림없이 사랑하는 누구에겐가 눈길을 준 적이 있는 것 같구나. 그렇지 않나?

바이올라 예, 덕분에 좀 있었죠. 공작님 같은 사람이었죠.

오시노 그럼 사랑에 빠질 정도는 아니군. 그래 나이는 몇인가?

바이올라 공작님과 같은 연배입니다.

오시노 나이가 너무 많군. 여자는 자기보다 연상인 남편을 만나야 돼. 그래야 부부 사이가 좋고, 항상 남편의 마음을 붙잡아 둘 수 있지. 왜냐하면 남자란 아무리 호의적으로 봐주어도 여자보다는 마음이 둥둥 떠 있고 변하기도 쉽지. 아주 쉽게 정이 드는가 하면 언제 그랬냐는 듯이 식어버리는 것이 남자야.

바이올라 공작님 말씀이 정말 옳습니다.

오시노 그러니 너도 연하의 애인을 만들도록 해라. 그렇지 않으면 너의 사랑도 오래 가지 못할 거다. 자고로 여자란 장미꽃과 같아서 한 번 확 피고 나면 곧바로 지고 마는 것이니까. 세자리오, 한 번만 더 그 냉정한 아가씨에게 가다오. 가거든 이렇게 전해 다오. 내 사랑은 이 세상에서 가장 고귀해서 이 더러운 땅덩일랑은 전혀 관심이 없다고, 운명이 그녀에게 갖다 준 재산은 그 운명처럼 헛되게 본다고, 내 영혼이 끌린 것은 자연이 오묘하게 빚어 놓은 기적 같은 보석 중의 보석, 절세의 아름다움이라고 전해 다오.

바이올라 그래도 사랑할 수 없다고 하면 어떡하죠, 공작님?

오시노 그런 응답을 들을 수는 없어.

바이올라 그러나 어쩔 수 없죠. 어떤 여자가 공작님께서 올리비아 아가씨를 사랑하여 괴로워하듯 공작님을 사랑한다고 생각해 보세요. 그러면 공작님은 물론 사랑할 수 없노라고 말씀하시겠죠? 그러면 그 여자로서도 어쩔 수 없는 일 아니겠어요?

오시노 네가 얘기한 여자가 내게 품은 사랑을 내가 올리비아에게 품은 사랑과 아예 비교하려고 하지 마라.

바이올라 저는 여자의 사랑이 어떤 것인지 너무나 잘 알고 있죠. 여자들도 우리 남자들처럼 진실하답니다. 제 아버지에겐 딸이 하나 있었는데 어떤 남자를 사랑했답니다. 마치 제가 여자라면 공작님을 열렬히 사랑했을 것같이 말입니다.

오시노 그래, 그녀의 사랑은 어떻게 됐느냐?

바이올라 공작님, 그녀는 백지였어요. 끓어오르는 사랑을 가슴속에 감춘 채로 꽃봉오리를 벌레가 갉아먹어버리듯이 상사병이 분홍빛의 두 볼을 수척하게, 몸은 야위고 슬픔에 잠겨 흡사 돌을 쪼아 만든 인내의 석상처럼 비탄에 빠진 채 웃음을 띠고 있었지요.

오시노 그래서 네 누이는 그 사랑 때문에 죽었느냐?

바이올라 아버지에게는 이제 저 외에는 아들도 딸도 없습니다. 아직은 저도 모르겠습니다만. 그럼 아가씨에게 갔다올까요?

오시노 그래, 그게 중요한 일이지. 서둘러라. 이 보석을 전하고, 내 사랑은 물러날 곳도 없고 거절도 받아들일 수 없다고 여쭤라. (퇴장)

제 5 장 올리비아의 정원

토비 벨치 경, 앤드류 경, 마리아, 페이비언 등장.

토비 벨치 경 어! 작은 악당이 납신다. 그래, 어떤가 아가씨?

마리아 자, 모두 회양목 그늘에 숨으세요. 말볼리오가 이리로 오고 있어요. 저 사람이 아까서부터 양지에서 반 시간 이상 자기 그림자를 보고 절하는 연습을 반복하고 있어요. 잘 지켜 보세요. 이 편지를 보고 나면 생각에 빠져 얼간이 같은 낯짝이 되고 말 거예요. 자, 어서 몸을 숨겨요. 재미 한 번 끝내줄 거예요. (편지를 땅바닥에 던지면서) 너는 꼼짝 말고 있거라. 저기 송어가 나타났네. 이걸 근질여서 낚아야지. (퇴장)

말볼리오 등장.

말볼리오 모든 게 팔자소관이야. 마리아가 언젠가 아가씨께서 날 좋아하신다고 말한 적이 있었지. 아가씨도 비슷한 말씀을 한 적이 있어. 만약 당신이 사랑을 한다면 이 말볼리오 같은 사람이어야 한다고 말이야. 게다가 아가씨를 모시고 있는 사람 중에 누구보다도 날

살갑게 대해 주신단 말이야. 대체 이걸 어떻게 받아들여야지?

토비 벨치 경 에이, 저런 건방진 자식!

페이비언 쉿! 조용히 하세요. 헛된 생각에 빠진 꼬락서니가 영 희한한 칠면조군. 깃을 잔뜩 추켜세우고 거드름을 피우고 있는 꼴이라니!

말볼리오 말볼리오 백작이라!

토비 벨치 경 저런, 불한당 같은 놈!

앤드류 경 총으로 확 쏴 버릴까 보다!

말볼리오 전례가 없는 것도 아니지. 스트레치 백작의 아가씨는 의상실의 시종과 결혼했잖아.

앤드류 경 저런, 뻔뻔한 놈!

페이비언 조용히 해요. 저 놈 이젠 푹 빠져버렸군. 우쭐해 가지고 기고만장이군.

말볼리오 결혼하고 석 달만 지나면 백작 자리에 앉게 된다. 저 놈을 계속 살려둬야 하나?

말볼리오 아니 이게 뭐지? (편지를 줍는다)

페이비언 자, 누런 도요새가 덫에 걸려들고 있네.

토비 벨치 경 쉿, 조용히 해! 익살의 요정이여, 제발 저 놈이 큰 소리로 읽게 해주기를!

말볼리오 이건 분명히 아가씨의 필적이야. 이 C자, U자, T자가 모두 아가씨가 쓴 글씨야. 대문자 P도 꼭 이렇게 쓰거든. 이건 의심할 필요도 없이 아가씨가 쓴 글씨가 분명해.

앤드류 경 그녀의 C자, U자, T자가 그래서 어떻다고?

말볼리오 (읽는다) "이름 모를 사랑하는 이에게, 제 진정한 마음을 담아서" 아가씨 말투 그대로군! 밀랍이여 떨어져라. 가만 있자! 봉인도 언제나 사용하는 루크레스의 초상이군. 분명해, 아가씨의 것이. 누구에게 보낸 것일까?

페이비언 이젠 됐어. 완전히 걸려들었어.

말볼리오 (읽는다) "신만이 알고 있네, 나의 사랑." 그게 과연 누구일까? "입술이여 움직이지 말라. 그 누구도 알아서는 안 되니까." 그 누구도 알아서는 안 되니까라니. 그 다음은? 운율이 달라졌군! "누구도 알아서는 안 된다." 만약 그게 말볼리오, 너라면?

토비 벨치 경 이런 목을 매달아 죽일 더러운 놈 같으니라구!

말볼리오 (읽는다) "내가 사모하는 이는 내가 부리는 자니. 침묵하는 심정이여, 루크레스의 칼처럼 유혈도 없이 이 가슴을 찌르는구나. M. O. A. I. 이것이 내 생명을 좌지우지하네."

페이비언 시시한 수수께끼군!

토비 벨치 경 그 계집 잔꾀가 상당하구먼.

말볼리오 "M.O.A.I. 이것이 내 생명을 좌지우지하네." 아냐, 가만 보자. 글쎄 말이야, 음……

페이비언 아주 지독한 독약을 묻혀 놓았군!

토비 벨치 경 그 독약을 매가 잽싸게 낚아채는군!

말볼리오 "내가 사모하는 이는 내가 부리는 자니." 그래 맞아, 아가씨가 날 부리고 있잖아. 나는 그분을 모시고 있고, 그분은 내 주인아가씨다. 이거야 바보가 아닌 이상 다 아는 사실이지. 이건 하등 문제가 없고, 그런데 끝이 문제인데, 이 알파벳들이 무슨 뜻인가 말이야? 뭔가 나와 공통점이 있을지도 모르지. 자, 보자! M, O, A, I……

토비 벨치 경 O든 A든 맞혀 보라구. 이제 냄새조차 맡을 수 없나 보네.

페이비언 여우 냄새라도 맡으면 똥개가 짖어대기는 할 거요.

말볼리오 'M', 말볼리오. M은 그래, 내 이름 첫 자다. 그런데 그 뒤가 들어맞지를 않아. 아무래도 입증이 잘 안 돼. 'A' 자가 와야 되는데 'O' 자가 있으니 말이야.

페이비언 마지막 'O' 자가 문제로군.

토비 벨치 경 아, 그래. 내가 몽둥이로 내리칠까? 그러면 'O' 하고 비명을 지를 테니까 말이야!

말볼리오 그 다음엔 'I'가 온단 말이야.

페이비언 '아이'고라고 해. 눈깔이 뒤통수에도 달렸다면 목전의 행운보다 뒤통수를 갈기는 창피가 더 먼저 보일 거다.

말볼리오 'M.O.A.I.' 이 수수께끼는 풀기가 쉽지 않네. 그렇지만 좀 무리해서 맞춰본다면 못 풀 것도 없지. 모두 내 이름 속에 들어 있는 글자들이니까 말이야. 가만, 다음에는 긴 줄글이 있군. (읽는다) "이 글이 당신 손에 들어가거든 사려 깊게 행동해 주시기 바라요. 비록 내 운명의 별이 당신 위에 있지만 잘난 사람이라고 두려워 마세요. 사람이란 처음부터 잘 타고 태어날 수도 있고, 노력하여 높은 신분을 가질 수도 있고, 또는 남이 밀어줘서 높은 신분을 성취하는 경우도 있는 법입니다. 운명이 당신께 두 손을 벌리고 있으니 그대의 열정으로 포옹하세요. 장차 신분을 생각하여 거기에 익숙해지도록 낡은 허물을 벗듯 미천함을 털어버리고 새롭게 보이도록 하세요. 저의 친척에게는 냉정하게 대하고, 하인들에게는 거만하게 대하며, 입을 열어 말할 때는 국가에 대해 논의하며, 보통 사람들과는 다른 풍모를 갖추도록 하세요. 이런 권유는 모두 당신을 사모하기 때문이에요. 당신의 그 노란 양말을 격찬하고 열십자의 대님을 보고 싶어하는 사람이 누구인지 언제라도 기억해 주세요. 당신이 결심하기만 하면 다 돼요. 그러나 만일 원치 않는다면 당신은 항상 집사로 남을 것이고, 하인 부류로 그칠 것이며, 다시는 영원히 행운의 신의 손을 붙잡지 못할 것입니다. 그럼 안녕히. 당신과 신분을 바꾸기를 소원하는, 운 좋은 불행한 여인 올림."

한낮의 들판이라 해도 이보다 더 명백할 수는 없다. 이건 너무나 분명한 사실이야. 자부심을 갖자. 정치에 관한 책을 읽고 토비 경을 괴롭혀 주고, 별 볼일 없는 놈들과는 손을 끊고 아가씨가 원하는 사람이 돼야만 한다. 이젠 상상에 빠져서 바보가 되는 일은 없다. 이모저모 생각을 해봐도 아가씨가 내게 반한 것은 불을 보듯 뻔하다. 하기는 요사이에도 아가씨께서 내 노란 양말을 칭찬하셨고, 십자 대님도 멋있다고 하셨지. 그게 모두 내게 반한 명백한 증거야. 노란 양말을 신고 십자 대님을 매야겠다. 그것도 당장에. 신이여, 내 운명의 별이

여! 찬양 받을지라! 여기 또 추신이 있구나. (읽는다)

"제가 누군지는 어림짐작할 수 있을 것입니다. 만약 제 사랑을 받아 주신다면 그대 얼굴에 미소를 지어 주세요. 그대의 미소는 당신에게 너무 잘 어울려요. 그러므로 제 앞에서는 언제나 얼굴에 미소를 지어 주세요."

신이여, 감사합니다! 자, 미소를 지어야지. 아가씨가 원한다면 무슨 짓인들 못하리. (퇴장)

페이비언 왕으로부터 수천 파운드의 연금을 받을 수 있다 해도 이 재미와 바꿀 생각은 없어요.

토비 벨치 경 이런 묘안을 짜냈으니 이 계집에게 장가가도 좋아.

앤드류 경 나도 그렇게 생각해.

페이비언 저기 바보잡기의 명수가 나타나셨군. (모두 **퇴장**)

제 3 막

제 1 장 올리비아의 정원

바이올라와 작은북을 든 광대 등장.

바이올라 안녕하신가 친구, 그대의 음악도? 그대는 북으로 먹고사나?

광 대 천만에요. 교회에 빌붙어서 살고 있습죠.

바이올라 그럼 성직자인가?

광 대 천만의 말씀이에요. 나는 내 집에서 살고 있는데, 집이 바로 교회 옆에 있으니 빌붙어 살고 있는 셈이라는 거지요.

바이올라 그럼 거지가 왕 곁에서 살고 있으면 왕이 거지에게 빌붙어서 사는 셈이겠네? 그리고 자네의 북을 교회 옆에 놓으면 교회가 북의 덕을 보는 셈이고 말이야.

광 대 말씀 한번 제대로 했네요. 요즘 세상이 그래요. 머리 좀 돌아가는 친구에게 걸리면 같은 말도 장갑처럼 된단 말이에요. 마치 안팎을 간단히 뒤집어 끼는 것처럼 홱 말이 바뀌어버리죠.

바이올라 정말 그렇네. 말을 갖고 농탕을 치기로 하면 멋대로 변덕스럽기 짝이 없어지지. 그래, 자넨 세상에서 걱정 근심 없는 사람 같군.

광 대 천만에요. 저라고 걱정거리가 없겠어요? 단지 톡 까놓고 얘기하자면 당신에겐 내가 조심할 것이 없다는 거지요.

바이올라 그건 그렇고 올리비아 아가씨는 안에 계신가?

광 대 안에 계세요. 안에 들어가서 당신이 어디서 왔노라고 말씀드리지요. 당신이 누구며 왜 왔는지 당연히 내가 알 바가 아니니까요. '수수방관'이라고나 할까. 이 말도 참 닳아빠졌군. (퇴장)

바이올라 저 친구는 영리하니까 바보 노릇을 할 수 있는 거야. 바보짓을 잘하자면 갖가지 잔꾀가 필요한 법이지. 익살을 떨려면 상대방의 기분이나 사람됨, 그리고 때를 잘 분별할 수 있어야 하거든. 그리고 사나운 매처럼 눈앞에 있는 새를 놓치지 않고 낚아챌 수 있어야 돼. 이것은 영리한 인간을 부리는 재간 이상으로 어려운 일이지. 저 친구는 마침 바보 짓을 해보이지만, 영리한 사람이 바보짓을 하게 되면 지혜의 타락이라고 해야겠지.

올리비아와 마리아 등장.

바이올라 세상에서 가장 아름답고 훌륭하신 숙녀여, 하늘이 향기 나는 비를 당신 위에 뿌려주시기를!

올리비아 마리아, 잠깐 물러나 있어라. (마리아 퇴장) 자, 그 손을.

바이올라 어떤 명령이라도 따르겠습니다, 아가씨.

올리비아 이름이?

바이올라 아가씨의 종 세자리오라 합니다, 아름다운 공주님.

올리비아 나의 종이라니! 모두 굽실대는 게 인사처럼 된 후로는 세상이 재미가 없어졌어요. 당신은 오시노 공작의 하인이 아닌가요?

바이올라 공작님은 아가씨의 것이죠. 그러니 그분의 것은 당연히 아가씨의 것입니다. 아가씨 하인의 하인인 저는 곧 아가씨의 하인이고요.

올리비아 공작님에 대해서는 아무 생각이 없어요. 공작님도 나와는 그렇게 깊이 생각하지 말고 하얀 백지로 두었으면 좋겠어요.

바이올라 아가씨, 제가 여기 온 것은 아가씨가 공작님께 호의를 보이시라고 간청드리기 위해서입니다.

올리비아 제발 부탁이에요. 더는 그분 말씀을 입에 담지 말아요. 하지만 또 다른 분의 부탁이라면 얼마든지 듣겠어요. 하늘에서 들려오는 음악보다도 더 기쁘게 듣겠어요.

바이올라 아가씨……

올리비아 제발, 제발요. 요전에 당신이 제 마음을 쏙 빼놓고 간 다음 당신을 뒤쫓아가서 반지를 보내드렸었죠. 나나 우리 집 집사, 당신께까지 그건 잘못된 일이었어요. 당신이 아무리 비난해도 할 수 없지요. 파렴치하게 꼼수를 써서 당신 것도 아닌 반지를 억지로 떠맡겼으니 말이에요. 내 명예를 말뚝에 칭칭 묶고 잔혹한 마음이 생각해낼 수 있는 가혹한 욕을 퍼붓고 싶었겠지요? 통찰력이 있는 분이니 아시겠지만 얼굴은 가릴 수 있지만 마음속의 비밀은 감출 수 없어요. 뭐라고 말 좀 해주세요.

바이올라 동정합니다.

올리비아 그 동정이 사랑의 첫 단계예요.

바이올라 그렇지 않아요. 흔히 원수를 동정하는 수도 있답니다.

올리비아 그럼 어쩔 수 없군요. 웃고 넘길 수밖에. 아, 세상에 비천한 자가 잘났다고 으스댄단 말이야! 어차피 먹이가 될 바에는 늑대보다는 사자 앞에 넘어지는 것이 훨씬 낫지. (시계 치는 소리) 쓸데없이 시간을 허비한다고 시계가 나를 꾸짖고 있네. 젊은 양반, 걱정할 것 없어요. 내가 그만둘 테니까. 하지만 지혜와 젊음이 수확을 할 때가 오면 당신의 아내가 될 사람은 품위 있는 남자를 거둬들이게 될 테죠. 자, 나가는 길은 저기 서쪽이에요.

바이올라 그럼 뱃머리를 서쪽으로! 아가씨께 신의 은총과 평안이 항상 함께 하시기를! 그럼 안녕히 계십시오, 아가씨. 이제 다시는 결코 주인님의 눈물을 하소연하러 오지는 않을 겁니다.

올리비아 아니, 다시 오세요. 지금은 싫지만 당신 얘길 듣고 그분을 좋아하는 마음이 생길지도 모르니까요. (퇴장)

제 2 장 올리비아의 집

토비 벨치 경, 앤드류 경과 페이비언 등장.

앤드류 경 에이 젠장, 이젠 더 이상 여기 있지 않겠어.

토비 벨치 경 어이 독설쟁이, 이유가 뭐야?

페이비언 이유를 말씀해야 할 것 아니요, 앤드류 경?

앤드류 경 내 꼴이 이게 뭐야. 자네 조카딸은 그 공작의 심부름꾼에만 유별나게 호의적으로 대하잖아. 정원에서 이 눈으로 다 보았다니까.

토비 벨치 경 그때 조카딸이 자네가 있는 걸 보았나? 말해 보게.

앤드류 경 아, 그거야 보았고 말고.

페이비언 그게 바로 아가씨께서 나리를 사랑하시는 좋은 증거죠.

앤드류 경 아니, 뭐라고! 자넨 나를 바보로 만들 셈인가?

페이비언 아뇨, 그게 사실인 걸 판단력과 이성에 걸고 합리적으로 증명해 드릴게요.

토비 벨치 경 판단력과 이성은 노아가 배를 타기 전부터도 법정에서 증인 노릇을 해왔다고.

페이비언 아가씨께서 나리가 보는 앞에서 그 젊은이에게 교태를 보인 것은 나리를 안절부절못하게 하여 잠자고 있는 용기를 깨우고,

가슴에 불을 지르고 간장에 유황을 쏟아부어 화를 돋우려는 거예요. 그때 아가씨에게 다가가서 인사를 하고는 돈 공장에서 이제 금방 나온 돈처럼 쌈박한 익살로 그 젊은 녀석의 주둥이를 꽉 막아버려려 했다고요. 아가씨는 그걸 고대하고 있었는데 그만 실망스럽게 돼버렸네요. 이젠 별 뾰족한 수가 없어요. 아가씨의 관심을 되찾으려면 용기든 술책이든 할 수 있는 모든 것을 동원하여 칭찬을 받도록 하는 수밖에요.

앤드류 경 어느 한쪽을 고르라면 난 용기를 택할 거야. 술책은 싫다고. 간사한 술책을 쓰느니 차라리 청교도가 되겠다.

토비 벨치 경 그럼 용기를 바탕으로 삼아 행운을 잡아보는 거야. 공작의 젊은 녀석에게 결투를 신청해서 몸뚱이에 열한 군데 정도 상처를 입히라고. 그럼 내 조카딸도 자네를 인정하게 될 거야. 세상의 평판만큼 사내가 여자의 마음을 사로잡는 데 강력한 중매쟁이가 없다는 걸 잘 알아두라고.

페이비언 그 길밖에는 다른 방법이 없어요, 앤드류 경.

앤드류 경 그럼 누가 그 자에게 도전장을 갖다주겠나?

토비 벨치 경 자, 기사답게 힘찬 필체로 쓰게. 분노를 담아 짧게. 재치야 크게 상관없지만 웅변조로 독창성이 있어야 해. 그리고 잉크가 다할 때까지 욕을 퍼부어대는 거야.

앤드류 경 어디서 볼까?

토비 벨치 경 자네 방으로 찾아갈게. (모두 퇴장)

제 3 장 거 리

세바스찬과 안토니오 등장.

세바스찬 이렇게까지 폐를 끼치고 싶진 않았지만 수고를 기쁨으로 알겠다 하니 더 이상 할말이 없습니다.

안토니오 당신이 떠나고 뒤에 남아 있을 수가 없었어요. 함께 하고 싶은 욕구가 줄로 간 강철 박차처럼 날 몰아친 것입니다. 꼭 보고 싶어서만 온 것은 아닙니다. 아무리 긴 여행이라 해도 마땅히 같이했을 것이지만, 낯선 고장이므로 여행 중에 혹여 안 좋은 일이 생기면 어쩌나 걱정이 돼 뒤쫓아온 거예요. 안내자도 친구도 없는 이방인에게는 종종 난폭하고 무례한 변괴가 생기거든요.

세바스찬 친절한 안토니오, 감사하다는 말밖에는 더 할말이 없군요. 정말 고맙습니다. 이렇게 극진한 친절을 서푼 가치도 없는 몇 마디 인사말로 때워버리는 일이 세상에는 흔하지요. 그러나 내 재산이 내가 감사하는 것만큼 충분하다면 제대로 된 보답을 할 수 있을 겁니다. 자, 무얼 하죠? 이 고장의 명승지라도 구경하러 다닐까요?

안토니오 구경은 내일 하지요. 숙소를 정하는 게 우선인 것 같습니다.

세바스찬 난 별로 피곤하지도 않고 저녁 때까지는 시간이 많아요. 그러지 말고 이 도시의 명물을 구경하는 게 어때요?

안토니오 죄송하지만 나는 이곳 거리를 자유롭게 다닐 수 없답니다. 전에 이곳 공작의 함대와 붙었답니다. 그때 이름이 알려졌기 때문에 만일 여기서 붙잡히면 절대 무사히 넘어갈 것 같지 않습니다.

세바스찬 공작의 부하들을 많이 죽인 모양이군요.

안토니오 그런 유혈사태가 있었던 것은 아닙니다. 하긴 그때 돌아가는 분위기로 봐서는 끔찍한 피비린내 나는 참사가 벌어질 수도 있었지만 말입니다. 우리가 전리품을 돌려주기만 하면 해결될 일이었어요. 하지만 나 혼자 반대하면서 버텼죠. 그러니까 내가 여기서 붙잡히는 날에는 곤욕을 치를 게 불을 보듯 빤하다는 겁니다.

세바스찬 그렇다면 내놓고 길거리를 활보해서는 절대 안 되겠네요.

안토니오 참 난감합니다. 자, 이 지갑을 받아두세요. 이 도시 남쪽 교외에 코끼리라는 이름의 여관이 있는데 거기가 가장 나을 겁니다. 저녁식사를 시켜 놓을 테니까 그동안 시내라도 구경하면서 견문이라도 넓히세요. 난 거기서 당신을 기다리고 있겠습니다.

세바스찬 이 지갑은 뭡니까?

안토니오 우연찮게 맘에 드는 물건이 눈에 띄면 사고 싶어질 수도 있잖아요? 당신이 지니고 있는 돈을 그런 하찮은 물건을 사는 데 써서는 안 될 것 같아서요.

세바스찬 내가 그럼 지갑을 맡아두는 걸로 하지요. 한 시간쯤 있다 다시 만납시다. (모두 퇴장)

제 4 장 올리비아의 정원

올리비아와 마리아 등장.

올리비아 (방백) 뒤쫓아가서 데리고 오라고 보냈는데, 오면 어떻게 접대를 하나? 무엇을 주는 게 좋을까? 젊은이의 마음을 얻으려면 애원을 하거나 빌리는 것보다 선물을 주는 것이 효과가 확실하다지 뭐야. 어머, 목소리가 왜 이리 커졌담? 말볼리오는 어디 있지? 사람이 차분하고 정중해서 나에게는 하인으로서 더할 나위가 없어. 말볼리오, 어디 있는 거야?

마리아 지금 오고 있어요, 아가씨. 그런데 하는 품새가 좀 요상하네요. 이건 완전히 귀신에 홀린 사람 같아요.

올리비아 아니, 무슨 일인데? 헛소리라도 하나?

마리아 아니오, 아가씨. 그냥 히죽이 웃기만 해요. 오거든 아가씨 곁에 호위병이라도 두는 게 낫겠어요. 제정신이 아닌 것 같아요.

올리비아 어서 이리 불러와. (마리아 퇴장) 나도 그 자처럼 미친 것 아니야? 슬픔에 미치거나 즐거움에 미치거나 미친 건 마찬가지지.

마리아, 말볼리오와 등장.

올리비아 아니 어떻게 된 거예요, 말볼리오?

말볼리오 아이, 아가씨, 호호.

올리비아 뭐가 그렇게 우스워요? 난 심각한 일로 불렀는데.

말볼리오 심각한 얘기라고요? 저도 심각해질 수 있어요. 이렇게 십자 대님을 하면 피가 잘 통하지 않거든요. 하지만 괜찮습니다. 어느 한 분의 눈만 즐겁게 해드릴 수 있다면 만족하니까요. "한 사람이 즐거우면 모두 다 즐겁다"라는 노래도 있지 않습니까?

올리비아 아이, 왜 그래요? 대체 무슨 일이 있었어요?

말볼리오 제 마음은 시커멓지 않습니다. 다리는 노란색이지만요. 그 거 확실하게 제 손에 들어 왔습니다. 명령대로 바로 실행하고 있습니다. 그 멋진 로마식 필체야 피차 다 알고 있으니까요.

올리비아 말볼리오, 그만 잠자리에 드는 게 어때요?

말볼리오 잠자리라! 아, 사랑하는 이여, 내가 그대 곁으로 가리다.

올리비아 안 됐군! 왜 저렇게 느끼하게 웃으면서 손에 자꾸만 입을 맞추지?

마리아 어떻게 된 거예요, 말볼리오?

말볼리오 네 따위가 왜 물어? 하기는 나이팅게일이 갈가마귀에게 대답하는 일도 있으니까.

마리아 아가씨 앞에 이렇게 엉뚱하고 뻔뻔스런 모습으로 나타날 수 있어요?

말볼리오 "신분이 높다고 두려워 마세요." 아주 잘 쓰셨어요.

올리비아 말볼리오, 그건 무슨 말이에요?

말볼리오 "사람이란 처음부터 잘 타고 태어날 수도 있고."

올리비아 뭐라고요?

말볼리오 "노력하여 높은 신분을 가질 수도 있고."

올리비아 대체 무슨 소리예요?

말볼리오 "또는 남이 밀어줘서 높은 신분을 성취하는 경우도 있는 법."

올리비아 제발 정신 좀 차려요!

말볼리오 "당신의 그 노란 양말을 격찬하는 걸 잊지 마세요."

올리비아 당신의 노란 양말?

말볼리오 "당신이 결심하기만 하면 행운이 눈앞에 있어요."

올리비아 내가 어떻게 한다고?

말볼리오 "만일 원치 않는다면 당신은 항상 하인 부류로 그칠 거예요."

올리비아 한여름에 더위를 먹어 완전히 돌아버렸군.

하인 등장.

하 인 아가씨, 오시노 공작님네 젊은 양반이 돌아왔는데요. 사정사정하여 겨우 모시고 왔습니다. 지금 아가씨의 말씀을 기다리고 있습니다.

올리비아 지금 가겠다. (하인 퇴장) 마리아, 이 분을 잘 돌봐다오. 토비 아저씨는 어디 계셔? 집안사람들은 이 분을 특별히 잘 보살펴. 내

재산의 반이 없어지는 한이 있더라도 이 분이 잘못되는 일이 있어서는 안 돼. (올리비아와 마리아 퇴장)

말볼리오 오호라! 이제야 날 알아보았나? 토비 경에게 나를 돌봐주라고 했겠다? 편지에 쓴 것과 일치하는군 그래. 아가씨께서 일부러 그를 부른 것은 나에게 그 사람을 냉정하게 대하라는 것일 거야. 편지에도 그렇게 씌어 있었잖아. "낡은 허물을 벗듯 미천함을 털어버리고", "친척들에게는 냉정하게 대하고, 하인들에게는 오연하게 대하며, 입을 열어 말할 때는 국가에 대해 논의하며, 보통 사람들과는 다른 풍모를 갖추도록 하세요."라고 하셨지. 그러고는 어떤 태도를 취해야 할지도 말씀하셨지. 근엄한 얼굴, 위엄 있는 행동, 점잖은 말투, 보통 사람과는 다른 복장 등등을 말이야. 아가씨는 영락없이 내 것이다. 그게 다 신의 가호이지. 하느님 감사합니다! 아까 들어가실 때 "이 분을 잘 돌봐다오"라고 하셨다. 말볼리오라거나 내 신분대로 "이 사람"이라고 부르지 않고 "이 분"이라고 했다고. 그래 모든 것이 한결같이 다 일치해. 조금도 망설일 필요가 없어. 이제 내 희망찬 미래를 방해하는 건 아무것도 없어. 이게 다 내 힘이 아니고 하느님이 하신 일이다. 하느님, 감사합니다.

마리아, 토비 벨치 경과 페이비언과 함께 등장.

토비 벨치 경 어디 있는 거야, 이 친구가? 지옥의 마귀란 마귀가 모두 모여 한 덩이가 돼 그 놈을 홀렸다고 해도 내가 얘기를 할 거다.

페이비언 여기 있어요. 대체 어떻게 된 거예요? 어떻게 된 거냐고요?

말볼리오 저리 꺼져. 너희들에겐 일 없어. 혼자 있게 꺼지라고.

마리아 거 봐요. 마귀가 몸 안에서 공허한 소리를 주절거리고 있어요! 제가 말씀드린 대로 아니에요? 토비 경, 아가씨께서 저 사람을 잘 돌봐주라고 하셨어요.

말볼리오 하, 하! 아가씨가 그러셨단 말이야?

토비 벨치 경 자, 자, 제발 조용히. 이럴 땐 곱게 다뤄야 돼. 나한테 맡기라고. 어때, 말볼리오! 지금 기분은 괜찮아? 이 친구야! 마귀에게 져서는 안 되네. 마귀는 인류의 적이라고.

말볼리오 무슨 말을 하는지 알고나 하는 소린가?

마리아 그것 보라니까요. 마귀를 욕하니까 욱 하잖아요. 하느님, 그가 제발 마귀의 꾐에 빠지지 않게 해주세요!

말볼리오 뭐야?

토비 벨치 경 자, 이리 와서 나하고 놀자. 이봐! 점잖은 체신에 악마와 장난을 쳐서는 안 되지. 더러운 마귀는 목을 매달아야지!

마리아 기도를 하게 하세요, 토비 경. 기도를 말예요.

말볼리오 기도를 하라고? 말괄량이 같으니라고!

마리아 그것 보세요, 하느님의 말씀은 아예 들리지도 않나 봐요.

말볼리오 에잇, 다들 목이나 매고 뒈져버려라! 이 게으르고 천박한 것들아, 난 너희들 같은 너부렁이들과는 차원이 달라. 두고 보면 알게

될 거다. (퇴장)

토비 벨치 경 저 녀석은 우리의 계략에 완전히 걸려들었군.

마리아 지금 뒤쫓아가 보세요. 벼르고 별러서 짜낸 계략인데, 속이 드러나 허탕을 치면 안 되잖아요.

페이비언 이러다간 정말 미치광이를 만들겠는데요.

마리아 그럼 집안이 좀 조용해지겠죠.

토비 벨치 경 자, 저 자를 어두운 방에 밀어 넣고 꼼짝 못하게 묶어둬야겠어. 조카딸도 이미 저 친구가 정신이 나갔다고 믿고 있으니까 말이야. 그래 놓으면 우리는 재미를 즐기는 거고 저 친구는 속죄하는 것이 되는 거지. 재미에도 지치고 저 놈이 안쓰럽다는 생각이 들면, 이 계략을 심판에 붙여 미친놈을 발견한 너에게 왕관을 씌워주겠다. 아, 저기, 저것 좀 봐!

앤드류 경 등장.

페이비언 오월제를 위한 흥밋거리가 또 있군요.

앤드류 경 이게 도전장이다. 읽어봐. 식초와 후추를 듬뿍 쳐 양념을 했지.

페이비언 그럼 아주 자극적이겠네요?

앤드류 경 아무렴, 그렇고 말고. 자 읽어보라니까.

토비 벨치 경 이리 주게. (읽는다) "애송이 녀석아! 네가 어떤 놈인지 모르지만 하여튼 너는 야비한 녀석이다."

페이비언 좋아요, 씩씩하고요.

토비 벨치 경 (읽는다) "내가 이렇게 말한다고 이상하게 여기거나 놀랄 것 전혀 없다. 어차피 난 그 이유를 너에게 말하지 않을 테니까."

페이비언 잘 썼어요. 이유를 써두면 법에 걸릴 일은 없지요.

토비 벨치 경 (읽는다) "너는 올리비아 아가씨를 찾아왔다. 그리고 아가씨는 내가 보고 있는 데서 너에게 친절하게 해주었다. 하지만 너는 속속들이 거짓말쟁이다. 그렇지만 그 일로 결투를 요구하는 것은 아니다. 내가 집으로 돌아가는 길목을 지킬 거다. 네가 만일 거기서 운이 좋아 날 죽인다면……."

페이비언 멋집니다.

토비 벨치 경 (읽는다) "너는 악한이나 불한당처럼 나를 죽일 것이다."

페이비언 법을 피하듯 역시 바람을 절묘하게 피하셨네요. 좋아요.

토비 벨치 경 (읽는다) "잘 있거라. 하느님! 우리 둘 중 한 영혼에만 은총을 베풀어주소서! 신은 나에게 은총을 내려줄는지도 모르지만, 나는 너를 이길 것이다. 그러므로 조심해야 할 거다. 너의 태도 여하에 따라 친구가 될 수도 있고 불구대천의 원수도 될 수 있는 앤드류 에이규치크." 이 도전장을 보고도 잠자코 있다면 그 놈은 제 다리로 걷지도 못하는 놈일세. 이 도전장은 내가 전달할 거다.

마리아 마침 잘 됐어요. 그 사람이 지금 아가씨와 뭔가 얘기를 나누고 있는데, 곧 떠날 거예요.

토비 벨치 경 가보게, 앤드류 경. 척후병처럼 정원 모퉁이에서 그 놈

을 지켜보고 있으라고. 그러다 그 자가 나타나자마자 전광석화처럼 칼을 뽑으면서 우레 같은 큰 소리로 마구 호통을 치란 말이야. 실제로 결투보다도 첫소리 나는 목소리로 험상궂게 욕을 퍼붓는 것으로 명성을 떨치는 일이 심심찮게 있다는 걸 알아두라구. 자, 가봐!

앤드류 경 알았네. 욕을 퍼붓는 일쯤은 내게 맡겨둬. (퇴장)

올리비아, 바이올라와 함께 다시 등장.

페이비언 아, 그 자가 조카따님과 같이 오네요. 작별할 때까지 그냥 두었다가 곧 뒤쫓아가세요.

토비 벨치 경 그동안에 오금이 저릴 만한 문구라도 쥐어짜봐야겠다. (토비 벨치 경, 페이비언, 마리아 퇴장)

올리비아 목석같이 냉정한 분에게 명예도 신중함도 잊어버리고 너무 속을 다 털어놓았나 봐요. 내 잘못을 자책하고 있지만 워낙 억누를 수가 없다 보니 아무리 질책을 해도 소용이 없군요.

바이올라 아가씨의 그 참을 수 없는 열정의 고통이나 제 주인님의 비탄이나 다 마찬가지입니다.

올리비아 자, 이 보석을 나를 위해 몸에 지녀 주세요. 내 초상이 들어 있어요. 거절하지 말아줘요. 이건 입이 없으니까 당신을 귀찮게 굴지도 않을 거예요. 내일도 꼭 다시 와주세요. 명예를 더럽히는 일이 아니라면 당신이 요구하는 것은 그 무엇이든 거절하지 않겠어요.

바이올라 제 바람은 오직 한 가지, 주인님을 진정으로 사랑해 주시라는 것입니다.

올리비아 내 명예는 어떡하고 당신에게 이미 바친 사랑을 그분에게 주어요?

바이올라 제게 주신 것은 없었던 것으로 하죠.

올리비아 자, 내일 다시 오세요. 안녕히 가세요. 당신 같은 악마가 유혹을 한다면 내 영혼은 지옥까지라도 쫓아갈 텐데. (퇴장)

토비 벨치 경과 페이비언 다시 등장.

토비 벨치 경 어이 젊은이, 안녕하쇼?

바이올라 안녕하세요?

토비 벨치 경 가능하면 미리 방비를 해두는 것이 좋겠소. 당신이 무슨 잘못을 저질렀는지는 모르지만, 정원 모퉁이에서 호시탐탐 당신을 벼르고 있는 사람이 있소. 상대는 원한에 사무쳐 피에 굶주린 사냥개처럼 험악한 상판을 하고 있소. 게다가 잽싸고 칼 쓰는 기술이 범상치 않으며 성미가 불같이 사나운 자요.

바이올라 사람을 잘못 보신 것 같습니다. 저에게는 싸움을 걸어올 만한 사람이 없습니다. 전 다른 사람에게 추호도 원한을 살 만한 행동거지는 한 적이 없습니다.

토비 벨치 경 아니, 실제로는 그렇지 않아요. 그러니 조금이라도 목숨이 아깝거든 신속하게 방어 태세를 취하라고. 상대는 젊고 힘이 장사인 데다 검술이 상당한 친구란 말이오. 더욱이 분기탱천하여 이를 갈고 있다오.

바이올라 대관절 어떤 사람인데요?

토비 벨치 경 기사요. 무공을 세워 받은 것은 아니고 융단 위에서 받은 작위이기는 하지만, 일단 싸움이 붙었다 하면 귀신도 요절을 내버릴 놈이오. 이미 세 놈이나 혼령을 저승에 보내 버렸다오. 그런데 이번 일에는 더욱 노기가 충천하여 상대를 박살내 무덤으로 보내지 않고는 화가 풀리지 않는다고 날뛰고 있단 말이오. 당신을 죽이느냐 자신이 죽느냐가 있을 뿐이오.

바이올라 그럼 이 댁에 도로 들어가 아가씨께 도움을 부탁해야겠군요. 저는 싸움꾼이 아니거든요. 세상에는 고의로 싸움을 걸고 자신의 용기를 시험해 보는 인간들이 있다는 말을 들은 적이 있는데, 그사람도 그런 기벽을 가진 이상한 사람인가 봅니다.

토비 벨치 경 그게 아니오. 그 자가 화를 내는 건 그럴 만한 이유가 있기 때문이오. 그러니 그 자가 요구하는 대로 의연하게 응해요. 영 자신이 없다면 내가 상대를 해드리지. 그래도 그 자와 담판을 짓는 것이 훨씬 안전할 거요. 그러니까 가서 그 사람과 맞붙든가 아니면 여기서 당신 칼을 빼시오. 그게 싫거든 앞으로 철물을 차고 다니지 않겠다고 맹세라도 하시오.

바이올라 정말 괴상하고 야만적인 얘기를 듣습니다. 제발 부탁입니다. 그 기사에게 제가 무슨 결례를 했는지 알아봐주실 수 없겠어요?
제가 부주의하여 무슨 결례를 했는지는 몰라도 일부러 한 일은 절대
로 없습니다.

토비 벨치 경 그럼 내가 알아보지. (모두 퇴장)

토비 벨치 경과 앤드류 경 등장.

토비 벨치 경 이 사람아, 그 자는 엄청 대단한 놈이야. 그런 놈은 정말
처음 봤다네. 내가 칼집을 낀 채로 한 번 겨뤄 보았는데 찌르는 수완
이 얼마나 민첩한지 도저히 피하고 말고 할 겨를이 없더구먼. 아무
튼 칼솜씨가 비상한 건 이 발이 땅을 딛고 있는 것처럼 확실해. 페르
시아 왕의 호위 무사였다지, 아마.

앤드류 경 염병할, 나 그만둘 거야.

토비 벨치 경 그 자가 가만히 있지 않을걸. 페이비언이 저쪽에서 붙잡
아두고 있지만 진땀깨나 흘리고 있을 거야.

앤드류 경 빌어먹을! 그 자가 그렇게 용감하고 칼솜씨가 끝내주는 줄
미리 알았다면 그 놈이 죽을 때까지 도전장을 보내지 않는 건데. 이
번 일을 없는 것으로 해달라고 가서 말해 봐. 대신 내 회색 말 캐필렛
을 준다고 해.

토비 벨치 경 가서 말은 해봄세. 겉으로라도 그럴 듯하게 보이게 여기
똑바로 서 있게. 피차 목숨이 지옥에 떨어지는 일 없이 결말을 내야

지. (방백) 자, 자네를 올라타듯이 자네 말도 한번 타봐야겠다.

페이비언과 바이올라 다시 등장.

토비 벨치 경 (페이비언에게) 싸움을 말리는 대가로 말을 손에 넣게 됐네. 그 젊은 친구를 엄청 대단한 놈이라고 믿게 했지.

페이비언 그 사람도 엄청 떨고 있지 뭐예요. 곰한테 쫓기는 사람처럼 숨을 헐떡이고 얼굴은 새파랗게 질려 있어요.

토비 벨치 경 (바이올라에게) 이거 별 수가 없네. 일단 맹세한 이상 안 싸울 수는 없다는 게요. 딴은 그 사람도 싸움의 원인을 찬찬히 생각해 보니까 크게 소란 피울 일은 아니라고 합디다. 그러니 저 사람 체면치레를 위해서 칼을 빼요. 상처는 내지 않겠다고 하니까.

바이올라 (방백) 하느님, 저를 지켜주세요! 자칫 잘못하면 남자가 아닌 것이 들통날 것 같아.

페이비언 그가 사납게 몰아치면 뒤로 물러서요.

토비 벨치 경 자, 앤드류 경, 이젠 뾰족한 수가 없네. 저 신사는 명예를 지키기 위해서도 자네와 반드시 결투를 해야겠다는 거야. 결투의 규칙을 회피할 수는 없다는 거야. 그렇지만 자네를 상처내지는 않겠다고 내게 신사로서 용사로서 약속을 했네. 자, 시작하게.

앤드류 경 신이시여, 그 자가 맹세를 지키도록 해주소서!

바이올라 이건 정말 내 본심이 아닌데. (칼을 뺀다)

안토니오 등장.

안토니오 칼을 치우시오! 이 젊은 분에게 잘못이 있었다면 내가 대신 벌을 받겠소. 만일 댁에게 잘못을 했다면 그땐 내가 대신 상대하겠소.

토비 벨치 경 여보쇼, 당신은 대체 누구요?

안토니오 난 저 분을 위해서라면 물불을 가리지 않는 사람이오. 저 분이 당신들에게 뭐라고 했는지 모르지만 나는 그 이상의 일도 해치우고 말 거요.

토비 벨치 경 좋아, 그렇게 간섭하고 싶다면 내가 상대하마. (칼을 뺀다)

관리들 등장.

페이비언 토비 경, 제발 참으세요! 저기 관리들이 와요.

관리 1 이 사람이다, 공무를 집행해.

관리 2 안토니오, 오시노 공작의 고발로 체포한다.

안토니오 사람을 잘못 봤소.

관리 1 틀림없어. 지금은 선원 모자를 쓰고 있지 않지만 난 당신 얼굴을 잘 알고 있어. 연행해. 이 자도 내가 얼굴을 똑똑히 알고 있다는 걸 잘 알고 있다.

안토니오 할 수 없군. (바이올라에게) 당신을 찾다가 이렇게 됐네요. 이젠 도리 없이 죗값을 치러야죠. 내 처지가 급하게 됐으니 아까 맡긴 지갑을 돌려줄 수 있겠소? 제 신세가 이렇게 된 것보다 당신을 돕지 못하는 것이 안타까울 뿐이오. 몹시 놀랐을 텐데 너무 염려하지 말아요.

바이올라 아니, 무슨 돈이요? 이렇게 제게 친절을 베풀어 주시고, 더욱이 지금 이런 곤경에 빠진 것을 보니 딱해서 가진 게 많지 않지만 조금이나마 나눠 드리죠. 자, 이게 절반입니다.

안토니오 지금 나를 모른다고 잡아떼는 거요? 내가 지금까지 당신에게 베푼 친절이 성에 차지 않는다는 게요? 이런 비참한 처지에 빠진 사람을 시험하지 마시오. 이제까지 내가 베푼 친절을 들먹이면서 당신을 신랄하게 비난하는 사람이 될지도 모르니까.

바이올라 저로서는 모두 금시초문이에요. 난 당신의 목소리도 들은 적이 없고 얼굴도 전혀 몰라요. 나도 배은망덕이라는 것을 거짓말, 허영심, 수다, 음주벽, 그 밖에 인간의 나약한 심성을 타락시키는 어떤 악덕보다도 증오하는 사람이에요.

안토니오 오, 세상에! 이럴 수가 있나!

관리 2 가자. 이제 그만 가자고.

안토니오 몇 마디만 더 하겠소. 여기 이 젊은이는 거의 죽게 된 것을 내가 사력을 다해 구해주었소. 성심을 다해서 보살폈지요. 풍채가 왠지 존경할 만한 인물처럼 보였기 때문에 헌신적으로 돌봤던 거요.

관리 1 그게 우리와 무슨 관계가 있나? 시간 없어. 어서 가잔 말이야!

안토니오 오, 내가 숭배한 우상이 이리도 비열할 줄이야! 세바스찬,

너는 그 풍채 좋은 얼굴을 치욕으로 물들였구나. 사실 마음이 없다면 사람이란 어떤 결점도 없는 것이지. 몰인정한 자야말로 불구자인 것이다. 미덕은 아름다운 것이지만 아름다움의 가면을 쓴 해악도 있다. 그건 악마가 겉만 요란하게 치장해 놓은 속이 텅 빈 가방일 뿐이지.

관리 1 이 사람이 맛이 갔군. 데리고 가! 빨리 가자고.

안토니오 자, 데려가시오. (안토니오 관리들과 함께 퇴장)

바이올라 저렇게 격노해서 퍼붓는 것을 보니 확신이 있어서 하는 말 같아. 도저히 사실이라고 믿을 수 없어. 아, 내 상상이 그대로 들어맞는다면, 그리운 오빠와 나를 잘못 본 거라면 얼마나 좋아. (모두 **퇴장**)

제4막

제1장 올리비아의 집 앞

세바스찬과 광대 앤드류 벨치 경, 토비 경, 페이비언 등장.

앤드류 경 야, 이 놈아! 잘 만났다. 어디 맛 좀 봐라.

세바스찬 뭐? 너도 얻어터져 봐라, 이 놈아. 여기 있는 놈들은 모두 돌아버렸군.

토비 벨치 경 그만둬. 안 그러면 네 칼을 집 너머로 던져버릴 거야.

광   대 당장 달려가 아가씨에게 알려야지. (퇴장)

토비 벨치 경 자, 이제 그만들 해!

앤드류 경 아냐, 내버려둬. 저 자를 혼내 줄 다른 방법이 있어. 이 일리리아에도 법이 있으니까 폭행죄로 고소할 거야. 먼저 주먹을 내민 것은 나지만, 그게 뭔 상관이야.

세바스찬 이 손 놔.

토비 벨치 경 아니, 못 놔. 이봐 젊은 친구, 칼을 치워. 그만하면 할 만큼 했잖나. 어서 버려.

세바스찬 이 손 치워. 자, 어떡할 건데? 또 한바탕 대거리를 하고 싶으면 칼을 뽑아라.

464 | 셰익스피어 5대 희극

토비 벨치 경 뭐, 뭐가 어째! 좋아, 네 놈의 파렴치한 피를 한두 됫박 흘리게 해주겠다.

올리비아 등장.

올리비아 그만둬요, 아저씨! 목숨이 아깝거든 그만두세요.

토비 벨치 경 올리비아!

올리비아 늘 왜 모양이에요? 아무리 염치가 없어도 그렇지. 예의는 어디 있어요? 산 속이나 야만인이 사는 동굴에서 살면 딱이에요. 내 눈앞에서 없어져요. 화내지 말아요, 세자리오님. (토비 경에게) 불한당은 꺼지라니까요. (토비 벨치 경, 앤드류 경, 페이비언 퇴장) 이 무례하고 부당한 짓으로 당신을 욕보인 것을 제발 격정을 누르고 깊은 지혜로 이해해 주세요. 제 집으로 함께 가요. 지금까지 저 불한당이 얼마나 무모하기 짝이 없는 못된 짓을 저질렀는지 들으시면 이번 일도 웃고 넘길 수 있을 거예요. 꼭 같이 가세요. 거절하지 말아요.

세바스찬 (방백) 이건 또 대관절 무슨 일이람? 강물이 거꾸로 흐르고 있나? 아니면 내가 정신이 돌았나? 그것도 아니면 꿈을 꾸고 있단 말인가? 환상이여, 내 의식을 망각의 강 속에 잠기게 해다오. 이것이 꿈이라면 계속 잠들어 있게 해다오!

올리비아 자, 이리 오세요. 아무쪼록 제가 하자는 대로 따라주세요.

세바스찬 그럽시다, 아가씨. (모두 퇴장)

제 2 장 올리비아의 집

토비 벨치 경과 마리아, 광대 등장.

토비 벨치 경 안녕하세요, 목사님? 토파스 목사님, 저 사람한테 가보십시다.

광　대 오! 이 감옥에 평화를!

토비 벨치 경 녀석! 흉내 한번 그럴 듯하군.

말볼리오 (안에서) 거기 누구시오?

광　대 토파스 목사다. 미치광이 말볼리오를 만나보러 왔다.

말볼리오 목사님, 목사님, 토파스 목사님. 아가씨에게 좀 가주십시오!

광　대 닥쳐라. 과대망상증 마귀새끼야! 왜 이 자를 이렇게 괴롭히느냐? 어째 아가씨밖에는 할말이 없느냐?

토비 벨치 경 잘한다, 목사!

말볼리오 토파스 목사님, 세상에 이런 변이 어디 있습니까? 목사님, 제가 미쳤다고 생각지 마세요. 그들이 나를 이런 소름끼치는 암흑 속에 던져 놓았답니다.

광　대 저런, 뻔뻔한 마귀야! 그래도 나는 너를 이렇게 부드러운 말투로 부르지 않느냐? 비록 네가 마귀이지만 나는 예절을 중시하는 점잖은 사람이다. 방이 어둡다고 하는 것이냐?

말볼리오 지옥 같습니다요, 토파스 목사님.

광　대 미친 자야! 너는 잘못 알고 있다. 이 세상에 무지 이외에는 암흑이 없느니라. 안개 속에서 길을 잃고 헤매는 이집트 사람들처럼 너는 무지에 싸여 있느니라.

말볼리오 무지는 지옥같이 어둡다고 하지만, 이 방은 무지에 못지않게 깜깜합니다. 그리고 저같이 능욕을 당한 자는 없습니다. 저는 목사님처럼 미치지 않았습니다. 이치에 맞는 질문으로 저를 시험해 보세요.

광　대 그럼 야생 조류에 관한 피타고라스 설은 뭐지?

말볼리오 우리 할머니의 영혼이 새에 살고 있을지도 모른다고 했지요.

광　대 그 설에 대해 어떻게 생각하나?

말볼리오 영혼을 고귀한 것이라고 생각하기 때문에 그의 설에는 절대 찬성하지 않습니다.

광　대 그럼 잘 있게. 언제까지나 어둠 속에 남아 있도록. 네가 피타고라스의 설에 찬성하지 않는다면 나는 너의 정신이 온전하다고 인정할 수 없다. 그리고 누른도요를 죽이지 않도록 조심해라. 할머니의 영혼을 앗아갈지도 모르니까. 그럼 잘 있게.

말볼리오 토파스 목사님! 토파스 목사님!

토비 벨치 경 끝내주는 군. 우리 토파스 목사!

광　대 그럼요. 무슨 일이든 척척, 그 정도야 식은죽 먹기지요.

마리아 그 수염과 가운은 없어도 될 뻔했어요. 저쪽에서는 아무 것도 보이지 않으니까. (모두 퇴장)

제 3 장 올리비아의 정원

세바스찬과 올리비아, 목사 등장.

올리비아 제가 이렇게 서두른다고 나무라지 마세요. 당신 말씀이 진심이라면 함께 목사님과 함께 교회로 가요. 그리고 목사님 앞에서 그리고 그 성스러운 지붕 아래서 영원토록 변치 않을 사랑을 제게 맹세해 주세요. 저의 질투심 많고 불안한 영혼이 안심할 수 있게 말예요. 이 맹세는 당신이 세상에 밝혀도 좋다고 하실 때까지 목사님께서도 비밀로 해주실 거예요. 그때가 되면 제 신분에 어울리는 결혼식을 올려요. 어떠세요?

세바스찬 목사님을 따라 당신과 같이 가겠습니다. 진실을 맹세하고 죽을 때까지 지키겠어요.

올리비아 목사님, 우리를 인도해 주세요. 하늘도 빛을 비추어 저의 이 일을 굽어 살피소서! (모두 **퇴장**)

제 5 막

제 1 장 올리비아의 집 앞

오시노 공작, 바이올라, 큐리오, 시종들 등장하고 한쪽에서 광대와 페이비언 등장.

오시노 자네들은 올리비아 아가씨 댁 사람들이지?

광 대 그렇습니다. 저희야 아가씨의 장식에 불과한 존재들이지요.

오시노 자네를 잘 알고 있지. 친구, 요즘 어떻게 지내나?

광 대 솔직히 말씀드리면 원수 덕분에 잘 나가고, 친구 때문에 손해를 보고 있습니다.

오시노 그 반대겠지. 친구 덕에 잘 되는 것 아닌가?

광 대 아니에요, 나빠진다니까요.

오시노 어떻게 그럴 수가 있지?

광 대 그게 말입니다, 친구들은 저를 추켜세우고 나서 바보로 만드는데, 적이야 처음부터 저를 대놓고 바보라고 한단 말입니다. 그래서 적 때문에 저 자신을 알게 되니 덕을 보는 것이고, 친구 놈들 덕으로는 속는 것밖에 없는 것이죠. 결론은 마치 입맞춤 같은 거지요. 네 번의 부정은 두 번의 긍정이 되지 않습니까? 그러니 친구들 덕에 손해를 보고, 적들 때문에 잘 된다는 말씀입니다.

오시노 그것 참 재미있는 얘기군.

광 대 이번만은 양심일랑 호주머니에 속에 넣어두시고 인정에 따르심이 어떨지요?

오시노 그래, 죄를 짓자. 표리부동한 언행을 하지. 여기 있다, 한 개 더.

광 대 하나, 둘, 셋, 아주 재미있는 놀이죠. 옛말에도 세 번째 것이 다 물어넣는다는 속담이 있습죠. 그리고 춤출 때도 삼박자가 그만이고 성 베넷의 종소리도 짐작하시겠지만 하나, 둘, 셋이죠.

오시노 그런 꿍꿍이로는 내 호주머니를 더 이상 털지 못해. 네 아가씨에게 내가 보러 왔다고 전하고 이리로 모시고 나온다면 하사금을 줄지도 모르겠다.

광 대 그럼 제가 돌아올 때까지 그 하사금은 재워 놓으세요. 자, 다녀오겠습니다. 하지만 제가 바라는 것이 모두 탐욕의 죄 때문이라고는 생각지 말아주세요. 자, 그럼 저한테 베풀 하사금은 제가 곧 돌아와서 깨울 때까지 잠시 눈을 붙이게 해두세요. (퇴장)

바이올라 저 분이에요. 저를 구해 준 분이세요.

안토니오와 관리들 등장.

오시노 저 자의 얼굴을 똑똑히 기억하고 있다. 전번에 만났을 때는 화약 연기를 뒤집어쓰고 불과 대장간의 신 헤파이스토스처럼 시커먼 얼굴이었지. 변변찮은 작은 배의 선장이었지. 구색이 초라한 형편없는 배를 조종하며 우리 함대에서 가장 크고 훌륭한 배를 산산이 부숴버렸어. 우리는 그 훌륭한 전술에 미움이고 손실이고를 다 잊고 입에 침이 마르도록 칭찬을 했었어. 그런데 무슨 일인가?

관리 1 공작님, 이 놈이 바로 안토니오입니다. 크레타 섬에서 짐을 싣고 돌아오는 피닉스 호를 약탈했고, 타이거 호를 습격하여 공작님의 젊은 조카 타이터스 님의 한쪽 다리를 잃게 한 장본인이 바로 이 자입니다. 그런데 이 거리에 뻔뻔하게 나타나서 후안무치하게 싸움질을 하는 것을 보고 체포해 왔습니다.

바이올라 이 분이 친절하게도 저를 위해 칼을 빼셨어요. 그런데 마지막에는 제게 이상한 말을 하는 거예요. 아무래도 정신이 나간 사람이라고밖에는 생각이 안 돼요.

오시노 야, 악명 높은 해적아! 바다의 강도 놈아! 얼마나 어리석고 대담하기에 네가 벌인 피비린내나는 전투로 철천지원수가 된 적의 수중에 잡히게 됐느냐?

안토니오 오시노 공작, 내게 씌운 명칭은 사실이 아니니 수긍할 수 없소이다. 이 안토니오가 오시노 공작의 적인 것은 전적으로 인정하지만, 나는 결코 해적도 아니고 강도도 아니올시다. 단지 내가 여기까지 오게 된 것은 마귀에게 홀린 탓이오. 지금 당신 옆에 있는 후안무치한 저 젊은이가 바로 거친 바다 거품이 끓어오르는 파도 속에 삼키우는 순간에 내가 건져준 사람이외다. 도저히 살 수 있을 것 같지 않았으나 갖은 노력으로 소생할 수 있었고, 내 진정한 마음을 다 쏟아 온갖 정성을 다했어요. 저 사람을 오로지 아꼈기 때문에 위험을 무릅쓰고 사지에 뛰어든 것이오. 그리고 그가 곤경에 처한 것을 보고는 그를 지키려고 칼을 뺐던 것이오. 그런데 내가 붙잡히니까 저자는 자기도 위험 속에 휘말릴까봐 뻔뻔하게 낯을 바꾸면서 애당초 날 알지 못한다고 시치미를 뗐소. 그러니 눈 깜짝할 동안에 우리 둘 사이가 20년은 멀어져 버렸소이다. 더욱이 내가 반시간 전에 쓰라고 맡긴 돈지갑조차도 모른다고 부인을 합디다.

바이올라 이게 어떻게 된 일이람?

오시노 그는 언제 이곳에 왔느냐?

안토니오 오늘 왔습니다, 공작님. 지난 석 달 동안 낮이나 밤이나 한 시도 떨어져 있지 않고 같이 지내 왔습니다.

올리비아와 시종들 등장.

오시노 저기 백작 댁 아가씨가 오는군. 선녀가 땅 위를 걷는 것 같구나! 이, 이 사람, 넌 정신 나간 소리를 지껄이고 있어. 이 젊은이는 석 달 동안이나 내 시중을 들어왔다. 허나 이 얘긴 조만간 다시 하기로 하자. 이 자를 저리로 데려가라.

올리비아 무슨 일이라도? 공작님, 제가 사랑을 바칠 수 없다고 한 일 말고 해드릴 수 있는 일이 있겠습니까? 세자리오, 당신은 나와 약속을 해놓고 어겼어요.

바이올라 아가씨!

오시노 올리비아 아가씨…….

올리비아 뭐라고 대답을 해봐요, 세자리오? (공작에게) 공작님, 잠깐만요.

바이올라 제 주인님께서 말씀하고 계십니다. 저는 조용히 있겠습니다.

올리비아 늘 하시는 그 말씀이시라면 제 귀로 듣기에는 따분하고 역겨워요. 음악이 끝난 뒤의 울부짖는 소리 같아요.

오시노 언제까지 그렇게 매정하게 대할 거요?

올리비아 계속 그럴 거예요, 공작님.

오시노 정말 외고집, 당신은 무정한 여인이오. 나는 은혜도 모르고 냉혹할 뿐인 제단에 충직한 내 영혼을 던져 헌신적인 기도를 바쳐왔소. 이제 나는 어떡하라는 거요?

올리비아 공작님이 할 수 있는 일이라면 무엇이든 하세요.

오시노 무엇이든 할 마음이 있다면 죽음이 목전인 이집트의 도둑처럼 사랑하는 사람을 죽일지도 모르지. 잔혹한 질투에도 때로는 고귀한 향기가 따르는 법이오. 그러나 내 말을 들어보오. 그대는 나의 진심을 헌신짝 버리듯 하고 거들떠보지도 않았소. 또 당신의 사랑 속에 당연히 내가 차지해야 할 자리에서 나를 몰아낸 도구가 무엇인지도 대충은 알고 있소. 그러니 당신은 언제까지나 대리석처럼 차가운 폭군으로 남으시오. 하지만 당신이 총애하는 이 젊은이를 당신뿐 아니라 나도 하늘에 맹세코 사랑하고 아끼고 있소. 그러나 그의 주인의 원한 속에 왕관을 쓰고 앉아 있는 그를 당신의 그 잔인한 눈 안에서 빼내고 말 것이오. 자, 나와 같이 가자. 지금 난 해야 할 일이 있다. 내가 아끼는 새끼 양을 제물로 삼아 흰 비둘기 속에 깃들인 까마귀 심장의 원한을 풀어야겠다.

바이올라 마음을 편안하게 해드릴 수만 있다면 기꺼이 무엇인들 못 하겠어요. 천번만번이라도 기쁘게 제물이 되겠습니다.

올리비아 어딜 가세요, 세자리오?

바이올라 사랑하는 분을 따라가요. 제 이 두 눈, 제 생명, 미래의 아내를 사랑하는 것, 그 모든 것 이상으로 사랑하는 분이랍니다. 하느님, 만약 이 마음이 거짓이라면 사랑을 더럽힌 죄로 저를 벌주소서!

올리비아 아, 야속하다! 내가 이렇게 속다니!

바이올라 누가 아가씨를 속였단 말입니까? 누가 해를 끼쳤단 말인가요?

올리비아 자기 자신조차 잊었어요? 바로 조금 전 일이잖아요? 목사님을 모셔 와.

오시노 (바이올라에게) 자, 가자!

올리비아 가긴 어디로 가요? 세자리오, 기다려요, 나의 남편.

오시노 남편이라!

올리비아 예, 남편이죠. 아니라고 부인은 못 할 거예요.

오시노 이봐, 저 여자의 남편이라고?

바이올라 아뇨, 절대 아닙니다, 주인님.

올리비아 오! 비겁한 사람. 자기의 정당함을 질식시켜 버리는군요. 세자리오, 겁낼 것 없어요. 행운을 붙잡아요. 당신이 알고 있는 그대로의 당신이 되세요. 그러면 당신이 두려워하는 사람과 대등한 신분이 되는 거예요. (목사 등장) 목사님, 잘 오셨어요. 목사님께서 사실대로 말씀해 주세요. 좀 전까지 때가 이를 때까지 비밀로 해달라고 부탁드렸습니다만 지금 사정이 여의치 않게 됐으니 목사님께서 이 젊은이와 저 사이에 있었던 일을 말씀해 주셔야겠습니다.

목사 예, 두 분은 영원히 변치 않는 백년가약을 맺었습니다. 서로 손을 맞잡고 신성한 입맞춤으로 사랑을 증명했고 반지를 교환함으로써 맹세했습니다. 그리고 이 의식은 성직자의 직분으로 제가 입회하여 집행하고 확인했습니다. 제 시계를 보자 하니 그때부터 지금까지 불과 두 시간밖에 지나지 않았습니다.

오시노 에이, 나쁜 녀석! 날 속이다니! 머리가 반백이 될 쯤에는 무엇이 될꼬? 벌써부터 그렇게 교활하게 하다간 네 놈이 던진 그물에 네 스스로 걸려들 것이다. 가거라. 나하고는 이제 끝이다. 이후로 절대로 나와 마주치지 않도록 해라.

바이올라 주인님, 그런 일은 절대…….

올리비아 아! 그만, 맹세하지 말아요. 뭐가 그렇게 두려우세요? 최소한의 신념이라도 지켜야죠.

앤드류 경 등장.

앤드류 경 큰일 났어요. 어서 의사를 불러! 빨리 토비 벨치 경에게 의사를 보내요.

올리비아 대체 무슨 일이에요?

앤드류 경 그 놈이 내 머리빡을 박살냈어요. 토비 벨치 경의 골통도 피투성이고. 제발 좀 도와줘요! 이런 줄 알았으면 40파운드를 버리더라도 차라리 집에 있는 건데.

올리비아 누가 이렇게 했어요, 앤드류 경?

앤드류 경 공작의 시종 세자리오란 놈이요. 겁쟁이라고 해서 덤볐더니 악마처럼 드세고 강한 놈이었소.

오시노 내 시종 세자리오라고?

앤드류 경 아이쿠, 여기 와 있군! 너 이 녀석, 왜 아무런 이유도 없이 내 머리를 깨부수냐? 내가 그런 짓을 한 것은 토비 벨치 경이 시켜서 한 거라고.

바이올라 그 얘기를 어째서 나한테 하는 거요? 난 결코 당신을 해치지 않았어요. 당신이 막무가내로 칼을 빼들고 나에게 달려들지 않았습니까? 그럼에도 나는 좋게 말하고 털끝만큼도 해치지 않았잖소.

앤드류 경 이렇게 대가리가 피투성이가 되었는데 해친 것이 아니라니 그게 말이나 되는 소린가? (토비 벨치 경과 광대 등장)

앤드류 경 저 봐, 토비 경이 다리를 절뚝거리며 오고 있잖아. 저 친구가 더 자세히 말해 줄 거다. 술만 취하지 않았더라면 넌 정말 혼쭐이 났을 것이다.

오시노 대관절 어떻게 된 일이오?

토비 벨치 경 이러고저러고 할 것도 없어요. 저치한테 당했어요.

앤드류 경 내가 도와줄게, 토비 경. 같이 붕대를 감자고.

올리비아 침대로 옮겨서 상처를 돌봐드리도록 해. (광대, 페이비언, 토비 벨치 경, 그리고 앤드류 경 퇴장)

세바스찬 등장.

세바스찬 죄송합니다, 아가씨. 제가 친척 분에게 상처를 입혔습니다. 그렇지만 피를 나눈 형제간이라 해도 신체의 안전을 도모하려니 어쩔 도리가 없었습니다. 낯선 눈길로 저를 보시네요. 제가 한 짓 때문에 기분이 상하셨군요. 사랑하는 이여! 방금 전에 당신과 나 사이에 맺은 맹세를 봐서라도 용서해 주오.

오시노 한 얼굴, 한 목소리, 한 복장, 그런데 사람은 둘이라! 이 무슨 일인가? 있으면서도 있지 않은 자연의 조화란 말인가!

세바스찬 안토니오! 오, 친애하는 안토니오가 아니오! 당신을 잃어버리고 난 후 이 몇 시간 동안 나는 마치 고문을 당하는 것처럼 몹시 고통스러웠소.

안토니오 당신이 세바스찬이오?

세바스찬 뭐, 이상하오, 안토니오?

안토니오 어떻게 당신이 둘로 나눠졌단 말이오? 사과 하나를 두 쪽으로 갈라놓아도 이렇게 똑같을 수는 없을 게요. 어느 쪽이 세바스찬이오?

올리비아 정말 신기하네!

세바스찬 거기 서 있는 사람도 나인가? 나는 남자 형제라곤 전혀 없소. 여기저기에 동시에 출몰하는 신통력을 타고난 것도 아니오. 다만 누이가 하나 있었는데 눈먼 파도가 삼켜버리고 말았소. (바이올라에게) 아무쪼록 당신이 나와 무슨 혈연관계가 있는지 말해 주시오. 태어난 곳은 어디요? 이름은 뭐며, 양친은 어떻게 됩니까?

바이올라 저는 메살린에서 태어났고, 아버지의 성함은 세바스찬, 오라버니도 같은 세바스찬이었어요. 지금 그런 복장으로 바다의 무덤으로 가버렸어요. 만일 혼령이 똑같은 모습과 복장을 할 수 있다면 당신은 우리를 놀라게 하려고 여기 온 거라고 할 수밖에요.

세바스찬 내가 바로 그 혼령이오. 그러나 난 어머니 뱃속에서부터 물려받은 애초의 몸뚱이 그대로요. 당신이 여자라면 나머지는 모두 같으니까, 당신 뺨에 눈물을 흘리면서 말할 거요. '바이올라야! 꿈이냐 생시냐? 물에 빠져 죽은 줄 알았던 네가 살아오다니!'라고.

바이올라 아버지는 이마에 사마귀가 있어요.

세바스찬 우리 아버지도 그래.

바이올라 그리고 바이올라가 태어난 지 13년 만에 돌아가셨어요.

세바스찬 오! 그 일은 아직도 기억 속에 생생하다. 맞아, 아버지는 누이가 꼭 열세 살이 되는 날 운명하셨어.

바이올라 우리 둘의 행복을 훼방하는 것이 사내를 가장한 남장 때문이라면 저를 포옹하는 건 조금만 기다려 주세요. 장소와 때와 운명이 하나에서 열까지 일치하여 제가 바이올라라는 게 밝혀질 때까지. 그것을 확실히 하기 위해 이 도시에 있는 한 선장에게 안내해 드리죠. 거기에 제가 입었던 여자 옷이 있어요. 그 댁의 친절한 도움으로 목숨을 건지고 공작님의 시중을 들게 되었답니다. 그 이후 제 운명에 일어난 모든 일은 공작님과 아가씨 사이에서 일어났지요.

세바스찬 (올리비아에게) 어쩌다가 당신은 처녀와 혼인할 뻔했네요. 그렇다고 절대 속은 것은 아니에요. 처녀이자 남자인 사람과 약혼했으니까요.

오시노 놀랄 것 없어요. 이 분은 훌륭한 가문의 남자요. 이게 사실이면 거울이 진실을 비쳐 준 것이오. 나도 이 행복한 난파선에 끼어들어야겠소. (바이올라에게) 이봐, 자네가 몇 번이나 되풀이해서 나에게 말하지 않았나? 나를 좋아하는 만큼 어떤 여자도 사랑하지 않는다고 말이야.

바이올라 그 되풀이한 모든 말씀에 걸고 다시 맹세하겠습니다. 모든 맹세를 마음의 진실로서 간직할 것입니다. 흡사 낮과 밤을 가르는 저 태양이 영원히 타오르는 불꽃을 간직하듯이.

오시노 내게 손을 주오. 당신이 여자로 돌아온 모습을 보고 싶소.

바이올라 저를 처음 이 바닷가로 데리고 온 선장이 제 옷을 보관하고 있습니다. 하지만 지금 어떤 소송에 연루되어 감금되어 있습니다.

아가씨의 시종인 말볼리오의 고발 때문입니다.

올리비아 속히 풀어주도록 하겠어요. 말볼리오를 이리 데려와요. 아! 이제 생각이 나네, 딱하게도 아주 실성했다고 하는데.

페이비언, 말볼리오, 광대 등장.

오시노 이 사람이 그 미친 사람인가?

올리비아 맞아요, 공작님. 말볼리오, 대체 어떻게 된 거예요?

말볼리오 아가씨, 제게 잘못하셨어요. 정말 너무하십니다.

올리비아 말볼리오, 내가 그런 게 아니야.

말볼리오 아니에요. 아가씨가 하셨어요. 제발 이 편지를 읽어보세요. 이게 아가씨 손으로 쓴 것이 아니라고는 못하실 겁니다. 어디 필체건 글귀건 이것과 다르게 써 보세요. 이것이 아가씨의 봉인이 아니고 아가씨가 지은 글귀가 아니라고 하시겠어요? 절대 그렇게 말씀할 수 없을 걸요. 그러니 점잖은 체면에 다 대답해 주세요. 왜 아가씨께서 그렇게 명확한 호의를 보여주시면서, 저에게 웃음을 지어라, 십자 대님을 매라, 노란 양말을 신어라, 토비 경과 아랫것들에게 근엄한 표정을 지으라고 시키셨습니까? 그래서 저는 기대에 차 순종했을 뿐인데 왜 저를 캄캄한 방에 가두고 목사를 찾아오게 하시고, 세상에서 가장 멍청한 얼간이로 만들어 조롱한 까닭은 무엇인지 말씀해 주세요.

올리비아 아이, 말볼리오, 이 편지는 내가 쓴 게 아니야. 필체가 아주 많이 닮은 건 인정하지만 이건 분명히 마리아가 쓴 거야. 맞아, 이제야 생각이 나는데, 당신이 실성했다고 맨 먼저 말해 준 게 마리아였어. 그때 당신이 히죽히죽 웃으며 편지에 쓰인 그대로 이상야릇한 옷차림을 하고 오지 않았어요? 부디 참아요. 장난이 너무 심해서 모두 속아넘어간 거야.

페이비언 아가씨, 제가 한 말씀 드리겠습니다. 저도 아까부터 경탄하고 있습니다만 이 경사스러운 순간을 싸움이나 말다툼으로 얼룩지게 할 수는 없습니다. 그런 불상사가 없도록 이 일의 전말을 솔직히 털어놓겠습니다. 여기 말볼리오 집사에게 이런 간계를 꾸민 것은 저와 토비 경입니다. 그럼 우리가 왜 그런 모의를 했는가 하면, 그가 너무 완고하고 무례한 부분이 있었기 때문입니다. 그 편지는 토비 경의 간청으로 마리아가 썼습니다. 그 보상이라고 할까요. 토비 경은 마리아와 결혼했지요.

올리비아 아이, 정말 안됐어. 얼마나 골탕을 먹었을까?

광 대 허이! "사람이란 처음부터 잘 타고 태어날 수도 있고, 노력하여 높은 신분을 가질 수도 있고, 또는 남이 밀어줘서 높은 신분을 성취하는 경우도 있는 법"이라고 했는데, 나도 이 연극에 끼어들어 토파스 목사 역할을 했지.

말볼리오 두고 보자. 너희 패거리들 전부에게 톡톡히 보복을 해줄 테다! (퇴장)

올리비아 정말로 지독한 곤욕을 치렀군요.

오시노 뒤따라가서 진정시키고 사이좋게 지내도록 해야 해. 선장에 관한 건 그나마 듣지도 못했군. 그 얘기도 알게 되고, 길일을 택하거든 우리들 사랑하는 영혼의 엄숙한 결혼식을 올리기로 합시다. 그때까지 아름다운 누이동생을 이곳에 있게 해줘요. 세자리오, 이리 와요. 당신이 남자의 차림으로 있는 동안은 그렇게 부르겠소. 그러나 옷을 바꿔 입고 나타날 때에는 오시노의 아내요, 사랑의 여왕이 되는 거라오. (모두 퇴장)

십이야

Twelfth Night

❦ 음악이 사랑을 살찌우는 양식이라면 계속해다오. 질리도록 들어 싫증이 나버리면 사랑의 식욕도 또한 사라지고 말 것이 아니냐.

If music be the food of love, play on, give me excess of it, that, surfeiting, the appetite may sicken, and so die.

❦ 푸른 나뭇가지로 덮여야 사랑의 정념도 풍성해지는 법이다.

Love-thoughts lie rich when canopied with bowers.

❦ 사랑은 환상으로 가득 차 있기 때문에 그것만으로도 최고의 상상력이 되지.

So full of shapes is fancy that it alone is high fantastical.

🌸 오, 신이여! 지혜 있는 자에게는 지혜를 주시고, 바보에게는 재주를 부리게 해주십시오.

Well, God give them wisdom that have it, and those that are fools, let them use their talents.

🌸 지혜가 있다고 뽐내는 작자들이 멍청이인 경우가 더 많더군. 난 지혜라곤 없는 멍청이니까 되레 똑똑한 인간으로 통하는지도 몰라.

Those wits, that think they have thee, do very oft prove fools, and I, that am sure I lack thee, may pass for a wise man.

🌸 미덕도 흠이 간 것은 죄로 누더기가 돼 있고, 죄악도 고친 것은 미덕으로 누더기가 돼 있는 것이랍니다.

Virtue that transgresses is but patched with sin, and sin that amends is but patched with virtue.

🌸 수많은 교수형 덕택에 나쁜 결혼을 면할 수 있었다.

Many a good hanging prevents a bad marriage.

🌸 불운을 겪지 않는 사내가 없는 것처럼 꽃이 이울 듯 시들지 않는 아름다움도 없는 법이랍니다.

As there is no true cuckold but calamity, so beauty's a flower.

🌸 중(僧) 모자 썼다고 다 중이 아니다.

Cucullus non facit monachum.

🌸 나이를 먹으면 총명한 사람도 노망이 들지만 멍청이는 더욱더 상멍청이가 되는 법이다.

Infirmity, that decays the wise, doth ever make the better fool.

🌸 너그럽고 결백하며 자유로운 기질을 가진 사람은 당신이 대포알이라고 생각하는 것도 새 총알 정도로밖에 여기지 않아.

To be generous, guiltless and of free disposition, is to take those things for bird-bolts that you deem cannon-bullets.

🌸 세상이 이미 다 알고 있는 광대가 험담을 한다 해도 그건 악의가 있다고 할 수 없어. 마치 저명한 인사가 아무리 남을 비난한다 하더라도 악의적인 험담이 안 되는 것처럼 말이야.

There is no slander in an allowed fool, though he do nothing but rail, nor no railing in a known discreet man, though he do nothing but reprove.

🌿얼큰할 때 한 잔 하면 바보 멍청이 되고, 두 잔을 하면 미치광이, 석 잔을 넘으면 물귀신이 되지요.

One draught above heat makes him a fool, the second mads him, and a third drowns him.

🌿변장이란 아주 나쁜 짓이다. 흉계를 꾸미는 적들이 이런 수단으로 사악한 짓을 한다. 겉이 번지르르한 난봉꾼이 밀초같이 부드러운 여자의 심중에 자기의 모습을 찍어놓는 것은 문제도 아니지.

Disguise, I see, thou art a wickedness, wherein the pregnant enemy does much. How easy is it for the proper-false in women's waxen hearts to set their forms!

🌿오! 사랑은 무엇일까? 그건 내일일 수 없는 것. 현재의 만남에 웃고 즐거우면 그만, 미래는 알 수 없는 것, 알아서 무엇한단 말인가.

What is love? 'tis not hereafter, present mirth hath present laughter, what's to come is still unsure.

🌿사람이란 처음부터 잘 타고 태어날 수도 있고, 노력하여 높은 신분을 가질 수도 있고, 또는 남이 밀어줘서 높은 신분을 성취하는 경우도 있는 법입니다.

Some are born great, some achieve greatness, and some have greatness thrust upon 'em.

🌸 머리 좀 돌아가는 친구에게 걸리면 같은 말도 장갑처럼 된단 말이에요. 마치 안팎을 간단히 뒤집어 끼는 것처럼 홱 말이 바꾸어버리죠.

A sentence is but a cheveril glove to a good wit. How quickly the wrong side may be turned outward!

🌸 정어리가 청어와 비슷하듯 광대와 남편이 닮은 건데, 남편 쪽이 좀더 클 따름이죠.

Fools are as like husbands as pilchards are to herrings, the husband's the bigger.

🌸 영리한 사람이 하는 바보짓은 지혜의 타락이다.

Wise men, folly-fall'n, quite taint their wit.

🌸 어차피 먹이가 될 바에는 늑대보다는 사자 앞에 넘어지는 것이 훨씬 낫지.

If one should be a prey, how much the better to fall before the lion than the wolf!

🌸 감추고 싶은 사랑의 감정은 살인의 죄보다 신속하게 드러나

니 사랑을 하면 한밤중도 대낮과 같단 말인가.

A murderous guilt shows not itself more soon than love
that would seem hid. Love's night is noon.

🦋그는 연기를 보다 아름답게 한다. 그러나 나는 더 자연스럽
게 한다.

He does it with s better grace, but I do it more natural.

🦋여인은 장미와 같다. 그 아름다운 꽃은 한 번 피면 그 시간
에 진다.

Women are as roses, whose fair flower, being once
displayed, doth fall that very hour.

🦋잘난 것을 개의치 마오. 사람은 타고날 때 잘날 수도 있고,
힘써 얻어 잘나가는 사람도 있고, 또한 남이 시켜주어 억지
로 잘나가는 사람도 있는 게라오.

Be not afraid of greatness. Some are born great, some
achieve greatness, and some have greatness thrust
upon em.

🦋젊은이의 마음을 얻으려면 애원을 하거나 빌리는 것보다 선
물을 주는 것이 효과가 확실하다.

For youth is bought more oft than begg'd or borrow'd.

�около 구해서 얻는 사랑도 좋지만 구하지 않고도 얻는 사랑은 더욱 좋지요.

Love sought is good, but given unsought is better.

�около 바보에게 돈을 주는 똑똑한 양반네들은 뒤에 좋은 평판을 얻게 되지. 몇 배의 이득을 보는 것이거든.

These wise men that give fools money get themselves a good report--after fourteen years' purchase.

셰익스피어 연보

1564년	4월 26일 출생. 영국 스트랫퍼드어폰에이번에서 아버지 존 셰익스피어와 어머니 메리 아든의 장남으로 출생함.
1568년	아버지가 에이번의 시장으로 선출됨.
1577년	가세가 기울어져 학업을 포기함.
1582년	8세 연상인 앤 해서웨이와 결혼함.
1583년	장녀 수잔나 출생함.
1585년	쌍둥이인 아들 햄릿과 딸 주디스 출생함.
1590~1591년	〈헨리 6세 2부·3부〉
1591~1592년	〈헨리 6세 1부〉
1592~1593년	〈리처드 3세〉·〈실수의 희극〉
1592년	페스트로 런던 극장이 폐쇄됨. 본격적인 활동 시작함.
1593~1594년	〈티투스 안드로니쿠스〉·〈말괄량이 길들이기〉
1594~1595년	〈베로나의 두 신사〉·〈사랑의 헛수고〉·〈로미오와 줄리엣〉

1595~1596년	〈리처드 2세〉·〈한여름밤의 꿈〉
1596~1597년	〈존 왕〉·〈베니스의 상인〉
1597~1598년	〈헨리 4세 1부·2부〉
1597년	스트랫퍼드어폰에이번에다 호화저택인 뉴플레이스를 사들임.
1598~1599년	〈헛소동〉·〈헨리 5세〉
1599~1600년	〈줄리어스 시저〉·〈뜻대로 하세요〉·〈십이야(十二夜)〉
1599년	글로브 극장 신축함.
1600~1601년	〈햄릿〉·〈윈저의 즐거운 아낙네들〉
1601~1602년	〈트로일루스와 크레시다〉
1601년	아버지 존 사망함.
1602~1603년	〈끝이 좋으면 다 좋다〉
1602년	부동산에 관심을 갖고 스트랫퍼드어폰에이번의 땅을 사들임.
1603년	3월 24일, 엘리자베스 여왕 서거. 전염병으로 글로브 극장 폐관함.
1604~1605년	〈법에는 법으로〉·〈오셀로〉
1604년	글로브 극장 개관함.
1605~1606년	〈리어왕〉·〈맥베스〉
1606~1607년	〈안토니와 클레오파트라〉

1607~1608년	〈코리올라누스〉·〈아테네의 타이몬〉
1607년	장녀 수잔나 결혼함.
1608~1610년	〈페리클레스〉·〈심벨린〉
1608~1591년	어머니 메리 사망함.
1610~1611년	〈겨울 이야기〉
1611~1612년	〈폭풍우〉
1612~1613년	〈헨리 8세〉
1612년	동생 길버트 사망함.
1613년	동생 리처드 사망함. 화재로 글로브 극장이 불에 탐.
1614년	6월 글로브 극장 재개함.
1616년	4월 23일 사망함.
	스트랫퍼드어폰에이번의 트리니티 교회에 묻힘.